KB189459

프랑스 중위의 여자

프랑스 중위의 여자 상

The French Lieutenant's Woman

존 파울즈 장편소설 김석희 옮김

THE FRENCH LIEUTENANT'S WOMAN
by JOHN FOWLES

Copyright (C) J. R. Fowles 1969. All rights reserved.
Korean Translation Copyright (C) The Open Books Co. 2004
Korean translation rights arranged with Aitken Alexander Associates Limited,
London, UK through KCC(Korea Copyright Center Inc.), Seoul.

이 책은 실로 꿰매어 제본하는 정통적인 사철 방식으로 만들어졌습니다.
사철 방식으로 제본된 책은 오랫동안 보관해도 손상되지 않습니다.

모든 해방은 인간 세계의 회복이며
인간 자신에 대한 인간관계의 회복이다.
— 카를 마르크스, 「유대인 문제」(1844)

프랑스 중위의 여자 상

9

1

바다 저 멀리
서녘으로 눈길을 던지며,
역풍이 불 때도 순풍이 불 때도
그녀는 언제나
부푼 가슴을 안고 서 있었다.
그녀의 눈길은 오직 거기에만 붙박여 있었다.
다른 어떤 곳도 그녀의 마음을 끌지 못하는 것 같았다.
— 토머스 하디, 「수수께끼」

영국 남서쪽으로 다리를 뻗은 돌출부의 아래쪽에 한 입 크게 물어뜯은 듯 휘어 들어가 있는 라임 만. 이곳에서 가장 불쾌한 바람은 샛바람이다.

1867년 3월 말, 춥고 세찬 바람이 몰아치는 어느 날 아침, 별로 크지는 않지만 오랜 역사를 간직한 라임 읍 — 라임 만이라는 명칭은 여기서 유래했다 — 에서 한 쌍의 남녀가 안벽(岸壁)을 따라 걸어 내려오기 시작했다. 이들을 보고, 호기심 많은 사람이라면 당장에 그럴듯한 몇 가지 상상을 떠올릴 수도 있었으리라.

코브 성벽은 적어도 7백 년이란 세월을 그곳에 자리 잡고 있었다는 친밀감 때문에 오히려 주민들의 관심을 끌지 못했다. 라임 토박이들 눈에는 바다에 부딪쳐 갈고리 발톱처럼 길게 구부러진 잿빛 제방쯤으로 보일 뿐이다. 사실 코브 성벽은 읍내에서 상당히 떨어져 있기 때문에, 이곳 주민들은 마치 피레우스[1]가 아테네에 등을 돌리고 있는 것같이 그곳에 등을 돌리고 있는 것처럼 보인다. 라임 주민들이 코브에 대해 적대감을 품고 있는 것은 당연한 노릇이기도 했다. 지난 수세기 동안 성벽을 보수하기 위해 쏟아 부은 돈만 해도 결코 적은 액수가 아니었기 때문이다. 하지만 세금을 덜 내거나 좀 더 심미안을 가진 사람들에게는, 그곳은 영국 남해안에서 가장 아름다운 절벽이다. 게다가 여행 안내서에도 나와 있듯이 코브는 7백 년 역사를 간직하고 있으며, 영국 전함들이 스페인의 무적 함대와 싸우기 위해 출항할 때 닻을 올렸던 곳이며, 몬머스 공작[2]이 상륙한 곳과 인접해 있으며…… 뿐만 아니라 코브는 뛰어난 민중 예술 작품이기도 하다.

코브는 원시적이면서도 복잡하고, 거대하면서도 섬세하며, 헨리 무어나 미켈란젤로의 조각처럼 미묘한 굴곡과 양감으로 가득 차 있다. 순수하고 깨끗하고 소금기에 절어 있는 코브는 거의 완벽한 형태를 갖춘 한 덩어리의 금강석이었다. 내가 과장하고 있는 것일까? 그럴지도 모른다. 하지만 내가 이 소설의 시대적 배경으로 삼은 연대 이래로 코브는 거의 변하지 않았으므로, 내 말이 맞는지 틀린지 직접 찾아가서 확인해 봐도 좋다. 그렇기는 하지만 라임 읍은 많은 변화를 겪었기 때문에, 육지 쪽을 바라보는 것은 공정한 관찰이 아닐 것이다.

그러나 1867년에 여러분이 그날 그 남자처럼 북쪽으로, 그러니까 육지 쪽으로 눈길을 돌렸다면, 그 전망은 그야말로 조화의 극치였을 것이다. 그림처럼 아름다운 수십 채의 가옥

---

1 그리스 남동부에 있는 항구 도시로, 아테네의 외항.
2 영국 왕 찰스 2세가 네덜란드에 망명 중일 때 서자로 태어났다. 그 후 숙부가 제임스 2세로 즉위하자 부대를 이끌고 영국에 상륙하여 왕위를 다투다가 참수당했다. 1649~1685.

들과 자그마한 보트 막 한 채 — 그 안에는 돛단배의 흉갑이 건조 중인 방주처럼 놓여 있었다 — 가 옹기종기 모여 있고, 여기서 코브는 다시 육지 쪽을 향해 굽이져 있다. 동쪽으로 1킬로미터쯤 가면, 비탈진 목초지 건너편에 이엉이나 슬레이트로 지붕을 인 집들이 보인다. 여기가 라임 읍인데, 이 마을은 중세에 전성기를 맞은 이래 계속 쇠락의 길을 걸어오고 있었다. 서쪽으로는 이곳 주민들이 웨어클리프라고 부르는 암회색 절벽이 자갈 깔린 해변에서 가파르게 솟아 있었다. 여기가 바로 몬머스 공작이 미련한 짓을 펼치기 위해 상륙한 곳이다. 절벽을 넘어 내륙 쪽으로 훨씬 더 들어가면 울창한 숲에 가려진 벼랑들이 솟아 있었다. 코브 성벽이 서해안을 마구 침식해 들어오는 바다에 저항하는 최후의 보루처럼 보이는 것은 이 때문이다. 이것도 여러분이 직접 찾아가서 확인해 볼 수 있을 것이다. 당시에도 집 한 채 보이지 않았지만, 지금도 그쪽에는 이따금 임시로 세워졌다가 금세 헐리는 바닷가 오두막들 말고는 보이는 게 없다.

이 고장의 염탐꾼 — 이곳에는 염탐꾼이 하나 있었다 — 은 그래서 그 한 쌍의 남녀가 다른 고장에서 찾아온 사람들이고, 또 어느 정도 멋을 알고 있는 사람들이어서, 바람이 좀 세차게 분다는 이유로 코브의 경치를 포기하지는 않으리라고 짐작할 수 있었을 것이다. 한편 그 염탐꾼이 망원경의 초점을 좀 더 가깝게 맞추어 보았더라면, 그들이 해안의 건조물보다는 오히려 단둘이 있다는 사실에 더 관심이 있는 게 아닐까 하고 생각했을 것이다. 또한 그들은 외모나 차림새로 보아 최고급 취향을 가진 사람들이라고 자신 있게 단언할 수 있었을 것이다.

젊은 숙녀는 최신 유행의 옷차림을 하고 있었다. 1867년에는 크리놀린[3]과 커다란 보닛[4]에 맞서 새로운 유행이 일기 시작했기 때문이다. 망원경으로 보면, 대담하다 싶을 정도로 좁고 짧은 자홍색 스커트를 얼핏 볼 수 있었으리라. 그 치마는 너무 짧아서, 화려한 초록빛 코트와 해변을 우아하게 걸어가는 검정 구두 사이에 드러난 하얀 발목을 볼 수 있을 정도였다. 그리고 망사를 씌운 뒷머리채 위에 얹혀 있는 것은 해오라기 깃털 다발로 테를 장식한 포크파이[5]였는데, 라임의 여인네들로서는 적어도 그 후 1년 동안은 감히 쓸 엄두도 못 낼 만큼 대담한 모자였다. 한편 키가 비교적 큰 편인 남자는 한 손에 실크해트를 들고, 밝은 잿빛 양복을 말쑥하게 차려입고 있었다. 게다가 귀밑에서 턱에 이르는 구레나룻은 아주 짧게 자르고 있었는데, 이것은 불과 한두 해 전만 해도 영국 최고급 남성 패션계를 주름잡던 신사들이 약간 천박하다고 — 외국 사람이 보면 우스꽝스럽다고 — 선언했던 스타일이었다. 젊은 숙녀의 옷 빛깔은 오늘날의 감각으로 보면 분명 눈에 거슬릴 테지만, 그러나 당시는 아닐린 염료가 막 발견된 때였다. 그리고 여성들은 그네들에게 갖가지 행동 규범을 요구하는 사회 풍조에 대한 반발 심리로, 밝은 색깔의 옷을 택하고 무난한 색상은 기피하는 경향이 있었다.

그러나 염탐꾼이 바다 쪽에 있었다면, 거무튀튀하고 구불구불한 방파제 위에 또 다른 모습이 서 있는 것을 볼 수 있었으리라. 그 인물은 길게 뻗은 방파제가 바다와 맞닿은 어름에, 원래는 대포의 포신이었으나 지금은 배를 매어 두는 기둥으로 쓰이고 있는 철탑에 오도카니 기대서 있었다. 옷차림은 온통 검은색이었다. 바람이 옷자락을 날리고 있었지만, 그 인물은 움쩍도 않은 채 바다만 하염없이 바라보고 있

3 버팀살을 넣어 빳빳하게 펼친 스커트.
4 차양이 없고, 턱 밑에서 리본 따위로 매게 되어 있는 여성용 모자.
5 꼭대기가 평평한 펠트 모자의 일종.

었다. 그 모습은 마치 바다에 빠져 죽은 이들을 추모하는 살아 있는 기념비 같았다. 아니, 신화 속에서 빠져나온 인물 같다고나 할까. 어쨌든, 그 작은 시골에 어울리는 모습은 아니었다.

2

그해(1851년)의 영국 인구 가운데 10세 이상의 남성이 760만 명인 데 비해 여성은 약 815만 5천 명이었다. 그러므로 빅토리아 시대 여성의 일반적인 운명이 현모양처가 되는 것이라면, 처녀들에게 골고루 돌아가기에는 총각이 모자랐으리라는 것은 명백한 사실이다.
― E. 로이스턴 파이크, 『빅토리아 황금기의 인문지』

나는 은빛 돛을 펼치고 태양을 향해 나아가리라.
나는 은빛 돛을 펼치고 태양을 향해 나아가리라.
그러면 나의 거짓된 사랑은 회한의 눈물을 흘리리라.
그러면 나의 거짓된 사랑은 회한의 눈물을 흘리리라.
그리고 내가 영영 떠난 뒤
나의 거짓된 사랑은 나를 위해 흐느끼리라.
― 영국 서부 민요, 「실비가 걸어갈 때」

「티나, 우리는 그동안 줄곧 넵튠에게 경의를 바쳐 왔잖아. 그러니 이제는 우리가 등을 돌린다 해도 넵튠은 우리를 용서해 줄 거야.」

「당신은 여자한테 별로 친절하지 못하군요.」

「그게 무슨 소리지?」

「전 당신이 무례하지 않게 제 팔을 잡을 수 있는 기회를 좀 더 오래 끌고 싶어할 줄 알았다고요.」

「우린 너무 고상해졌어.」

「우린 지금 런던에 있는 게 아니라고요.」

「북극에 있는 거겠지. 내가 잘못 알고 있는 게 아니라면.」

「저 끝까지 걸어가 보고 싶어요.」

그러자 남자는 마치 자신의 목숨이 금방이라도 끝장날 것처럼 절망적인 눈빛으로 육지 쪽을 바라보다가, 다시 고개를 돌렸다. 그런 다음 한 쌍의 남녀는 코브 쪽으로 계속 내려갔다.

「지난 목요일에 당신하고 아빠 사이에 무슨 일이 있었는지 듣고 싶어요.」

「그러잖아도 당신 이모님한테 벌써 털어놓았어. 그 유쾌한 저녁에 있었던 일을.」

처녀는 문득 걸음을 멈추더니 새침한 눈길로 그를 쳐다보았다.

「찰스! 다른 사람들한테는 얼마든지 뻣뻣하게 굴어도 좋아요. 하지만 저하고 있을 때만은 그렇게 막대기처럼 굴지 말아 주었으면 좋겠어요.」

「내가 막대기 같다고? 그렇다면 우린 어떻게 그 신성한 결혼 생활에서 찰떡 같은 궁합을 유지해 나갈 수 있을까?」

「그런 값싼 유머는 당신 클럽에서나 써먹으세요.」 그녀는 새침해진 표정을 풀고 그를 이끌면서 다시 걷기 시작했다. 「편지를 받았어요.」

「아아, 그럴 줄 알았어. 누가 보냈지? 엄마야?」

「다 안다고요. 포도주를 마시면서 무슨 일이 있었는지.」

찰스가 대답한 것은 그들이 몇 걸음 더 걸어간 뒤였다. 찰스는 잠시 심각해지는 것 같았지만, 이내 마음을 돌렸다.

「존경할 만한 당신 아버지하고 사소한 철학적 논쟁이 있었어.」

「당신이 나빠요.」

「난 나 자신에게 정직하고자 했을 뿐이야.」

「그래, 논쟁의 주제는 뭐였는데요?」

「당신 아버지가 그러더군. 찰스 다윈은 동물원의 원숭이 우리에 갇혀서 구경거리가 되어야 한다고. 그래서 나는 다윈 씨의 입장을 뒷받침해 주는 몇 가지 과학적 논증을 설명하려고 했지. 하지만 실패하고 말았어. 그게 전부야.」

「어떻게 그럴 수가 있죠? 아빠의 생각을 다 알면서.」

「내 태도는 아주 정중했어.」

「그건 당신이 속으로는 아빠를 미워하고 있었다는 뜻밖에 안 돼요.」

「그분 말씀이, 원숭이를 조상으로 여기는 남자한테는 절대로 딸을 시집보낼 수 없다고 하시더군. 그래서 곰곰 생각해 봤는데, 그분이 중요한 사실을 깜빡하신 것 같아. 내 조상은 원숭이 중에서도 작위를 가진 원숭이라는 걸 말이야.」

그녀는 걸으면서 그를 쳐다보았다. 그러고는 머리를 묘하게 갸우뚱했다. 그것은 그녀가 관심을 보이고 싶을 때 보이는 독특한 몸짓이었다. 지금의 경우 그녀의 관심은 그들의 약혼에 가장 큰 걸림돌이 실제로 무엇인가 하는 것이었다. 그녀의 아버지는 대단한 부자였다. 그러나 그녀의 할아버지가 일개 포목상이었던 데 비해 찰스의 할아버지는 준남작이었다. 그는 가볍게 미소를 지으며, 자신의 왼팔에 가볍게 얹혀 있는 그녀의 장갑 낀 손을 꼭 쥐었다.

「어쨌든 그 문제는 해결이 났어. 당신이 아버지를 두려워하는 건 당연해. 하지만 난 당신 아버지와 결혼하는 게 아니야. 그리고 당신은 잊고 있는 모양인데, 난 과학자야. 학술 논문까지 썼으니까, 어엿한 과학자지. 당신이 그런 식으로 날 비웃으면, 난 모든 시간을 화석에 쏟아버리고 당신한테는 한순간도 주지 않을 거야.」

「화석을 질투할 마음은 나지 않는군요.」 그녀는 일부러 말을 끊고 잠시 뜸을 들였다. 「왠지 아세요? 당신은 지금 적어도 1분 동안 화석 위를 걷고 있으면서도 그걸 알아차리지 못했거든요.」

찰스는 얼른 발아래를 내려다보고는 갑자기 무릎을 꿇었다. 코브 성벽의 일부는 화석이 섞인 돌로 포장되어 있었다.

「맙소사! 이것 좀 봐. 〈케르티디움 포르틀란디쿰〉이야. 이 돌은 포틀랜드의 석회암층에서 캐온 게 틀림없어.」

「당장 일어나세요. 안 그러면 그곳 채석장에서 평생 일할 것을 선고해 버릴 테니까.」 그는 미소를 지으며 그녀의 지시에 따랐다. 「당신을 이리로 데려온 게 얼마나 잘한 일이에요? 그리고 저기 보세요.」

그녀는 찰스를 성벽 옆으로 데려갔다. 그곳엔 납작한 돌들이 비스듬히 한 줄로 벽에 박혀서 아래쪽 산책길로 내려가는 층층대 구실을 하고 있었다.

「이게 바로 제인 오스틴이 『설득』에서 루이자 머스그로브를 추락시킨 그 층층대예요.」

「정말 낭만적이군!」

「그때는 신사들이 낭만적이었죠.」

「그런데 지금은 과학적인가? 저기 위험한 데로 내려가 볼까?」

「거긴 돌아가는 길에 가요.」

두 사람은 다시 걷기 시작했다. 찰스가 방파제 끝에 서 있는 인물을 알아차린 것은, 아니 적어도 그 인물이 남자인지 여자인지를 알아본 것은 바로 그때였다.

「저기 보이는 사람이 어부인 줄 알았는데, 여자잖아.」

어니스티나는 유심히 그쪽을 바라보았다. 그녀의 잿빛 눈은 근시여서, 그녀에게는 거무스레한 형체밖에 보이지 않았다.

「젊은 여잔가요?」

「너무 멀어서 그건 모르겠어.」

「하지만 누군지 짐작이 가요. 아마 비련의 여주인공일 거예요.」

「비련의 여주인공?」

「별명이죠. 별명 가운데 하나예요.」

「그럼 다른 별명도 있다는 얘기야? 그게 뭔데?」

「뱃사람들이 붙인 별명을 보면 야비하기 짝이 없어요.」

「이봐 티나, 그게 뭐냐니까?」

「프랑스 중위의…… 여자.」

「그렇군. 그래서 저 여자는 마을 사람들한테 따돌림을 받고 여기 나와서 세월을 보낼 수밖에 없는 건가?」

「저 여잔…… 약간 미쳤대요. 이젠 돌아가요. 가까이 가고 싶지 않아요.」

그들은 걸음을 멈췄다. 남자는 검은 형체를 유심히 쳐다보았다.

「하지만 난 호기심이 동하는걸. 프랑스 중위인가 하는 사람은 누구지?」

「소문으로는 저 여자가…….」

「사랑에 빠진 남자?」

「그 정도면 좋게요.」

「그런데 버림을 받았다? 자식은?」

「자식은 없나 봐요. 다 소문일 뿐이에요.」

「그런데 저기서 뭘 하고 있을까?」

「남자가 돌아오기를 기다리고 있다나 봐요.」

「하지만…… 보호자는 없나?」

「저 여잔 풀트니 부인 댁에서 고용살이를 하고 있어요. 우리가 그 집에 놀러 가도 저 여자는 절대로 모습을 보이지 않아요. 하지만 저 여잔 거기 살아요. 이젠 돌아가요, 제발. 만나 본 적도 없는 여자예요.」

그러나 남자는 빙긋 웃었다.

「만약 저 여자가 당신한테 덤벼들기라도 하면 내가 보호해 줄게. 나도 명색이 사내인데…… 자, 이리 와.」

그래서 두 사람은 포신 옆에 서 있는 여자 쪽으로 다가갔다. 그녀는 보닛을 벗어서 손에 들고 있었고, 바람에 흩날리는 머리카락을 뒤로 묶어 검은 외투 깃 속에 집어넣고 있었다. 그 외투는 묘한 스타일이었는데, 지난 40년 동안 유행했던 어떤 종류의 코트도 아니었고, 오히려 남자들이 승마할 때 입는 겉옷처럼 보였다. 그녀도 크리놀린을 입고 있지 않았지만, 그것은 런던의 최신 유행을 알아서가 아니라, 언제 어떤 유행이 지났는지 잊어버렸기 때문이다. 찰스는 진부한 몇 마디로 인기척을 냈지만, 그녀는 돌아보지도 않았다. 두 남녀는 그녀의 옆얼굴을 볼 수 있는 위치로 자리를 옮겼다. 그녀의 시선은 마치 라이플처럼 바다 너머 수평선을 겨누고 있었다. 문득 세찬 바람이 한줄기 불어왔다. 찰스는 어니스티나를 부축하려고 그녀의 허리에 팔을 둘렀고, 그 여인은 포신에 바싹 달라붙었다. 바람이 가라앉자마자 그는 이유도 모른 채 앞으로 걸음을 내디뎠다. 아마 자기가 겁쟁이가 아니라는 것을 어니스티나에게 과시하기 위해서였을 것이다.

「이봐요! 거기 서 계신 걸 보니 댁의 안전이 염려되는군요. 돌풍이라도 불어오면…….」

그녀가 이쪽으로 고개를 돌렸다. 찰스에게는 그녀가 자기를 꿰뚫어 보고 있는 것처럼 보였다. 이 첫 만남 이후 찰스의 기억에 또렷이 남은 것은, 그녀의 얼굴에 드러나 있던 특징 따위가 아니라, 그의 예상에서 벗어난 모든 것이었다. 왜냐하면 그들은, 괜찮은 여성이라면 얌전하고 순종적이며 다소곳한 표정을 지어야 하는 시대에 살고 있었기 때문이다. 찰스는 남의 땅에 불법 침입한 기분이었다. 말하자면 코브가 라임에 속해 있는 게 아니라, 그 여자의 소유지인 듯한 느낌이 들었던 것이다. 그녀의 얼굴은 어니스티나처럼 곱지는 않았다. 어느 시대, 어떤 취향을 기준으로 삼더라도 아름다운 얼굴은 분명 아니었다. 그러나 그것은 결코 잊을 수 없는 얼굴, 슬픔을 머금은 얼굴이었다. 그 얼굴에서는 슬픔이 숲속의 샘물처럼 순수하고 자연스럽게 끊임없이 솟아 나오고 있었다. 거기엔 어떤 꾸밈도, 위선도, 발작도, 가면도 없었다. 더욱이 광기라고는 흔적조차 찾아볼 수 없었다. 광기는 오히려 저 텅 빈 바다, 텅 빈 수평선, 그렇게 슬퍼할 이유가 전혀 없는 것에 있었다. 샘 자체는 아주 자연스럽지만, 사막에서 솟아 나오면 부자연스럽게 느껴지는 것과 같았다.

그 후 찰스는 그녀의 시선이 기억날 때마다 하나의 창(槍)을 떠올리곤 했다. 이렇게 생각하는 것은 하나의 대상을 묘사하는 것일 뿐만 아니라, 그것이 갖는 효과를 표현하는 것이기도 하다. 이런 생각이 들 때면, 찰스는 자신이 그 창에 마땅히 찔려 죽어야 할 부정한 적이라고 느꼈다.

그 여자는 아무 말도 하지 않았다. 그녀가 그를 돌아본 시간은 기껏해야 2~3초였다. 그러고는 다시 남쪽으로 시선을 돌렸다. 어니스티나가 소매를 잡아끌었기 때문에 찰스는 돌아서서 어깨를 으쓱하며 미소를 지었다. 육지에 가까이 왔을 때 그가 말했다.

「당신이 그 지저분한 이야기를 하지 말았으면 좋았을걸 그랬어. 그런 소문은 시골에서 살다 보면 으레 겪는 골칫거리야. 누구나 다 서로를 속속들이 알고 있어서 비밀이란 게 있을 수가 없지. 로맨스도 없고.」

그러자 그녀는 그를 놀렸다 ── 당신은 소설을 경멸하는 과학자라고.

3

> 그러나 훨씬 중요한 생각은 모든 생명체의 조직 중에서 가장 주요한 부분은 유전에 의해 결정된다는 것이다. 모든 존재는 결국 자연 안에서의 자기 위치에 잘 적응하고 있지만, 주요 부분이 유전으로 결정된 결과 이제는 많은 조직이 현재의 생활 습성과는 긴밀하고 직접적인 관계를 전혀 갖고 있지 않다.
>
> — 찰스 다윈, 『종의 기원』(1859)

> 인류 역사를 10년 단위로 나눌 때, 현명한 사람이라면 젊은이로 살고 싶은 시기로 1850년대를 선택할 것이다.
>
> — G. M. 영, 『시대의 초상』

찰스는 점심을 먹은 뒤, 화이트 라이언 호텔 방으로 돌아와서, 거울에 비친 자신의 얼굴을 바라보았다. 온갖 상념이 떠오르고 있었으나, 그것들은 너무나 막연해서 어떻게 설명할 수가 없었다. 그러나 그 생각들 속에는 뭔지 모를 신비한 요소들이 섞여 있었다. 이 막연한 낭패감은 코브에서 우연히 겪은 일과 관련되어 있는 것이 아니라, 트랜터 이모 댁에서 점심을 먹으면서 나눈 시시한 이야기들, 찰스 특유의 발뺌과 둘러대기, 그의 고생물학에 대한 관심과 타고난 능력의 불일치, 티나와 그가 서로 주고받는 이해의 차이, 인생의 목표가 뒤죽박죽된 듯한 느낌 — 이것은 비에 젖은 오후를 지루하게 보내야 할 것 같은 조짐에서 생겨난 느낌일 뿐이라고 그는 결론지었다 — 등과 관련되어 있었다. 어쨌거나 그때는 1867년이었고, 그는 겨우 서른두 살이었다. 그리고 그는 언제나 인생에 너무 많은 질문을 던졌다.

찰스는 젊은 과학도로 자처하기를 좋아했던 만큼, 미래에 생겨날 비행기라든가 제트 엔진, 텔레비전, 레이더 등에 관한 이야기를 듣더라도 놀라지는 않았겠지만, 시간을 대하는 세상 사람들의 태도가 변한 것을 알았다면 분명 놀랐을 것이다. 우리가 살고 있는 세기의 커다란 비극 가운데 하나는 시간 부족이다. 과학에 대한 사심 없는 열정이나 지혜 때문이 아니라 시간 자체에 대한 사고방식 때문에, 우리는 우리의 독창성과 사회의 소득 가운데 큰 몫을, 일을 보다 신속하게 처리하는 방법을 찾는 데 투자하고 있다. 마치 인류의 궁극적인 목적이 완전한 인간성에 가까워지는 것이 아니라 완전한 번갯불에 가까워지는 것이거나 한 것처럼. 그러나 찰스에게, 또한 시대·사회적으로 그의 동료였던 사람들 대부분에게, 존재를 지배하는 시간의 박자는 분명 〈아다지오〉였다. 문제는 한정된 시간 속에 하고 싶은 일을 모두 끼워 넣는 것이 아니라, 남아도는 여가의 드넓은 광장을 채우기 위해 일을 일부러 질질 끄는 것이었다.

오늘날 부유층에서 흔히 볼 수 있는 가장 공통적인 증세의 하나는 사람의 정신을 파괴하는 신경증이다. 찰스가 살았던 시대에는 그 증세가 무사태평한 권태감이었다. 1848년에 일어난 혁명의 물결과 시들해져 버린 차티스트 운동[6]에 대한 기억이 그 시대의 이면에 거대한 그림자처럼 드리워져 있었던 것이 사실이다. 그러나 찰스를 포함한 많은 사람들에게 가장 중요한 관심사는 그들이 이 멀고 험난한 인생을 견디면서도 자신들을 터뜨리지 못하는 것이었다. 1860년대는 확실히 풍요로운 시대였다. 그 풍요는 장인 계급, 심지어 노동자계급에까지 파급되어, 적어도 영국에서는 혁명의 가능성마

---

6 1836~1848년에 영국에서 일어난 급진적 사회 개혁 운동. 여섯 개 조항으로 된 〈인민 헌장〉을 만들어, 이를 채택할 것을 의회에 강요했다.

저 사람들의 마음에서 거의 몰아내 버렸다. 말할 필요도 없는 일이지만, 찰스는 마침 그날 오후 대영 박물관 도서실의 어둑한 방에서 붉은색 과일을 맺기 위해 묵묵히 책과 씨름하고 있었던 독일 태생의 정력적인 유대인에 대해서는 아무것도 몰랐다. 우리가 여기서 그 과일을 묘사하거나, 훗날 그 과일을 무분별하게 먹어 치움으로써 초래된 결과들을 묘사한다 할지라도, 그리고 1867년 3월에서 불과 6개월 뒤에 함부르크에서 『자본론』 초판이 발간될 예정이었는데도, 찰스는 우리 말을 믿지 않았을 게 거의 확실하다.

찰스가 염세주의자 역할에 어울리는 인물이 못 된 데에는 여러 가지 개인적인 이유가 있었다. 준남작이었던 할아버지는 영국의 시골 지주를 크게 두 가지 범주로 나눌 때 두 번째 그룹에 속했다. 첫번째 그룹은 포도주를 단숨에 들이켜는 여우 사냥꾼들이었고, 두 번째 그룹은 이 세상에 널려 있는 것들을 학자 취미로 수집하는 부류였는데, 찰스의 할아버지는 주로 서책을 수집하는 데 열정을 쏟았다. 그러나 만년에는 그의 많은 재산과 그보다 더 많은 가족들의 인내심을, 그에게 아무 피해도 끼친 적이 없는 언덕들을 파헤쳐 3천 에이커나 되는 윌트셔의 영지를 온통 상처투성이로 만드는 데 쏟아부었다. 고인돌과 선돌, 석기 시대와 신석기 시대의 무덤들을 그는 무자비하게 쫓아다녔다. 그리고 그의 큰아들도 유산을 물려받자 아버지와 마찬가지로 집 밖을 나돌아다니며 전리품을 찾아다녔다. 그러나 하늘은 그의 결혼을 방해함으로써 그에게 벌을 내렸다. 아니, 그것은 어쩌면 축복이었을까. 그 덕택에 작은아들 — 찰스의 아버지 — 이 토지와 재산을 넉넉히 물려받을 수 있었기 때문이다.

그의 인생에서 비극이란 단 하나뿐 — 젊은 아내가 당시 한 살이었던 찰스의 누이동생을 사산하고 자신도 목숨을 잃은 일이었다. 그러나 찰스의 아버지는 슬픔을 안으로 삼켰다. 아들에게 극진한 사랑을 쏟지는 않았지만, 가정교사와 유모를 대는 등 아들의 성장과 교육을 위해서는 아낌이 없었다. 그는 대체로 아들보다는 자신을 조금 더 좋아했다. 그는 토지의 일부를 매각하여, 그 일부는 철도 주식에 현명하게 투자하고 나머지는 도박판에 어리석게 쏟아부었다(그는 위안을 얻기 위해 하느님이 아니라 뚜쟁이를 찾아간 셈이다). 요컨대 그는 1802년이 아니라 1702년에 태어난 사람처럼 주로 쾌락을 좇으며 살았고, 그 쾌락 때문에 1856년에 목숨을 잃었다. 찰스는 하나뿐인 상속자였다. 그는 이미 축나 버린 아버지의 재산 — 카드놀이가 결국 가격이 급등한 철도 주식에 앙갚음을 했다 — 만이 아니라 결국은 백부의 상당한 재산까지도 물려받게 될 터였다. 1867년에는 백부도 포도주 파로 당당히 복귀했는데, 그러나 아직은 죽을 기미가 전혀 없이 정정한 상태였다.

　찰스는 백부를 좋아했고, 백부도 찰스를 사랑했다. 그러나 이런 애정이 그들의 관계에서 언제나 분명하게 나타나는 것은 아니었다. 찰스는 자고새나 꿩을 사냥하러 가자는 요청을 받으면 기꺼이 응했지만, 여우 사냥에는 결코 동행하지 않았다. 그는 사냥감이 먹을 수 있는 것인지 없는 것인지에 대해서는 별로 개의치 않았지만, 사냥꾼들이 잔인한 데에는 질색을 했다. 게다가 그는 승마보다 산책을 더 좋아했다. 그러나 당시만 해도 산책은 알프스를 오를 때만 빼고는 신사의 오락이 아니었다. 그는 물론 말 자체에 대해서는 어떤 거부감도 가지고 있지 않았지만, 가까이에서 한가롭게 관찰할 수 없는 동물은 타고난 박물학자답게 싫어했다. 그러나 행운은 그의 편이었다. 여러 해 전 어느 가을날, 그는 백부의 밀밭에서 아주 묘하게 생긴 새 한 마리를 잡은 적이 있었다. 방아쇠를 당기고 나서야 그것이 아주 희귀한 새라는 것을 알았을 때, 그는 자신에게 왠지 모를 분노를 느꼈다. 그것은 솔즈버리 평야에서 총에 맞아 죽은 마지막 능에 중의 하나였다. 그러나 백부는 몹시 기뻐했다. 그 새는 곧 박제로 만들어져, 윈즈야트 저택의 거실에 있는 유리 상자 속에 갇힌 채, 동그랗게 뜬 작은 눈으로 영원히 밖을 바라보는 신세가 되어 버렸다.

손님이 찾아오면 백부는 그 능에에 얽힌 무용담을 진저리가 날 만큼 늘어놓곤 했다. 그리고 조카의 상속권을 박탈하고 싶어질 때마다 ─ 그의 소유지는 남자에게만 한정 상속되는 재산이었기 때문에, 이런 생각이 떠오를 때마다 그는 얼굴이 시뻘게질 만큼 화를 냈다 ─ 그는 찰스가 잡은 그 불후의 능에를 바라봄으로써 백부로서의 애정을 되살리곤 했다. 왜냐하면 찰스에겐 몇 가지 흠이 있었기 때문이다. 그는 1주일에 한 번씩 백부에게 쓰는 편지도 빼먹는 경우가 많았고, 또 어쩌다 윈즈야트에 와서 머무를 때면, 백부도 별로 사용한 적이 없는 도서실에 틀어박힌 채 오후─나절을 보내곤 했던 것이다.

그러나 찰스는 더욱 심각한 결점을 가지고 있었다. 케임브리지 대학에 들어가자, 그는 고전 문학을 닥치는 대로 집어먹는 한편 〈39개조 신앙 고백〉[7]에 서명하면서(당시의 대다수 젊은이들과는 달리) 정말로 무언가를 배우기 시작했다. 그러나 2학년 때 나쁜 패거리에 휩쓸리더니, 어느 안개 긴 밤에 런던의 사창가에서 동정을 잃었고, 그 포동포동한 창녀의 품 안에서 뛰쳐나오자마자 곧장 교회의 품 안으로 뛰어들었다. 그리고 얼마 후에는 성직에 투신하겠다고 선언해 아버지를 질겁하게 만들었다. 이 심각한 위기를 넘기는 해결책은

7 영국 국교회의 교의적 입장을 나타낸 39개 대강(大綱).

하나밖에 없었다. 그래서 악에 물든 젊은이는 파리로 보내졌다. 얼룩진 그의 순결은 파리에서 알아볼 수 없을 정도로 더욱 시커메졌지만, 교회와 결혼하고자 했던 뜻도 아버지가 바란 대로 더럽혀지고 말았다. 찰스는 옥스퍼드 운동[8]이 내건 매력적인 슬로건 — 로마 가톨릭 〈본래의 땅으로!〉 — 의 이면에 무엇이 있는가를 보았다. 그는 부정적이지만 편안한 — 냉소적이면서도 인습적인 — 영국인 기질을 아첨과 교황 무류성(無謬性)에 낭비하고 싶지 않았다. 런던으로 돌아온 뒤, 그는 10여 가지에 이르는 당시의 종교 이론을 한 번씩 집적거려 보았지만, 결국 그의 마음에 또렷이 남은 것은 불가지론 하나뿐이었다. 그는 존재로부터 이끌어 낼 수 있었던 얼마 안 되는 하느님을 성서가 아니라 자연에서 찾아냈다. 1백 년 전이었다면 그는 이신론자가 되었거나, 어쩌면 범신론자가 되었을지도 모른다. 그는 다른 사람들과 함께 주일 아침 예배에 참석하기도 했지만, 혼자서 교회에 가는 일은 드물었다.

그는 죄악의 도시에서 6개월을 보낸 뒤 1856년에 런던으로 돌아왔다. 그로부터 석 달 뒤에 아버지가 돌아가셨다. 벨그라비아[9]에 있는 큰 저택은 세를 주고, 찰스는 켄징턴[10]에 있는 작은 집에 거처를 잡았다. 젊은 독신자가 살기에는 더없이 편한 집이었다. 하인 한 명과 요리사 한 명, 그리고 하녀 두 명이 시중을 들었는데, 그의 혈통이나 재산을 고려해 보면 유별나다 싶을 만큼 검소한 생활이었다. 그러나 그는 이곳에서 행복했고, 게다가 거의 모든 시간을 여행에 소비했

8 1833년 옥스퍼드 대학에서 일어난 종교 운동으로, 영국 국교회 내에 가톨릭주의를 부흥시키려고 했다.
9 런던의 하이드 파크 남동쪽에 인접한 상류 계급의 주택 지구.
10 런던의 하이드 파크 남서쪽에 인접한 주택 지구.

다. 오지 여행에서 겪은 체험을 한두 편의 수필로 써서 사교계 잡지에 투고하기도 했다. 한번은 그가 포르투갈에서 아홉 달을 지낸 뒤 어느 진취적인 출판사가 그에게 책을 한 권 써 달라고 청탁한 일도 있었다. 그러나 찰스에게는 작가가 된다는 것이 왠지 체면이 안 서는 일 — 또한 집중력을 유지해야 하는 고된 노동 — 로 여겨졌다. 그는 이 생각을 머릿속에서 이리저리 굴리다가 결국 떨쳐 버렸다. 생각을 가지고 노는 일은 사실 30대가 끝날 때까지 그의 본업이나 마찬가지였다.

하지만 그는 빅토리아 시대의 완만한 흐름 속에 표류하는 경박한 젊은이들과는 달랐다. 어쩌다 할아버지의 광적인 기질을 알고 있는 누군가를 만나면, 어리둥절한 시골 사람들을 진두지휘하여 끝없이 땅을 파헤치던 그 노인을 우습게 여긴 사람은 바로 가족들뿐이었다는 사실을 알게 되곤 했다. 다른 사람들은 찰스 스미스선 경을 로마 이전 시대 영국의 고고학을 개척한 선구자로 기억하고 있었다. 가족들이 집에서 몰아낸 소장품 중에는 대영 박물관이 탐낼 정도로 귀중한 것도 많았다. 그리고 찰스는 자기가 기질적으로 할아버지의 두 아들보다는 오히려 할아버지를 더 닮았다는 사실을 차츰 깨닫게 되었다. 지난 3년 동안 그는 점점 고생물학에 흥미를 느끼게 되었고, 인생을 바칠 분야는 고생물학뿐이라고 결심하기에 이르렀다. 그는 지질학회 모임에도 자주 참석하기 시작했다. 백부는 찰스가 쐐기 모양의 망치들과 채집 자루로 무장한 채 윈즈야트에서 걸어 나가는 것을 못마땅한 표정으로 바라보곤 했다. 백부가 생각하기에, 신사가 시골에서 지니고 다니는 데 어울리는 물건은 말채찍과 사냥총뿐이었다. 그러나 조카가 외출하는 것은 적어도 그 빌어먹을 도서실에 틀어박힌 채 그 빌어먹을 책에 코를 박고 있는 것에 비하면 한결 보기 좋았다.

그러나 찰스에게는 백부를 기쁘게 해줄 수 있는 또 하나의 흥미가 결여되어 있었다. 윈즈야트에서는 자유당의 휘장인 노란 리본과 수선화가 금기로 되어 있었다. 그 노인은 열렬한 보수당원이었고, 영향력도 갖고 있었다. 그러나 찰스는 자신을 의회로 보내려는 시도를 정중히 거절했다. 자기는 어떤 정치적 신념도 갖고 있지 않다고 선언한 것이다. 사실 그는 윌리엄 글래드스턴[11]을 남몰래 존경하고 있었지만, 윈즈야트에서는 글래드스턴이 역적으로 낙인찍혀 있어서, 그의 이름을 입에 올리는 것조차 금지되어 있었다. 따라서 찰스에게는 정치가 자연스러운 직업이 될 수도 있었을 텐데, 가족 관계와 상류층다운 게으름이 정계로 나가는 길을 편리하게도 봉쇄해 준 셈이다.

게으름이야말로 찰스의 두드러진 특징이 아닐까 싶다. 동시대의 많은 사람들과 마찬가지로, 그도 19세기 초의 사회적 의무감이 개인적 자만심으로 변질되고 있음을 감지하고 있었다. 영국을 새롭게 지배하고 있는 것은 선(善) 자체를 위해 선을 행하고자 하는 욕망 대신 존경받는 인물로 행세하려는 욕망이었다. 찰스는 자신이 지나칠 정도로 까다롭다는 것을 알고 있었다. 그러나 토머스 매콜리[12]가 바로 등 뒤에 있는데, 어느 누가 역사를 쓸 수 있겠는가? 눈부신 재능을 가진 작가들이 영국 문학사를 은하수처럼 빛내고 있는데, 어느 누가 시나 소설을 쓸 수 있겠는가? 찰스 라이엘[13]과 다윈이 버

11 영국의 정치가. 자유당 당수로서 1868년 이후로 수상을 네 번이나 지냈다. 1809~1898.
12 영국의 역사가, 정치가, 작가. 풍부한 자료와 유려한 문체로 이름난 『영국사』를 썼다. 1800~1859.
13 영국의 지질학자. 과거의 지각변동을 현재로부터 해명하려고 한 〈제일설(齊一說)〉을 제창하여 근대 지질학의 기초를 세웠으며, 이는 다윈의 진화론 성립에 영향을 미쳤다. 1797~1875.

것이 살아 있는데, 어느 누가 독창적인 과학자라고 나설 수 있겠는가? 디즈레일리[14]와 글래드스턴이 모든 가용 공간을 양분해 가지고 있는데, 어느 누가 정치를 하겠다고 나설 수 있겠는가?

앞으로 여러분은 찰스가 좀 더 높은 곳을 겨냥하고 있음을 보게 될 것이다. 지성을 가진 게으름뱅이들은 자신의 지성을 상대로 자신의 게으름을 정당화하기 위해 늘 그러는 법이다. 한마디로 말해서 그는 바이런적 배출구, 즉 천재와 방탕한 기질은 전혀 없이, 다만 바이런적 권태만을 가지고 있었다.

그러나 죽음은 다소 늦게 찾아들지라도, 나이 찬 딸을 가진 어머니들이 예견하듯이, 친절하게도 언젠가는 반드시 오게 마련이다. 찰스는 유망한 젊은이였지만, 설령 그렇지 않았다 해도 그는 흥미로운 젊은이였다. 해외여행은 애석하게도 오래된 가구의 고색창연한 녹청처럼 품위를 더해 주는 그의 무뚝뚝한 기질 — 당시의 영국 신사들에게 필수적인 이 기질은 빅토리아 시대의 진지함이니 도덕적 엄정함이니 성실함 같은 이름으로 그럴듯하게 포장되었다 — 을 다소 씻어 버렸다. 겉으로만 보면 그에게는 어떤 냉소주의, 말하자면 타고난 도덕적 타락을 보여 주는 확실한 징후가 있었다. 그러나 그는 나이 찬 딸을 가진 엄마들이 추파를 던지거나 아빠들이 어깨를 툭 치거나 처녀들이 먼저 선웃음을 보내지 않으면 어떤 사교 모임에도 들어가지 않았다. 찰스는 예쁜 처녀들을 무척 좋아했으며, 처녀들은 물론이고 그를 사위로 삼겠다는 야심을 가진 부모들을 놀리는 것도 싫어하지 않았다. 그래서 그는 바람둥이에다 무정한 남자라는 평판을 얻었

---

14 영국의 정치가. 보수당 당수로서 1874년에서 1880년까지 수상을 지냈다. 1804~1881.

는데, 그의 말끔한 솜씨를 보면 결코 과분한 평판은 아니었다. 그는 서른 살이 되었을 때쯤에는 이미 이 방면에서 족제비처럼 능숙한 솜씨를 발휘하고 있었다. 그의 앞길을 위협하는 결혼이란 덫은 맛있는 미끼를 매달고 있었지만, 그는 영리한 족제비처럼 미끼 냄새만 킁킁 맡고는 덫의 숨은 이빨에 꼬리를 돌리곤 했다.

이런 문제로 가끔 백부한테 꾸중을 듣기도 했다. 그러나 찰스가 재빨리, 큰아버지도 평생 독신으로 지내고 있지 않으냐고 지적하면, 백부의 꾸중은 물에 젖은 화약처럼 맥을 추지 못했다. 노인은 이렇게 투덜대는 것이 고작이었다.

「난 아내가 될 만한 여자를 찾아내지 못했어.」

「당치도 않아요. 큰아버진 그런 여자를 찾으려고 노력해 본 적도 없으시잖아요.」

「나도 한때는 노력했다. 너만 한 나이였을 때는.」

「큰아버진 사냥개와 자고새 뒤나 쫓아다니며 살았겠죠.」

그러면 노인은 앞에 놓인 포도주잔을 우울하게 바라보곤 했다. 그는 아내가 없다는 것을 진정으로 후회해 본 적은 없었다. 그러나 조랑말과 사냥총을 사줄 수 있는 자식이 없는 것은 못내 아쉬워했다. 그는 자신의 인생이 흔적도 없이 가라앉고 있음을 보았다.

「내가 눈이 멀었지. 멀었어.」

「전 뛰어난 시력을 갖고 있으니까 걱정 마세요, 큰아버지. 저도 아내가 될 만한 여자를 줄곧 찾아왔다고요. 다만 그런 여자를 아직 발견하지 못했을 뿐이에요.」

4

지나간 자취는 언제나 남아 있는 법.
이미 끝난 사랑을 가슴에 간직한 채
죽어 버린 사랑에 말없이 책임을 지는
축복받은 이들이여,
인생은 쏜살같이 지나가지만, 결코 무의미하지는 않았다.
— 노턴 부인, 『라 가라예 부인』(1863)

영국의 중·상류층 가족들은 대부분 그들의 구정물이 가득
찬 오물통 위에서 살았다.
— E. 로이스턴 파이크, 『빅토리아 황금기의 인문지』

섭정 시대[15] 양식으로 지은 풀트니 부인의 말버러 저택은
집주인의 사회적 지위에 걸맞게 우아하고 산뜻한 자태로 라임
뒤쪽의 가파른 언덕 위에 당당하게 서 있었다. 그러나 지하실
에 있는 부엌은 기능적인 면을 충분히 고려하지 않았기 때문
에, 오늘날에는 그 불편함을 견디기 힘들 것이다. 1867년에
그 저택에 살았던 사람들은 자기네 삶을 지배하는 폭군이 누
구인지를 분명히 알았겠지만, 우리 시대에는 햇볕도 잘 들지
않는 그 커다란 부엌의 안쪽 벽을 온통 독차지하고 있는 거대
한 화덕이야말로 보다 현실적인 괴물로 보일 것이다. 부엌에
는 화덕이 세 개 있었는데, 이것들은 모두 하루에 두 번씩 연
료를 공급하고 두 번씩 청소를 해주어야 했다. 집안일이 잘 돌
아가느냐 아니냐는 바로 그 일에 달려 있었기 때문에, 다른 건

---

15 영국 왕 조지 3세가 1811년에 정신 이상을 일으키자 왕세자(나중의 조
지 4세)가 1820년까지 섭정으로 통치했다.

몰라도 불을 꺼뜨리는 것만은 절대로 허용되지 않았다. 아무리 무더운 여름날일지라도, 남서풍이 세차게 몰아쳐 괴물이 숨 막힐 듯 검은 연기를 토해 낼지라도, 그 무자비한 화덕에만은 땔감을 먹여야 했다. 그리고 벽의 색깔이라니! 부엌의 벽은 밝은 색깔, 되도록이면 하얀색을 띠어야 했다. 그런데 이 벽들은 불쾌한 납빛을 띠고 있는 데다, 비소마저 잔뜩 머금고 있었다. 이런 사실은 물론 아무도(위층에 사는 폭군도) 알지 못했다. 부엌이 온통 습기에 차 있고, 또 괴물 같은 화덕에서 많은 연기와 그을음이 나오는 게 오히려 다행이었는지도 모른다. 적어도 죽음의 먼지와 잿가루는 밑으로 가라앉혀 주었으니까.

이 지옥 같은 구역의 주임 상사는 페얼리 부인이었다. 이 여자는 조그맣고 깡마른 몸매에 언제나 검은 옷을 입고 있었는데, 그것은 그녀가 과부이기 때문이기도 했지만 그보다는 오히려 그녀의 성격 탓이었다. 아마 그녀의 심한 우울증은 부엌으로 폭포처럼 떨어지는 하찮은 인간들의 끝없는 급류 때문에 생겨났을 것이다. 집사들, 하인들, 정원사들, 마부들, 위층 하녀들, 아래층 하녀들 — 이들은 집주인 마님의 생활 규범과 생활 방식을 알기만 하면 당장에 달아나 버렸다. 이런 소행은 그들 자신의 생각에도 부끄럽고 비겁한 짓이었다. 그러나 새벽 여섯시에 일어나 여섯시 반부터 열한시까지 일하고, 다시 열한시 반부터 오후 네시 반까지 일하고, 다시 다섯시부터 열시까지 일해야 한다면, 그것도 매일처럼, 따라서 1주일에 1백 시간의 노동을 요구받는다면, 아무리 많은 명예심과 용기도 금세 바닥나 버릴 것이다.

한번은 누군가가 풀트니 부인 앞에 출두하여 하인들의 감정을 대변했다는 이야기가 전설처럼 나돌았다. 다섯 번째 전의 집사가 이렇게 말했다는 것이다. 「마님, 저는 이 지붕 아래서 1주일을 살기보다는 차라리 구빈원에 가서 여생을 보내는 편이 낫겠습니다.」무섭기 짝이 없는 마님한테 정말로 그런 말을 할 수 있었을까 의심하는 사람도 있었지만, 그 집사가 짐을 챙겨 들고 언덕을 내려가자, 의심은 저절로 사라지고 말았다.

악명 높은 페얼리 부인이 어떻게 해서 그렇게 오랫동안 여주인을 섬길 수 있었는지는 그 고장 주민들이 가장 신기하게 여기는 수수께끼 가운데 하나였다. 인생이 풍비박산이 난 뒤, 그녀 자신도 풀트니 부인 같은 여자가 되었으리라는 설명이 가장 그럴듯했다. 페얼리 부인을 그 집에 붙들어 둔 것은 그녀의 질투심이었고, 또한 그 집에서 일어나는 빈번한 불상사가 그녀에게 은밀한 쾌감을 안겨 주기 때문에 그 집을 떠나지 않았다는 것이다. 요컨대 두 여자는 가학증 초기 환자였고, 그들이 서로 견딜 수 있는 것은 피차 이로운 일이었다.

말버러 저택의 독재자 풀트니 부인에게는 두 가지 강박 관념, 또는 같은 강박 관념의 두 얼굴이 있었다. 하나는 불결함 — 그러나 부엌은 예외로 치고 있었는데, 이곳엔 하인들만 살고 있었기 때문이다 — 이었고, 또 하나는 부도덕이었다. 이 두 가지는 절대로 그녀의 독수리 같은 눈초리에서 벗어날 수 없었다.

풀트니 부인은 한없이 남아도는 시간 속에서 끊임없이 맴도는 뚱뚱한 독수리 같았고, 불결함에 대한 그녀의 신경증적 반응을 두고 말하자면, 먼지라든가 손자국은 말할 것도 없고, 풀이 잘 먹여지지 않은 아마포, 냄새, 얼룩, 부서지거나 금 간 것, 그 밖에 대대로 물려 오는 집구석의 흠집들에 대해 그녀는 놀랄 만한 육감을 타고난 여자였다. 정원사가 손에 흙을 묻힌 채 집 안으로 들어오다 들키기만 해도 당장 해고될 정도였다. 집사가 목도리에 포도주 얼룩을 묻히고 다니거나, 하녀가 침대 밑에 때묻은 스웨터를 처박아 두었다가 들커도 마찬가지였다.

　그러나 무엇보다도 구역질 나는 것은, 집 밖에서조차 자신의 권위에 어떤 한계를 인정하지 않으려는 태도였다. 일요일마다 교회에서 아침 예배와 저녁 예배 때 두 번 다 그녀에게 인사를 올리지 않으면, 그것은 가장 부도덕한 타락의 증거였다. 아주 드물게 찾아오는 자유로운 오후 — 한 달에 한 번씩 마지못해 주어지는 자유 시간 — 에 젊은 사내와 산책하다가 들킨 하녀를 구해 줄 수 있는 건 하느님뿐이다. 그리고 그 하녀를 너무도 사랑한 나머지 그녀와의 약속을 지키려고 말버러 저택으로 몰래 접근하는 젊은이를 도와줄 수 있는 것도 하느님뿐이다. 왜냐하면 그 정원은 인간적인 덫으로 뒤덮인 숲이었기 때문이다. 여기서 인간적이라고 말한 것은, 희생물을 노리며 숨어 있는 커다란 아가리에 그나마 이빨이 없었기 때문이다. 그러나 이 아가리는 사람의 다리를 부러뜨리기에 충분한 위력을 가지고 있었다. 이 철제 하인들은 풀트니 부인이 가장 아끼는 것들이었다. 그들만은 절대로 내쫓는 일이 없었다.

　게슈타포에서라면 풀트니 부인도 한 자리 차지할 수 있었으리라. 그녀의 심문 방식은 아무리 강심장을 가진 처녀라할지라도 단 5분 만에 눈물을 뚝뚝 흘리며 자백하게 만들 수 있을 정도였다. 그 방식을 보면, 그녀는 대영 제국의 거만한 태도를 두루 갖추고 있는, 말하자면 하나의 축소판이라고 할수 있었다. 그녀가 생각하는 정의의 개념은, 자신은 언제나 정당할 수밖에 없다는 것이었고, 그녀가 생각하는 통치의 개념은, 불손한 백성들은 사납게 몰아세워야 한다는 것이었다.

　그러나 그녀와 같은 계급의 아주 제한된 사회 안에서는 그녀가 자비로운 사람으로 알려져 있었다. 누군가 이 평판에 이의를 제기하려 든다면, 그녀를 변호하는 측에서는 반박할 수 없는 증거를 제시할 것이다. 그 〈프랑스 중위의 여자〉를 거두어 준 사람이 누구냐고. 그러나 당시에는 그 자비롭고 친절한 부인이 그 여자의 다른 별명 — 비련의 여주인공이라는 좀 더 그리스적인 별명 — 만 알고 있었다는 사실은 굳이 덧붙일 필요가 없을 것이다.

그 놀라운 사건은 1866년, 그러니까 내가 이제까지 서술해 온 시점(時點)에서 정확히 1년 전 봄에 일어났다. 그리고 그 사건은 풀트니 부인의 커다란 비밀과 관련되어 있었다. 그것은 아주 단순한 비밀이었다. 그녀는 지옥의 존재를 믿고 있었던 것이다.

그 당시 라임 교구 목사는 신학적으로 비교적 진보적인 인물이었다. 그러나 그는 또한 자기가 먹는 빵의 어느 쪽에 버터가 발라져 있는지를 잘 알고 있었다. 라임 교구 목사로는 적임자라고 할 수 있었다. 왜냐하면 라임은 전통적으로 저교회파[16]에 속해 있는 교구였기 때문이다. 설교할 때는 열변 웅변조였는데, 그 능력은 타고난 것이었다. 또한 그는 자신의 교회에서 십자가나 성상, 예배용 제기들, 그 밖에 가톨릭의 엄격한 교리를 나타내는 것들을 모두 치워 버렸다. 언젠가 풀트니 부인이 내세에 대한 그녀 나름의 지론을 피력했을 때, 가난한 사제의 처지에서 돈 많은 교구민과 논쟁을 벌일 수는 없었기 때문에, 그는 아무런 반박도 하지 않았다. 열세 명이나 되는 고용인들에게 임금을 줄 때면 주둥이가 닫혀 있던 풀트니 부인의 돈지갑도, 목사가 요구하면 언제나 내줄 것처럼 열려 있었다. 콜레라가 돌았던 지난해 겨울, 풀트니

16 영국 국교회 안에서, 고교회파처럼 성직의 권위나 의전을 중요시하지 않고 복음주의를 받드는 일파.

부인이 가벼운 병환으로 몸져누웠을 때, 목사는 의사만큼이나 자주 말버러 저택에 들락거렸다. 의사는 단순한 소화 불량이며, 저 무시무시한 동양의 저승사자가 찾아온 것은 아니라고 몇 번이나 거듭해서 달래야 했다.

풀트니 부인은 미련한 여자가 아니었다. 자신의 안락이나 미래의 운명과 관계되는 실제적인 문제에는 날카로운 관심을 쏟고 있었다. 그녀의 상상 속에서, 신의 얼굴은 웰링턴 공작[17]을 닮았지만, 신의 성격은 오히려 빈틈없고 약삭빠른 변호사 — 이들은 풀트니 부인이 누구보다도 존경해 마지않는 족속이었다 — 와 더 비슷했다. 침대에 누우면 무시무시한 수학적 의문이 떠오르곤 했는데, 이 의문들은 날이 갈수록 그녀의 마음을 사로잡고 있었다. 주님은 인간의 자비심을 산출할 때 무엇을 기준으로 삼을까. 베푼 액수로 헤아릴까, 아니면 베풀 수 있는 여유로 헤아릴까. 그녀는 상당한 금액을 교회에 바쳤다. 그러나 천국에 들어가고자 하는 후보자들이 바쳐야 한다고 규정된 십일조에는 훨씬 못 미치는 액수였다. 이 점은 부인 자신도 잘 알고 있었다. 그래서 모자란 액수는 자기가 죽은 뒤에 보충하게끔 유언장에 명시해 놓았다. 그러나 유언장이 공개되는 자리에 주님이 참석하지 않으면 어쩌지? 게다가 그녀가 몸져누웠을 때, 저녁마다 성서를 읽어 주는 페얼리 부인이 골라잡은 대목은 공교롭게도 가난한 과부가 정성껏 헌금을 바치는 장면이었다. 풀트니 부인이 보기에는 그 장면이 몹시 못마땅한 비유처럼 여겨졌지만, 그녀의 내장에 감염된 바이러스보다 훨씬 오랫동안 마음에 남아 있었다. 병에서 회복된 어느 날, 그녀는 목사가 문안차 찾아온 기회를 이용해서 자신의 양심을 조심스레 시험해 보았다. 처

17 워털루 해전에서 나폴레옹 군대를 격파한 장군. 1760~1852.

음에 목사는 그녀의 정신적 불안을 없애 주려고 했다.

「부인께서는 탄탄한 반석 위에 서 계십니다. 주님은 모든 것을 보시고, 모든 것을 아십니다. 그분의 자비와 그분의 정의를 의심해서는 안 됩니다.」

「하지만 그분이 저더러 양심이 깨끗하냐고 물어보시면요?」

목사는 미소를 지었다. 「부인께서는 그 점이 불안하신 모양이군요. 그러나 주님은 무한한 동정심으로…….」

「하지만 그분이 그렇지 않으면요?」

「그런 식으로 말씀하시면 제가 야단칠 수밖에 없습니다, 부인. 우리는 그분의 이해력을 의심해서는 안 됩니다.」

침묵이 흘렀다. 목사와 함께 있을 때면 풀트니 부인은 언제나 두 사람과 함께 있는 듯한 느낌을 받았다. 하나는 사회적 지위에서나 실제적 능력에서나 자기보다 못한 인물 — 사적으로는 식탁의 즐거움을 위해서, 공적으로는 교회 운영에 따른 물질적 어려움을 해결하고 가난한 사람들에게 예배 이외의 도움을 베풀기 위해서, 목사는 부인한테 의존할 수밖에 없었다 — 이었고, 또 하나는 신의 대리인 — 목사 앞에서는 그녀도 무릎을 꿇어야 했다 — 이었다. 그래서 목사를 대하는 그녀의 태도는 가끔 기묘하고 일관성이 없었다. 어느 순간에는 〈얕잡아 보는〉 태도였다가, 다음 순간에는 〈우러러보는〉 태도로 바뀌었다. 때로는 하나의 문장에 두 가지 태도가 동시에 나타나기도 했다.

「프레더릭이 죽지만 않았어도 좋은 충고를 해주었을 텐데…….」

「그렇다마다요. 게다가 그분의 충고는 제가 드리는 말씀과 별차이가 없었을 겁니다. 그 점은 믿으셔도 됩니다. 그분도 기독교인이었다면서요? 제가 드리는 말씀도 건전한 기독교 교리입니다.」

「그건 경고였어요. 징벌이었다고요.」

목사는 근엄한 눈길로 부인을 바라보았다. 「조심하세요. 부인, 조심하셔야 합니다. 주님의 권능을 함부로 침해하시면 안 됩니다.」

그녀는 입장을 바꿨다. 서품을 받은 목사라고 해서 모두 다 남편이 요절한 이유를 그녀한테 설명해 줄 수는 없는 노릇이었다. 그 문제는 신과 그녀 사이에 그대로 남아 있었다. 그것은 검은 오팔처럼 신비로운 것, 때로는 엄숙한 전조처럼 빛나고, 때로는 그녀가 아직도 치러야 하는 속죄 행위를 면하기 위해 이미 교회에 바친 일종의 죗값이었다.

「헌금은 했지만, 선행은 해본 적이 없어요.」

「헌금만으로도 아주 훌륭한 선행을 하신 겁니다.」

「코턴 부인과는 달라요.」

대화가 갑자기 세속적인 문제로 떨어졌지만, 목사는 놀라지 않았다. 풀트니 부인과 코턴 부인이 벌이고 있는 그 별난 신앙심 경쟁에는 오랜 세월에 걸친 복잡한 내막이 숨어 있었고, 과거에 가진 대화를 통해 목사는 풀트니 부인 자신도 그 사실을 알고 있다는 것을 잘 알고 있었기 때문이다. 라임 뒤쪽으로 수 킬로미터 떨어진 곳에 살고 있는 코턴 부인은 열성적인 자선 사업가로 유명했다. 그녀는 가난하고 병든 사람들을 자주 심방했고, 수많은 전도회를 주재했으며, 타락한 여인들을 위해 갱생원을 세우기도 했다. 〈막달라의 집〉의 도움을 받은 여자들 가운데 대부분이 그 갱생원에서 나오자마자 다시금 타락의 수렁으로 빠져 든 것은 참으로 뼈아픈 고통이었다. 그러나 이런 사실을 풀트니 부인은 전혀 모르고 있었다. 〈비련의 여주인공〉의 또 다른 별명을 몰랐던 것처럼.

목사가 가볍게 기침을 했다. 「코턴 부인은 우리 모두의 귀감입니다.」

이 말은 불에 기름을 부은 격이었다. 물론 목사도 그것을 모르지 않았을 것이다.

「저도 심방을 다니겠어요.」

「훌륭한 생각이십니다.」

「하지만 심방을 하면 항상 심신이 피곤해져요.」목사는 아무런 도움도 줄 수가 없었다.「물론 제가 나쁘다는 건 알아요.」

「진정하세요, 부인.」

「정말이에요. 전 아주 나쁜 여자예요.」

긴 침묵이 흘렀다. 그사이에 목사는 아직도 한 시간이나 남아 있는 저녁 식사를 생각했고, 풀트니 부인은 자신의 사악함을 생각했다. 그런 다음 자신의 고민을 해결할 수 있는 타협안을 그녀답지 않게 조심스러운 태도로 제시했다.

「목사님이 알고 계신 여자 중에 혹시 어려운 처지에 놓인 교양있는 여자가 없을까요?」

「무슨 말씀이신지?」

「말벗이 필요해요. 요즘엔 글 쓰는 것조차 힘듭니다. 게다가 페얼리 부인은 글을 읽는 게 너무 서툴러요. 말벗으로 삼을 만한 여자가 있다면, 방이라도 한 칸 줘서 함께 지낼 수 있으면 좋겠어요.」

「그거 참 좋은 생각이십니다, 부인. 제가 한번 알아보지요.」

풀트니 부인은 약간 움찔했다. 진정한 기독교 신앙의 품속에 갑자기 몸을 던지고 나자, 왠지 겁이 났기 때문이다.

「하지만 도덕적으로 흠잡을 데 없는 여자라야 돼요. 하인들도 생각해야 하니까요.」

「그러시겠죠. 물론 그러시겠죠, 부인.」

목사가 자리에서 일어났다.

「딸린 식구가 없는 여자면 더욱 좋겠어요. 남의 집에 얹혀 사는 처지에 가족까지 딸리면 그보다 성가신 게 없을 테니까요.」

「부인 마음에 들지 않을 여자는 아예 추천하지도 않을 테니 염려 마세요.」

목사는 풀트니 부인의 손을 쥐어 주고 나서 문으로 걸어 갔다.

「그리고 목사님, 너무 젊은 여자는 곤란해요.」

목사는 꾸벅 절을 하고 방에서 나갔다. 그러나 아래층으로 내려가는 층계를 반쯤 갔을 때, 그는 문득 걸음을 멈추었다. 어떤 기억이 떠올랐던 것이다. 그는 그 기억을 곰곰이 곱씹었다. 악의와는 전혀 무관한 감정, 상복 차림의 풀트니 부인 곁에서 오랫동안 위선적인 — 적어도 항상 솔직하게 처신한 것은 아니었으므로 — 행동과 말을 한 탓에 생겨난 어떤 충동이 그를 사로잡았다. 그는 몸을 돌려 부인의 거실로 되돌아갔다. 그는 문간에 서서 말했다.

「적당한 여자가 생각났습니다. 이름은 사라 우드러프라고 합니다.」

5

오, 덧없는 일을 생각한들 무슨 소용이 있으랴?
죽음이 첫눈에 죽음으로 보인다면,
사랑은 너무 좁은 한계 안에
갇히지 않았거나 갇혔다.

나태한 기분으로, 또는 가장 천박한 형태의
사티로스 같은 단순한 친교는
숲 속에서 풀을 짓찧고 포도를 으깨고
햇볕을 쬐며 게걸스럽게 먹어 댔구나.
— 앨프레드 테니슨, 『인 메모리엄』(1850)

젊은이들은 누구나 라임에 가보고 싶어 야단들이었다.
— 제인 오스틴, 『설득』(1817)

어니스티나는 나이에 걸맞게, 달걀처럼 갸름하고 제비꽃처럼 섬세한 얼굴을 하고 있었다. 그 모습을 보고 싶으면, 당시 유명했던 삽화가 해블롯 브라운이나 존 리치의 그림을 찾아보면 될 것이다. 잿빛 눈동자와 하얀 살결이 그 섬세한 느낌을 더욱 돋보여주고 있었다. 사람을 처음 대할 때면 눈길을 예쁘게 흘길 줄도 알았고, 또 어떤 신사가 말을 걸면 기절이라도 할 듯 가냘픈 인상도 풍겼다. 그러나 꼬리가 약간 — 비유하자면 2월에 핀 제비꽃 향기처럼 미묘하게 — 처져 있는 눈매와 입술은 신 같은 남성에게조차 굽히지 않는 고집스러운 기질을 말해 주고 있었다. 정통적인 빅토리아 시대 사람이라면 그 미미한 단서를 포착하여 그녀가 혹시 베키 샤프[18] 같은 여자가 아닐까 하고 의심했을 것이다. 그러나 찰스 같은

---

18 영국의 소설가 새커리의 『허영의 시장』에 나오는 냉정하고 이기적인 여주인공.

남자에게는 그녀도 어쩔 수 없었다. 그녀는 무도회에 갈 때마다 수십 명의 남자들에게 둘러싸이는 조지나, 빅토리아, 앨버티나, 마틸다 같은 새침데기 처녀들과 아주 비슷했지만, 그런 여자들과 똑같지는 않았다.

찰스가 브로드 가에 있는 트랜터 이모 댁을 나와, 1백 걸음 만에 화이트 라이언 호텔에 도착하여 엄숙하게 — 사랑을 공공연히 선언한 사람들은 모두 세상 사람들의 놀림감이 아닐까? — 층계를 올라가 2층에 있는 방으로 들어간 다음, 거울 앞에 서서 잘생긴 얼굴을 바라보고 있을 때쯤, 어니스티나는 먼저 실례한다는 말을 남기고 자기 방으로 갔다. 레이스 커튼을 통해 약혼자가 떠나는 모습을 보고 싶었고, 또 이모 댁에서 마음 편히 쉴 수 있는 그 유일한 방에 혼자 있고 싶었기 때문이다.

그가 걸어가는 모습, 때마침 심부름하러 밖으로 나온 이모 댁 하녀한테 실크해트를 살짝 들어 보이는 모습은 참으로 경탄할 만했다. 그런데도 그녀는 찰스가 그렇게 하는 것이 싫었다. 왜냐하면 찰스가 인사를 보낸 하녀는 도싯의 시골 출신다운 쾌활한 눈빛과 도발적인 분홍빛 뺨을 갖고 있었기 때문이다. 게다가 찰스에게는 예순 살 이하의 여자를 두 번 다시 쳐다보는 일이 엄격하게 금지되어 있었다. 하기야 이 금지령은 자비로운 트랜터 이모 덕분에 딱 1년 동안만 해제되어 있었지만.

어니스티나는 창가에서 몸을 돌렸다. 이 방은 오로지 그녀를 위해 마련된 것인 만큼, 그녀의 취향에 맞게 완전히 프랑스 풍으로 꾸며져 있었다. 그 당시의 프랑스 풍 실내 장식은 영국풍만큼 장중했지만, 영국풍보다는 조금 화려하고 기발했다. 그러나 이 방만 그렇지, 다른 공간들은 아직도 25년 전의 스타일을 완강하게 고집하고 있었다. 밝고 우아하고 퇴폐적인 것들, 말하자면 조지 4세[19]의 품행과 기억을 연상시킬 수 있는 요소들은 완전히 배제한 채 만들어진 물건들의 박물관이라고 할 수 있었다.

어느 누구도 트랜터 이모를 싫어할 수는 없었다. 그 순진하게 미소 띤 얼굴 — 특히 말할 때 — 에다 대고 화낼 생각을 하는 것은 애당초 어리석은 짓이었다. 그녀는 나름대로 인생을 성공적으로 살아온 노처녀의 낙관주의를 가지고 있었다. 고독은 사람의 성미를 까다롭게 만들거나 자립심을 길러 주거나 둘 중 하나다. 트랜터 이모는 먼저 자신을 위해 최선을 다했고, 다음에는 남들을 위해 최선을 다했다.

그러나 어니스티나는 이모한테 트집을 잡아 화내는 데 최선을 다했다. 아직도 대낮같이 밝은 다섯시에 저녁을 먹는 습관, 다른 방들을 가득 채우고 있는 음침한 가구들, 체면에 지나치게 신경을 쓰는 이모의 태도(트랜터 이모는 예비 신랑과 신부가 단둘이 앉아 있거나 산책하고 싶어하리라고는 꿈에도 생각지 않았다), 그리고 무엇보다도 시골구석인 라임에 와 있는 자신의 처지에 대해 그녀는 화를 냈다.

이 가엾은 처녀는 태어날 때부터 무남독녀가 겪어야 하는 온갖 성가심에 시달려 왔다. 사소한 문제에 대해서조차 관심을 접지 못하는 부모들의 지나친 염려와 보살핌 속에 짓눌려 살아야 했다. 기침만 해도 의사를 부를 정도였다. 사춘기가 된 뒤에는, 조금만 변덕을 부려도 실내 장식가를 불러다 방을 꾸며 주고, 재단사를 불러다 옷을 지어 주었다. 조금만 눈살을 찌푸려도 엄마 아빠는 몇 시간이나 자신을 탓하며 속을 태웠다. 그럴 때마다 벽장식은 다시 꾸며졌고, 새 드레스가

19 빅토리아 여왕의 백부. 왕자 시절부터 바람둥이로 이름났으며, 왕위에 오른 뒤에는 왕비와의 이혼 문제로 물의를 일으키기도 했다. 재위 1820~1830.

생겼다. 그러나 그녀가 아무리 변덕을 부리고 불평을 늘어놓아도 소용없는 문제가 하나 있었으니, 그것은 그녀의 건강이었다. 부모는 딸애가 폐결핵에 걸렸다고 믿었다. 그래서 지하실에서 눅눅한 냄새만 나도 집을 옮겼고, 휴가철에 이틀만내리 비가 와도 장소를 바꿨다. 할리 가[20]의 의사들 가운데 절반 이상이 그녀를 진찰했지만 아무런 증세도 발견할 수 없었다. 게다가 그녀는 이때껏 혼수상태에 빠질 만큼 중병을 앓아 본 적도 없었고, 만성 허약증에 걸린 일도 없었다. 허락만 받을 수 있다면, 그녀는 밤새도록 춤출 수도 있었을 테고, 그러고도 이튿날 아침에는 거뜬히 일어나 배드민턴을 칠 수도 있었을 것이다. 그러나 그녀는 부모의 고정관념을 바꿀 수 없었다. 그것은 갓난아기가 산을 허무는 것만큼이나 어려운 일이었다. 그들이 미래를 내다볼 수만 있었다면! 어니스티나는 같은 세대의 다른 사람들보다 훨씬 오래 살았다. 그녀는 1846년에 태어났다. 그리고 히틀러가 폴란드를 침공하던 날[21] 세상을 떠났다.

어니스티나가 반드시 지켜야 하는 섭생법 — 사실은 불필요한 것이었지만 — 은 해마다 라임에 있는 이모 댁에 가서 지내는 것이었다. 평소에는 런던의 사교 시즌이 끝나면 그 피로를 풀기 위해 라임에 오곤 했다. 그러나 올해는 결혼을 위해 기운을 차리라고 조금 일찍 보내졌다. 바다에서 불어오는 산들바람은 확실히 건강에 좋았다. 그러나 마차를 타고 라임으로 갈 때면 그녀는 언제나 시베리아로 유배되는 죄수처럼 기분이 울적했다. 라임 사회는 트랜터 이모 댁의 덜거덕거리는 마호가니 가구만큼이나 최신식이었다. 게다가 오

20 런던의 리젠트 공원 남쪽, 일류 병원이 많은 거리.
21 1939년 9월 1일.

락거리를 두고 말하자면, 런던이 제공해 줄 수 있는 최고의 오락에 길든 젊은 숙녀에게는 아예 없느니만 못했다. 그래서 어니스티나와 트랜터 이모의 관계는, 조카딸과 이모 사이에서 흔히 볼 수 있는 관계이기보다, 오히려 팔팔한 줄리엣과 완고한 유모의 관계와 더 비슷했다. 지난겨울에 로미오가 무대에 등장하여 외로움을 함께 나누겠다고 약속하지 않았다면, 그녀는 아마 반란을 일으켰을 것이다. 적어도 그녀 자신은 그렇게 확신했다. 어니스티나는 확실히 주위 사람들이 허락하는 것보다 ─ 그리고 그 시대가 허락하는 것보다 ─ 훨씬 강한 의지를 갖고 있었다. 그러나 다행히도 그녀는 관습에 대해 지극히 온당한 존경심을 품고 있었다. 그리고 자신을 냉소할 줄도 알았다. 이런 태도는 찰스도 마찬가지여서, 그들이 처음에 서로 매력을 느끼는 데 적잖은 도움이 되었다. 이런 냉소와 유머 감각이 없었다면, 그녀는 아주 못된 아이가 되었을 것이다. 사실 그녀는 가끔 자신을 〈이 못된 계집애야〉 하고 불러 보곤 하는데, 이런 태도가 그녀를 구원해 준 건 분명했다.

그날 오후, 어니스티나는 방에서 드레스를 벗고 속치마와 페티코트만 걸친 채 거울 앞에 섰다. 잠시 동안 그녀는 자기 도취에 빠져 자신의 몸매를 바라보았다. 목에서 어깨로 흘러내린 선은 얼굴을 돋보이게 해주었다. 그녀는 정말 아름다웠다. 그녀가 알고 있는 미인들 속에 있어도 전혀 꿀릴 게 없을 정도였다. 이것을 증명이나 하려는 듯, 그녀는 팔을 들어 머리를 풀어 버렸다. 그러자 치렁한 머리채가 맨살로 드러나 있는 어깨를 덮치듯 흘러내렸다. 이런 행위는 겨울밤에 뜨거운 물로 목욕하거나 포근한 침대에 들어가는 것처럼 죄받을 짓이지만 꼭 필요한 일이라는 것을 그녀는 알고 있었다. 그리고 이것은 정말로 죄받을 짓이지만, 그녀는 자신의 자태

속에서 무희나 여배우 같은 부정한 여자의 모습을 상상했다. 여러분이 그녀를 지켜보고 있었다면, 참으로 희한한 광경을 목격했을 것이다. 거울 앞에서 이리저리 돌며 자신의 모습을 찬탄하던 그녀가 갑자기 동작을 멈추고 천장을 올려다본 것이다. 그녀의 입술이 움찔했다. 그녀는 황급히 옷장을 열고 실내복을 꺼내 입었다.

그녀가 발끝을 세우고 돌 때, 거울에 비친 침대 모서리가 우연히 눈에 들어왔다. 그 순간 그녀의 마음을 스친 것은 어떤 관능적인 상념이었다. 상상 속에서 그녀는 알몸으로 뒤틀린 라오콘[22]의 형상을 얼핏 보았다. 그녀가 놀란 것은 실제의 성행위를 그녀가 전혀 모르고 있기 때문만은 아니었다. 그녀를 놀라게 만든 것은 오히려 그 행위가 요구하는 듯한 고통과 야만적인 분위기였다. 이런 분위기는 그녀를 그토록 매혹시키는 찰스의 부드러운 몸짓, 허락된 범위를 넘어서지 않는 조심스러운 애무조차 마음껏 누리지 못하게 하는 것 같았다. 그녀는 동물들이 교미하는 것을 한두 번 본 적이 있는데, 그 거칠고 격렬한 광경이 자꾸만 그녀의 마음을 어지럽게 만들었다.

그래서 그녀는 혼자만의 계율을 만들었다. 한 번도 입 밖에 낸 적은 없지만, 그것은 한마디로 이랬다. 〈나는 절대로 그 짓을 하지 않겠다.〉 그녀의 육체에서 여성적 특징을 암시하는 것들 — 성욕, 월경, 출산 따위 — 이 의식 속으로 들어오려고 할 때면, 그녀는 언제나 이 계율을 떠올리곤 했다. 그러나 늑대들이 문 안으로 들어오지 못하게 막을 수는 있지만, 그래도 늑대들은 여전히 바깥의 어둠 속에서 큰 소리로

22 그리스 신화에 나오는 트로이의 제사장. 트로이 전쟁 때 그리스 군의 목마 계략을 간파하고 창을 던졌기 때문에 아테나 여신의 노여움을 사서 아들과 함께 두 마리의 거대한 바다뱀에 감겨 죽었다.

울부짖는 법이다. 어니스티나는 남편을 원했고, 그 자리를 찰스가 차지해 주기를 원했으며, 또 아이를 원했다. 그러나 그 원하는 것들을 얻기 위해서는 엄청난 대가를 치러야 하리라는 것을 그녀는 어렴풋이 예감하고 있었다.

그녀는 종종 의아하게 여기곤 했다. 신은 왜 그런 야수적인 의무가 그렇게 순결한 갈망을 망쳐 놓도록 허락한 것일까. 그녀와 동시대에 살았던 여성들은 대부분 그런 의아심을 느끼고 있었다. 대부분의 남성들도 마찬가지였다. 그리고 〈의무〉 ── 이것은 오늘날에는 삶의 홍을 깨뜨리는 것이지만 ── 가 빅토리아 시대를 이해하는 데 키워드가 된 것은 결코 놀라운 일이 아니다.[23]

어니스티나는 늑대들을 잠잠하게 한 뒤, 화장대로 가서 서랍을 열고 일기장을 꺼냈다. 까만 모로코 가죽을 씌운 일기장에는 금으로 만든 걸쇠가 채워져 있었다. 그녀는 다른 서랍에 감춰 둔 열쇠를 꺼내 일기장을 열었다. 그러고는 곧장 뒷장을 펼쳤다. 찰스와 약혼한 날, 그녀는 그 일기장에 약혼한 날부터 결혼할 날까지의 날짜를 적어 두었다. 그리고 하루가 지날 때마다 곱게 줄을 그어 날짜를 하나씩 지웠다. 벌써 두 달이 지워져 있었다. 남아 있는 숫자는 약 아흔 개였다. 이제 어니스티나는 상아 뚜껑을 씌운 연필을 일기장 위에서 집어 들고, 3월 26일이라는 숫자에 줄을 그었다. 사실 3월 26일이 지나려면 아직도 아홉 시간이 남아 있었지만, 그녀는 이 사소한

23 내가 제5장 첫머리에 인용한 테니슨의 시구는 이것과 깊은 관계가 있다. 내세에 대한 불안을 이야기한 그 유명한 시집 『인 메모리엄』에 나오는 온갖 기묘한 주장들 중에서도 가장 기묘한 것이 이 시(제35편)에 나와 있다. 영혼이 불멸성을 갖고 있지 않다면 사랑은 사티로스 같은 모습일 수밖에 없다고 주장하는 것은 분명 겁에 질려 프로이트한테서 도망치는 행위다. 빅토리아 시대 사람들에게 천국이 천국이었던 것은 주로 육체가 〈이드〉와 함께 지상에 남겨졌기 때문이다 ── 원주.

속임수를 상습적으로 허용하고 있었다. 이어서 그녀는 일기장의 앞장, 아니 거의 앞장을 펼쳤다. 그 일기장은 지난 크리스마스에 선물로 받은 것이었기 때문이다. 작고 예쁜 글씨가 빽빽이 적혀 있는 것은 열다섯 장 정도였다. 그다음은 백지였다. 거기에 그녀는 재스민꽃이 달린 잔가지 하나를 끼워 두었다. 그녀는 잠시 그 꽃가지를 바라보다가 허리를 굽혀 냄새를 맡았다. 치렁치렁한 머리카락이 일기장 위로 쏟아져 내렸다. 그녀는 가장 달콤했던 날, 너무 좋아서 죽을 것 같다고 생각했던 날, 끝없이 울었던 날, 그날의 그 형언할 수 없는 기분을 다시 한 번 불러낼 수 있는지 보려고 눈을 감았다······.

그러나 바로 그때 계단을 올라오는 트랜터 이모의 발소리가 들렸다. 그녀는 황급히 일기장을 치우고, 부드러운 갈색 머리를 빗기 시작했다.

6

오, 모드여, 우유처럼 새하얀 새끼 사슴이여,
신부가 되기에는 너무도 어리구나.
— 앨프레드 테니슨, 『모드』(1855)

목사가 나가다 말고 다시 돌아와 사라에 대해 이야기한 그
날 오후, 풀트니 부인의 얼굴은 아무것도 모르겠다는 표정을
띠고 있었다. 그녀와 같은 부류의 여자들이 아는 체하지 않
는 것은 대개 불만의 뜻을 나타낸다. 그녀의 얼굴은 불만을
표현하기에는 놀랄 만큼 적합했다. 두 눈은 테니슨이 노래한
〈말 없는 기도의 발상지〉와는 거리가 멀었고, 축 늘어진 볼때
기는 그녀의 두 가지 원칙을 위협하는 모든 것을 단호히 거부
하듯 꽉 다물린 입술을 양쪽에서 옥죄고 있었다. 그녀의 두
가지 원칙은 — 트라이치케[24]의 빈정거리는 표현을 잠시 빌
리면 — 〈문명은 비누다〉와 〈훌륭한 태도는 나를 화나게 하
지 않는 것이다〉였다. 그녀는 하얀 발바리, 더 정확히 말하자
면 속을 채워 넣은 발바리 인형과 비슷했다. 왜냐하면 콜레

---

24 독일의 역사가, 정치학자. 프로이센 중심의 독일 국민 국가 건설을 주
창했다. 1834~1896.

라 예방책으로 장뇌를 넣은 작은 주머니를 가슴에 품고 다녔기 때문이다. 그래서 그녀가 있는 자리에서는 언제나 희미한 좀약 냄새가 났다.

「모르는 여자인데요.」

목사는 퇴짜 맞은 기분을 느꼈다. 그는 착한 사마리아 인이 가엾은 나그네 대신 풀트니 부인과 마주쳤다면 어떻게 됐을까 하고 생각했다.

「모르시는 게 당연합니다. 그 처녀는 차머스 출신이거든요.」

「처녀라고요?」

「그게 그러니까…… 정확히는 모르겠지만, 서른 살쯤 된 여잡니다. 어쩌면 그보다 더 먹었을지도 모릅니다. 하지만 확실히 알지도 못하면서 어림짐작으로 말하고 싶진 않군요.」 목사는 그녀에 대한 결석 재판이 시작부터 꼬이고 있다는 것을 깨달았다. 「하지만 아주 비참한 처지랍니다. 부인의 자비심을 누구보다 필요로 하는 여자지요.」

「교육은 받았나요?」

「물론입니다. 가정교사가 되기 위한 교육을 받았답니다. 사실 전에는 가정교사를 했었지요.」

「지금은 무얼 하는데요?」

「지금은 아마 일자리가 없을 겁니다.」

「왜요?」

「얘기하자면 깁니다.」

「이야기가 더 진행되기 전에 그 이유부터 듣고 싶군요.」

그래서 목사는 다시 자리에 앉아, 사라 우드러프에 관해 자기가 알고 있는 사실들을 이야기했다. 물론 일부만, 그것도 때로는 윤색해서(목사는 풀트니 부인의 영혼을 구제하기 위해서라면 자기 자신의 영혼이 위험에 빠지더라도 상관없다고 마음먹었다).

「그 처녀의 아버지는 비민스터 근처에서 메리턴 경의 소작인 노릇을 했는데, 한낱 농사꾼에 지나지 않았지만 훌륭한 원칙을 지닌 인물로 인근에서는 제법 존경을 받았답니다. 그 사람은 현명하게도 딸한테 기대 이상의 교육을 시켰다는군요.」

「그 사람은 죽었나요?」

「몇 해 전에 죽었습니다. 그래서 그 처녀는 차머스에 사는 존 탤벗 대령 댁에 가정교사로 가게 되었지요.」

「탤벗 대령이 추천장을 써줄까요?」

「풀트니 부인, 우린 지금 부인께서 자비를 베풀 사람에 대해 의논하고 있지, 고용할 사람에 대해 이야기하고 있는 게 아닐 텐데요.」 그녀는 고개를 약간 까딱했다. 이런 동작은 지금까지 알려진 그녀의 몸짓 가운데 사과하는 태도에 가장 가까운 것이었다. 「추천장 정도는 얼마든지 얻을 수 있습니다. 그 처녀는 스스로 그 집을 나왔으니까요. 그 자초지종을 말씀드리자면 이렇습니다. 부인께서도 기억하고 계시겠지만, 지난 12월, 폭풍이 무섭게 몰아치던 날, 생말로에서 출항한 프랑스 선박 한 척이 스톤배로 해안에 좌초한 일이 있었습니다. 그때 승무원들 가운데 세 사람이 구조되어 차머스 사람들의 보살핌을 받았지요. 둘은 일반 수병이었고, 하나는 장교였는데 계급이 아마 중위였나 그럴 겁니다. 그 사람은 다리가 부러진 상태로 돛대에 매달려 해변까지 밀려왔답니다. 신문에도 난 이야기니까, 부인께서도 아마 읽으셨을 줄 압니다.」

「그런 것 같아요. 하지만 난 프랑스 사람을 좋아하지 않아요.」

「탤벗 대령은, 그 자신이 해군 장교여서 그랬는지 모르지만, 집안사람들한테 지시해서 그 프…… 외국인 장교를 돌보게 했답니다. 그런데 그 사람은 영어를 한마디도 할 줄 몰랐어요. 그래서 우드러프 양이 불려 가서 통역과 간호를 맡게 되었지요.」

「그 여자가 프랑스 말을 한다고요?」

풀트니 부인이 하도 놀라는 바람에 목사는 그 자리에 그만 주저앉을 뻔했다. 그러나 그는 정중한 미소를 띠며 머리를 조아렸다.

「가정교사들은 대개 프랑스 말을 한답니다. 세상이 그걸 요구하고 있으니까요. 그건 그들의 잘못이 아니지요. 그런데 그 프랑스 장교한테로 이야기를 돌리면, 그는 유감스럽게도 신사라고 불릴 자격이 없는 사람이었습니다.」

「포사이드 목사님!」

그녀는 자세를 고쳐 앉았다. 그러나 목사가 주눅들어 말도 제대로 못할 만큼 엄한 태도는 아니었다.

「그렇다고 오해는 마세요, 부인. 탤벗 대령 댁에서는 결코 부정한 행위가 일어나지 않았으니까요. 아니, 사실 우드러프 양에 관한 한은 그 후에도 그런 일은 없었습니다. 언제 어디에서도 말입니다. 그건 퍼시 해리스 씨가 분명히 장담했습니다. 퍼시 해리스 씨는 상황을 나보다 훨씬 잘 알고 있지요.」 퍼시 해리스 씨는 차머스 교구 목사였다. 「그런데 그 프랑스 사람은 용케도 우드러프 양의 호감을 얻어 낸 모양입니다. 다리가 다 낫자, 그는 고국으로 가는 배편을 찾으러 마차를 타고 웨이머스로 갔습니다. 아니, 다른 사람들은 그렇게 생각했지요. 하여간 그가 떠난 지 이틀 뒤에 우드러프 양이 탤벗 부인에게 가서, 아주 다급한 말투로 가정교사를 그만두겠으니 허락해 달라고 요구했답니다. 탤벗 부인이 그 이유를 알아내려고 애썼지만, 소용없었다고 하더군요.」

「아니, 그래, 탤벗 부인은 그 여자가 사전 예고도 없이 갑자기 떠나는데도 그냥 보고만 있었단 말인가요?」

목사는 재빨리 기회를 잡았다. 「맞습니다. 그래서는 안 되지요. 그런 바보짓은 하지 말았어야 하는 건데 말입니다. 우드러프 양이 좀 더 현명한 주인 밑에 있었다면 그런 일은 절대로 일어나지 않았을 겁니다.」목사는 자기 말속에 함축되어 있는 찬사를 풀트니 부인이 깨달을 수 있도록 잠시 말을 멈추었다. 「얘기를 간단히 끝내겠습니다. 우드러프 양은 웨이머스에서 그 프랑스 남자를 만났답니다. 그녀가 비난받을 짓을 했다고 생각하시겠지만, 그러나 그녀는 여자 사촌과 함께 지냈다고 하더군요.」

「그게 변명이 될 수는 없어요.」

「그야 물론 그렇지요. 하지만 이 점을 염두에 두셔야 합니다. 그 처녀가 비록 교양은 다소 갖추었을지 몰라도, 양갓집 숙녀는 아니라는 점을 말입니다. 하층 계급 사람들이란 우리만큼 체면에 신경을 쓰지 않거든. 그리고 제가 미처 말씀드리지 못했는데, 그 프랑스 남자는 그 처녀와 결혼하겠다고 하늘에 맹세했다는 겁니다. 그러니까 우드러프 양이 웨이머스에 간 것은 그 남자와 결혼하게 될 줄 믿고 그랬던 것이지요.」

「하지만 그 사내는 가톨릭 신자가 아니었나요?」

풀트니 부인은 자기가 구교의 난바다에 떠 있는 순결한 파트모스[25]인 듯한 기분을 느꼈다.

「그의 소행을 보면 그가 과연 기독교 신앙을 가진 자인지 의심이 갈 정도입니다만, 그 처녀한테는 자기도 우리와 같은 신앙을 가지고 있다고 했답니다. 그릇된 신앙을 섬기는 나라에서 국교회 신자로 온갖 고통을 겪고 있는 불행한 사람이라고 말입니다. 프랑스로 돌아가면서 우드러프 양한테 이런 약속을 했다는군요. 가족을 만나 본 뒤에 배를 마련하는 대로

---

25 에게 해에 있는 섬. 성 요한이 이곳에 유배되어 「계시록」을 썼다고 전해진다.

라임으로 돌아오겠다고, 결혼해서 함께 프랑스로 돌아가자고. 돌아올 때는 대위가 되어 있을 거라는 거짓말도 했다는 군요. 그 뒤로 우드러프 양은 줄곧 기다리고 있답니다. 그 녀석이 무정한 사기꾼이라는 것도 모르고 말입니다. 짐작건대, 녀석은 웨이머스에서 우드러프 양에게 몹쓸 짓을 하고 싶었을 겁니다. 그런데 그녀가 워낙 믿음이 강했기 때문에, 그만 포기하고 배를 타고 떠나 버린 것이겠지요.」

「그럼 그 여자는 그 후 어떻게 됐나요? 물론 탤벗 부인이 다시 데려가진 않았겠죠?」

「탤벗 부인은 좀 별난 여자라서, 그 처녀한테 다시 돌아오라고 말했답니다. 하지만 이제는 슬픈 결말을 말씀드려야겠군요. 우드러프 양은 미친 게 아닙니다. 천만에요. 무슨 일이 주어지건, 빈틈없이 해낼 수 있을 겁니다. 그러나 그녀는 심한 우울증으로 고통받고 있습니다. 지난 잘못을 후회하는 마음도 원인 중의 하나겠지요. 하지만 그 프랑스 장교가 훌륭한 사람이고 언젠가는 돌아올 거라는 망상에 집착하는 것도 우울증의 원인일 겁니다. 그 처녀가 우리 마을 근처의 바닷가에 자주 나타나는 것도 그런 망상 때문인지 모르지요. 퍼시 해리스 목사도 갖은 애를 썼다는군요. 그런 행동은 잘못일 뿐 아니라, 아무리 그래 봐야 그 사내가 돌아올 가망은 전혀 없다는 걸 깨우쳐 주려고 말입니다. 솔직히 말하면, 그 처녀는 약간 미쳤습니다.」

침묵이 흘렀다. 목사로서는 이제 할 바를 다 했으니, 이교도의 신, 말하자면 운수에 맡길 수밖에 없었다. 그는 풀트니 부인이 한참 이런저런 생각을 뜯어 맞추고 있다는 것을 느낄 수 있었다. 부인은 생각했다. 그런 여자를 말버러 저택으로 데려온다는 발상에 충격받은 표정을 지어야 하리라고. 하지만 하느님을 계산에 넣어야 했다.

「친척은 있나요?」

「없는 것으로 알고 있습니다.」

「지금까지 생활은 어떻게 꾸려 왔을까……」

「그야말로 비참했지요. 제가 알기로는 뜨개질을 조금 하는 모양이더군요. 트랜터 부인이 일감을 주곤 합니다. 하지만 주로 가정교사할 때 모아 둔 돈으로 살아간다는군요.」

「그때 저축을 해두었군요.」

목사는 안도의 한숨을 내쉬었다.

「부인께서 거두어 주신다면, 그녀는 정말 구원을 받을 겁니다.」 그는 비장의 카드를 꺼냈다. 「그리고, 부인의 양심을 심판하는 것은 제가 아닙니다만, 다음엔 그 처녀가 부인을 구원할 것입니다.」

풀트니 부인은 불현듯 눈부시고 거룩한 환상을 보았다. 그것은 관절이 어긋나 코가 약간 비뚤어진 코턴 부인의 모습이었다. 풀트니 부인은 눈살을 찌푸리며 푹신한 양탄자를 물끄러미 내려다보았다.

「퍼시 해리스 목사님더러 저를 찾아오라고 전해 주세요.」

1주일 뒤, 라임 교구 목사와 함께 풀트니 부인을 방문한 퍼시 해리스 목사는 포도주를 마시면서, 동료 목사가 충고해 준 대로 일부 생략된 이야기를 털어놓았다. 탤벗 부인은 지루할 정도로 길게 쓴 추천장을 보내왔는데, 도움이 되기는커녕 오히려 방해가 되었다. 가정교사의 소행을 꾸짖기는커녕 극구 칭찬했기 때문이다. 특히 이런 구절이 풀트니 부인을 화나게 만들었다. 〈바르귀엔 씨는 상당히 매력적인 인물이었고, 또한 저의 남편 되는 탤벗 대령은 선원 생활이란 것이 도덕을 가르치는 데 훌륭한 학교가 못 된다는 점을 부인께 설명드리라고 하셨습니다.〉 또한 사라 양이 〈유능하고 착실한 선생〉이었으며, 〈우리 집 아이들은 그녀를 무척 보고 싶어한다〉는 구절도 풀트니 부인의 관심을 전혀 불러일으키지 못했다. 그러나 탤벗 부인의 느슨한 도덕적 규범과 어리석은 감상은 결과적으로 사라를 도와준 셈이 되었다. 풀트니 부인은 그런 죄인을 바른길로 인도하는 것도 해볼 만한 일이라고 생각하게 되었기 때문이다.

이렇게 해서 사라 우드러프는 포사이드 목사와 함께 풀트니 부인을 찾아와 면접을 받게 되었다. 사라를 처음 대면한 순간 풀트니 부인은 속으로 쾌재를 불렀다. 비참할 대로 비참해진 환경 때문에 절망에 빠진 사라의 모습을 보는 것만으로도 부인은 즐거웠다. 그녀가 〈서른 살쯤…… 어쩌면 그보다 더 나이 든〉 것이 아니라 실제로는 스물다섯 살밖에 안 된 나이였기 때문에, 풀트니 부인이 의심의 눈길로 바라본 것도 사실이었다. 그러나 사라에게는 눈에 뚜렷이 보이는 슬픔이 있었다. 그것은 그녀가 죄인임을 여실히 보여 주었고, 그런 여자야말로 풀트니 부인이 원하는 대상이었다. 게다가 사라는 말수가 적었다. 풀트니 부인은 그것을 말 없는 감사의 표시로 생각했다. 무엇보다도 그녀를 두고 떠나 버린 그 숱한 하인들의 기억 때문에, 부인은 건방지고 주제넘은 태도를 가장 싫어했다. 그녀의 경험으로 보면, 이런 태도는 주인의 말을 듣기도 전에 먼저 말하고, 주인이 요구하기도 전에 멋대로 일을 처리하여, 왜 미리 알아서 일을 처리하지 않았느냐고 하인들을 꾸짖는 즐거움을 앗아가 버리는 짓이었다.

면접이 끝난 다음, 사라는 목사의 제의에 따라 편지를 받아썼다. 필체는 훌륭했고, 철자는 틀림이 없었다. 그래서 풀트니 부인은 더욱 교활한 시험을 부과했다. 사라에게 성서를 건네주고 그것을 읽게 한 것이다. 풀트니 부인은 어느 구절을 읽게 할까 잠시 망설였다. 「시편」 119장(〈순결한 자들은

복되리이다〉)과 140장(〈주여, 나를 악인에게서 지키시며〉)
사이를 오락가락하다가, 마침내 앞의 것을 택했다. 그러고는
그 구절을 읽는 사라의 목소리에 귀를 기울이면서, 그「시편」
의 구절이 읽는 사람의 가슴에 별로 감동을 주지 못하고 있
다는 결정적인 증거를 찾으려고 애썼다.

　사라의 목소리는 또렷하면서도 깊은 울림을 가지고 있었
다. 사투리 억양의 흔적이 약간 남아 있었으나, 당시에는 지
금처럼 품위 있는 억양이 사회적으로 필수적인 요건은 아니
었다. 상원 의원이나 귀족들 중에도 출신 지방의 억양을 여
전히 간직하고 있는 사람들이 있었고, 어느 누구도 그들을
나쁘게 여기지 않았다. 사라의 목소리가 풀트니 부인을 만족
시킨 것은 아마 페얼리 부인의 지루하고 더듬거리는 말투와
대조되었기 때문일 것이다. 어쨌든 사라의 목소리는 풀트니
부인을 매료시켰다. 또한 그녀가 〈오, 나의 길을 정하사 주의
계율을 지키게 하소서〉라는 구절을 읽을 때의 태도도 마음에
들었다.

　그러나 간단한 질문이 남아 있었다.

　「목사님 말씀이, 아가씨는 아직도 그 외국인을 사모하고
있다며?」

　「마님, 그 일에 관해선 아무 말씀도 드리고 싶지 않습니다.」

　다른 하녀가 감히 이런 대답을 했다면, 당장 〈최후의 심판
일〉이 도래했을 것이다. 그러나 사라는 이 대답을 아무 거리
낌이나 두려움도 없이, 그러면서도 공손하게 말했기 때문에,
이번만은 풀트니 부인도 그녀를 괴롭힐 황금 같은 기회를 그
만 놓쳐 버렸다.

　「내 집에는 프랑스 책을 놓아둘 수 없어.」

　「프랑스 책은 한 권도 갖고 있지 않습니다, 마님. 영어로
된 책도 없고요.」

그건 사실이었다. 사라는 책을 한 권도 갖고 있지 않았다. 그 이유를 내가 굳이 덧붙이자면, 가지고 있던 책을 모두 팔아 버렸기 때문이다. 그것은 물론 돈이 필요했기 때문이지, 그녀가 맥루언[26]의 초기 선구자였기 때문은 아니다.

「그래도 성서는 갖고 있겠지?」

그녀는 머리를 저었다. 그러자 목사가 끼어들었다.

「그 점에 대해서는 제가 주의를 주겠습니다, 부인.」

「듣자니까, 예배에는 충실하다던데?」

「예, 마님.」

「계속 그렇게 해. 우리가 어떤 역경에 처해 있어도 주님은 우리한테 위안을 주시니까.」

「저도 마님과 같은 믿음을 갖도록 애쓰겠습니다.」

이어서 풀트니 부인이 가장 까다로운 질문을 던졌다. 그 질문만은 하지 말아 달라고 지난번에 목사가 신신당부했건만, 부인은 입이 근질거려서 참을 수가 없었다.

「만약에 그…… 사내가 돌아오면, 그땐 어떻게 할 건가?」

그러나 사라는 이번에도 가장 좋은 태도를 취했다. 잠자코 눈길을 떨군 채 고개만 가로저었던 것이다. 점점 사라에게 호감을 갖게 된 풀트니 부인은 이것을 말 없는 참회의 표시로 받아들였다.

이렇게 하여 풀트니 부인은 선행을 시작하게 되었다.

풀트니 부인보다 덜 엄격한 기독교인들이 일자리를 제의했을 때도 마다했던 사라가 무엇 때문에 부인 집에 오고 싶어했을까. 이런 의문은 물론 부인의 머리에 떠오르지 않았다. 거기엔 아주 단순한 두 가지 이유가 있었다. 하나는 풀트

26 캐나다의 커뮤니케이션 이론가. 인쇄 매체의 쇠퇴와 전자 매체가 지배하는 문명을 예언했다. 1911~1980.

니 부인의 말버러 저택이 라임 만을 환히 내려다볼 수 있는 전망 좋은 곳에 위치해 있었기 때문이고, 또 다른 이유는, 더욱 단순한 것으로, 지금 그녀에게는 정확히 7펜스의 돈밖에 남아 있지 않았기 때문이다.

7

현대 산업의 놀라운 생산성으로 말미암아…… 비생산적 분야
에 고용되는 노동자의 비율이 점점 높아지고, 그 결과 하인
과 하녀 및 종복 등을 포함하는 하인 계급이라는 이름으로
옛날의 가정 노예들이 다시 생겨나, 그 규모가 꾸준히 확대
되고 있다.
— 카를 마르크스, 『자본론』(1867)

샘이 커튼을 열자 아침 햇살이 찰스에게 쏟아져 들어왔다.
풀트니 부인 — 그때는 아직 코를 골며 자고 있었다 — 은
자기가 죽으면 종교적인 엄숙함을 잃지 않을 만큼 적당히 간
격을 둔 뒤, 그런 낙원이 자기에게 쏟아져 들어오기를 바랐
을 것이다. 온화한 도싯 해안에는 1년에 열두 번쯤 이런 날이
있었다. 계절과는 상관없이 상쾌하고 온화할 뿐 아니라, 지
중해의 따뜻함과 찬란한 햇빛을 연상시키는 황홀한 날씨가
갑자기 찾아오곤 하는 것이다. 그럴 때면 자연이 약간 미친
게 아닌가 싶다. 겨울잠을 자고 있어야 할 거미들이 햇볕에
달구어진 11월의 바위 위를 달려가고, 12월에 찌르레기가 울
고, 1월에 앵초꽃이 피고, 3월은 6월을 흉내낸다.

찰스는 침대에 일어나 앉아 나이트캡을 벗고, 샘에게 창문
을 열도록 했다. 그러고는 두 손으로 몸을 받친 채, 방으로 쏟
아져 들어오는 햇빛을 바라보았다. 어제 그를 짓눌렀던 우울
한 기분은 구름과 함께 날아가 버렸다. 그는 따뜻한 봄바람이

반쯤 열린 잠옷을 헤치고 들어와 목을 어루만지는 것을 느꼈다. 샘은 면도를 갈고 있었고, 그가 가져다 놓은 구리 주전자에서는 앞으로 그를 기다리고 있는 행복한 나날들, 보장되어 있는 수많은 지위와 훈장들, 평온함, 문명의 편리함 — 이런 것들을 상기시켜 주는 프루스트적 풍요로움과 함께 김이 모락모락 피어오르고 있었다. 자갈이 깔린 길에서는 누군가가 말을 타고 딸깍거리는 말발굽 소리를 내며 바다 쪽으로 한가롭게 내려가고 있었다. 조금 강한 바람 한줄기가 창에 드리워져 있는 진홍빛 벨벳 커튼을 흔들었다. 커튼은 너무 낡아서 누더기처럼 초라했지만, 찬란한 햇빛 속에서는 그 커튼조차 아름다워 보였다. 모든 게 더할 나위 없이 좋았다. 세상이 늘 지금 이 순간만 같다면!

작은 발굽이 타닥타닥 달리는 소리, 양들이 끊임없이 매애거리는 소리, 새끼양들의 가냘픈 울음소리가 들려왔다. 찰스는 일어나서 창밖을 내다보았다. 주름을 잡은 헐렁한 작업복 차림의 두 늙은이가 길 건너편에 서서 이야기를 나누고 있었다. 지팡이에 몸을 기대고 있는 한 사람은 양치기였다. 열두 마리의 암양과 그보다 조금 많은 새끼양들이 길 한복판에 초조하게 서 있었다. 그런 옷차림은 한참 오래전의 유물로, 1867년에도 보기 드문 것은 아니었으나, 눈길을 끄는 행색이 되어 있었다. 어느 마을에 가더라도 그런 차림의 노인이 10여 명은 있었다. 찰스는 그림을 그릴 수 있다면 좋았을걸 하고 생각했다. 정말 이 고장은 매력적이었다. 그는 하인을 돌아보았다.

「오늘 같은 날은 런던으로 돌아가지 않는 문제를 심사숙고해 볼 수도 있겠어.」

「맨머리로 그렇게 계속 서 계시면, 어차피 런던으로 못 돌아가실 겁니다요, 나리.」

주인은 그를 노려보았다. 두 사람이 상전과 하인으로 짝을 맺은 지도 벌써 4년이 지났고, 그래서 그들은 친밀한 부부보다 더 서로를 깊이 알고 있었다.

「자네 또 아침부터 한잔 걸쳤군.」

「아닙니다요, 나리.」

「새로 옮긴 방은 좀 낫나?」

「예, 나리.」

「식사는?」

「아주 마음에 듭니다요, 나리.」

「⟨*Quod est demonstrandum*(그 일은 증명되어야 한다)⟩. 어떤 구두쇠라도 노래를 부를 만큼 화창한 이 아침에 자네는 잔뜩 골이 나 있다. ⟨*Ergo*(그러므로)⟩ 자네는 술을 마신 게 틀림없다.」

샘은 엄지손가락 끝에 면도날을 대고, 날이 잘 갈아졌는지 시험해 보았다. 그의 얼굴은 언제라도 마음을 바꾸어 그 칼날을 자기 목에, 아니 어쩌면 싱글거리고 있는 주인의 목에다 시험해 볼 수도 있다는 표정을 짓고 있었다.

「저건 트랜터 부인 댁의 부엌데기 처녀인뎁쇼, 나리. 저는 절대로⋯⋯.」

「제발 그 면도나 내려놓고 얘기하게.」

「그 아가씨가 보이는뎁쇼, 나리. 저기 밖에요.」 그는 엄지손가락으로 창문을 가리켰다. 「바로 길 건너에서 뭐라고 소리를 지르는뎁쇼, 나리.」

「도대체 뭐라고 외치고 있나?」

샘의 표정은 더욱 부루퉁해져서 금방이라도 분노를 폭발시킬 것 같았다. 「⟨검댕 자루 갖고 있어요?⟩ 그러는뎁쇼.」 샘은 쓸쓸하게 덧붙였다. 「나리.」

찰스는 싱긋 웃었다.

「그 처녀는 나도 알아. 쥐색 드레스 입은 그 여자지? 어휴,

그렇게 못생긴 여자도 다 있나?」 이 말은 지나친 표현이었다. 왜냐하면 그가 지금 말하고 있는 여자는 어제 오후에 그가 모자를 들어 올려 인사를 보냈던 바로 그 처녀, 라임이 자랑할 수 있을 만큼 매력적인 묘령의 아가씨였기 때문이다.

「그런 말씀 마세요, 나리. 적어도 밉상은 아니라굽쇼.」

「아하, 그래? 큐피드는 언제나 코크니[27]한테는 불공평하단 말씀이야.」

샘의 얼굴에 화난 표정이 얼핏 떠올랐다. 「전 저 처녀를 장대로도 건드릴 생각이 없다굽쇼. 꽃같이 예쁜 여자와는 절대로 상관하지 않을 겁니다요!」

「꽃같이 예쁘다고 했나? 그런 형용사를 문자 그대로의 의미로 쓰고 있는 걸 보면, 자넨 정말로 술집에서 태어났는지도 몰라.」

「저는 술집 옆집에서 태어났다고 말씀드렸는뎁쇼, 나리.」

「술집과 〈아주〉 가까운 옆집이겠지. 하지만 오늘 같은 날은 그런 말투를 쓰는 걸 용납하지 않겠어.」

「저 여자는 저한테 창피를 주고 있습니다요, 나리. 모든 말구종이 저 여자 말을 들었다굽쇼.」

〈모든 말구종〉에는 정확히 두 사람이 포함되었는데, 그중 한 사람은 완전한 귀머거리였기 때문에 찰스는 샘에게 거의 동정심을 보이지 않았다. 그는 미소를 지은 다음, 샘에게 더운물을 부으라고 손짓했다.

「자, 이젠 가서 아침 식사를 가져오게. 오늘 아침 면도는 내가 직접 할 테니까. 그리고 머핀 빵 두 개만 가져와.」

「예, 나리.」

27 영어 사전에는 〈런던내기〉라고 풀이되어 있는데, 런던의 빈민가인 이스트엔드 출신을 말한다. 이들은 독특한 사투리를 쓰고, 주로 천한 직업에 종사하며, 영악한 기질로 유명하다.

그러나 찰스는 기분이 토라진 샘을 문간에서 불러 세우고, 면도술이 시원치 않다고 꾸짖었다.

「저런 시골 처녀들은 너무 소심해서 점잖은 런던 신사한테 그런 상스러운 말은 하지 않아. 런던 신사가 먼저 약을 올렸다면 또 모르지만. 내 생각엔 아무래도 자네가 저 아가씨한테 지분거린 게 분명해.」 샘은 입을 딱 벌린 채 서 있었다. 「그렇게 마냥 서 있을 거야? 빨리 아침 식사를 대령하지 않으면, 네놈의 그 볼품없는 몸뚱이 중에서도 가장 형편없는 엉덩이를 장홧발로 밟아 주겠어.」

그러자 문이 닫혔다. 물론 조용히 닫힌 것은 아니었다.

찰스는 거울에 비친 자신에게 윙크를 보냈다. 그러고는 그 얼굴에 10년 세월을 보탰다. 그러자 근엄하고 진지한 가장의 모습이 나타났다. 그 얼굴과 더없는 행복감을 향하여 그는 미소를 보냈다. 그런 다음 자세를 잡고 자신의 이목구비를 애정 어린 눈으로 응시하기 시작했다. 사실 그는 반듯한 이목구비를 갖고 있었다. 훤한 이마, 나이트캡을 벗은 바람에 다소 헝클어진 검은 머리카락, 머리만큼 검은 콧수염, 이런 용모 덕분에 그는 실제 나이보다 훨씬 젊어 보였다. 피부는 알맞게 창백한 빛을 띠고 있었지만, 대부분의 런던 신사들보다는 덜했다. 당시만 해도 햇볕에 탄 피부는 사회적 지위나 성적 매력을 과시하는 상징이 될 수 없었다. 오히려 그것은 신분이 낮다는 것을 알려 주는 표시였다. 가만히 보면 그의 얼굴은 적어도 그런 순간에는 약간 얼빠져 보였다. 어제의 권태가 잔물결을 일으키며 그의 얼굴로 밀려왔다. 외출용의 형식적인 가면을 벗어 버린 얼굴은 순진해 보이기까지 했다. 세월의 때는 거의 묻어 있지 않았다. 거기에 있는 것은 그리스 인 같은 콧날과 차가운 잿빛 눈동자뿐이었다. 얼굴만 보아도 그의 혈통과 자부심을 분명히 읽을 수 있었다.

그는 자신의 야심만만한 얼굴에 비누 거품을 바르기 시작했다.

샘은 찰스보다 열 살쯤 아래였다. 좋은 하인이 되기에는 너무 젊었고, 게다가 걸핏하면 얼이 빠져 있고, 말다툼을 좋아하고, 허영심 많고, 허풍이 세고, 자기가 똑똑한 줄 착각하고, 까불기 좋아하고, 빈둥거리기 좋아하고, 밀짚이나 파슬리 가지를 입에 문 채 어디에든 기대 서 있기를 좋아하고, 주인이 2층에서 소리쳐 불러도 짐짓 못 들은 척 말 사육사 흉내를 내거나 체로 참새를 잡으며 딴전 부리기를 좋아했다.

샘이라는 이름의 런던내기 하인은 우리에게 당장 저 불멸의 샘 웰러를 연상시킨다. 찰스의 하인 샘도 분명 샘 웰러와 같은 사회적 배경을 갖고 있었다. 그러나 『픽윅 페이퍼스』[28]가 처음 출간된 지 30년이 지났다. 샘은 사실 말에게 그렇게 깊은 애정을 갖고 있지 않았다. 그는 오히려 자동차에 대한 지식을 사회적 출세의 증거로 여기는 오늘날의 노동자들과 더 비슷했다. 우리의 샘은 디킨스의 샘을 책에서 읽은 것이 아니라 그 책을 각색한 연극을 보고 알았다. 그리고 시대가 변했다는 것을 알았다. 그와 동시대의 런던내기들은 이 모든 변화를 앞질렀다. 따라서 그가 마구간에 자주 들락거리는 것은 시골의 말구종이나 술집 급사들보다 자기가 한 수 위라는 것을 보여 주기 위해서였다.

19세기 중엽, 영국 무대에는 아주 새로운 유형의 멋쟁이가 등장했다. 보 브뤼멜[29]의 쇠락한 후예인 옛날 상류층은 〈맵시

28 찰스 디킨스가 1836~1837년에 발표한 소설. 샘 웰러는 주인공 픽윅 씨의 우스꽝스러운 하인 마부.
29 왕세자 시절의 조지 4세의 친구로서, 당대의 최고 멋쟁이로 이름나 있었다. 1778~1840.

꾼〉이라는 이름으로 불렸다. 그러나 새로 등장한 젊고 돈 많은 장인 계급과 자칭 일류 하인인 샘 같은 족속이 멋부리기 경쟁에 뛰어들었다. 맵시꾼들은 이들을 〈속물〉이라고 얕잡아 불렀다. 속물을 이런 의미로 국한하면, 샘은 그야말로 전형적인 속물이었다. 그는 1960년대의 〈모드 족〉만큼이나 옷차림에 예민한 감각을 갖고 있었다. 그는 유행을 따르는 데 봉급의 대부분을 쏟아 부었다. 그리고 샘이 사투리를 고치려고 애쓴 것은 이 신흥 족속의 또 다른 특징이었다.

1870년에는 이미 v를 w로밖에 발음하지 못하는 샘 웰러의 유명한 말투 — 이것은 수세기 동안 이어져 온 코크니 사투리의 특징이다 — 는 부르주아 출신의 소설가들만이 아니라 〈속물〉들한테도 경멸을 받고 있었다. 특히 소설가들은 작품 속에 등장하는 런던내기들의 대화에다 이런 말투를 일부러 — 때로는 부정확하게, 때로는 우스꽝스럽게 — 집어넣어, 그들과 그들의 사투리에 대한 경멸감을 나타내곤 했다. 또한 〈속물〉들은 어두(語頭)에 h음을 덧붙이는 습관을 고치는 데도 상당한 노력을 쏟았다. 샘의 경우 이것은 힘겨운 투쟁이었고, 성공할 때보다는 실패할 때가 더 많았다. 하지만 그가 a와 h를 잘못 발음하는 것은 결코 웃을 일이 아니었다. 그것은 사회 혁명이 다가오고 있다는 징후였다. 물론 찰스는 이것을 깨닫지 못했지만.

그것은 아마도 샘이 찰스의 생활에 꼭 필요한 것 — 날마다 잡담을 나누며 학창 시절로 돌아갈 수 있는 기회 — 을 제공해 주고 있었기 때문인지도 모른다. 찰스는 유별나게도, 또한 한심스럽게도 말장난과 빈정거리기를 좋아했는데, 학창 시절은 그런 기질을 맘껏 발휘할 수 있는 기회였다. 그리고 이런 성향은 반항적인 결벽증과 더불어, 대학생이라는 특권 의식에 바탕을 두고 있었다. 찰스의 태도는 가뜩이나 경제적으로 착취당하고 있는 계급을 모욕하는 것처럼 보일지 모르지만, 그와 샘의 관계는 일종의 애정이나 인간적인 유대감을 보여 주고 있었다. 이것은 새로운 풍요로움 속에 잠겨 있던 당시의 신흥 부자들 대다수가 자신과 하인들 사이에 차가운 장벽을 세워 놓은 것에 비하면 훨씬 좋은 것이었다.

찰스는 대대로 하인을 거느린 집안 출신이었다. 반면에 당시의 신흥 부자들은 하인을 부려 본 경험이 없는 집안 출신이었다. 아니, 실제로는 그들 자신이 하인의 자식인 경우가 허다하였다. 찰스는 하인이 없는 세상은 상상할 수도 없었을 것이다. 그러나 신흥 부자들은 달랐다. 그래서 그들은 상대적으로 높은 자신의 지위를 이용하여 훨씬 혹독하게 하인을 다루었다. 그들은 하인을 기계로 만들려고 애썼다. 반면에 찰스는 하인이 어떤 면에서는 친구 — 어니스티나에 대한 그의 정신적 숭배를 뒷받침해 주는 산초 판사 — 이기도 하다는 사실을 잘 알고 있었다. 요컨대 그가 샘을 데리고 있는 까닭은 더 좋은 〈기계〉를 찾을 수 없어서가 아니라, 샘을 통해 즐거움을 얻을 수 있었기 때문이다.

그러나 샘 웰러와 샘 패로의 사이에는 차이가 있었다(그것은 1836년과 1867년이라는 시대적 차이이기도 했다). 선배 샘은 자신의 역할을 행복하게 여긴 반면, 후배 샘은 그것을 고통스럽게 여겼다. 검댕 자루 이야기에도 웰러라면 한마디 대꾸하는 것으로 앙갚음을 하고 말았겠지만, 패로는 온몸이 굳어져서 눈썹을 치켜올리고 등을 돌렸다.

8

나무가 자라는 깊은 골짜기가 뒤흔들리는 저곳에서,
오, 대지여, 그대는 무슨 변화를 보았는가!
길게 뻗은 길이 으르렁거리는 저곳에
난바다의 고요함이 머물러 있구나!

언덕마다 그늘이 져 있고, 그것들은
수시로 모양을 바꾸어, 그대로 남아 있는 게 없구나.
안개처럼 녹았다가, 단단한 땅이 되었다가,
구름처럼 모양을 바꾸더니 사라져 버리는구나!
— 앨프레드 테니슨, 『인 메모리엄』(1850)

그러나 오늘날 여러분이 아무 일도 하지 않으면서 남의 존경
을 받고자 한다면, 가장 좋은 구실은 심오한 학문을 연구하
는 것이다.
— 레슬리 스티븐, 『케임브리지 스케치』(1865)

이날 아침 라임에서 우울한 얼굴을 한 것은 샘만이 아니었
다. 어니스티나는 우울한 기분으로 잠에서 깨어났고, 화창한
날씨는 기분을 더욱 우울하게 만들었을 뿐이다. 이 병은 익
숙한 것이었다. 그러나 그 때문에 찰스에게 고통을 주는 것
은 생각할 수도 없는 일이었다. 그래서 찰스가 충실한 약혼
자답게 아침 열시에 트랜터 이모 댁을 찾아갔을 때, 그를 맞
이한 것은 여주인 혼자뿐이었다. 트랜터 이모의 말에 따르
면, 어니스티나는 간밤에 잠을 충분히 자지 못해서 좀 쉬고
싶어한다는 것이었다.

「오후가 되면 회복될 테니, 그때 다시 와서 차라도 마시지
않겠나?」

「의사라도 불러야 하지 않을까요?」 찰스는 진정으로 걱정
스럽게 물었다. 그러나 트랜터 이모는 그럴 필요까지는 없을
거라고 대답했다. 그 집에서 나온 찰스는 샘에게, 꽃이라도

한 다발 사서 매력적인 환자한테 가져가라고 말한 다음, 그 꽃다발 중에서 한두 송이 정도는 검댕을 질색하는 처녀한테 주어도 괜찮다고 덧붙였다. 이 가벼운 의무를 수행하는 보상으로 샘은 그날 하루를 빈둥거리며 지낼 수 있을 터였다(빅토리아 시대의 고용주들이 다 공산주의에 책임이 있는 것은 아니었다). 샘이 나간 뒤, 찰스에게는 한가한 시간이 찾아왔다.

이제 무엇을 할 것인가. 선택은 쉬웠다. 어니스티나의 건강을 위해 필요한 곳이라면 그는 어디든지 갈 수 있었을 것이다. 그런데 그곳이 라임이었다는 사실은 혼전 의무를 더욱 즐거운 마음으로 지킬 수 있게 해주었다. 스톤배로, 블랙벤, 웨어클리프 — 이런 지명들은 여러분에게 아무런 의미도 없을 것이다. 그러나 라임은 청회석으로 알려진 희귀한 암석의 노출부 중앙에 자리 잡고 있었다. 단순히 풍경이나 쫓아다니는 사람이라면 이 암석에 아무런 흥미도 느끼지 못할 것이다. 푸른빛 도는 회색에 감촉은 딱딱한 진흙 같아서, 접근하는 것조차 꺼림칙한 느낌을 주었다. 이 암석은 또 부서지기 쉽고 미끄러지기 쉽기 때문에, 청회석층이 깔려 있는 10여 킬로미터의 해안은 영국의 어떤 곳보다도 바다에 많이 침식당해 있었다. 그러나 이 일대의 청회석층은 양질의 화석을 포함하고 있고, 또 쉽게 캐낼 수 있기 때문에, 영국의 고생물학자들에게는 메카와 같은 곳이 되어 있었다. 지난 1백여 년 동안 이 해안에서 가장 흔히 볼 수 있는 동물은 탐석용 망치를 휘두르는 인간들이었다.

찰스는 〈고대 화석 상점〉 — 당시 라임에서 가장 이름난 상점이었을 것이다 — 을 방문한 적이 있었다. 저 유명한 메리 애닝이 세운 상점이었는데, 이 여자는 정식 교육을 받은 적이 없으면서도 진귀하고 훌륭한 화석 표본을 찾아내는 데는 천재였다. 그녀가 찾아낸 표본들 중에는 아직 분류조차 안

된 것들도 많았다. 그녀는 〈이크티오사우루스 플라티오돈〉[30]의 뼈를 맨 처음 발견한 주인공이었다. 그 당시 많은 학자들이 자신의 명성을 높이는 데 그녀의 발견에 큰 도움을 받았으면서도 〈애닝〉이라는 학명을 가진 종속(種屬)이 하나도 없다는 사실은 영국 고생물학계의 가장 비열하고도 불명예스러운 내막의 하나일 것이다. 이제는 고인이 된 그 여장부에게 경의를 표하는 뜻에서, 또한 런던에 있는 서재를 장식하고 싶은 마음에서, 찰스는 암모나이트를 비롯한 몇 가지 화석을 사는 데 많은 돈을 썼다. 그러나 실망도 없지 않았다. 당시에 그가 주로 몰두하고 있었던 것은 성게 화석이었는데, 〈고대 화석 상점〉에서는 그런 종류의 화석을 팔지 않았던 것이다.

성게 화석은 완전 대칭을 이루고 있지만, 그 형태는 아주 다양하다. 그리고 섬세하면서도 거칠게 느껴지는 줄무늬를 지니고 있다. 그 과학적 가치(1860년대 초기에 비치헤드에서 채집된 수직 연속물은 진화론을 확인시켜 준 첫번째 증거였다)는 제쳐 두고라도, 성게 화석은 무척 아름답다. 그리고 쉽게 발견할 수 없다는 또 하나의 매력을 지니고 있다. 며칠을 돌아다녀도 허탕치는 경우가 많다. 두어 개라도 찾는 날은 평생토록 기념할 만한 날이 될 것이다.

찰스가 성게 화석에 끌린 것은, 아마 시간이 남아도는 아마추어로서, 무의식중에 그렇게 되었을 것이다. 물론 그 나름의 학문적 이유는 가지고 있었다. 그래서 동료 도락가들을 만나면, 성게를 포함한 극피동물이 〈창피할 정도로〉 무시되고 있다고 핏대를 올리곤 했다. 사실 이것은 그렇게 하찮은 작업에 너무 많은 시간을 쏟는 자신의 생활 태도를 합리화하려는 변명에 지나지 않았다. 동기야 어쨌든 간에, 그는 성게

30 어룡의 일종.

70

화석에 몰두하고 있었다.

성게 화석은 청회석층이 아니라 퇴적암층에서 나온다. 화석 상점 주인도 성게 화석은 해안 쪽보다 라임 읍 서쪽 지역에서 발견될 확률이 높다고 조언해 주었다. 트랜터 이모 댁에서 나온 지 30분쯤 뒤에, 찰스는 다시 한 번 코브로 갔다.

오늘은 거대한 방파제가 읍내에서 멀리 떨어져 있다는 느낌을 주지 않았다. 그곳에는 어부들이 나와서, 배에 타르를 칠하거나, 그물을 수선하거나, 새우잡이용 항아리를 손보고 있었다. 그들 외에도, 철 이른 관광객과 지역 주민들이 바닷가 ── 어제보다는 약간 가라앉았지만 아직도 파도가 높았다 ── 를 어슬렁거리고 있었다. 어제 보았던 여인은 흔적도 없었다. 찰스는 그녀를 한순간도 생각하지 않았다. 그는 평소 읍내에서 어슬렁거리며 걷던 것과는 달리, 빠르고 가벼운 걸음으로 목적지를 향하여, 웨어클리프 벼랑 기슭의 해안을 따라 걷기 시작했다.

그는 주어진 역할에 어울리도록 세심하게 분장하고 있어서, 만약에 여러분이 그의 행색을 보았다면 웃음을 참지 못했을 것이다. 징이 박힌 부츠를 신었고, 두꺼운 아마포 바지를 입었고, 범포로 만든 각반을 정강이까지 둘렀고, 몸에 꼭 끼는 기다란 외투를 걸쳤고, 베이지색 중절모를 얹었고, 묵직한 물푸레나무 지팡이를 짚었고, 제법 부피가 큰 배낭(이 속에는 크고 작은 망치들, 쌈지와 보자기들, 노트들, 구급약 상자, 까뀌와 자귀, 그 밖에 이름도 알 수 없는 것들이 잔뜩 들어 있었다)을 어깨에 매고 있었다. 빅토리아 시대 사람들의 꼼꼼한 태도만큼 이해하기 힘든 것도 아마 없을 것이다. 그 가장 좋은(어쩌면 가장 우스꽝스러운) 예를 우리는 베데커 여행안내서에서 찾아볼 수 있다. 이 책자는 시시콜콜한 것까지 일러주고 있는데, 그렇게 되면 여행자들은 도대체 어디서 조그만 즐거움이나마 새롭게 발견할 수 있을 것인가. 찰스의 경우, 가벼운 옷차림이 한결 편하리라는 것을 왜 몰랐을까? 모자는 필요 없는 게 아닐까? 게다가 돌로 뒤덮인 해변에서 징 박힌 구두라니!

웃음이 나오거든 마음대로 웃으시라. 그러나 가장 편리한 것과 가장 권장할 만한 것 사이에 나타나는 이런 괴리에는 아마 감탄할 만한 무언가가 있지 않을까. 우리는 여기서 19세기와 20세기 사이의 논쟁의 핵심을 다시 만나게 된다. 의무[31]가 우리에게 무언가를 강요할 수 있느냐 없느냐 하는 문제가 그것이다. 만약의 경우에 대비하여 만반의 준비를 갖추는 이러한 강박 관념을 한낱 어리석은 것으로 여긴다면, 그것은 조상들에게 심각한, 아니 경솔한 실수를 저지르는 것이다. 왜냐하면 현대 과학의 기초를 세운 것은 바로 찰스와 다름없는, 그리고 그날 그의 모습처럼 지나치게 옷치레를 하고 지나치게 준비를 갖춘 사람들이었기 때문이다. 이런 면에서 보여 주는 그들의 어리석음도 좀 더 중요한 측면에서 생각하면 그들의 진지함을 보여 주는 징후일 뿐이다. 그들은 세계의 통화량이 불충분하다는 사실을, 또한 인습과 종교와 사회적 침체로 오염되기 시작한 현실에 창문을 연 것은 바로 자신들이라는 사실을 인식하고 있었다. 간단히 말해서 그들은 자신이 발견해야 할 무엇인가가 있으며, 그러한 발견들은 인류의 미래에 지극히 중요한 것이라는 사실을 인식하고 있었던 것이다. 그러나 우리는 발견해야 할 것도 없으며, 우리에게 가장 중요한

31 빅토리아 중기(대략 1850~1890년)를 풍미한 불가지론과 무신론이 신학적 도그마와 밀접하게 관련되어 있었다는 사실을 상기하기 위해, 조지 엘리엇의 〈신은 인지할 수 없으며, 영생불사는 믿을 수 없다. 하지만 의무는 강제적이고 절대적인 것이다〉라는 유명한 경구를 인용해 보는 것도 좋을 것이다 — 원주.

것은 인류의 현재에 관한 것이라고 생각한다. 우리에게는 그게 더 좋은 것일까? 그럴지도 모른다. 그러나 최후의 심판자는 우리가 아니다.

그래서 그날 찰스가 허리를 굽히고 망치를 두드리며 해안을 샅샅이 뒤지고, 표석(標石) 사이의 거리를 재기 위해 손가락을 한 뼘 두 뼘 옮기다가 뒤로 벌렁 나뒹굴었을 때, 어느 누가 감히 웃을 수 있겠는가. 찰스도 미끄러진 일에 대해서는 별로 괘념하지 않았다. 왜냐하면 그날은 날씨가 좋았고, 다량의 청회석 화석을 발견할 수 있었으며, 또 그곳에는 자기 혼자뿐이라는 사실을 깨달았기 때문이다.

바다는 번쩍이고, 도요새가 울었다. 검고 하얗고 붉은 물총새들이 길잡이처럼 찰스 앞을 날아다녔다. 바위 웅덩이가 곳곳에 나타나 그의 발을 적셨고, 엉뚱한 상념들이 그 가엾은 친구의 머릿속을 스쳤다. 해양 생물학을 전공한 편이 더 재미있지 않았을까. 아니, 과학적으로 더 유용한 일이 아니었을까? 그랬다면 런던 생활을 때려치우고 이 라임에서 살 수 있을 텐데. 하지만 어니스티나가 용납하지 않을 거야. 찰스는 조심스럽게 주위를 둘러보고 자기 혼자밖에 없다는 것을 다시 확인한 다음, 두툼한 구두와 각반과 양말을 벗어 버렸다. 이 순간은 마치 학창 시절로 되돌아간 듯한 기분이었다. 그리고 그는 호메로스의 구절을 기억해 내려고 애썼다. 그 순간은 아마 고전적인 순간이었을 것이다.

찰스가 거창하게 차려입었다고 해서 그를 경멸한다면, 전문성이 부족하다는 것도 그를 경멸할 이유가 될 것이다. 그러나 당시의 박물학은 오늘날과 같은 경멸적인 의미 ─ 현실 도피라느니, 일종의 취미나 감상에 지나지 않는다는 의미 ─ 를 전혀 갖고 있지 않았다. 게다가 찰스는 아주 유능한 조류학자이자 식물학자였다. 그가 성게 화석에만 몰두했거나 일생을 해초 분류에 바쳤다면, 그의 사정은 훨씬 나아졌을지도 모르겠다. 만약에 우리가 지금 거론하고 있는 주제가 과학적 진보에 관한 것이라면 말이다. 그러나 다윈을 생각해 보라. 『종의 기원』은 전문성의 승리가 아니라 일반성의 승리였다. 아마추어 과학자인 찰스로서는 차라리 전문성을 택하는 편이 훨씬 나았을 거라고 여러분이 증거를 제시하며 주장할지라도, 인간 찰스로서는 일반성을 택하는 것이 더 나았다고 나는 여전히 주장하고 싶다. 아마추어는 모든 분야에 손을 댈 수 있는 것이 아니라, 모든 분야에 손을 대야 한다. 그리하여 그들을 비좁은 지하 감옥 속에 가두려고 애쓰는 과학 자연하는 자들을 지옥에 떨어뜨려야 한다.

찰스는 다윈 신봉자로 자처했다. 그렇다고 해서 그가 다윈을 이해했던 것은 아니다. 하지만 당시에는 다윈도 자신을 다 이해하지 못했다. 이 천재가 뒤엎은 것은 린네[32]의 『자연의 사다리』였다. 이 책의 요지는 신학에서 그리스도의 신성(神性)만큼이나 본질적인 것으로, 〈이 세상에 새로운 종(種)은 없다〉는 것이었다. 이 원리는 린네가 자연계의 생물을 분류하고, 이름을 붙이고, 현존하는 것을 화석화하는 데 그토록 집착했던 사실을 설명해 준다. 오늘날 우리는 거기에 담긴 의도를 이해할 수 있다. 그것은 생명의 도도한 흐름을 정체시키고 고착화시키려는 운명 예정적 시도였다는 것을. 린네 자신이 마침내 미쳐 버린 것은 아주 당연한 결과로 보인다. 그는 자신이 미로에 빠져 버린 것을 알았지만, 자신을 에워싼 벽들과 통로들이 끊임없이 변화한다는 것은 알지 못했다. 다윈조차 린네의 족쇄를 완전히 벗어던지지 못했는데,

---

32 스웨덴의 식물학자로, 근대 분류학의 창시자이며, 이명식(二名式) 생물 분류법을 고안했다. 1707~1778.

찰스가 청회석층 벼랑을 올려다보았을 때 엉뚱한 생각이 그의 마음을 스쳐 갔다고 해서 그를 나무랄 수는 없는 일이다.

〈이 세상에 새로운 종은 없다〉가 부질없는 생각이라는 것은 찰스도 알고 있었다. 그러나 그는 지층 속에 아주 고무적인 어떤 질서가 존재하고 있음을 보았다. 그는 어쩌면 청회석층이 부서져 가는 방식에서 자기 시대의 사회적 상징을 보았을지도 모른다. 그러나 그가 보았던 것은 일종의 시간의 틀이었는데, 그 안에서 냉엄한 자연법칙은 편리하게도 적자생존을 마련해 놓고 있었다(그래서 자연법칙을 두고 자비로운 신과 같다고 하는 것일까. 하지만 그 질서가 곧 인간의 최고선이라는 것을 어느 누가 반박할 수 있겠는가). 그리고 적자(適者)란, 이를테면 이 아름다운 봄날 혼자서 열심히 탐구하고, 이해하고, 고개를 끄덕이고, 노트에 기록하고, 감사하고 있는 찰스 스미스선 같은 사람이다. 빠진 것이 있다면, 그것은 자연의 사다리가 무너져 버린 뒤에 필연적으로 닥쳐올 결과다. 만약에 새로운 종이 생겨날 수 있다면, 기존의 종은 그들에게 길을 비켜 줘야 하는 일이 너무 자주 일어날 것이다. 개체의 소멸은 찰스도 알고 있었다. 찰스만이 아니라, 빅토리아 시대 사람이라면 누구나 알고 있었다. 그러나 종 전체의 소멸에 대한 개념은 그의 마음속 어디에도 없었다. 마치 그날 그의 머리 위 하늘에 구름 한 조각 없었듯이. 그가 이윽고 양말을 신고 각반을 채우고 구두를 다시 신었을 때, 바로 손안에 아주 구체적인 실례를 쥐고 있었으면서도.

그것은 크기가 한 뼘쯤 되는 청회석 파편이었는데, 거기에 회전 불꽃처럼 박혀 있는 암모나이트 모양의 화석은 대우주 속의 소우주, 소용돌이치는 은하수였다. 그는 그것을 발견한 날짜와 장소를 꼬리표에 기록한 다음, 이제는 과학에서 벗어나 애정 문제로 뛰어들었다. 집으로 돌아가면 그 돌조각을

75

어니스티나한테 주어야겠다고 생각했다. 그것은 그녀가 좋아하기에 충분할 만큼 아름다웠다. 그리고 그 돌은 조만간 그녀와 함께 자기한테 돌아올 터였다. 더욱 기분 좋은 것은, 배낭의 무게가 늘어난 것이 그에게는 선물이자 노동이었다는 점이다. 그 시대의 풍조에 멋지게 부합되는 의무감이 그 엄격한 얼굴을 쳐들었다.

그리고 원래 작정했던 것보다 훨씬 천천히 돌아다녔다는 사실을 깨달은 것도 그에게는 즐거움이었다. 그는 외투 단추를 끄르고, 은제 회중시계를 꺼냈다. 두시였다! 그는 문득 뒤를 돌아다보았다. 파도는 1킬로미터나 물러간 곳에서 찰싹거리고 있었다. 길이 끊길 위험은 없었다. 눈앞에 가파르긴 하지만 안전한 오솔길이 보였기 때문이다. 그 길은 벼랑을 오른 다음 울창한 숲으로 이어져 있을 것이다. 그러나 해안을 따라 아까 왔던 길로 되돌아갈 수는 없는 노릇이었다. 그의 목적지는 사실 이 오솔길이었지만, 그 길을 빨리 걸어가서 편마암층이 나타나는 평지로 올라갈 작정이었다. 그동안 꾸물거린 자신에게 벌이라도 내리듯 그는 아주 빠른 걸음으로 그 길을 올라갔다. 그래서 도중에 잠깐 앉아서 숨을 돌려야 했다. 목면 외투 속에서는 땀이 비 오듯 쏟아졌다. 그러나 멀지 않은 곳에서 시냇물 소리가 들렸다. 그는 거기로 가서 갈증을 식히고, 손수건을 물에 적셔 얼굴을 닦았다. 그러고는 주위를 둘러보았다.

9

……나는 안다, 이 마음이
사랑을 받는 것도 오래가지 않으리라는 것을.
그러나 마음속 깊은 곳에서는, 생소하고 사나운
무엇인가가 쉴 새 없이 자라고 있다.
— 매튜 아널드, 「이별」(1853)

사라 우드러프가 풀트니 부인의 심문에 출두한 이유로, 나
는 두 가지 명백한 사실을 들었다. 그러나 그녀는 제 입으로
그 이유를 털어놓을 사람이 아니었다. 그리고 라임의 지체
높은 사회 밖에서 풀트니 부인이 어떤 평판을 얻고 있는지
그녀도 모르고 있지는 않았을 테니까, 그녀가 풀트니 부인과
의 면담에 응한 데에는 또 다른 이유들이 있을 법하다. 아니,
분명 있었을 것이다. 그녀는 하루 종일 마음을 정하지 못했
다. 그래서 도움의 말이나 얻을까 하여 탤벗 부인을 찾아갔
다. 탤벗 부인은 더없이 상냥한 여자이기는 했지만 별로
똑똑한 여자는 아니었고, 젊은 여자도 아니었다. 그리고 사
라를 다시 고용하고 싶었다 하더라도(사실 그녀는 사라에게
다시 돌아올 것을 요청한 적도 있었다), 사라가 이제는 가정
교사 임무에 온종일 매달릴 수 없는 처지가 되었다는 점을
이해하고 있었다. 그렇기는 하지만, 그녀는 사라를 돕고 싶
었다.

탤벗 부인은 사라가 생활에 몹시 쪼들리고 있다는 것을 알고 있었다. 그래서 밤마다, 처녀 시절에 읽은 로맨틱한 소설 속의 장면들, 예컨대 굶주린 여주인공이 눈 덮인 문턱에 웅크려 있거나, 아무 세간살이도 없고 비가 새는 골방에서 열병으로 앓아누운 장면을 떠올리며 뜬눈으로 지새우곤 했다. 그녀의 지독한 공포감을 요약해 주는 이미지는 셔우드 부인[33]의 교훈적인 옛날이야기에 나오는 하나의 실화였다. 쫓기던 한 여인이 절벽에서 뛰어내린다. 번개가 번쩍이면서 벼랑 위에 서 있는 추적자들의 얼굴을 드러낸다. 그러나 무엇보다도 소름 끼치는 것은 그 불운한 여인의 창백한 얼굴에 나타난 공포와, 그 여인의 헐렁한 검은 외투가 마치 끔찍한 죽음을 향해 까마귀 날개처럼 펄럭이며 떨어지는 모습이었다.

그래서 탤벗 부인은 풀트니 부인에 대한 온갖 소문과 의혹을 숨긴 채, 사라에게 그 자리를 맡으라고 충고했다. 옛 가정교사는 나이 어린 폴과 버지니아에게 작별의 입맞춤을 한 다음, 라임으로 돌아왔다. 사라는 탤벗 부인의 판단을 믿었다.

사라는 지성을 가진 여자였다. 그러나 그녀의 지성은 드문 종류의 것이어서, 우리가 인간의 능력을 테스트할 때 사용하는 어떤 현대적인 방법으로도 그녀의 지성을 파악하지는 못했을 것이다. 그것은 분석적이거나 문제를 해결하는 능력은 아니었다. 사라가 가장 어려워하는 과목이 수학이라는 사실에서 그 능력의 성질을 알 수 있었다. 그녀의 능력은 어떤 독특한 활기나 재치의 형태로 나타나는 것도 아니었다. 그녀가 비교적 행복했던 시절에도 그것은 마찬가지였다. 그것은 타인의 가치를 한눈에 간파할 수 있는 능력, 말하자면 타인을

33 영국의 아동 문학가. 자신의 가족사에 바탕을 둔 『페어차일드 가문의 역사』를 발표했다.

완전하게 이해하는 능력으로, 한 번도 런던에 가본 적이 없고 세상에 섞여 본 적도 없는 사람이 이런 능력을 가졌다는 것은 하나의 신비였다.

사라는 척 보기만 해도 좋은 말인지 나쁜 말인지를 가려낼 줄 아는 숙달된 조련사와 심리학적으로 대등한 능력을 지니고 있었다. 또는 한 세기를 훌쩍 뛰어넘어, 가슴속에 컴퓨터라도 가지고 태어난 사람 같았다. 나는 그녀의 가슴을 말했는데, 이것은 사라가 평가하는 가치가 사고적인 것이기보다는 감정적 차원에 속한 것이기 때문이다. 그래서 사라는 어쩌다 사람들을 만나면, 공허한 논쟁, 거짓된 학식, 편협한 논리 — 이런 것들을 늘어놓으며 잘난 체하는 인물을 단번에 알아볼 수 있었다. 그러나 그녀는 좀 더 교묘한 방법으로 사람들의 마음을 꿰뚫어 보았다. 그 방법이 어떻게 진행되는지는 말할 수 없으나, 컴퓨터보다 더한 것이라 하더라도 그 과정을 설명할 수는 없을 것이다. 하여간 그녀는 사람들이 보이려고 애쓰는 겉모습이 아니라, 그 밑에 숨겨져 있는 본연의 모습으로 그들을 보았다. 사라를 뛰어난 도덕적 심판관이라고 말하는 것으로는 충분하지 않다. 그녀의 이해력은 그보다 훨씬 넓었으며, 도덕이 그녀의 가치 기준이었다면 그녀는 지난번처럼 행동하지 않았을 것이다. 문제의 진상은 아주 간단했다. 사라는 웨이머스에서 여자 사촌과 함께 지내지 않았던 것이다.

이처럼 깊은 통찰력을 타고난 것이 사라의 일생에 나타난 최초의 저주였다. 그리고 두 번째 저주는 그녀가 받은 교육이었다. 그렇다고 대단한 교육을 받은 것도 아니었다. 엑서터에 있는 삼류 여학교를 다닌 게 고작이었다. 낮에는 이 학교에서 배우고, 저녁에는 — 때로는 밤늦게까지 — 삯바느질을 하거나 다른 천한 일을 해서 학비를 조달했다. 학우들과도 잘 어울리지 못했다. 그들은 사라를 멸시했다. 그리고 사라는 그들의 마음을 간파했다. 그래서 그녀는 같은 또래의 여자들보다 훨씬 많은 소설과 시를 읽게 되었다. 소설과 시 — 이것은 고독한 자가 안주할 수 있는 두 개의 성역이었다. 소설과 시는 경험을 대신해 주었다. 그래서 그녀는 자신의 경험에 의해서만이 아니라, 월터 스콧과 제인 오스틴의 기준에 따라 사람을 판단했다. 그녀는 주변 사람들을 마치 소설 속의 인물처럼 생각하거나, 시적으로 판단해 보기도 했다. 그러면서도 그녀 자신은 그것을 깨닫지 못했다. 그러나 슬프게도, 그녀가 스스로 깨우친 것은 배움을 통해 얻은 것 때문에 그 가치가 크게 떨어져 버리고 말았다. 숙녀처럼 화장해 놓으면, 사라는 계급 사회의 희생물처럼 보였다. 아버지는 그녀를 자신이 속한 계급으로부터 끌어내긴 했지만, 다음 계층으로 끌어올리지는 못했다. 그녀가 벗어나 버린 계층의 젊은이들이 보면 그녀는 결혼 상대로 삼기에는 너무 상류층에 가까워져 있었고, 또 그녀가 동경하는 계층의 남자들 눈에는 아직도 너무 평범했다.

사라의 부친을 두고 라임 교구 목사는 〈훌륭한 원칙을 지닌 인물〉이라고 묘사했지만, 사실은 정반대의 인물이었다. 왜냐하면 그는 그릇된 원칙들을 모아서 훌륭하게 수집해 놓고 있었기 때문이다. 그가 딸을 기숙학교로 보낸 것도 외동딸에 대한 배려 때문이 아니라 조상에 대한 자부심 때문이었다. 고조부는 자타가 인정하는 신사로서, 저 위대한 프랜시스 드레이크[34] 집안과 먼 인척관계를 맺기까지 했다. 그런데 세월이 흐르면서 드레이크 경의 직계 자손일 거라는 엉뚱한 추측이 차츰 사실로 굳어져 버렸다. 드레이크 가문은 한때

---

34 영국의 유명한 제독. 스페인의 무적 함대를 격파했을 당시의 사령관 중한 사람이며, 영국인으로서는 최초로 세계 일주 항해를 했다. 1540~1596.

다트무어와 엑스무어 사이에 있는 잡초만 무성한 황무지에 장원 비슷한 것을 하나 소유하고 있었다. 사라의 아버지는 그곳을 세 번이나 찾아가 눈으로 직접 확인했다. 그러고는 드넓은 메리턴 영지에서 임차한 조그만 농장으로 돌아와 생각에 잠기고, 계획을 세우고, 꿈을 꾸었다.

그러나 18세에 학교를 마치고 돌아온 딸애가 느릅나무 탁자에 앉아서, 맞은편에 앉은 아버지 — 이때만 해도 그는 어떤 기적이 일어날지 누가 아느냐고 생각했다 — 를 말없이 바라보자, 그래서 아무 쓸모 없는 기계 부품처럼 아버지의 속을 태우고(왜냐하면 그는 데번 토박이였고, 데번 사람에게는 돈이 전부였기 때문이다), 결국 미칠 것처럼 화나게 만들자, 그는 실망하고 말았다. 그는 소작지를 도로 넘겨주고, 자기 소유의 밭을 하나 샀다. 그것은 아무리 봐도 헐값이었다. 그래서 그는 싼 게 비지떡이라는 속담이 사실로 드러나지나 않을까 하는 염려에 빠졌다. 여러 해 동안 그는 저당금과 신사의 우스꽝스러운 체면을 한꺼번에 처리해 나가느라 갖은 발버둥을 다 쳤다. 그러다가 정말로 미쳐 버렸고, 도체스터의 정신 병원으로 보내졌다. 그리고 1년 뒤에는 그곳에서 이승을 하직했다. 그동안 사라는 스스로 생활비를 벌어야 했다. 처음엔 도체스터에 있는 어느 집 — 병원에 있는 아버지와 조금이라도 가까이 있기 위해 — 에서 일했고, 그러다가 아버지가 돌아가시자 탤벗 부인 댁에 일자리를 얻었다.

사라는 너무 유별난 처녀라서 구혼자도 없었다. 하기야 지참금도 없었지만. 그러나 바로 그 무렵 그녀의 타고난 저주가 처음으로 발동했다. 그녀는 지나치게 자신만만한 위선자들을 꿰뚫어 보았다. 그들의 비열함과 거짓된 겸손과 생색내는 자선과 어리석은 소행들을 보았다. 그래서 자신의 운명은 평생을 독신으로 살도록 정해진 것이라고 여겼다. 이런 운명에서 벗어나도록 자연이 사라를 진화시키려면, 아마 수백만 년의 세월을 쏟아야 할 터였다.

찰스가 약혼녀에 대한 성가신 의무감에서 벗어나서 대단히 과학적인 유희에 몰두하고 있던 그날, 풀트니 부인은 사라에 대한 대차 대조표를 작성하고 있었다. 부인이 이날 오후를 골라 장부 정리를 한 것은, 사라 — 말버러 저택에서는 사라 양이라고 불렸다 — 가 외출했기 때문이다.

이왕이면 즐거운 마음으로 시작할 수 있도록, 대변 항목부터 보자. 첫번째 항목에는 〈좀 더 행복해진 집안 분위기〉라고 적혀 있었는데, 이것은 사라가 1년 전 이 집에 왔을 당시만 해도 기대조차 할 수 없었던 소득이었다. 그런데 놀라운 것은, 이 집안의 하인들 — 남녀를 불문하고 — 가운데 단 한 사람도 이제껏 개인적인 용무로 외출을 허락받은 적이 없었다는 사실이다(과거의 통계를 보면 하인보다는 하녀의 외출을 금지한 경우가 더 많았다).

이처럼 야릇한 변화는 사라 양이 임무 — 풀트니 부인의 영혼을 책임지는 일 — 를 맡은 뒤 불과 몇 주일 지난 어느 날 아침에 시작되었다. 부인은 평소의 직감으로 고용인들이 일을 태만히 했다는 것을 알아차렸다. 위층 하녀가 맡은 일은 화요일마다 거실에 있는 양치식물 — 풀트니 부인은 두 그루의 양치식물을 키우고 있었다. 하나는 자신을 위해서, 다른 하나는 손님을 위해서 — 에 물을 주는 것이었는데, 그 일을 하녀가 그만 깜박 잊고 빼먹은 것이다. 양치식물은 하녀의 태만을 용서하듯 여전히 싱싱해 보였다. 그러나 풀트니 부인은 반대로 하얗게 질렸다. 죄를 지은 하녀한테 즉각 호출이 떨어졌다. 그녀는 깜박 잊었다고 자백했다. 이 정도 실수는 풀트니 부인도 점잖게 넘겨 버릴 수 있었을 것이다. 그러나 그 나이 어린 하녀는 최근에 비슷한 두세 가지 실수를 저질러서 마님의 비망록에 올라 있었다. 하녀의 장례식을 알리는 종소리가 울리기 시작했다. 풀트니 부인은 밤도둑의 발목을 물어뜯는 불도그처럼 냉혹한 의무감으로 사납게 종을 울려 댔다.

「난 참을성이 강한 편이다만, 이번 일만은 도저히 참을 수 없다.」

「다시는 안 그럴게요, 마님.」

「그래, 내 집에서는 두 번 다시 그런 짓을 안 하게 될 거다.」

「마님, 제발……..」

풀트니 부인은 하녀가 실컷 눈물을 흘리도록 잠시 내버려 두었다.

「페얼리 부인이 급료를 줄 테니, 받고 떠나거라.」

사라는 그때 마침 풀트니 부인의 편지를 받아쓰고 있었기 때문에 그 자리에 있었다. 그 편지들은 대부분 주교들에게 보내는 것이거나, 아니면 적어도 주교에게 보내는 편지의 어투로 쓰여 있었다. 그때 사라가 질문을 하나 던졌다. 그리고 그 효과는 놀라운 것이었다. 그것은 첫째, 그녀의 직무와 직접 관련되지 않은, 게다가 풀트니 부인 앞에서는 처음으로 꺼낸 질문이었다. 둘째, 그것은 부인의 판결을 넌지시 반박하는 질문이었다. 셋째, 그것은 부인에게가 아니라 하녀에게 던진 질문이었다.

「밀리, 건강은 괜찮니?」

그 방에서 들린 동정적인 목소리 때문이었는지, 아니면 하녀의 건강 상태 때문이었는지는 모르지만, 밀리가 무릎을 꿇고 머리를 좌우로 흔들면서 얼굴을 두 손으로 감쌌을 때, 풀트니 부인은 깜짝 놀랐다. 사라는 재빨리 하녀 곁으로 다가갔다. 그리고 몇 분 동안, 그 하녀는 정말로 건강이 나쁘다는 것, 지난주에는 두 번이나 졸도했다는 것, 그런데도 겁이 나서 아무한테도 말하지 못했다는 사실을 입증해 보였다.

사라가 밀리를 하녀 숙소로 데리고 갔다가 조금 뒤에 돌아오자, 이번에는 풀트니 부인의 입에서 놀라운 질문이 나왔다.

「어떻게 해야 하지?」

사라는 부인의 눈을 들여다보았다. 노부인의 눈빛 속에는 자신의 결정을 스스로 고집하고 싶어하는 무언가가 있었다.

「최선이라고 생각하시는 대로 하세요, 마님.」

이렇게 해서 아주 진귀한 꽃송이, 즉 용서가 말버러 저택에 불확실한 토대를 얻게 되었다. 그리고 의사가 하녀를 보러 와서 위황병[35]이란 진단을 내렸을 때, 풀트니 부인은 진정으로 친절을 베푸는 것이 별난 기쁨을 안겨 준다는 사실을 발견했다. 그 밖에도 한두 가지 사고가 더 있었다. 그렇게 극적인 것은 아니지만 똑같은 과정을 거쳤다. 그러나 사고는 한두 가지로 끝났다. 사라가 사고를 미리 막기 위해 저택을 돌면서 시찰하는 것을 자신의 임무로 삼았기 때문이다. 사라는 풀트니 부인을 간파했다. 그리고 곧 노련한 추기경이 무력한 교황을 요리하듯 나이 든 부인을 다룰 수 있게 되었다. 물론 추기경처럼 고귀한 목적을 위해서는 아니지만.

풀트니 부인의 장부에 올라 있는 두 번째 항목은, 첫번째 항목보다 한결 바람직한 것으로, 〈그녀의 목소리〉였다. 여주인은 하인들과 관련된 보다 세속적인 문제에서는 여러 가지 결점이 있었지만, 그들의 정신적 행복은 아주 잘 보살펴 주었다. 주일에는 아침 저녁으로 교회에 갔다. 그것은 의무였다. 그리고 매일 아침마다 예배를 보았다. 찬송가를 부르고 성서를 읽고 기도를 올리는 일들을 나이도 많은 부인이 한껏

---

35 젊은 여자들에게 흔한 빈혈의 일종.

거드름을 피우며 직접 주재했다. 그런데 마님이 아무리 매서운 눈초리를 보내도 하인들이 온순해지거나 뉘우치는 기색을 보이지 않는 것은 늘 부인을 당황하게 했다. 순종이나 뉘우침 같은 것은 그들의 신(결국은 그녀의 신)의 당연한 요구라는 것이 부인의 생각이었다. 평소에 보이는 하인들의 얼굴은 여주인에 대한 두려움과 멍청한 무지가 뒤섞인 것이었다. 그들은 회개한 죄인이라기보다는 오히려 길 잃은 양과 비슷했다. 그런데 사라가 이 모든 것을 바꿔 놓았던 것이다.

사라의 목소리에는 언제나 슬픔의 그림자가 드리워져 있었고, 또 감정에 겨워 격해질 때도 없지는 않았지만, 확실히 맑고 고운 목소리였다. 그러나 무엇보다도 그 목소리는 진지했다. 풀트니 부인은 그녀의 저주받은 작은 세계에서 처음으로 하인들이 주의 깊고 때로는 분명히 종교적인 표정을 짓는 것을 보았다.

그것은 좋은 일이었다. 그러나 이 집에서는 치러야 할 두 번째 예배가 남아 있었다. 하인들은 부엌에 모여 페얼리 부인의 차가운 시선과 괄괄하고 무뚝뚝한 목소리 밑에서 저녁 기도를 올리도록 허락받고 있었다. 그동안 풀트니 부인은 2층에 혼자 남아, 사라가 읽어 주는 성서를 듣는 것으로 만족해야 했다. 사라의 목소리가 가장 훌륭하고 효과적으로 들리는 것은 바로 이때였다. 부인의 매정한 눈에서 물방울이 떨어지는 믿지 못할 일도 두어 번 일어났다. 이런 효과는 조금도 의도된 것이 아니라, 두 여인 사이의 커다란 차이에서 생겨난 것이었다. 풀트니 부인은 전혀 존재하지도 않는 신을 믿었고, 사라는 실제로 존재하는 신을 믿었던 것이다.

성서 강독을 요청받은 사제나 고명한 성직자들은 무의식적으로 브레히트의 이화(異化) 효과(〈지금 성서 구절을 읽고 있는 본인은 당신의 사제입니다〉)를 일으키는 경우가 많지만, 사라는 전혀 그렇지 않았다. 오히려 그 반대였다. 그녀가 베들레헴 출신의 남자, 즉 예수 그리스도의 수난을 이야기할 때, 그 화법은 마치 역사에는 시간이 존재하지 않는 것처럼 직설적이고 생생했다. 이따금 실내의 불빛이 어두우면, 마치 십자가에 매달린 그리스도를 바로 눈앞에 보고 있는 것처럼 열중하여 풀트니 부인의 존재조차 잊어버리는 것 같았다. 하루는 〈*Eli, Eli, lama sabachthani*(주여, 주여, 나를 왜 버리셨나이까)〉라는 구절에 이르자, 사라가 말을 더듬더니 침묵에 빠져 버렸다. 풀트니 부인은 고개를 들어 사라를 바라보았다. 그리고 사라의 얼굴에 눈물이 흐르고 있는 것을 보았다. 이 순간은 그 뒤에 닥쳐올 무수한 어려움을 구원해 주었다. 부인은 잠자코 일어나, 사라의 축 처진 어깨를 어루만져 주었다. 이 행위 때문에, 지금은 낙인찍혀 있는 풀트니 부인의 영혼도 언젠가는 구원을 받으리라.

내가 혹시 사라를 광신자로 보이게 만든 것은 아닐까. 하지만 그녀는 어떤 신학도 갖고 있지 않았다. 그녀는 다만 사람의 마음을 꿰뚫어 보듯, 빅토리아 시대 교회의 어리석음과 속된 스테인드 글라스와 편협하고 고루한 태도를 꿰뚫어 보았을 뿐이다. 그녀는 거기에 고통이 있는 것을 보았고, 그 고통이 끝나기를 기도했다. 사라가 우리 시대에 태어났다면 무엇이 되었을지는 짐작하기 어렵지만, 좀 더 일찍 태어났다면 분명 성녀나 왕비가 되었을 것이다. 신앙심이나 성적 매력 때문이 아니라, 그녀가 천성적으로 지니고 있는 희귀한 능력 — 지성과 감성의 조화 — 때문이다.

이 밖에 다른 항목들도 있었다. 풀트니 부인의 신경을 건드리지 않는 능력 — 이것은 그 자체로도 대단한 능력이었고, 또한 특이한 능력이었다 — 과 이런저런 집안일들을 조용히 관장하는 능력, 그리고 뜨개질 솜씨 등이 그것이었다.

풀트니 부인의 생일날 사라는 의자 등받이 덮개 — 풀트니 부인이 사용하는 의자는 그 어느 것도 덮개를 필요로 하지 않았지만, 당시에는 이런 부속물이 딸리지 않은 의자들은 왠지 벌거벗은 느낌을 주었다 — 를 선물했다. 그 덮개 가장자리에는 고사리와 은방울꽃들이 절묘하게 수놓아져 있었다. 이 선물은 풀트니 부인에게 큰 기쁨을 주었다. 풀트니 부인은 그 옥좌에 앉을 때마다 〈피보호자〉를 용서해 주고픈 마음이 들곤 했다. 그래서 그 등받이 덮개는, 박제로 만들어진 능에가 찰스를 자주 구해 주었던 것처럼 사라를 구해 주곤 했다. 사라는 실로 노련한 추기경이었다.

그리고 마침내 — 사실 이것은 당사자에게는 더없는 고역이었지만 — 사라는 트랙트[36] 시험을 통과했다. 빅토리아 시대의 외로운 과부들이 대개 그랬듯이, 풀트니 부인도 트랙트의 힘에 크게 의지하고 있었다. 그 팸플릿을 받아 든 열 사람 가운데 한 사람도 그것을 제대로 읽지 못하더라도 — 사실 그것을 제대로 읽을 줄 아는 사람은 극히 드물었다 — 상관하지 않았고, 또 그것을 읽을 줄 아는 열 사람 가운데 한 사람도 거기에 담긴 뜻을 이해하지 못하더라도 그녀는 별로 상관하지 않았다. 그러나 사라가 사람들에게 나누어 줄 팸플릿 뭉치를 들고 방에서 나갈 때마다, 풀트니 부인은 하늘에 있는 그녀의 계좌에 구원받은 영혼들이 하나씩 기입되는 것을 보았다. 그리고 그녀는 〈프랑스 중위의 여자〉가 사람들 앞에서 속죄하는 것도 보았다. 이것은 또 하나의 기쁨이었다. 라임에 사는 다른 사람들, 더 가난한 사람들도 그것을 보았다. 그리고 그들은 풀트니 부인이 생각했던 것보다 훨씬 친절했다.

사라는 약간 형식적인 어구를 만들어 냈다. 「풀트니 부인

36 종교 팸플릿.

댁에서 왔습니다. 읽어 보신 다음 마음에 간직하시기 바랍니다.」 이렇게 말하면서 그녀는 오두막에 사는 사람들의 눈을 바라보았다. 그러면 알은체하는 미소를 머금고 있던 사람들은 금세 그 미소를 잃어버렸다. 말이 많은 사람들은 말이 입 안에서 죽어 버린 것을 느꼈다. 그들은 손에 쥐인 팸플릿보다는 사라의 눈빛에서 더 많은 것을 배웠다. 나는 그랬으리라 생각한다.

그러나 우리는 이제 대차 대조표의 차변 항목을 짚고 넘어가야 한다. 첫번째이자 가장 중요한 항목은 틀림없이 이런 것이었으리라. 〈그녀는 혼자서만 외출한다.〉 원래 합의된 바에 따르면 사라 양은 1주일에 한 번 오후 시간을 자유롭게 지내도록 되어 있었다. 이 조항에는 풀트니 부인의 소망, 즉 자기가 지체 높은 신분임에도 도량이 넓은 사람이라는 것을 하녀들에게 과시하고 싶은 마음이 담겨 있었고, 그래서 외출은 트랙트를 보급할 필요성의 한도 안에서 묵인되었다. 두 달 동안은 모든 것이 순조로운 듯했다. 그러던 어느 날 아침, 사라 양이 말버러 저택의 예배에 참석하지 않았다. 하녀가 부르러 갔을 때, 그녀는 아직도 잠자리에 들어 있었다. 그래서 부인이 노구를 이끌고 직접 찾아갔다. 사라는 또다시 눈물을 흘렸다. 그러나 이번에는 풀트니 부인도 짜증스러운 기분을 느꼈을 뿐이다. 그런데도 그녀는 의사를 부르러 보냈다. 의사는 오랫동안 사라와 밀담을 나누었다. 그동안에 풀트니 부인은 조바심치며 의사를 기다렸다. 이윽고 아래층으로 내려온 의사는 사라 양이 우울증 — 그는 그 시대와 장소에 비해서는 진보적인 인물이었다 — 에 걸렸다고 간단히 말했다. 그러고는 환자에게 좀 더 신선한 공기와 좀 더 많은 자유를 허락하라는 처방을 내렸다.

「그게 그렇게 필요하다면야…….」

「절대로 필요합니다, 부인. 감히 말씀드립니다만, 그렇게 하지 않아서 변고가 생길 경우, 전 책임을 질 수가 없습니다.」

「그럴 형편이 못 되는데요.」 그러나 의사는 대꾸하지 않았다. 「그렇다면 1주일에 두 번씩 오후 외출을 허락하겠어요.」

목사와는 달리 그로건 박사는 재정적으로 풀트니 부인에게 그다지 의존하고 있지 않았다. 솔직히 말해서 그는 라임 주민들 가운데 풀트니 부인의 사망 증명서에 서명하는 것을 가장 덜 슬퍼할 사람이었다. 그러나 그는 터지려는 분통을 애서 참고 이렇게 말했다. 「부인께서는 날마다 오후에 낮잠을 주무시니까, 그 시간에 사라 양이 외출하더라도 불편이 없을 것 아닙니까?」 이렇게 해서 사라는 날마다 반쪽 자유를 얻게 되었다.

차변의 두 번째 항목은 이러했다. 〈손님이 찾아오면 가끔 자리를 피해 주었으면.〉 이 항목에 이르러 풀트니 부인은 자기가 실로 견디기 힘든 딜레마에 빠진 것을 알았다. 그녀는 자신의 자비심을 남들에게 과시하고 싶어했고, 사라는 바로 그 자비심의 증거였다. 그런데 사라의 표정은 종종 분위기를 해쳤다. 그 슬픈 표정은 비난을 담고 있는 듯이 보였다. 게다가 그녀는 대화에 끼어드는 일도 거의 없었고, 대답하지 않을 수 없는 질문을 받았을 때에만 마지못해 간단히 대꾸하곤 했다(좀 더 지성적이고 자주 찾아오는 손님은 여주인의 말벗이자 비서인 그녀에게 더 이상 정중한 말투를 쓰지 않고 미사여구가 많은 과장된 말투를 사용하게 되었다). 그녀의 슬픈 얼굴은 손님들의 마음을 왠지 불안하게 만들었다. 그것은 사라가 대화에 찬물을 끼얹고 싶어했기 때문이 아니라, 복잡하거나 비상식적인 속성을 가진 문제에 단순함과 상식을 부과했기 때문이다. 풀트니 부인에게는 사라가 젊은 시절의 어렴풋한 기억 속에 남아 있는 교수형당한 사람과 너무나 비슷해 보였다.

사라는 다시 한 번 능숙한 외교 솜씨를 보여 주었다. 방문객이 낯익은 사람인 경우에는 사라도 자리를 함께했지만, 낯선 손님이 방문했을 때에는 잠깐 함께 있다가 조용히 물러가거나, 손님이 찾아왔다는 전갈이 오자마자 또는 손님이 거실로 안내되기 전에 조심스레 자리를 떠났다. 어니스티나가 말버러 저택에서 사라를 한 번도 만나지 못한 것은 바로 그 때문이었다. 사라의 이런 처신은 적어도 풀트니 부인에게 자기가 짊어져야 할 십자가에 대해 장광설을 늘어놓을 수 있는 기회를 주었다. 하지만 그 십자가가 현장에서 물러갔거나 없다는 사실은 십자가를 짊어지는 부인의 솜씨가 서투르다는 것을 암시했고, 이것은 참으로 골치 아픈 문제였다. 그러나 사라를 탓할 수는 없었다.

그러나 나는 최악의 항목을 마지막에 남겨 두었다. 그것은 이렇다. 〈그녀는 아직도 자기를 농락한 사내에게 애착을 가지고 있는 것 같다.〉

풀트니 부인은 사라가 저지른 죄악의 상세한 내막을, 그리고 거기에 대해 사라가 지금 어느 정도 후회하고 있는지를 알아내려고 몇 번이나 시도해 보았다. 잘못을 저지른 수녀한테서 고백을 듣고 싶어하는 수녀원장도 사라의 고백을 듣고 싶어하는 풀트니 부인보다 더 간절할 수는 없었을 것이다. 그러나 그 문제에 관한 한 사라는 마치 말미잘처럼 예민했다. 부인이 아무리 딴전을 펴며 다가와도, 그 죄인은 무엇이 다가오고 있는지를 잽싸게 알아챘다. 직설적으로 물어보면, 처음 질문을 받았을 때 대답했던 그대로였다. 표현은 다를지라도 내용은 늘 똑같았다.

이제 풀트니 부인은 외출하는 일이 거의 없었다. 어쩌다 외출하는 경우에도 걸어서 가는 법은 없고 꼭 사륜마차를 타고 다녔다. 게다가 그녀가 찾아가는 곳은 자기와 같은 부류에 속하는 사람의 집뿐이었다. 그래서 사라가 밖에서 어떻게 하고 다니는지를 알고 싶으면, 다른 사람의 눈에 의존할 수밖에 없었다. 다행히 부인에게는 자신을 대신해서 사라를 감시해 줄 눈이 한 쌍 있었다. 뿐만 아니라 그 염탐꾼의 눈 뒤에 숨어 있는 마음은 악의와 앙심으로 가득 차 있어서, 심술궂은 마님께 자주 보고 사항을 가져가는 것을 못내 즐거워했다. 이 염탐꾼은 다름 아닌 페얼리 부인이었다. 책을 읽는 데서는 아무런 즐거움도 느끼지 못하는 그녀였지만, 자신의 지위가 알게 모르게 강등되고 있다는 데 대해서는 화를 낼 줄 알았다. 그리고 비록 사라 양이 그녀에게 조심스러울 정도로 공손한 태도를 보이고, 자신의 직책이 가정부의 기능까지 침해하는 것으로 보이지 않도록 신경을 쓰고 있기는 했지만, 거기에는 필연적으로 다소의 갈등이 따르게 마련이었다. 일거리가 조금씩 줄어들었는데, 그것은 도리어 페얼리 부인을 불편하게 만들었다. 그것은 그만큼 자신의 영향력이 줄어들고 있다는 증거였기 때문이다. 사라 양이 밀리를 구해 주었던 일 ― 그 밖에도 그녀가 개입했던 다른 일들 ― 은 아래층에서 사라의 인기를 높여 주고 그녀를 존경하도록 만들었다. 아마도 페얼리 부인을 가장 화나게 만든 것은 마님의 말벗이자 비서인 사라 양을 함부로 험담할 수도 없다는 점일 것이다. 그녀는 걸핏하면 성을 내곤 하는 여자였다. 그녀에게 단 하나의 즐거움이 있다면, 그것은 최악의 사태를 알고 있거나 최악의 상황을 두려워하는 것이었다. 그래서 그녀는 사라에 대해 증오심을 키웠고, 그것은 점점 심해져 갔다.

그녀는 족제비처럼 교활했기 때문에, 풀트니 부인에게는 이런 감정을 숨기고 있었다. 사실 그녀는 〈가엾은 우드러프 양〉을 몹시 안쓰러워하는 체했고, 그녀가 마님한테 갖다 바치는 보고에도 〈그렇지 않을까 염려되는군요〉하는 투의 양념이 충분히 들어가 있었다. 그러나 그녀는 사라의 거동을 염탐할 기회가 많았다. 가정부인 까닭에 임무상 읍내에 나갈 일이 많았고, 뿐만 아니라 손이 닿는 친척이나 친지들에게 넓은 정보망을 칠 수가 있었기 때문이다. 그녀는 친척이나 친지들에게, 풀트니 부인은 우드러프 양이 말버러 저택의 드높은 담장 밖에서 무슨 짓을 하고 다니는지에 관심이 많다고 넌지시 비쳤다. 물론 가장 그럴듯하고 가장 기독교도다운 이유를 내세우면서. 라임은 그때나 지금이나 소문으로 들끓고 있어서, 사라의 일거수일투족은 비열하게 과장되고 그럴듯하게 꾸며진 다음, 곧바로 페얼리 부인에게 전해졌다.

트랙트 뭉치를 지니고 있지 않을 때, 사라가 밖에서 보이는 행동거지는 아주 단순했다. 그녀는 언제나 같은 길을 택했다. 가파른 파운드 가를 따라 브로드 가로 내려간 다음, 거기서 다시 코브게이트 쪽으로 가는 것이다. 그곳은 바다가 내려다보이는 구릉 지대로, 코브와는 아무 상관이 없었다. 이곳에서 그녀는 벽에 기댄 채 바다를 바라보곤 했다. 그러나 오랫동안 그렇게 서 있는 것은 아니고, 배의 선장이 브리지로 나와서 조심스럽게 항로를 살피는 정도의 시간이었다. 그러고 나서는 발길을 돌려 코크모일로 내려가거나, 아니면 서쪽으로 나 있는 1킬로미터가량의 길 — 본래의 코브로 통하는 완만한 굽이의 해안을 끼고 도는 길 — 을 따라 걸어가곤 했다. 코크모일 쪽으로 내려가는 경우에는 대개 교회에 들러서 잠시 기도를 올렸다(페얼리 부인은 이 사실을 언급할 가치가 있는 것으로 생각하지 않았다). 그런 다음, 처치 클리프로 통하는 교회 옆 오솔길을 산책했다. 이곳의 잔디밭은 블랙벤의 무너진 성벽을 향해 위쪽까지 뻗어 올라가 있었다.

사라가 이 풀밭에서 이따금 바다 쪽으로 고개를 돌리며, 오솔길이 차머스로 통하는 옛길과 만나는 곳으로 걸어가는 모습을 볼 수도 있었다. 사라는 그곳에서 다시 발길을 돌려 라임으로 돌아오곤 했다. 코브에 사람이 많아 보이면 그녀는 이 산책로를 택했다. 그러나 날씨가 나쁘거나 다른 어떤 사정으로 코브에 사람이 없을 때면, 사라는 대개 그 길로 들어서서, 찰스가 그녀를 처음 보았던 지점에 서 있곤 했다. 그곳에서 사라는 프랑스에 가장 가까이 다가가 있는 느낌을 받았으리라.

이 모든 움직임들은 적당히 왜곡되고 음흉하게 윤색되어 풀트니 부인에게 전해졌다. 그러나 그때 부인은 새 장난감을 소유한 즐거움에 빠져 있었고, 심술궂고 의심 많은 기질은 여전했지만 그래도 최대한 동정적으로 문제를 처리할 생각이었다. 그러나 그녀는 장난감을 비난하는 것을 조금도 망설이지 않았다.

「우드러프 양, 듣자니까 자네는 밖에 나가면 언제나 같은 장소에 간다면서?」 사라는 비난의 눈초리 앞에서 시선을 떨구었다. 「바다를 바라보곤 하다면서?」 사라는 여전히 말이 없었다. 「난 자네가 과거를 후회하고 있는 줄 알았어. 그래서 얼마나 흡족하게 생각해 왔는데 그래. 그런데 자네가 지금 같은 처지에 있으면서 다른 마음을 먹고 있다니, 정말이지 놀랄 일이군.」

사라가 말할 기회를 잡았다. 「전 마님께 늘 고맙게 생각하고 있습니다.」

「나한테 고맙게 생각하든 말든, 그런 것엔 관심이 없어. 우선권을 가지신 분께서 저 위에 계시니까.」

「제가 그걸 왜 모르겠어요?」 사라가 낮은 목소리로 중얼거렸다.

「사정을 모르는 사람들은 자네가 아직도 죄악에서 벗어나지 못한 것으로 여길지 몰라.」

「제 사연을 조금이라도 아는 사람이라면 그런 생각을 할 수 없을 겁니다, 마님.」

「하지만 사람들은 그렇게 생각하고 있는걸. 그들이 뭐라는 줄 알아? 자네가 아직도 악마의 배를 기다리고 있다는 거야.」

그러자 사라는 일어나서 창가로 갔다. 초여름이었다. 관목과 라일락 향기가 지빠귀의 노랫소리와 어우러졌다. 그녀는 잠시 눈을 들어, 저 멀리 바다 너머를 바라보았다. 풀트니 부인은 그녀의 즐거움을 포기하라고 요구하는 게 분명했다. 사라는 여왕처럼 엄격한 표정으로 앉아 있는 부인에게 돌아섰다.

「제가 떠나기를 바라십니까, 마님?」

풀트니 부인은 속으로 충격을 받았다. 사라의 단순한 성격이 또 한 번 풀트니 부인의 마음속에 부풀어 올랐던 심술궂은 바람을 쓸어가 버렸다. 뿐만 아니라 부인은 사라를 — 목소리와 그 밖의 다른 매력들까지 — 더욱 좋아하게 되었다. 그녀는 어조를 누그러뜨렸다. 딸을 대하는 어머니 같았다.

「난 그……자가 자네 마음에서 사라져 버렸다는 걸 스스로 보여 주었으면 좋겠어. 난 알아, 그렇다는 걸. 하지만 자네가 직접 보여 줘야 해.」

「어떻게 하면 그걸 보여 드릴 수 있을까요?」

「다른 곳을 산책해. 자네의 부끄러운 흔적을 드러내지 마. 별다른 이유가 없다면 말이야.」

사라는 고개를 숙인 채 서 있었다. 침묵이 흘렀다. 그러나 그녀가 고개를 다시 들었을 때, 부인은 희미한 미소를 입가에 머금고 있었다. 그것은 사라가 이 집에 온 뒤 처음 보는 미소였다.

「원하시는 대로 할게요, 마님.」

체스 용어로 말하면 그것은 절묘한 희생마였다. 왜냐하면 풀트니 부인은 이렇게 말했기 때문이다. 바닷바람을 쐬러 나가는 것은 막고 싶지 않다고, 가끔은 바다 쪽으로 산책을 나가도 좋다고, 그러나 외출 때마다 매번 바닷가로 나가서는 안 된다고. 그러고는 이렇게 덧붙였다. 「제발 거기 가서 그런 식으로 바다를 바라보지 마라.」 간단히 말해서 그것은 두 가지 강박 관념 사이의 타협이었다. 사라가 떠나겠다고 말한 것은 두 여자에게 서로 다른 방식으로 진실을 보게 해주었다.

사라는 약속을 지켰다. 적어도 산책로에 관한 약속만은 지켰다. 그래서 그녀는 아주 이따금씩만 코브에 갔다. 그러나 그곳에 갈 때면, 앞에서 묘사된 날의 모습처럼 거기에 서서 바다를 바라보는 경우가 있었다. 어쨌든 라임 근방의 시골에는 산책할 데가 많았고, 그런 장소들 중에 바다를 바라볼 수 없는 곳은 거의 없었다. 사라가 원하는 게 바다를 바라보는 것뿐이라면, 말버러 저택의 잔디밭 너머로만 걸어가도 되었다.

일이 이렇게 되자 페얼리 부인은 여러 달 동안 불행하게 지냈다. 사라가 코브에 서서 바다를 바라보는 경우는 한 번도 놓치지 않았으나, 그런 일은 전처럼 자주 있지도 않았고, 이때쯤 사라는 어떤 비난으로부터도 자신을 구할 수 있는 일종의 영향력을 풀트니 부인에게 행사하고 있었다. 그리고 염탐꾼과 마님이 종종 서로에게 상기시켜 주듯, 〈비련의 여주인공〉은 미친 여자였던 것이다.

그러나 여러분은 분명 진실을 짐작했을 것이다. 사라가 겉보기보다는 훨씬 덜 미쳤다는 것을, 아니 일반적으로 미쳤다고 말할 때의 의미로는 결코 미치지 않았다는 것을. 사라가 부끄러움을 드러내 보이는 데는 목적이 있었다. 그리고 목적을 가진 사람은 그 목적을 달성하고 잠시나마 쉴 수 있는 때가 언제인지를 안다.

그러나 어느 날 — 내 이야기가 시작되기 약 2주일 전 — 페얼리 부인은 코르셋을 삐걱거리며 친구의 죽음을 알리러 가는 사람의 표정으로 풀트니 부인에게 갔다.

「좀 안 좋은 말씀을 드릴 게 있는데요, 마님.」

이런 말투는 어부가 폭풍 주의보를 듣는 것만큼이나 풀트니 부인에게는 이미 익숙해져 있었다. 그러나 그녀는 관례를 지켰다.

「설마 우드러프 양에 관한 일은 아니겠지?」

「아니었으면 얼마나 좋겠어요, 마님.」 가정부는 엄숙하게 마님을 바라보았다. 그러고는 여주인의 경악을 잠시라도 중단시키면 안 된다고 다짐하는 것처럼 말을 이었다. 「하지만 마님께 말씀드리는 게 제 의무가 아닐까 합니다.」

「우리는 의무를 두려워해선 안 돼.」

「예, 마님.」

입은 여전히 굳게 닫혀 있었다. 제삼자가 이 광경을 보았다면, 그 입에서 얼마나 끔찍한 말이 튀어나올까 하고 궁금하게 여겼을 것이다. 페얼리 부인의 태도로 보아, 적어도 사라가 교회 제단 위에서 발가벗고 춤을 추었다는 정도의 이야기는 나올 것 같았다.

「사라 양이 웨어코먼스로 산책을 갔답니다, 마님.」

이런 용두사미가 어디 있담! 그러나 풀트니 부인은 그렇게 생각하는 것 같지 않았다. 사실 그녀의 입 모양은 평상시와 전혀 달랐다. 그것은 딱 벌어져 있었다.

10

그리고 한 번, 단 한 번, 그녀는 눈을 들었다.
그리고 갑자기, 달콤하게, 야릇하게 얼굴을 붉혔다.
그녀의 두 눈이 내 눈과 마주친 것을 보고…….
— 앨프레드 테니슨, 『모드』(1855)

……낭만적인 바위 틈새에는 풀이 파릇파릇 돋아나 있고, 여기저기 흩어진 숲의 나무들과 무성하게 자란 과수들은 벼랑의 일부가 무너져 내려 풀과 나무가 자랄 수 있는 상태가 된 뒤 이미 여러 세대가 지난 것을 말해 준다. 이곳의 풍경은 너무 멋지고 아름다워서, 이곳보다 훨씬 유명한 와이트 섬의 비슷한 경치보다 나으면 나았지 결코 못하지는 않을 것이다…….
— 제인 오스틴, 『설득』

라임에서 서쪽으로 10킬로미터쯤 떨어진 액스머스까지 이르는 지형은 영국 남부에서 가장 색다른 해변 풍경의 하나였다. 하늘에서 내려다보면 유별나게 다를 것이 없었다. 다만, 다른 곳에서는 들판이 절벽 가장자리까지 바싹 다가가 있는 반면, 이곳은 들판이 절벽에서 1킬로미터 가량 안쪽으로 들어가 있었다. 바둑판 모양으로 경작된 초록빛 들판 사이로 적갈색 틈새가 보이고, 키 큰 나무와 그 아래 생겨난 작은 관목 숲이 어두운 폭포를 이룬 곳에는, 상쾌하게 느껴질 정도의 무질서가 존재했다. 거기엔 사람이 사는 흔적이라곤 전혀 없었다. 그 위를 저공으로 비행해 보면, 그 지형이 매우 험하고 깊은 틈새로 갈라져 있으며, 기기묘묘한 형태의 벼랑과 백악이나 편마암층이 군데군데 드러나 있고, 그것들이 마치 폐허가 된 성벽처럼 싱그러운 나뭇잎들 위로 어렴풋이 나타나는 모양을 볼 수 있을 것이다. 그러나 막상 그곳을 걸어서 가면, 겉보기에는 보잘것없는 황무지가 뜻밖에도 넓게 나타난다. 거기서 길을 잃고 헤매는 사람도 적지 않았다.

언더클리프는 1킬로미터에 걸쳐 있는 경사지였다. 경사지라고는 하지만, 오랜 옛날에는 수직의 절벽이었던 것이 침식 작용으로 경사를 이룬 곳이어서, 지형이 매우 가팔랐다. 평평한 지점은 이곳을 찾는 방문객 수만큼이나 드물었다. 그러나 이 지역에 초목이 자랄 수 있었던 것은, 침식 작용을 일으킬 만큼 무수히 많은 샘물들과 더불어, 햇빛을 받을 수 있도록 경사진 지형 덕분이었다. 사실 이곳에는 갖가지 식물들이 자라고 있었다. 야생 속나무와 털가시나무를 비롯한 몇몇 식물은 영국의 다른 지방에서는 보기 힘든 종류였다. 그 밖에도 거대한 물푸레나무와 너도밤나무, 담쟁이와 야생 으아리 덩굴로 뒤덮인 초록빛 벼랑 틈바귀에 2~3미터 높이로 자란 고사리들, 그 지방의 다른 곳보다 한 달쯤 일찍 피는 꽃들……. 여름이면 이 고장에서 열대 밀림처럼 무성한 숲을 마련해 줄 수 있는 곳은 바로 여기뿐이었다. 또한 이곳은, 사람이 살았거나 밭을 일구던 흔적이 없는 땅들이 대개 그러하듯, 갖가지 신비와 그림자와 위험을 잔뜩 지니고 있었다. 그것은 지형적으로 볼 때 문자 그대로의 위험이었다. 언제 재난을 불러올지 모르는 낭떠러지와 갑자기 눈앞에 나타나는 급경사가 곳곳에 도사리고 있었고, 그런 곳에 떨어져 다리라도 부러지는 경우에는 몇 날 며칠을 소리쳐 봐야 아무도 들을 수 없었다. 이상한 이야기 같지만, 1백 년 전만 해도 이곳은 지금처럼 쓸쓸하고 황량한 곳이 아니었다. 언더클리프에 지금은 단 한 채의 오두막도 없다. 그러나 1867년 당시에는 몇 채의 오두막이 있어서, 사냥터지기나 나무꾼, 그리고 한두 명의 돼지치기가 살고 있었다. 이곳이 얼마나 황량하고 한적한 곳인지는 노루들이 자유롭게 돌아다니는 것만 보아도 알 수 있는데, 그 짐승들도 당시에는 지금처럼 평화롭지 못했으리라. 언더클리프는 이제 완전한 황무지 상태로 되돌아갔다. 오두막의 벽들은 덤불과 담쟁이로 뒤덮인 그루터기가 되어 버렸고, 옛날의 작은 샛길은 사라져 버렸다. 그래서 이 일대에는 찻길은커녕 오솔길조차 남아 있지 않다. 그리고 지금 이곳은 법률에 의해 자연보호 구역으로 지정되어 있다. 공공의 이익을 위해서라면 개인의 손실을 감수할 수밖에.

1867년 3월 29일, 그날 찰스가 들어간 곳은 바로 이곳, 영국의 에덴 동산이었다. 그는 핀헤이 만 쪽 해변으로부터 오솔길을 따라 올라갔다. 그리고 그곳에서 동쪽으로 절반은 바로 웨어코먼스라고 불리는 곳이었다.

찰스는 갈증을 달래고 물에 적신 손수건으로 이마를 식힌 다음, 조심스레 주위를 둘러보기 시작했다. 적어도 신중한 마음으로 둘러보려고 애썼다. 그러나 그가 서 있는 좁고 가파른 비탈과 앞에 펼쳐진 전망, 갖가지 소리와 냄새, 초목들의 순수한 야생적 자태와 싹트는 씨앗들의 신비로움, 이런 것들을 보자 그는 자신도 모르게 지극히 반과학적인 심리 상태에 빠져 들지 않을 수 없었다. 주변 땅은 황금빛과 노란빛의 미나리아재비와 앵초로 수놓아져 있고, 흐드러지게 피어 있는 모과꽃이 신부처럼 새하얀 빛깔로 눈앞을 가리고 있었다. 환희에 넘친 듯한 초록빛 잎새의 딱총나무는 그가 물을 떠 마신 작은 시내의 이끼 낀 둑에 그림자를 드리웠고, 그 둑 위에는 봄꽃 가운데 가장 아름답다는 모샤텔과 괭이밥꽃이 무리져 피어 있었다. 그 비탈 위에는 아네모네꽃이 하얗게 피어 있었고, 그 너머에는 히아신스의 진초록빛 잎새들이 바람에 흔들리고 있었다. 먼 곳에서는 딱따구리가 높은 나무줄기를 쪼아 대고, 피리새들은 머리 위에서 휘파람을 불어 댔다. 어디선가 꾀꼬리와 휘파람새가 날아와 덤불과 나무 꼭대기마다 앉아서 노래하기 시작했다. 고개를 돌리자 푸른 바다가 눈에 들어왔다. 바다는 이제 훨씬 아래쪽에서 철썩거리고 있었다. 라임 만이 손에 잡힐 듯 한눈에 들어왔다. 초승달 모양으로 끝없이 뻗어 나간 체실 방파제, 그 아득한 끝자락은 파란 하늘과 바다 사이에 잿빛 그림자로 떠 있는 포틀랜드 곶에 닿아 있었다.

이런 풍경을 제대로 묘사한 예술은 지금까지 단 하나밖에 없다. 그것은 바로 르네상스 미술이다. 보티첼리[37]의 인물들이 산책했던 곳이 그런 장소였고, 롱사르[38]의 노래에 담겨 있는 정조도 바로 그런 분위기였다. 그 문화 혁명의 의식적인 목적과 목표, 그 잔인성과 실패가 무엇이었는지는 문제가 되지 않는다. 본질적으로 르네상스는 인류 문명의 가장 혹독한 겨울들 가운데 하나를 끝장낸 초록빛 종지부였다. 그것은 굴레와 속박과 미개척지에 종말을 고했다. 르네상스의 방책은 단 하나, 〈좋은 게 좋다〉뿐이었다. 간단히 말해서 그것은 찰스의 시대가 갖지 못한 모든 것이었다. 그러나 그가 거기에 섰을 때 이것을 몰랐던 것은 아니다. 뭔지 모를 불안하고 불편한 느낌, 그리고 능력의 한계에 대한 어렴풋한 의식을 스스로 깨닫기 위해 찰스가 자신의 고향으로 — 루소에게로, 말하자면 〈황금시대〉[39]와 〈고귀한 야만〉[40]에 대한 순진한 신화로 좀 더 가까이 돌아간 것은 사실이다. 다시 말해서 그는 자신의

---

37 이탈리아 르네상스 시대의 화가. 1444~1510.

38 프랑스의 서정시인. 1524~1585.

39 그리스 신화에 나오는 인류의 전설적 네 시대 가운데 하나. 인간이 타락상을 보이기 전 순결과 행복과 평화의 삶을 누리던 시대. 루소는 『에밀』에서 인간을 황금시대로 돌아가도록 가르치는 것이 교육의 이념이라고 주장했다.

40 루소의 작품에서 시작된 용어로. 18세기 후반부터 낭만주의 시대 초기에 걸쳐 유럽 문학에서 찬미받은 순수한 원시인의 이상형.

시대가 ─ 아무도 전설의 시대로 되돌아갈 수는 없다고 전제함으로써 ─ 자연에 접근하는 데에는 역부족이라는 생각을 떨쳐 버리려고 애썼다. 그는 자기가 자연으로 다시 돌아가 살기에는 너무 건방져 있고, 문명의 때가 너무 많이 묻었다고 생각했다. 이런 생각은 그를 우울하게 만들었다. 그러나 불쾌하다고만 말할 수도 없는 씁쓸하면서도 달콤한 기분이었다. 누가 뭐라고 해도 그는 결국 빅토리아 시대 사람이었다. 소유에 대한 욕구와 향유에 대한 욕구는 상호 파괴적이라는 사실을 우리는 오늘날에 와서야 ─ 그것도 광범위하게 축적된 지식과 실존주의 철학의 가르침 덕분에 ─ 깨닫기 시작했다. 그것을 한 세기 이전의 찰스에게 기대할 수는 없는 노릇이다. 그가 자신에게 한 말은, 〈나는 이것을 영원히 소유할 수는 없다. 그래서 나는 슬프다〉는 빅토리아 시대풍의 탄식 대신, 〈나는 지금 이것을 소유하고 있다. 그래서 나는 행복하다〉였을 것이다.

과학적 호기심이 마침내 그의 사색에 대한 지배력을 회복했고, 그는 시냇물 줄기를 따라 이어진 편마암층 사이에서 화석 파편을 찾기 시작했다. 그는 예쁜 가리비 화석 조각을 찾아냈다. 그러나 성게 화석은 쉽게 눈에 띄지 않았다. 그는 나무 사이를 헤쳐 서쪽으로 나아가면서, 허리를 굽혀 눈으로 주위의 땅을 네 등분 해서 주의 깊게 살펴본 다음, 다시 몇 걸음 걸어가서는 똑같은 과정을 되풀이했다. 이따금씩 뭔가 있을 듯해 보이는 편마암 조각을 물푸레나무 가지 끝으로 뒤집어 보기도 했다. 그러나 행운을 잡지는 못했다. 한 시간가량 지났다. 그러나 어니스티나에 대한 의무감이 성게 화석에 대한 호기심을 억누르기 시작했다. 그는 시계를 본 다음, 욕이 나오는 것을 참고, 배낭을 놓아둔 곳으로 돌아갔다. 지는 햇살을 등 뒤로 받으며 비탈을 올라가서, 라임 읍내로 이어지는 오솔길에 들어섰다. 이 길은 담쟁이가 자란 석축의 측면을 끼고 돌면서 위로 약간 경사져 있었고, 거기서부터는 길이 갑자기 두 갈래로 갈라져 있었다. 그는 잠시 망설이다가, 낮은 쪽 길을 따라 50미터쯤 내려갔다. 그 샛길은 벌써 어스름이 깔린 도랑 속으로 이어져 있었다. 그러나 바로 그때, 그 길이 어디로 통하는지는 정확히 몰랐지만, 그는 문제를 해결하게 되었다. 왜냐하면 또 다른 오솔길이 오른쪽에 나타났기 때문이다. 그 좁은 길은 바다 쪽으로 되돌아간 다음, 풀로 뒤덮인 가파르고 좁은 비탈을 따라 올라가고 있었다. 언덕에만 올라가면 위치를 명확히 파악하고 방향을 잡을 수 있을 터였다. 그래서 그는 그 오솔길 — 사람이 지나다닌 흔적이 거의 없었다 — 을 따라 덤불을 헤치며 작은 언덕마루로 나왔다.

그곳은 알프스 산지의 손바닥만 한 풀밭처럼 기분 좋게 펼쳐져 있었다. 토끼 몇 마리가 풀밭에 머리를 박고 있는 게 보였다. 그곳 풀들이 그렇게 짧은 까닭을 말해 주는 듯이.

찰스는 햇빛 속에 서 있었다. 좁쌀풀과 들콩잎이 풀밭에 별처럼 박혀 있었고, 벌써 푸른빛을 띠기 시작한 마요라나가 꽃을 피우려 하고 있었다. 그는 언덕 가장자리께로 걸어갔다.

그리고 그곳에서, 아래쪽에 있는 한 형체를 보았다.

순간 오싹한 기분이 들었다. 그게 꼭 시체처럼 보였기 때문이다. 그러나 아니었다. 그것은 잠들어 있는 여자의 모습이었다. 그녀는 아주 묘한 장소에다 잠자리를 마련해 놓고 있었다. 그곳은 언덕 아래쪽으로 2미터쯤 내려간 곳에 위치한 제법 널찍하고 경사진 풀밭으로, 찰스처럼 언덕 가장자리로 와서 내려다보는 사람이 아니면 누구의 눈에도 띄지 않도록 그녀를 숨겨 주고 있었다. 이 작은 자연의 발코니 뒤쪽에서는 백악의 벽이 햇살을 가려 주고 있었다. 그러나 햇살을 피하기 위해 그 장소를 택한 것 같지는 않다. 바깥쪽 가장

자리에는 가시덤불이 마구 얼크러져 있었는데, 10여 미터나 가파르게 경사져 있었다. 그곳을 조금 지나면 해변에 접해 있는 진짜 절벽이 있었다.

찰스는 본능적으로 뒤로 물러나, 여자의 시야에서 벗어났다. 여자가 누구인지는 보지 못했다. 그는 잠시 어찌할 바를 모른 채 서 있었다. 저 아래 펼쳐진 아름다운 경치를 멍하니 내려다보고 있었지만, 눈에 들어오지 않았다. 그는 망설였다. 그러나 그의 호기심이 그를 다시 앞으로 떼밀었다.

여인은 반듯이 누운 채 깊은 잠에 빠져 있었다. 외투는 쪽빛 드레스 위에 넓게 펼쳐져 있었고, 작고 하얀 목깃을 빼고는 수수한 무명옷으로 감싸여 있었다. 얼굴은 찰스가 서 있는 쪽으로 돌려져 있었고, 오른팔을 뒤로 던져서 어린애처럼 구부리고 있었다. 손 주위에는 아네모네꽃이 한 줌 흩어져 있었다. 그녀가 누워 있는 자태에는 부드러우면서도 관능적인 데가 있었다. 그런 느낌이 찰스에게 파리 시절의 희미한 기억을 되살려 주었다. 지금은 이름조차 기억나지 않는 한 소녀가 어느 날 새벽에 센 강이 내려다보이는 침실에서 그런 모습으로 잠자고 있었다.

찰스는 언덕의 굽이진 가장자리를 돌아서, 잠든 여자의 얼굴을 좀 더 잘 볼 수 있는 위치로 걸음을 옮겼다. 그리고 그녀가 누구인지를 알아보았다. 바로 〈프랑스 중위의 여자〉였다. 머리카락은 풀어져서 뺨을 반쯤 덮고 있었다. 코브에서 보았을 때는 그 머리카락이 어두운 갈색으로 보였는데, 지금 보니 그것은 따뜻한 느낌의 붉은빛을 띠고 있었다. 당시 여성들이라면 누구나 바르고 다녔던 머릿기름의 번지르르한 광택도 없었다. 머리카락 밑으로 드러나 있는 살결은 석양 아래서 거의 붉게 보일 정도로 갈색을 띠고 있었다. 그녀는 당시에 유행하던 창백한 안색보다는 건강한 안색을 더 좋아하는 모양이었다. 오뚝한 콧날과 짙은 눈썹…… 입술…… 그는 더 이상 볼 수가 없었다. 위에서 아래로 내려다보아야 한다는 것이 이상하게도 그를 피곤하게 만들었다. 지형 때문에 적당한 각도를 잡을 수가 없었기 때문이다.

그는 이 예기치 않은 만남에 넋을 잃고, 야릇한 — 관능적인 것과는 거리가 먼, 어쩌면 오빠나 아버지가 된 듯한 — 감정에 휩싸인 채 가만히 서 있었다. 그녀를 바라보는 것말고는 아무것도 할 수가 없었다. 그녀가 결백한데도 세상으로부터 부당하게 배척을 받았다는 생각이 들었다. 그리고 이런 감정과 생각은 그가 그녀의 지독한 고독을 직관적으로 이해할 수 있었던 요소였다. 여성들은 반쯤 집 안에 갇혀 있으면서, 늘 수줍고 조심스럽게 처신해야 하고, 또 육체 활동도 함부로 할 수 없었던 시대에, 그녀를 이 황량한 곳까지 데려올 수 있었던 것은 무엇일까. 그는 그것이 절망감일 거라고 짐작했다.

찰스는 마침내 그녀의 얼굴을 똑바로 내려다볼 수 있는 곳까지 걸어갔다. 그곳에서 그는, 지난번에 그 얼굴에서 느꼈던 슬픔이 사라져 버린 것을 보았다. 잠든 얼굴은 평온했다. 미소의 흔적까지도 그대로 남아 있는 듯했다. 그녀가 눈을 뜬 것은 바로 그때, 그가 옆으로 살짝 고개를 내민 순간이었다.

그녀는 눈을 뜨자마자 위를 쳐다보았다. 그 동작이 너무 빨라서, 그가 잽싸게 뒷걸음쳐 보았지만 아무 소용이 없었다. 찰스는 그녀의 시선에 붙잡히고 말았다. 그리고 그것을 무시하기엔 그는 너무 신사였다. 그래서 사라가 자리를 털고 일어나 외투를 몸에 두르고 그가 있는 쪽으로 눈길을 보냈을 때, 찰스는 정신을 차리고 인사를 했다. 그녀는 아무 말도 하지 않았지만, 찰스를 바라보는 눈에는 놀라고 당황한 기색이 역력했다. 그러나 수줍어하는 기색은 없는 듯했다. 그녀는 검고 아름다운 눈을 가지고 있었다.

　그들은 상대가 누구인지 알 수 없는 당혹감에 사로잡힌 채, 몇 초 동안 그렇게 서 있었다. 사라는 비탈 아래쪽에 서 있어서 하반신이 보이지 않았기 때문에 아주 작아 보였다. 그녀는 옷깃을 움켜쥐고 있었다. 찰스가 한 발짝이라도 다가오면 잽싸게 달아나려는 것처럼. 그는 어떻게 해야 좋을까 생각하다가, 마침내 판단을 내렸다.

　「정말 죄송합니다. 우연히 이곳에 왔다가 보았을 뿐입니다.」

　이렇게 말하고는 몸을 돌려 걸음을 내딛기 시작했다. 그는 뒤돌아보지도 않고 아까 지나왔던 오솔길로 들어서서, 갈림길이 있는 곳까지 되돌아갔다. 이곳에 와서야 그는 문득, 어느 길로 가야 하는지만이라도 물어볼걸 그랬다고 생각했다. 그래서 그녀가 혹시 뒤따라오는지 보려고 잠시 기다렸다. 그러나 그녀는 나타나지 않았다. 그는 좀 더 가파른 오솔길을 계속 올라가기 시작했다.

　찰스는 몰랐지만, 그가 잠시 망설이며 서 있었던 그 짧은 순간, 조용히 밀려오는 파도 소리말고는 아무 소리도 들리지 않던 그 빛나는 저녁의 고요함 속에서, 빅토리아 시대 전체가 길을 잃고 헤매고 있었던 것이다. 그렇다고 찰스가 그날 길을 잃었다는 뜻은 아니다.

11

적당히 순응하는 모습으로,
그것이 진정으로 무엇을 의미하는지는 생각지 말고
교회에 가라 ─ 세상이 그것을 요구하고 있으니까.
무도회에 가라 ─ 이것도 역시 세상이 요구하는 일이니까.
그리고 결혼하라 ─ 아빠와 엄마들이 그것을 바라고 있으니까.
그리고 그대의 자매와 친구들도 그것을 바라고 있으니까.
─ 아서 H. 클러프, 「의무」(1841)

「오오, 안 돼. 그가 어떤 놈인데」 그녀는 경멸스럽게 외쳤다.
「그를 위해서라면 한 푼도 내줄 수가 없어.
그가 지닌 가장 좋은 것도 이젠 내 눈에 안 보여.
그의 코트가 화려한 건 사실이야.
하지만 세상 사람들은
그가 한 가지만 알도록 버릇을 들이지 않았어.」
─ 윌리엄 반스, 「도싯 사투리로 쓴 시」(1869)

　찰스가 사라를 만나고 있던 바로 그 무렵, 어니스티나는
심란한 기분으로 침대에서 일어나 화장대 서랍을 열고는, 검
은 모로코 가죽을 씌운 일기장을 꺼냈다. 그리고 약간 토라
진 기분으로 아침에 쓴 곳을 펼쳤다. 문학적 관점에서 보면
그다지 신통한 글은 아니었다. 거기에는 이렇게 적혀 있었
다. 〈엄마한테 편지를 썼다. 사랑하는 찰스를 만나지 않았다.
좋은 날씨인데도 외출하지 않았다. 행복하지 않았다.〉
　화풀이 상대라고는 트랜터 이모밖에 없는 이 가엾은 처녀
에게는 온통 〈하지 않았다〉투성이인 날이었다. 화장대 위에
는 찰스가 보낸 하얗고 노란 수선화가 놓여 있었다. 그녀는
꽃향기를 맡았다. 그러나 처음에는 그 꽃들조차 그녀를 화나
게 했었다. 트랜터 이모 댁은 그리 넓은 편이 아니어서, 좀전
에 샘이 아래층 현관문을 두드렸을 때에도, 그 소리가 2층에

있는 방까지 들려왔다. 주책 맞은 메리가 문을 여는 소리, 뭐라고 속삭이는 소리, 억지로 삼키는 듯한 웃음소리, 그러고는 문이 쾅 닫히는 소리가 잇따라 들려왔다. 그 순간, 추잡하고 구역질 나는 의혹이 그녀의 마음을 스쳤다. 아래층에서 하녀와 시시덕거린 사람이 혹시 찰스는 아닐까? 이런 생각은 찰스에 대한 뿌리 깊은 의구심 하나를 건드렸다.

어니스티나는 찰스가 파리와 리스본에 산 적이 있었다는 것, 여행을 많이 했다는 것, 자기보다 열한 살이나 위라는 것, 또한 여자들이 쫓아다닐 만큼 잘생겼다는 것을 알고 있었다. 그의 과거에 관해 농담조로 조심스럽게 물어보면, 돌아오는 대답도 언제나 조심스러운 농담조였다. 이것이 그녀의 기분을 더욱 상하게 했다. 찰스가 뭔가를 숨기고 있는 게 분명하다는 생각이 들었다. 비극적인 프랑스의 백작 부인이나 정열적인 포르투갈의 후작 부인과 연애한 게 아닐까. 파리의 여점원이나 리스본의 여관집 하녀 따위는 생각조차 하기 싫었다. 찰스가 함께 잔 상대로는 젊은 아가씨들보다 나이 든 여자들을 상상하는 게 차라리 덜 괴로웠다. 이런 추잡한 생각이 떠오르자마자 어니스티나는 〈나는 하지 않겠어〉라는 좌우명을 중얼거렸다. 그러나 사실 그녀가 질투하는 것은 찰스의 마음이었다. 그 마음을 예나 지금이나 다른 사람과 함께 나누어 가져야 한다고 생각하면 견딜 수가 없었다. 그녀는 아직 〈오컴의 면도날〉[41]을 모르고 있었다. 그래서 울적한 날이면, 찰스가 한 번도 사랑에 빠져 본 적이 없다는 사실이 오히려 그가 한때 열렬한 사랑에 빠졌다는 증거처럼 여겨졌다. 그의 차분한 겉모습조차 최근에 치열한 전투가 벌어진 뒤끝의 침

41 오컴은 영국의 스콜라 철학자(1300~1349). 오컴의 면도날은 〈불필요한 복잡화를 피하고 가장 간결한 이론을 취해야 한다〉는 원칙.

묵처럼 생각되었다.

현관문이 닫히자, 어니스티나는 정확히 1분 30초 만에 품위를 되찾았다. 마음이 가라앉자, 그녀는 섬섬옥수를 뻗어 침대 옆에 달려 있는 손잡이를 잡아당겼다. 낭랑하게 울리는 종소리가 지하실 부엌에서 들리는 듯했다. 그리고 조금 있자 발소리와 노크 소리가 들리고, 문이 열리더니, 봄꽃이 분수처럼 꽂혀 있는 꽃병을 안고 메리가 나타났다. 나이 어린 하녀는 방으로 들어와서 침대 옆에 섰다. 꽃에 반쯤 가려진 얼굴은 미소를 짓고 있었다. 어떤 사내도 그 얼굴을 보고는 화를 낼 수 없을 것 같았다. 그리고 바로 그것이 어니스티나에게는 정반대의 결과를 가져왔다. 그녀는 이 달갑지 않은 꽃의 여신에게 불쾌하다는 듯 얼굴을 찡그렸다.

이제까지 등장한 세 명의 처녀 가운데, 내 생각으로는 메리가 단연코 가장 예뻤다. 샘물처럼 솟아나는 생기, 이기심이라고는 찾아볼 수 없는 순진함, 거기에 어울리는 신체적인 매력들, 티 없이 깨끗하고 발그레한 안색, 옥수수 빛깔의 머리카락, 언제나 즐거움으로 빛나는 커다란 눈, 사내들을 자극하고 또 사내들의 도발을 기꺼이 받고 기꺼이 되돌려 주는 눈 — 그녀의 매력은 마치 최고급 샴페인의 거품 같아서, 아무리 마셔도 배부르지 않을 것 같았다. 평상시에 입는 — 아니, 입을 수밖에 없는 칙칙하고 맵시 없는 옷차림조차 그녀의 토실토실하고 균형 잡힌 몸매를 감출 수는 없었다. 나는 〈토실토실하다〉라고 표현했는데, 이 말은 사실 적합하지 않다. 그러나 영어에서는 적당한 낱말을 찾을 수가 없다. 롱사르라면 아마 〈포동포동하다〉는 표현을 썼을지 모른다. 이 낱말은 풍만하면서도 살찐 느낌을 조금도 풍기지 않는 몸매에서 느낄 수 있는 매력을 함축하고 있다. 메리의 손녀의 손녀는 내가 이 글을 쓰고 있는 지금 스물두 살인데, 자기 고조할

머니를 많이 닮았다. 그리고 그녀의 얼굴은 전 세계에 널리 알려져 있다. 그녀는 오늘날 영국의 젊은 여배우들 중에서도 비교적 유명한 축에 속하기 때문이다.

그러나 그 얼굴이 1867년에 어울리는 얼굴은 아니었던 모양이다. 가령 3년 전부터 메리를 알았던 풀트니 부인은 메리의 얼굴을 아예 얼굴로 생각지도 않았다. 메리는 페얼리 부인의 사촌의 조카딸이었는데, 페얼리 부인이 풀트니 부인을 움직여 그 풋내기 하녀를 부엌데기로 들어앉혔다. 그러나 말버러 저택과 메리는 무덤과 금방울새만큼 어울리지 않았다. 하루는 풀트니 부인이 울적한 마음으로 집 안을 이리저리 둘러보다가, 마구간지기 녀석이 메리한테 집적거리며 키스하자고 졸라 대는 구역질 나는 광경을 2층 창문에서 목격하고 말았다. 추근대는 마구간지기 녀석한테 성공적으로 저항하지 못한 금방울새한테는 당장 자유가 주어졌다. 그러자 금방울새는 트랜터 부인 댁으로 포르르 날아갔다. 이 작은 새를 트랜터 부인은 얼씨구나 하고 붙잡았다. 그 방종한 년을 감싸 주는 것은 어리석은 짓이라고 풀트니 부인이 엄중하게 경고를 했는데도 불구하고.

브로드 가에서 메리는 행복했다. 트랜터 부인은 예쁜 처녀들을 좋아했다. 예쁘고 잘 웃는 처녀는 더욱 좋아했다. 물론 어니스티나는 조카딸이었고, 그런 만큼 메리보다는 어니스티나를 더 염려했다. 하지만 어니스티나는 1년에 고작 한두 번밖에 볼 수 없었다. 그러나 메리는 날마다 보고 있었다. 메리는 변덕스럽고 경망스러워 보이지만, 그런 겉모습 속에는 따뜻한 마음을 가지고 있었고, 그 온정을 남에게 아낌없이 베풀 줄도 알았으며, 남에게 온정을 받으면 반드시 갚았다. 어니스티나는 브로드 가의 이모 댁에 감추어져 있는 무서운 비밀을 알지 못했다. 이따금 가정부가 하루 휴가를 얻으면,

트랜터 부인은 메리와 단둘이서 아래층 부엌에서 식사를 하곤 했다. 그리고 그런 시간은 두 사람 모두에게 제법 유쾌한 시간이었다.

메리에게 흠이 없는 것은 아니었다. 그 하나는 그녀가 어니스티나에게 일종의 시기심을 품고 있었다는 점이다. 묵묵히 그리고 즐겁게 집안일을 하다가도, 런던에서 젊은 숙녀가 도착하면 메리는 갑자기 하던 일을 팽개쳐 버렸다. 런던에서 온 젊은 숙녀는 런던과 파리에서 최근에 유행하고 있는 의상들을 트렁크에 가득 담아 가지고 왔다. 옷이라고는 드레스 세 벌밖에 없는 하녀에게는 정말이지 기분 나쁜 일이었다. 더구나 그 세 벌의 드레스 가운데 메리가 진정으로 좋아하는 옷은 하나도 없었고, 가장 좋은 옷은 런던에서 온 그 젊은 공주님한테 하사받은 것이었기 때문에 가장 싫어했다. 메리는 찰스를 볼 때마다, 남편감으로는 더없이 훌륭한, 어니스티나 같이 창백한 여자한테는 분에 넘칠 정도로 멋진 신사라고 생각했다. 메리가 찰스에게 문을 열어 주거나 길거리에서 마주칠 때, 찰스가 그녀의 초롱초롱한 눈동자의 은총을 자주 받는 것은 바로 이 때문이었다. 더욱 얄궂은 사실은, 그녀가 찰스의 외출과 귀가 시간에 맞춰서 밖에 나가고 집으로 들어오곤 했다는 점이다. 그리고 찰스가 길거리에서 인사를 보낼 때마다, 메리는 속으로 어니스티나에게 콧대를 세우며 쾌재를 부르곤 했다. 찰스 씨가 집을 나서자마자 마님의 조카딸이 2층으로 달려 올라가는 이유를 메리는 너무나 잘 알고 있었기 때문이다. 하녀들이 대개 그렇듯이, 메리도 젊은 여주인이 생각지 못했던 것을 감히 생각했고, 그 사실을 스스로도 알고 있었다.

메리는 자신의 건강하고 발랄한 매력을 그 병약한 숙녀에게 충분히 과시한 뒤에야 비로소 꽃병을 침대의 머리맡 탁자에 내려놓았다.

「찰스 나리가 보내신 거예요, 아가씨. 안부 인사도 함께요.」

「저기 화장대 위에 놓아 줘. 꽃이 너무 가까이 있는 건 좋아하지 않아.」

메리는 순순히 꽃병을 화장대로 옮겨 놓은 다음, 순순히 복종만 할 수는 없다는 듯이 그 꽃을 가볍게 만지기 시작했다. 그러다가 돌아서서 의심스러운 표정을 짓고 있는 어니스티나에게 미소를 던졌다.

「그이가 직접 가져왔던?」

「아뇨, 아가씨.」

「그이는 지금 어디 있지?」

「글쎄요, 아가씨. 그건 물어보지 않았는데요.」

그러나 입술은 웃음을 억지로 참는 듯 굳게 다물어져 있었다.

「하지만 네가 남자와 얘기하는 소리를 들었는데.」

「네, 아가씨.」

「무슨 얘기였지?」

「그저 날씨 얘기였어요, 아가씨.」

「그게 그렇게 우스웠니?」

「네, 아가씨. 그 사람은 언제나 웃기게 말하걸랑요.」

샘이 현관에 나타났을 때, 그는 면도날을 혁대에다 갈고 있을 때의 그 처량하고 화가 잔뜩 나 있던 젊은이와는 닮은 데가 거의 없었다. 그는 아름다운 꽃다발을 장난꾸러기 메리의 가슴에다 쿡 안기면서 〈2층에 있는 아름다운 숙녀한테 드릴 거야〉 하고 말했다. 그러고는 막 닫히려는 현관문 틈에다 재빨리 발을 밀어 넣었다. 그러고는 또다시 재빠른 동작으로, 이제 자유를 되찾은 손으로 당시 유행하고 있던 모자를 얼른 벗으면서, 등 뒤에 숨겨 두었던 다른 손으로 작은 크로 커스 꽃다발을 내놓았다. 「그리고 이건 아래층에 있는 훨씬 더 예쁜 숙녀한테.」 메리는 얼굴이 홍당무가 되었다. 동시에, 샘의 발등을 누르고 있던 문의 압력도 신기하게 가벼워졌다. 샘은 메리가 약간 퉁명스럽게, 그러나 사뭇 진지하게 꽃향기를 맡는 모습을 보았다. 그러자 그 매력적이면서 건방지게 생긴 콧등에 금귤만 한 샛노란 반점이 나타났다.

「검댕 자루는 주문한 대로 배달될 거예요.」 샘이 말했다. 그녀는 입술을 깨물고 다음 말을 기다렸다. 「근데 한 가지 조건이 있어요. 지금 당장 현금으로 지불해야지, 외상은 안 돼요.」

「얼마나 내면 되는데요?」

그 뻔뻔스러운 녀석은 어느 정도면 적당한 가격일까 속셈하는 듯한 표정을 지으면서 그녀를 가만히 바라보았다. 그러고는 입술에다 손가락을 대면서 윙크를 보냈다. 그녀는 웃음을 참느라 숨이 막힐 뻔했다. 그리고 문이 꽝 닫혔다.

어니스티나는 풀트니 부인의 명예를 더럽히지 않을 정도의 눈초리로 메리를 노려보았다. 「샘은 런던 사람이라는 걸 명심해 주었으면 좋겠어.」

「네, 아가씨.」

「스미스선 씨가 그러는데, 샘은 자기를 돈 후안으로 착각하고 있대.」

「그게 뭔데요, 아가씨?」

메리의 얼굴에는 샘에 대해 더 많은 정보를 알고 싶어하는 표정이 나타났다. 그것이 어니스티나를 불쾌하게 만들었다.

「이제 신경 쓸 거 없어. 하지만 샘이 계속 추근대면 당장 나한테 말해. 그건 그렇고, 보리죽이나 좀 갖다줄래? 그리고 앞으론 좀 더 신중히 굴어.」

메리의 눈에 희미한 빛이 스쳐 지나갔다. 도전적인 기색이 언뜻 비치는 이상야릇한 눈빛이었다. 그러나 금세 눈을 내리

깔고, 납작한 레이스캡을 눌러쓰면서 무릎을 굽혀 까딱 인사하고는, 방에서 나갔다. 트랜터 이모는 보리죽이 건강에 좋다고 권하지만, 어니스티나는 맛없는 보리죽을 먹고 싶은 마음이 조금도 없었다. 그녀가 이런저런 기억으로 자신을 달래는 동안, 메리는 세 층을 내려가서 보리죽을 가지고 다시 세 층을 올라왔다.

그러나 어떤 의미에서 보자면 이번 거래에서는 메리가 이겼다고 할 수 있었다. 왜냐하면 그 거래는, 천성적으로 가정의 폭군이 아니라 지독하게 버릇없는 어린애인 어니스티나에게, 얼마 안 있으면 마님 행세를 장난으로가 아니라 실제로 수행해야 한다는 사실을 일깨워 주었기 때문이다. 이런 생각은 물론 어니스티나에게 즐거움을 안겨 주었다. 자신의 집을 갖게 되고, 부모의 성가신 관심에서 해방되고…… 하지만 하인들은 귀찮은 존재다. 다들 그렇게 말하고 있었다. 하인들은 이제 옛날 같지 않다고. 한마디로 골칫거리일 뿐이라고. 어니스티나의 당혹감과 근심은 찰스가 해안을 따라 비지땀을 흘리며 비틀거리듯 걷고 있을 때 느꼈던 감정과 그리 동떨어진 것은 아니었을 것이다. 인생은 정확하게 돌아가는 기계 장치였고, 달리 생각하는 것은 이단이었다. 그러나 그러는 동안에 수난은 잉태되고 있었다. 지금 여기에서.

어니스티나가 침대 위에 오도카니 앉아서 재스민의 잔가지가 끼워진 일기장을 펼친 것은, 오후가 되어도 좀처럼 떠나지 않는 우울한 예감을 떨쳐 버리기 위해서였다.

19세기 중엽에 이르러 런던에서는 금권적 사회 계층화가 시작되었다. 지금까지는 어떤 것도 좋은 혈통을 대신할 수 없었다. 그러나 이제 많은 돈과 좋은 머리만 있으면 얼마든지 사회적으로 출세할 수 있다는 생각이 일반화되었다. 디즈레일리는 그 시대의 예외적 존재가 아니라 전형적 존재였다. 어니스티나의 조부는 젊은 시절에 뉴잉턴에서 포목상을 열었는데, 처음에는 유복한 장사꾼에 지나지 않았다. 그러나 그 후 런던으로 옮겨 와 웨스트엔드에 큰 상점을 열었고, 사업도 다른 여러 분야로 확장해, 죽을 때는 대단한 재산가, 아니 그 이상이 되어 있었다. 그의 아들 — 어니스티나의 아버지 — 은 아버지한테 받은 것을 그대로 딸에게 주었다. 최고의 교육. 이것은 돈으로는 살 수 없는 재산이었다. 그는 출신 성분만 빼고는 모든 면에서 흠잡을 데 없는 신사였다. 그는 자기보다 지체 높은 여자와 결혼했다. 장인은 런던에서 가장 성공한 변호사의 하나로, 가까운 조상 중에는 법무 장관을 지낸 인물도 있었다. 그러므로 어니스티나가 자신의 사회적 신분에 대해 꺼림칙한 기분을 느끼는 것은, 빅토리아 시대의 기준으로 보더라도 약간은 억지였다. 게다가 찰스는 이런 기준에 조금도 신경을 쓰지 않았다.

「한번 생각해 봐.」 언젠가 그는 어니스티나에게 말한 적이 있었다. 「스미스선[42]이라니, 얼마나 창피스러울 만큼 평민적인 성(姓)이냐고!」

「정말 그래요. 당신이 브라바종 바바수르 베르 드 베르 경이었다면, 당신을 더욱 사랑했을 텐데!」

그러나 그녀가 자신을 비웃는 이면에는 두려움 하나가 숨어 있었다.

찰스가 어니스티나를 처음 만난 것은 지난 11월, 어느 숙녀의 집에서였다. 남편감으로 그에게 눈독을 들이고 있던 이 숙녀는 혼기에 이른 처녀들과 찰스를 초대하여 만찬을 베풀었다. 그런데 안타깝게도 젊은 숙녀들은 만찬이 시작되기도

---

42 *smithson*은 대장장이의 아들이라는 뜻.

전에 화제가 궁해지고 말았다. 잘난 부모를 둔 덕에 공부가 짧았기 때문이다. 더욱 안타깝게도 이들은 찰스에게 잘 보이려고 고생물학에 흥미를 가진 것처럼 애쓰는 중대한 실수를 저지르고 말았다. 그러나 어니스티나는 달랐다. 찰스를 별로 진지하게 대하지도 않았을뿐더러, 석탄통에서 별나게 생긴 석탄 조각이라도 발견하게 되면 보내 드리겠다고, 공손하면서도 신랄하게 속삭였던 것이다. 또 이런 말도 했다. 제가 보기에 당신은 지독한 게으름뱅이인 것 같아요. 왜 그렇게 생각하시죠? 왜냐하면요, 흥밋거리를 찾을 수 없는 곳이면 런던의 어떤 응접실에도 들어가지 않을 사람처럼 보이니까요.

두 젊은이는 지겨운 저녁 시간을 한 번만 더 함께 갖자고 약속했다. 그리고 각자 집으로 돌아갔을 때, 두 사람은 그 저녁 시간이 결코 지루하지 않았다는 것을 깨달았다.

그들은 서로에게서 높은 지성과 부드러운 감성, 그리고 유쾌한 냉담함을 보았다. 어니스티나는 〈그 스미스선 씨〉가 그해의 사교 시즌에 만난 멋대가리없는 파트너들 중에는 그래도 가장 괜찮은 남자였다는 것을 부모에게 알렸다. 어머니는 신중하게 뒷조사를 해본 다음 남편에게 상의했다. 아버지는 더욱 꼼꼼하게 뒷조사를 했다. 당시의 젊은 총각들은, 오늘날 정보기관이 핵물리학자를 심사하듯 엄격한 조사를 거치지 않고는, 어느 누구도 하이드 파크가 내려다보이는 그 저택의 거실에 발을 들여놓을 수 없었기 때문이다. 찰스는 그비밀 시험을 멋지게 통과했다.

어니스티나는 자신의 경쟁자들이 저지른 실수를 간파했다. 찰스의 관심을 끌려고 안달하는 여자는 절대로 그의 마음을 사로잡을 수 없으리라는 것을 깨달았다. 그래서 어니스티나의 어머니가 찰스를 집이나 야회(夜會)에 자주 초대하기 시작했을 때, 찰스는 그들에게서 결혼의 올가미를 내비치는 어떤 낌새도 발견하지 못했다. 이것은 찰스에게는 이례적인 경험이었다. 어니스티나의 어머니는 〈우리 애가 얼마나 어린 애를 귀여워하는지 모른다〉든가 〈그 애는 사교 시즌이 끝나기를 손꼽아 기다리고 있다〉는 말로 은근히 결혼을 암시하는 교활한 수법은 쓰지 않았다(사람들은 걸림돌이 되고 있는 백부가 이 세상에서의 의무를 끝내자마자 찰스가 당연히 윈즈야트에 눌러 살 것으로 여기고 있었다). 그녀의 아버지도 사랑하는 딸아이가 남편에게 가져갈 지참금이 얼마라느니 하는 따위의 노골적인 말로 결혼을 암시하지는 않았다. 하기야 이런 말은 할 필요도 없었다. 하이드 파크의 저택은 공작의 저택으로도 손색없는 집이었고, 또 어니스티나에게 다른 형제자매가 없다는 사실은 은행이 예금주에게 보내는 수천 장의 자산 보고서보다 더 확실한 보증이었다.

어니스티나는 기어이 찰스를 차지하고야 말겠다는 결심 — 이런 생각은 응석받이로 자란 딸이나 가질 수 있다 — 을 굳혔지만, 그녀 역시 지나치게 저돌적으로 찰스에게 덤벼들지는 않았다. 그녀는 찰스말고도 매력적인 남자들은 얼마든지 있다고 확신했고, 자기한테 특별한 호의나 관심을 보인다고 해서 그 남자를 남편으로 고르지는 않겠다는 태도를 보였다. 그녀는 절대로 찰스를 진지하게 대하지 않는 것을 원칙으로 삼았다. 입 밖에 내어 말하지는 않았지만, 그녀는 찰스가 재미있는 사람이라서 좋아하긴 할망정, 그가 결코 결혼하지 않을 사람이라는 것은 잘 알고 있다는 인상을 그에게 주었다. 그러던 1월의 어느 날 저녁, 그녀는 마침내 운명의 씨앗을 뿌리기로 결심했다.

그녀는 찰스가 혼자 서 있는 것을 보았다. 그리고 홀 맞은편에 나이 든 과부가 앉아 있는 것도 보았다. 어니스티나도 잘 알고 있는 여자였다. 풀트니 부인과 같은 메이페어[43] 족속인 이 숙녀야말로 피마자기름이 어린애 건강에 좋듯이 찰스의 취향에도 잘 어울릴 거라고 생각했다. 그녀는 그에게 다가갔다.

「페어웨더 부인과 얘기하러 가지 않을래요?」

「차라리 당신하고 얘기를 나누고 싶군요.」

「제가 당신을 소개할게요. 그러면 당신은 초기 백악대에 일어난 사건을 직접 목격한 분의 설명을 들을 수 있을 거예요.」

그는 얼굴에 미소를 지었다. 「백악은 기(紀)입니다, 대(代)가 아니라.」

「아무려면 어때요. 그게 아주 오래전이라는 것은 알고 있으니까요. 그리고 지난 9천만 년 동안 일어난 일이 당신을 얼마나 지루하게 만드는지도 잘 알고 있다고요. 자, 어서 가요.」

그래서 그들은 홀을 가로지르기 시작했다. 그러나 초기 백악기의 부인에게 반쯤 다가갔을 때, 어니스티나는 걸음을 멈추고, 잠시 손을 찰스의 팔 위에 얹고는, 그의 눈을 가만히 들여다보았다.

「스미스선 씨, 만약에 당신이 쉰내 나는 노총각이 되기로 작정했다면, 지금부터 당신 역할을 연습하셔야 할 거예요.」

그녀는 찰스가 대답도 하기 전에 걸음을 내딛었다. 그녀가 한 말은 이제까지 그에게 짓궂게 굴어 오던 태도의 연장에 불과했을지도 모른다. 그러나 그 짧은 순간, 그녀의 눈빛은 그녀가 무언가를 제의하고 있다는 것을 분명히 말해 주었다. 그것은 당시 런던의 헤이마켓[44] 일대에 자주 나타나는 여자들이 남자들을 유혹하는 수법만큼이나 뻔한 것이었다.

어니스티나 자신은 미처 몰랐지만, 그녀가 던진 이 한마디

---

43 런던 웨스트엔드에 있는 상류층 거주 지역.
44 런던 웨스트엔드 지역의 번화한 유흥가.

는 찰스의 가장 깊은 영혼 속에서 점점 민감해지고 있는 부분을 건드렸다. 그것은 자기가 윈즈야트에 있는 백부만큼이나 늙어 버렸다는 느낌, 자기 인생도 벌써 끝나 가고 있다는 느낌, 자신이 점점 까다롭고, 게으르고, 이기적이고…… 추해지고 있다는 느낌이었다. 해외여행을 다녀온 지도 벌써 2년이 지났다. 그리고 이전의 여행은 사실 아내의 대용품에 지나지 않았다. 여행은 그의 마음을 가정 문제에서 벗어나게 해주었다. 그것은 또한 우연히 만난 여자와 함께 잘 수 있는 기회가 되기도 했겠지만, 그는 이런 종류의 쾌락을 엄격히 자제하고 있었다. 그것은 아마도 동정을 잃었던 밤의 그 어두운 기억을 떨쳐 버리지 못했기 때문일 것이다.

여행은 이제 더 이상 그의 마음을 끌지 못했다. 그러나 여자들은 그를 매혹시켰다. 그런데 오스탕드[45]나 파리에서 잠시 지낼 때 써먹었던 수작을 이제는 도덕적 민감성이 가로막고 있었기 때문에, 그는 성적으로 극도의 욕구 불만 상태에 빠져 있었다. 그렇다고 그런 목적 때문에 여행을 떠난다는 것은 자존심이 허락하지 않았다. 그는 이런저런 생각을 하면서 1주일을 보냈다. 그리고 어느 날 아침 잠에서 깨어났다.

모든 것이 단순해져 있었다. 그는 어니스티나를 사랑하고 있었던 것이다. 오늘처럼 눈발이 날리는 춥고 음울한 아침에, 곁에 누워 있는 상냥하면서도 차분하고 새치름한 그 작은 얼굴을 보면서 깨어나는 일은 얼마나 즐거울까 — 이런 상상은 그 자체만으로도 놀라움을 자아냈다 — 하고 생각했다. 그리고 상상 속에 그려 본 광경은 그의 곁에 있는 가장 강력한 두 존재 — 신과 백부의 눈에도 가장 합법적인 것이 될 터였다. 몇 분 뒤 그는 샘을 부르기 위해 종을 울렸다. 깊은

45 북해에 면해 있는 벨기에의 도시.

잠에 빠져 있다가 다급한 종소리를 듣고 졸린 얼굴로 아래층에서 올라온 하인은 〈샘! 나는 백 퍼센트 확실한 멍청이야! 빌어먹을! 어이쿠, 하느님 용서하소서〉 하는 주인의 말에 깜짝 놀랐다.

이 순진한 멍청이는 이틀 뒤에 어니스티나의 아버지와 면담을 가졌다. 대화는 간단했고, 결과는 대단히 만족스러웠다. 면담이 끝나고 찰스는 거실로 내려갔다. 그곳에는 어니스티나의 어머니가 몹시 당황하고 초조한 상태로 앉아 있었다. 그녀는 찰스에게 한마디 말조차 건네지 못한 채 막연히 온실 쪽을 가리켰다. 찰스는 온실로 통하는 하얀 문을 열고, 후터분하고 향기로운 공기 속으로 들어섰다. 그는 어니스티나를 찾아 이리저리 둘러보았다. 그녀는 스테파노티스[46] 그늘에 몸을 반쯤 숨긴 채 서 있었다. 찰스는 그녀가 자기를 힐끔 쳐다보고는 황급히 눈길을 딸구는 것을 보았다. 그녀는 은제 가위를 들고, 숨 막힐 듯 향기로운 꽃나무의 시든 꽃들을 자르는 척하고 있었다. 찰스는 그녀 뒤로 다가가서 헛기침을 했다.

「작별 인사를 하러 왔소.」 그녀가 돌아섰다. 그를 쏘아보는 눈빛에는 괴로운 심경이 역력했다. 그러나 그는 짐짓 땅바닥을 내려다보면서 그녀의 시선을 피하는 척했다. 「영국을 떠날 작정이오. 앞으로 얼마나 더 살게 될지는 모르지만, 여생을 여행으로 보낼 생각이오. 당신 말마따나 쉰내 나는 노총각이 즐겁게 시간을 보낼 수 있는 방법이 그것 말고 또 뭐가 있겠소?」

찰스는 이런 연극을 얼마든지 계속할 준비가 되어 있었다. 그러나 그 순간, 어니스티나의 고개가 꺾이면서 테이블을 힘

---

46 흰색의 향기로운 꽃이 피는 온실용 식물.

껏 움켜쥔 손에 핏기가 가시는 것을 보았다. 그녀는 떨고 있었다. 찰스는 그녀가 여느 때나 마찬가지로 자신의 짓궂은 농담을 당장 알아차릴 줄 알았다. 그리고 그는 비로소 알 수 있었다. 그녀가 자신의 농담을 간파하지 못하는 것은 그만큼 애정이 깊기 때문이라는 것을. 그리고 그 깊은 애정은 곧 그에게 와닿았다.

「하지만, 하지만······ 나와 인생을 함께할 만큼 나를 사랑해 줄 사람이 있다면······.」

그는 더 계속할 수가 없었다. 어니스티나가 두 눈에 눈물이 그득한 채로 돌아섰기 때문이다. 손과 손이 만나고, 그는 그녀를 끌어안았다. 그러나 그들은 키스하지 않았다. 할 수가 없었다. 자연스러운 성적 본능을 20년 동안이나 무자비하게 가두어 놓았다가 어느 날 갑자기 감방 문을 열어 주면, 그 가엾은 죄수는 어떻게 하겠는가? 흐느낌이 복받쳐 올라 심한 고통을 겪으리라고 생각지 않는가?

잠시 후, 찰스는 약간 정신을 차린 어니스티나를 이끌고, 꽃들이 양쪽에 줄지어 있는 온실 통로를 지나, 거실로 이어지는 문으로 갔다. 그러나 재스민 옆에서 잠깐 걸음을 멈추고는, 잔가지를 하나 꺾어서 장난스럽게 그녀의 머리에 꽂아 주었다

「겨우살이[47]는 아니지만, 이제 곧 그렇게 되겠지. 안 그렇소?」

그래서 그들은 입을 맞추었다. 어린애의 뽀뽀처럼 남녀를 떠난 순결한 입술로. 어니스티나가 다시 울음을 터뜨렸다. 그런 다음 눈물을 닦고는, 찰스에게 거실로 데려다 달라고

---

47 크리스마스트리 장식으로 흔히 쓰이는데, 이 나무 아래 서 있는 여자에게 키스를 하면 결혼하게 된다는 전설이 있다.

말했다. 거실에는 아버지와 어머니가 서 있었다. 아무 말도 필요 없었다. 어니스티나는 어머니의 열린 품 안으로 뛰어들었다. 그러고는 아까보다 몇 배나 더 많은 눈물을 쏟아 내기 시작했다. 그러는 동안 두 남자는 미소를 나누며 서 있었다. 한쪽은 지금 막 중대한 사업상의 거래를 끝낸 사람처럼. 다른 한쪽은 방금 착륙한 행성이 어떤 별인지는 분명히 알 수 없지만, 그곳 원주민들이 자기한테 우호적인 존재이기를 진정으로 염원하면서.

12

노동의 소외는 무엇 때문에 생기는가? 노동은 노동자에게 외적인 것이 되고, 노동자의 본성의 일부가 되지 못하고, 그리하여 노동자는 자신의 노동 속에서 자신을 긍정하는 대신 오히려 부정하고, 행복감이 아니라 불행감만 느끼며……. 그러므로 노동자는 한가한 동안에만 자신을 느끼고, 일하는 동안에는 외로움을 느낀다.
— 카를 마르크스, 『경제-정치 초고』(1844)

내 기쁨의 그날은
내가 말로 표현하는 만큼 그렇게 순수하고 완벽했던가?
— 앨프레드 테니슨, 『인 메모리엄』(1850)

찰스는 뒤에 남겨 두고 온 수수께끼의 여자를 생각하면서, 웨어코먼스의 숲길을 빠른 걸음으로 걸어갔다. 1킬로미터쯤 가자, 마침내 숲속의 쉼터이자 문명의 첫번째 전초 지점에 이르렀다. 그것은 초가지붕을 얹은 오두막이었는데, 그가 걸어온 오솔길의 약간 아래쪽에 세워져 있었다. 그 주위에는 벼랑 쪽으로 비탈져 있는 두어 곳의 풀밭이 있었다. 숲 속에서 막 빠져나왔을 때, 찰스는 한 사내가 오두막 옆의 야트막한 외양간에서 소 떼를 불러내고 있는 것을 보았다. 향긋하고 시원한 우유 한 잔이 문득 떠올랐다. 아침에 머핀 빵 두 조각을 먹은 뒤로 지금까지 아무것도 먹지 않은 상태였다. 트랜터 부인 댁의 홍차와 다정함이 그를 부르고 있었다. 그러나 우유 한 잔은 훨씬 가까운 곳에서 외치고 있었다. 그는 경사진 풀밭을 내려가서 오두막의 뒷문을 두드렸다.

작은 몸집의 여자가 문을 열고 나타났다. 통통한 팔뚝이 비누 거품으로 번들거리고 있었다. 우유요? 그거야 얼마든지 드리죠. 고맙습니다. 그런데 이곳은 뭐라고 부릅니까? 데어리(낙농장)요. 다들 그렇게 부르더군요. 찰스는 아낙을 따라 오두막 뒤곁에 있는 건물로 들어갔다. 지붕이 경사져 있는 그곳은 어둡고 서늘했다. 마루에는 슬레이트를 깔았고, 치즈 익는 냄새가 진동했다. 나무 선반 위에는 우유를 데우는 커다란 구리 냄비들이 늘어놓여 있고, 냄비 속에서는 우유가 황금빛 크림으로 엉겨 붙어 윗면에 더껑이가 앉아 있었다. 그리고 냄비들 위의 서까래에는 치즈 덩어리들이 예비로 준비해 둔 달처럼 둥글게 놓여 있었다. 그때 찰스는 언젠가 이곳에 관해서 들은 기억이 났다. 여기서 만드는 크림과 버터는 이 고장의 명물이라고. 이런 이야기를 해준 사람은 트랜터 이모였다. 찰스는 트랜터 부인의 이름을 들먹였다. 그러자 문 옆에 있는 교유기에서 국자로 우유를 가득 떠서 사기그릇에 붓고 있던 여자가 그를 흘깃 돌아보며 미소를 지었다. 그는 이제 덜 낯선 사람이 되었고, 그래서 더 따뜻한 대접을 받았다.

두 사람이 밖으로 나와, 풀밭에 나란히 앉아서 이런저런 이야기를 나누고 있을 때, 그녀의 남편이 돌아왔다. 예레미야처럼 대머리에 구레나룻이 텁수룩한 그는 찰스에게 무뚝뚝한 눈길을 던졌다. 그리고 아내한테도 엄격한 표정을 보냈다. 그러자 그녀는 재잘거리던 입을 재빨리 다물고는 구리 냄비로 돌아갔다. 남편은 꽤나 과묵한 사람인 모양이었다. 찰스가 우유 한 잔 값으로 얼마를 내면 되느냐고 묻자, 그는 퉁명스럽게 우윳값만 말하고는 입을 다물어 버렸다. 빅토리아 여왕의 젊은 초상이 30년 동안 이 손 저 손으로 옮겨 다니느라 거의 닳아 떨어진, 그러나 아직도 이따금 잔돈을 거스를 때면 소용이 닿는 1페니짜리 동전 한 닢을 건넸다.

찰스는 언덕으로 오르는 오솔길로 다시 들어섰다. 그때 저 위쪽 숲속에 검은 윤곽이 나타났다. 그는 그 자리에 붙박힌 듯 걸음을 멈추었다. 그 처녀였다. 그녀는 아래쪽에서 두 남자가 거래하는 모습을 잠깐 내려다보고는, 라임 쪽으로 계속 걸어가기 시작했다. 찰스는 낙농장 주인을 돌아보았다.

「저 숙녀를 아십니까?」

「알다마다요.」

「이 길로 자주 다니나요?」

「그럼요.」 낙농장 주인은 그녀가 멀어져 가는 모습을 힐끔 돌아보더니, 이렇게 덧붙였다. 「숙녀요? 저 여잔 프랑스 중위의 갈보라고요.」

찰스가 마지막 낱말의 뜻을 파악하는 데에는 잠깐 시간이 걸렸다. 그는 수염이 덥수룩한 사내를 성난 눈길로 쏘아보았다. 낙농장 주인은 감리교 신자였고, 그래서 뭐든 꾸미지 않고 사실대로 말하기를 좋아했다. 특히 다른 사람의 실수나 죄악에 관한 이야기일 경우에는 더욱 그러했다. 찰스에게는 그가 라임에서 생기는 위선적인 헛소문(들)을 구체화시키는 장본인처럼 여겨졌다. 그토록 천진난만하게 잠들어 있던 모습에 그토록 엄청난 소문이라니! 찰스는 믿을 수가 없었다.

잠시 후 찰스는 라임으로 돌아가는 마찻길을 걸어갔다. 백악의 바위띠가 내륙으로 오르는 숲과 바다를 반쯤 가리고 있는 울타리 사이를 리본처럼 달리고 있었다. 저 앞쪽에 그 여자의 검은 형체가 움직이고 있었다. 이제는 보닛을 쓰고 있었다. 걸음은 빠른 편이 아니었으나, 먼길을 자주 걸어 본 사람처럼 일정한 보조로 걷고 있었다. 찰스는 급히 따라가기 시작했다. 그렇게 1백 미터쯤 가자 그녀 바로 뒤까지 따라붙을 수 있었다. 편마암층 위를 징 박힌 부츠로 걸어오는 소리를 분명 들었으련만, 그녀는 한 번도 뒤돌아보지 않았다. 그는 잠시 망설였다. 그러나 낙농장 주인의 얼굴에 떠올랐던 퉁명스러운 표정이 기억났다. 그러자 원래의 기사도적 의도를 유지할 수가 있었다. 이 세상 사람이 모두 야만인은 아니라는 것을 그녀한테 보여 주고 싶었던 것이다.

「아가씨!」

그녀가 돌아섰다. 그가 모자를 쓰고 있지 않는 것을 보고는 미소를 지었다. 그녀의 표정은 이제 아주 평범한 놀라움을 드러내고 있었지만, 그러나 그 얼굴은 다시 한 번 찰스에게 비범한 인상을 주었다. 그 얼굴을 볼 때마다 그 인상을 믿을 수가 없어서 다시 한 번 보고 싶어지는 것 같았다. 그 얼굴은 마치 그가 가만히 서 있으면서도 계속 뒤로 물러서는 꿈속의 인물이라도 되는 것처럼, 그를 받아들이면서 동시에 밀쳐 내는 듯했다.

「사과드릴 일이 두 가지 있는데…… 아가씨가 풀트니 부인의 비서라는 걸 어제는 미처 몰랐습니다. 무례나 범하지 않았는지 모르겠군요.」

그녀는 땅바닥을 내려다보았다. 「괜찮습니다, 선생님.」

「그리고 방금도 저기서…… 사실은 아가씨가 어디 편찮은 게 아닌가 생각했어요.」

그녀는 여전히 그를 쳐다보지 않은 채 고개를 숙여 인사를 하고는 돌아서서 걷기 시작했다.

「동행하고 싶은데, 괜찮겠소? 방향이 같으니까요.」

그녀는 걸음을 멈췄다. 그러나 돌아보지는 않았다. 「전 혼자 걷고 싶어요.」

「나한테 실수를 깨우쳐 준 분은 트랜터 부인이었소. 나는…….」

「누구신지 알고 있습니다.」

찰스는 수줍어하면서도 퉁명스러운 그녀의 태도에 미소를 지었다. 「그러면…….」

그녀가 갑자기 그를 쳐다보았다. 그 눈길 속에는 수줍음이, 아니 일종의 절망감이 깃들어 있었다.

「제발 저 혼자 가게 해주세요.」 그의 얼굴에서 미소가 싹 가셨다. 그는 허리를 굽혀 보이고는 뒷걸음질로 물러섰다. 그러나 그녀는 길을 계속 가는 대신 잠시 땅바닥을 내려다보면서 서 있다가 입을 열었다. 「부탁인데, 여기서 절 보았다는 말을 아무한테도 하지 말아 주세요.」

그러고는 발길을 돌려 걸어가기 시작했다. 찰스는 길 한복판에 우두커니 선 채, 멀어져 가는 그녀의 뒷모습을 물끄러미 바라보았다. 그에게 남겨진 것은 그 눈동자의 잔상뿐이었다. 그 눈동자는 비정상적으로 커서, 남보다 더 많은 것을 보고 더 많은 고통을 느낄 수 있을 것 같았다. 그리고 그 직선적인 눈빛 — 찰스는 몰랐지만, 그가 받은 눈빛은 그녀가 사람들에게 팸플릿을 배달할 때의 눈빛이었다 — 속에는 독특한 거부의 요소가 담겨 있었다. 나한테 가까이 오지 마세요. 그 시선은 이렇게 말하고 있었다.

찰스는 주위를 둘러보았다. 그녀는 이 순결한 숲속에 왔다는 사실을 왜 숨기고 싶어할까? 누구 만날 남자라도 있었던 것일까? 누구일까? 그러자 그녀에 대해 들은 이야기가 생각났다.

브로드 가에 도착한 찰스는, 화이트 라이언 호텔로 가는 길에 트랜터 부인 댁에 잠깐 들러서, 호텔로 돌아가 목욕하고 점잖은 옷으로 갈아입은 다음에 다시 오겠다고 말하기로 마음먹었다.

메리가 열어 준 현관문을 들어서자, 때마침 트랜터 부인이 현관 홀을 우연히 지나가다가 — 실은 문소리를 듣고 나온 것이지만 — 찰스를 보고, 일부러 격식을 차릴 필요가 있겠느냐고 말했다. 그의 옷차림이 이렇게 늦은 이유를 설명해 주는 가장 좋은 증거가 아니냐는 거였다. 그래서 메리가 생긋 웃으며 그의 물푸레나무 지팡이와 배낭을 받아 들자, 찰스는 뒤편에 있는 작은 거실로 들어갔다. 그곳에는 진홍색과 회색 실내복을 입은 환자가 석양의 마지막 햇살을 받으며 애써 꾸민 매력적인 모습으로 누워 있었다.

「히야, 이거 여왕 폐하의 내실에 들어온 아일랜드 뱃놈이라도 된 듯한 기분인걸!」 찰스는 이렇게 말하면서 어니스티나의 손등에 입을 맞추었다.

그녀가 손을 빼면서 말했다.「오늘 하루 무슨 일을 했는지 하나도 빠짐없이 털어놓기 전에는 차 한 모금도 못 마실 테니, 그리 아세요.」

그는 적당히 그날 있었던 일들을 모두 털어놓았다. 아니, 전부는 아니었다. 왜냐하면 어니스티나가 〈프랑스 중위의 여자〉에 관해서는 듣기도 싫다고, 두 번씩이나 분명히 밝혔기 때문이다. 한 번은 코브에서, 또 한 번은 트랜터 이모 댁에서 점심을 먹을 때 ── 이때 트랜터 이모는 라임 교구 목사가 1년 전 풀트니 부인에게 들려준 것과 똑같은 정보를 찰스에게도 알려 주었다 ── 였는데, 그때 어니스티나는 이모가 재미없는 이야기로 찰스를 지루하게 만들고 있다고 불평하고는, 그 여자는 이제 너무 자주 사람들 입에 오르내리고 있어서 들을 가치조차 없을 뿐 아니라, 옛날과는 달리 겸손해졌고 주인한테도 공손히 복종하고 있는 모양이라고 말했던 것이다.

찰스는 어니스티나에게 주려고 가져온 암모니아 화석 조각을 꺼냈다. 그녀는 난로 덮개를 내려놓고, 그가 내미는 화석을 받으려고 했으나, 그게 그렇게 쉬운 노릇이 아니었다. 그녀가 들기에는 너무 무거웠던 것이다. 그래서 그녀는 찰스더러 그 무거운 것을 가지고 오느라 고생했으니 모든 것을 용서하겠다고 말한 다음, 목숨을 잃을지도 모르는 위험한 짓은 두 번 다시 하지 말라고 화를 냈다.

「정말 멋진 황무지였어. 언더클리프 말이야. 영국에 그런 곳이 있다니! 포르투갈의 바다 풍경이 생각나더군.」

「넋이 나갔군요.」 어니스티나가 소리쳤다. 「자, 이젠 고백하세요. 당신은 저 가엾고 죄없는 돌멩이를 목 벤 것이 아니라 숲속의 요정들과 놀다 온 거 아녜요?」

찰스는 순간 무어라 설명할 수 없는 당황한 모습을 보였지만, 얼른 미소로 얼버무렸다. 그 처녀에 대한 이야기가 혀끝까지 나왔다. 그리고 어떻게 그녀를 우연히 만나게 되었는지를 익살스럽게 묘사하는 방법이 머릿속에 떠올랐다. 그러나 그것은 그 처녀의 진정한 슬픔과 자기 자신에 대한 일종의 배신인 것 같았다. 그렇다고 그녀와 두 번씩이나 마주쳤던 사실을 넘겨 버리면 그것은 거짓말이 될 터였다. 그러나 지금은 침묵이 거짓말보다 나을 것 같았다.

여러분은 보름 전에 풀트니 부인이 웨어코먼스라는 말을 들었을 때 그 얼굴에 소돔과 고모라를 연상시키는 표정이 떠올랐던 것을 기억하고 있을 것이다. 이제는 그 까닭을 설명할 때가 된 것 같다.

그곳은 사람들이 남들 눈에 뜨이지 않으면서 갈 수 있는 장소 가운데 라임에서 가장 가까운 곳이라는 것 말고는 사실상 더 설명할 필요가 없다. 그 일대는 오래된, 그러나 세상에 별로 알려져 있지 않은, 어두운 역사를 가지고 있었다. 그곳은 원래 마을의 공동 방목지였다. 그러나 인클로저 법[48]이 제

48 15세기 말부터 영국에서는 봉건 농업 시대부터 이어져 온 소작인의 땅이나 마을의 공유지를 지주들이 몰수하거나 매수하여 목양(牧羊) 사업을

정되면서부터 계속 침식을 당했다. 〈데어리〉라는 이름이 바로 그 불법 행위의 흔적을 말해 주고 있거니와, 언더클리프 뒤편의 대저택에 살고 있던 한 지주가 아무도 모르는 사이에 거기에다 〈울타리 치기〉를 해버린 것이다. 이 행위는, 역사에서 흔히 볼 수 있듯이, 사회적으로 같은 족속들의 승인 아래 이루어졌다. 그러자 라임의 보다 공화주의적인 주민들이 무기 ── 도끼도 무기라면 ── 를 들고 일어났다. 그 지주가 언더클리프 안에다 수목원을 짓겠다고 나섰기 때문이다. 결국 소송이 제기되었고, 타협안이 만들어졌다. 통행권이 보장되고, 희귀한 나무들은 베지 않고 남겨 두게 되었다. 그러나 공동 방목지는 영영 사라지고 말았다.

하지만 주민들 마음속에는 여전히 웨어코먼스를 공유 재산으로 여기는 정서가 남아 있었다. 밀렵꾼들은 별로 죄책감을 느끼지 않고 꿩이나 토끼를 찾아서 이곳으로 기어 들어왔다. 언젠가는 일단의 집시가 숨겨진 골짜기에서 살다가 발각되기도 했다. 몇 달씩이나 아무도 모르고 있었다. 이 부랑자들은 당장 추방되었다. 그러나 그들에 대한 기억은 남아 있었고, 그 기억은 그 근처 계곡에서 거의 같은 무렵에 실종된 한 어린애에 대한 기억과 뒤섞였다. 집시들이 그 여자 아이를 붙잡아다가 토끼죽 속에 넣어 끓여 먹고는 뼈를 묻어 버렸다고 사람들은 생각했다. 집시는 영국인이 아니었다. 그래서 집시는 식인종이 분명하다고 사람들은 생각했다.

그러나 웨어코먼스에 쏟아진 가장 심한 비난은 훨씬 추악

위해 울타리를 둘러치기 시작했다. 그러나 여기에 반발한 농민들이 봉기하는 등 사회 문제가 심각해지자 16세기 중엽에 중단되었다가, 18세기 초에 다시 시작되어 19세기 중엽까지 계속되었는데, 1836년과 1845년에 법령이 마련되면서 합법화된 결과, 영국의 전 국토는 완전히 울타리를 두르게 되었고, 사유화된 경작지가 되었다.

하고 나쁜 오명과 관계가 있었다. 그처럼 친밀한 시골 이름도 없지만, 낙농장으로 통하는 마찻길에서 그 너머 숲으로 이어진 길은 사실상 〈연인들의 오솔길〉이었다. 매년 여름이면 사랑하는 연인들이 모여들었다. 낙농장에 가서 우유 한잔을 마신다는 핑계와 함께. 그리고 돌아올 때면 여러 갈래로 나 있는 샛길을 마음 내키는 대로 따라 들어갔다. 그러면 거기엔 그들을 숨겨 주는 고사리 덤불과 사시나무 숲이 기다리고 있었다.

지금까지도 치유되지 않은 해묵은 상처는 아주 악성이었다. 깊은 어둠은 여전히 그곳에 있었다. 그곳엔 아주 옛날 ─ 셰익스피어보다 훨씬 전 ─ 부터 〈한여름밤〉에 젊은 남녀들이 횃불과 바이올린과 한두 통의 사과술을 가지고 〈당나귀의 풀밭〉으로 알려진 숲속의 작은 풀밭으로 가서 노래하고 춤추며 하지(夏至)를 경축하는 전통이 있었다. 한밤중이 지나면 춤보다 더 놀라운 일이 벌어진다고 사람들은 말했다. 좀 더 엄격한 사람들은 젊은이들이 춤 같은 것은 거의 추지도 않고 오히려 다른 일에 더 열중한다고 주장했다.

과학적 영농법이 다수확이란 형태로 그 〈풀밭〉을 영원히 없애버린 것은 아주 최근의 일이다. 그러나 관습 자체는 성 풍속과 관련하여 계속 이어졌다. 이제는 여우나 오소리 따위가 이따금 보일 뿐, 그 밖의 다른 동물들이 〈한여름밤〉에 〈당나귀의 풀밭〉을 뛰어다니는 것을 못 보게 된 지 오래다. 그러나 1867년에는 그렇지 않았다.

불과 1년 전에는 풀트니 부인이 회장을 맡고 있는 부인회가 그곳으로 통하는 입구에 문을 세우고 울타리를 쳐서 출입을 막으라고 당국에 압력을 가한 적도 있었다. 그러나 민주적 양식을 지닌 이들의 목소리가 더 우세했다. 통행권은 신성한 권리로 보장되어야 한다는 것이었다. 낙농장으로 산책하는 일은 더없이 순수한 즐거움이라고, 〈당나귀의 풀밭 무도회〉는 즐거운 연례 행사에 불과하다고 주장하는 읍의원들 중에는 구역질 나는 호색한도 몇 명 있었다. 그러나 지체 높은 주민들이 누군가를 골탕먹이고 싶으면 그 상대 — 남자든 여자든 — 를 〈웨어코먼스 족속〉이라고 부르기만 하면 충분했다. 그러면 남자는 그때부터 색골이 되었고, 여자는 논다니가 될 수밖에 없었다.

페얼리 부인이 자신의 임무를 수행하려고 그토록 고상하게 애쓴 날 저녁, 산책에서 돌아온 사라는 풀트니 부인이 자기를 기다리며 앉아 있는 것을 보았다. 나는 〈기다리며〉라고 썼는데, 그러나 〈위엄을 갖추고〉라는 표현이 보다 적절할 것이다. 저녁의 성서 낭독을 위해 풀트니 부인의 사실(私室)에 들어갔을 때, 사라는 마치 대포의 총구 앞에 서 있는 듯한 느낌을 받았다. 그 대포는 어느 순간엔가 꽝음과 함께 폭발할 터였다. 그것은 분명했다.

사라는 방 한구석에 있는 성서대로 다가갔다. 그곳에는 커다란 〈가족용〉 성서 — 우리가 흔히 생각하는 가족용 성서가 아니라, 그 성스러운 책에서 설명하기 힘든 오류들(「솔로몬의 노래」 같은 것들)을 경건한 마음으로 잘라 낸 것 — 가 놓여 있었다. 그러나 그녀는 모든 게 좋지 않다는 것을 알아차렸다.

「뭐가 잘못됐습니까?」

「그래, 뭔가 대단히 잘못됐어.」 수녀원장이 말했다. 「나로서는 거의 믿을 수 없는 얘기를 들었어.」

「저하고 관련된 얘기인가요?」

「의사의 말을 귀담아듣지 말았어야 하는 건데. 내 자신의 상식에 따랐어야 했어.」

「제가 뭘 어쨌는데요?」

131

「미쳤다고? 천만에. 교활하고 사악한 것. 자네가 한 짓을 알고 있겠지?」

「성서에 맹세코…….」

그러나 풀트니 부인은 분노의 시선을 던졌다. 「어디서 감히! 그건 신에 대한 모독이야.」

사라는 앞으로 걸어가서 여주인 앞에 섰다. 「제가 지금 무엇 때문에 꾸중을 듣고 있는지 모르겠군요. 도대체 무슨 일인가요, 마님?」

풀트니 부인은 자기가 들은 이야기를 말했다. 놀랍게도 사라는 부끄러운 빛이라곤 조금도 보이지 않았다.

「웨어코먼스로 산책을 나간 게 무슨 죄가 되죠?」

「죄라고? 자네가, 젊은 여자가, 혼자서, 그런 곳에!」

「하지만 마님, 그곳은 숲일 뿐이에요.」

「그게 무엇인지는 나도 알아. 거기서 무슨 일이 벌어지는지도. 또 그곳에 자주 가는 자들이 어떤 족속인지도.」

「거기에 자주 가는 사람은 아무도 없어요. 그게 바로 제가 그곳에 가는 이유예요. 저 혼자 있으려고…….」

「지금 나한테 대드는 거야? 내가 무엇에 대해 이야기하고 있는지도 모르는 줄 알아?」

우리는 여기에서 몇 가지 사실을 짚고 넘어가야 할 듯싶다. 첫째, 풀트니 부인은 지금까지 한 번도 웨어코먼스를 먼발치에서조차 본 적이 없다는 사실이다. 그곳은 어떤 마찻길에서도 보이지 않는 곳이기 때문이다. 둘째, 그녀가 아편 중독자라는 사실이다. 그러나 부인 자신은 그것을 모르고 있었다. 우리가 아편이라고 부르는 것을 그녀는 〈로다눔laudanum(아편제)〉이라고 불렀다. 당시의 어느 불경스러운 그러나 재치 있는 의사는 그것을 〈로드아눔Lordanum(주님)〉이라고 부르기도 했다. 19세기에는 많은 숙녀들이 ─ 그리고 아편을 알약

132

형태로 만든 〈고드프리 진정제〉는 하류 계층도 쉽게 살 수 있을 만큼 값이 쌌기 때문에 그보다 신분이 떨어지는 여자들도 — 캄캄한 밤을 무사히 건너기 위해 아편제를 성찬용 포도주보다 더 자주, 더 많이 마셨기 때문이다. 한마디로 그것은 우리 시대의 수면제와 비슷했다. 풀트니 부인이 무엇 때문에 빅토리아 시대의 〈인형의 계곡〉[49]의 주민이 되어야 했는지는 굳이 조사할 필요가 없다. 그러나 콜리지[50]가 언젠가 발견했듯이, 로다눔은 생생한 꿈을 꾸게 해준다.

오랫동안 풀트니 부인은 웨어코먼스에 대해 보슈[51]의 그림 같은 장면을 상상해 왔겠지만, 그게 어떤 모습인지 나는 짐작도 할 수가 없다. 어쩌면 그녀는 나무마다 사악한 도깨비들이 살고 있고, 나뭇잎마다 프랑스적 신성 모독이 숨어 있을 것이라고 생각했는지도 모른다. 그러나 그것은 부인 자신의 잠재의식 속에 일어났던 모든 형상들이 눈앞에 보이는 실체와 관계를 맺게 된 것이라고 말하는 편이 온당하리라.

부인이 터뜨린 분노는 그녀 자신과 사라를 둘 다 침묵 속에 빠뜨렸다. 장전된 탄알을 발사하고 나자, 부인은 곧 탄도를 수정하기 시작했다.

「난 자네 때문에 얼마나 괴로웠는지 몰라.」

「하지만 제가 어떻게 알 수 있었겠어요. 바다 쪽으로만 안 가면 되는 줄 알았어요. 그래요. 바다 쪽엔 얼씬거리지도 않아

---

49 약물에 지나치게 의존하는 상태. 미국의 작가 재클린 수잔이 1966년에 발표한 소설 『인형의 계곡』의 제목에서 나온 의미.

50 영국 낭만주의 시대의 대표적 시인이자 비평가. 신경통 때문에 아편 상용자가 되었고, 아편을 흡입한 후에 본 환상을 자동 기술한 시를 남기기도 했다. 1772~1834.

51 네덜란드의 화가. 괴기스럽고 악마적인 초현실적 환상화를 많이 그렸다. 1450~1516.

요. 전 혼자 있고 싶었어요. 그게 전부예요. 그건 죄가 아닙니다, 마님. 그런 이유 때문에 죄인으로 매도당할 수는 없어요.」

「자넨 웨어코먼스에 관해서 사람들이 말하는 걸 들어 본 적이 없나?」

「마님이 뜻하는 그런 장소로는…… 한 번도 없어요.」

풀트니 부인은 사라가 화를 내자 약간 무안해졌다. 그녀는 사라가 라임에 살기 시작한 게 최근의 일이라는 것을 상기했다.

「좋아. 하지만 이것만은 분명히 명심해 둬. 난 내가 데리고 있는 사람들 중에 어느 누구도 그곳에 가거나 그 근처에서 눈에 띄는 걸 용납하지 않겠어. 그러니 자네도 산책 장소를 좀 점잖은 데로 옮기도록 해. 내 말뜻을 알겠지?」

「알겠습니다, 마님. 지당한 길로만 다니도록 할게요.」

이 말을 듣는 순간, 풀트니 부인은 속이 뜨끔했다. 사라의 말 속에 담긴 냉소는 바로 부인 자신을 겨냥하고 있었기 때문이다. 그러나 사라의 눈길은 침착하게 아래로 떨구어져 있었다. 마치 그 말을 자기 자신에게 선고했다는 듯이, 그리고 그 지당함이라는 말이 고통스러움의 동의어라도 되는 듯이.

「그럼 이따위 이야기는 집어치우도록 하자고. 난 자네의 행복을 위해서 그러는 거야.」

「알고 있습니다. 고맙습니다, 마님.」 사라가 중얼거렸다.

더 이상은 말하지 않았다. 그녀는 성서가 있는 곳으로 돌아가서 풀트니 부인이 표시해 놓은 구절을 읽기 시작했다. 부인이 사라를 처음 면접할 때 택했던 바로 그 구절이었다. 「시편」 119장. 〈순결한 자들은 복되리이다. 주의 법에 따라 행하는 자들은 복되리이다.〉 사라는 억눌린 목소리로, 그러나 겉으로는 감정을 거의 드러내지 않으면서 그 구절을 읽었다. 부인은 맞은편 벽에 비친 자신의 그림자를 바라보며 앉아 있었다. 그것은 돌처럼 무정한 얼굴로 요구한 피의 제물을 어느새 망각한 채 앉아 있는 이교도의 우상처럼 보였다.

그날 밤늦게 사라는 불 꺼진 침실의 열린 창가에 서 있었다. 집 안은 조용했고, 마을도 마찬가지였다. 전기와 텔레비전이 발명되기 전인 당시에는 사람들이 아홉시쯤이면 잠자리에 들었기 때문이다. 지금 시각은 한시. 사라는 잠옷 차림에, 머리는 풀어 내리고 있었다. 그녀는 바다 쪽을 응시하고 있었다. 저 멀리서 등불 하나가 깜깜한 바다 위에서 희미하게 깜빡거리고 있었다. 그리고 바다 저편, 포틀랜드 곶에서는 배 한 척이 브리드포트 항구 쪽으로 가고 있었다. 사라는 아까부터 그 작은 불빛을 바라보고 있었던 것이다.

이 깊은 밤에 잠들지 못한 사람이 또 하나 있어 그녀에게 살며시 다가갔다면, 그녀의 얼굴이 조용히 흘러내리는 눈물에 흠뻑 젖어 있는 것을 볼 수 있었으리라. 그녀는 지금 악마의 배들을 경계하기 위해 은밀히 불침번을 서고 있는 것이 아니라, 창밖으로 뛰어내릴 준비를 하고 있었다.

나는 그녀가 창문턱에서 시소를 벌이게 하지 않겠다. 또, 앞뒤로 흔들리다가 흐느끼면서 양탄자 위로 무너져 내리게 하지도 않겠다. 우리는 그녀가 이 밤이 지난 뒤 보름 뒤에도 여전히 살아 있었다는 것을 알고 있다. 그러니 그녀는 창밖으로 뛰어내린 것도 아니다. 흐느끼지도 않았고, 과격한 행동을 예고해 주는 발작적인 눈물을 터뜨리지도 않았다. 그러나 그녀의 소리 없는 눈물은, 감정적인 슬픔에서 나오는 것이라기보다, 자신의 처지에 대한 깊은 비탄에서 나오는, 천천히 그리고 끊임없이 붕대를 적시는 피 같은 것이었다.

사라는 누구인가?

그녀는 어떤 그늘에서 빠져나오고 있는가?

13

조물주의 마음을 알 수가 없어서
이시스[52]는 베일 속에 숨어 버렸다.
— 앨프레드 테니슨, 『모드』(1855)

나는 모른다. 내가 지금 하고 있는 이야기는 모두 상상이다. 내가 창조한 인물들은 내 마음 바깥에 존재한 적이 없다. 내가 이제까지 주인공들의 마음과 깊은 생각까지 아는 척해 왔다면, 그것은 내가 이 이야기의 배경이 된 시대에 보편적으로 용인된 관행 안에서 이 글을 쓰고 있기 때문이다. 그 관행이란, 소설가는 신에 버금가는 자리에 있다는 것이다. 물론 소설가라고 해서 모든 것을 알 수는 없다. 하지만 아는 체하려고 노력한다. 그러나 나는 알랭 로브그리예와 롤랑 바르트의 시대에 살고 있다. 이 이야기가 소설이라 해도, 현대적인 의미에서의 소설일 수는 없다.

따라서 나는 어쩌면 시대가 도치된 자서전을 쓰고 있는지도 모른다. 그리고 나는 지금 허구 속에 들여놓은 집들 중의 어느 하나에 살고 있는지도 모른다. 또한 찰스는 변장한 나 자

52 고대 이집트의 여신.

신일지도 모른다. 아마 그것은 하나의 게임에 불과할지도 모른다. 사라처럼 현대적인 여성들은 언제나 존재한다. 그리고 나는 한 번도 그들을 이해해 본 적이 없다. 어쩌면 나는 밀봉된 수필집 한 권을 여러분에게 넘겨주려고 하는지도 모른다. 그리고 각 장(章) 첫머리에, 남의 글에서 빌려 온 구절 대신, 〈존재의 지평에 대하여〉라든가, 〈진보의 환상〉, 〈소설 형식의 역사〉, 〈자유의 병원학(病源學)〉, 〈빅토리아 시대의 몇몇 잊힌 양상들〉······ 같은 소제목을 달았어야 했는지도 모른다.

어쩌면 여러분은 이렇게 생각할지도 모르겠다. 소설가는 줄만 제대로 잡아당기면 된다고, 그러면 꼭두각시들이 살아 있는 것처럼 행동할 것이라고, 소설가는 요구에 따라 꼭두각시들의 동기와 의도를 철저히 분석하기만 하면 된다고. 분명히 말하거니와, 나는 이 단계(사라의 진정한 속마음이 드러나게 되는 13장)에서 모든 것 — 또는 모든 문제들 — 을 밝힐 작정이었다. 그런데 나는 문득 그 고통스러운 봄날 밤에 말버러 저택의 컴컴한 2층 창문 바로 아래의 잔디밭에서 사라를 지켜보고 있는 듯한 느낌이 든다. 내 책의 사실성이라는 관점에서 보면, 사라가 눈물을 훔치고 아래를 굽어보며 속마음을 털어놓는 일은 결코 하지 않았으리라는 것을 나는 알고 있다. 달이 뜨면 사라는 거기에 내가 서 있는 것을 보았을 테고, 그랬다면 그녀는 곧바로 돌아서서, 방 안쪽의 어둠 속으로 모습을 감춰 버렸을 것이다.

그러나 나는 남의 집 정원을 서성이는 남자가 아니라, 소설가다. 원하는 곳이면 어디로든 그녀를 따라갈 수 있다. 그러나 가능하다고 해서 모든 게 용납되는 것은 아니다. 남편들은 가끔 아내들을 살해할 수도 있다. 그 반대도 물론 가능하다. 그러고도 무사히 넘겨 버릴 수 있다. 그러나 그들은 그렇게 하지 않는다.

여러분은 이렇게 생각할 수도 있다. 소설가들은 글을 쓸때 나름대로 설정된 계획을 갖고 있어서, 제1장에서 예견된 미래는 언제나 정확한 경로를 밟아 제13장에 이르러 실현될 것이라고. 그러나 소설가들은 저마다 다른 숱한 이유들 때문에 글을 쓴다. 돈을 벌기 위해서, 이름을 날리기 위해서, 독자들을 즐겁게 하기 위해서. 부모를 위해, 친구들을 위해, 애인들을 위해. 허영심 때문에, 자존심 때문에, 호기심 때문에, 즐거움 때문에. 목수들이 가구 만들기를 즐기듯, 술꾼들이 술을 즐기듯, 판사들이 판결을 즐기듯, 시칠리아 사람들이 복수의 총격을 즐기듯. 그 갖가지 사연들만 가지고도 한 권의 책을 쓸 수 있다. 그리고 그 사연들은 하나하나가 나름대로 진실일 것이다. 모두의 진실은 아닐지라도. 우리들 소설가에게 공통된 이유는 단 하나뿐이다 ─ 〈우리는 실재하는(또는 실재했던) 세계만큼 사실적인, 그러나 그 세계와는 다른 세계를 창조하고 싶다〉. 이것이 바로 우리가 미리 설계할 수 없는 까닭이다. 창조된 세계는 기계가 아니라 유기체라는 것을 우리는 알고 있다. 또한 순수하게 창조된 세계는 그 창조자로부터 독립되어야 한다는 것도 알고 있다. 설계된 세계 ─ 그 형태와 구조를 평면도에 미리 드러낸 세계 ─ 는 이미 죽은 세계다. 우리의 인물들과 사건들은 우리한테 반항하기 시작할 때에야 비로소 살아서 움직이기 시작한다. 찰스가 사라를 벼랑끝에 남겨 두고 떠났을 때, 나는 그에게 곧장 라임으로 돌아갈 것을 명령했다. 그러나 그는 그렇게 하지 않고, 까닭 없이 방향을 돌려 낙농장으로 내려갔다.

아아, 하지만 여러분은 나한테 이렇게 말할지도 모른다. 당신은 글을 쓰는 도중에 문득 찰스로 하여금 우유를 마시게 하고, 낙농장 아낙과 잡담을 나누게 하고, 사라를 다시 만나게 하는 편이 더 효과적이라고 생각한 게 아니냐고. 이것은 분명 그때 일어난 일에 대한 하나의 설명이다. 그러나 그 발상은 내가 아니라 찰스 자신에게서 나온 것이었다. 적어도 내게는 그렇게 여겨졌다. 그는 이제 자율성을 얻었다. 뿐만 아니라, 나는 그의 자율성을 존중해야 한다. 그리고 내가 그를 현실적 존재로 만들고 싶으면, 내가 신과 비슷한 입장에서 그를 위해 세워 놓았던 모든 계획을 무시해야 한다.

바꿔 말하면, 나 자신을 자유롭게 하기 위해, 나는 찰스만이 아니라 티나와 사라, 심지어 저 밉살스러운 풀트니 부인에게도 각각 자유를 부여해야 한다. 신에 대한 좋은 정의가 하나 있다 ─ 〈다른 자유들도 존재하도록 허용하는 자유〉. 나는 이 정의에 따라야 한다.

소설가는 여전히 하나의 신이다. 소설가는 창조하기 때문이다(가장 전위적인 현대 소설조차 작가를 완전히 없애지는 못했다). 그동안 변한 것이 있다면, 소설가가 이제는 더 이상 빅토리아 시대적 이미지, 즉 전지전능한 이미지를 지닌 신이 아니라는 것이다. 이제 소설가는 권위가 아니라 자유를 제일 원칙으로 삼는 새로운 신학적 이미지를 가진 신이다.

내가 환상을 깨뜨려 버린 것일까? 아니다. 나의 주인공들은 여전히 존재하고 있다. 내가 방금 깨뜨려 버린 환상보다 덜하지도 더하지도 않은, 꼭 그만큼의 사실적인 현실성 속에 존재하고 있다. 2천5백 년 전에 그리스 인들이 깨달았듯이, 모든 것 속에는 허구가 꿰맞춰져 있다. 내 생각에는 이 새로운 현실성(또는 비현실성)이 더 타당하다. 여러분이 현대판 풀트니 부인 같은 사람이라서 당신의 자녀와 동료, 친구, 또는 당신 자신을 마음대로 통제하려고 아무리 애써도 완전히 통제하기는 불가능한 것처럼, 나 역시 내 마음속의 인물들을 완전히 통제할 수는 없다는 것이 내 생각이다. 여러분도 이런 나의 인식에 공감해 주기 바란다.

그러나 이것은 터무니없는 말일까? 등장인물은 〈사실적〉인가, 〈상상적〉인가? 여러분이 나의 이런 견해를 〈위선자의 강연〉쯤으로 생각한다면, 나는 웃을 수밖에 없다. 여러분은 여러분 자신의 과거에 대해서조차 그것을 실재했던 현실로 생각하지 않는다. 여러분은 그것을 치장하고, 금박이나 옻칠을 바르고, 검열하고, 땜질하고…… 한마디로 말해서 소설화하고, 선반 위에 — 여러분의 책, 여러분이 지어낸 자서전 속에 — 집어넣는다. 우리는 모두 실제 현실에서 도망치고 있다. 이것이 바로 〈호모 사피엔스〉의 기본 정의다.

그러므로 이 불길한(그러고 보니 여기는 하필 〈13〉장이다) 탈선이 여러분의 시대와 진보, 사회, 진화, 그 밖에 이 책의 장면들 뒤에서 쇠사슬을 덜거덕거리고 있는 온갖 유령들과는 무관하다고 생각한다면…… 나는 굳이 반박하지 않겠다. 하지만 여러분이 과연 그렇게 생각할지는 의심스럽다.

그러면, 겉으로 드러난 두 가지 사실만 기록해 두겠다. 첫째, 사라는 어둠 속에서 울었지만 자살하지는 않았다. 둘째, 금족령에도 불구하고 사라는 계속해서 웨어코먼스에 나타났다. 그러므로 사라는 사실상 창문에서 뛰어내린 셈이고, 일종의 벼랑 끝에서 살고 있는 셈이었다. 왜냐하면 이런 소식은 조만간, 필연적으로 풀트니 부인에게 전해질 것이기 때문이다. 금족령이 떨어진 뒤로 사라가 그 숲에 가는 횟수가 줄어든 것은 사실이다. 그 후 보름 동안은 날씨가 나빴기 때문에, 그녀도 자유의 박탈을 견디기가 한결 쉬웠다. 또한 그녀가 최소한의 예방 조치를 취한 것도 사실이다. 마찻길을 따라가면 작은 오솔길이 나오는데, 이 오솔길은 웨어밸리라고 불리는 넓은 골짜기 아래로 돌아든 다음, 라임의 변두리에서 시드머스와 엑서터로 통하는 넓은 마찻길과 만난다. 웨어밸리에는 제법 괜찮은 집들이 여기저기 흩어져 있었다. 따라서 점잖은 산책을 하기에는 안성맞춤인 곳이었다. 게다가 이 집들은 다행히도 마찻길과 오솔길이 만나는 교차점을 내려다볼 수 없는 위치에 자리 잡고 있었다. 일단 그곳에만 가면, 주위에 사람이 있는지 확인하기 위해 잠깐 둘러보기만 하면 되었다. 하루는 숲속을 산책할 마음으로 길을 나섰다. 그러나 낙농장으로 통하는 오솔길에 이르렀을 때, 저쪽 고갯굽이 근처에서 두 사람이 내려오는 것을 보았다. 사라는 그들 쪽으로 곧장 걸어가서 길굽이를 돈 다음, 그들이 어디로 가는지 확인하려고 뒤돌아보았다. 그들은 낙농장으로 가는 대신 그 옆으로 나 있는 숲길로 사라져 갔다. 그러자 사라는 발길을 되돌려, 아무도 볼 수 없는 그녀만의 성역으로 들어갔다.

그 길에서는 다른 산책객을 만날 위험이 많았다. 그리고 낙농장 주인네 가족의 눈에 띌 위험도 늘 각오해야 했다. 그러나 마찻길 위쪽의 고사리 숲으로 통하는 샛길 하나가 숲 너머로 돌아 넘고 있어서, 그 길을 낙농장에서는 볼 수 없다는 것을 알아냈다. 이리하여 한 가지 위험은 덜 수 있게 되었다. 그래서 사라는 언제나 이 샛길을 택해 숲속으로 오곤 했다. 그런데 이날 오후에 부주의하게도, 또한 재수 없게도 두 사람의 시야에 완전히 노출되고 만 것이다.

이유는 간단했다. 너무 오래 잤고, 그래서 성서 강독 시간에 늦었다는 것을 알았다. 게다가 오늘 저녁에는 풀트니 부인이 코턴 부인 댁에 가서 식사할 예정이었다. 따라서 외출 준비를 할 수 있도록 스케줄이 평소보다 앞당겨져 있었다. 풀트니 부인의 외출 준비는 설령 겉으로는 그렇지 않다 해도 본질적으로는 거대한 공룡 두 마리가 벼락같은 소리를 내며 충돌하는 것과 비슷했다. 다른 게 있다면, 쇠처럼 단단한 공룡의 연골 대신 검은 벨벳이 등장하고, 성이 나서 으르렁거리는 공룡의 이빨 대신 성서 인용문이 등장하는 정도였다. 그래도 음침하고 무자비하기로는 공룡의 충돌보다 결코 못하지 않았다.

또한 위에서 내려다보던 찰스의 얼굴이 사라에게 충격을 주었다. 그녀는 자신의 추락 속도가 점점 빨라지는 것을 느꼈다. 그처럼 높은 곳에서 떨어지면, 게다가 잔인한 땅이 위로 별안간 솟아오르면, 미리 예방 조치를 취한들 무슨 소용이 있으랴?

14

……앤은 미소를 지으며 말했다. 「엘리어트 씨, 제가 생각
하는 좋은 친구는 똑똑하고 박식한, 그러니까 화제가 풍부한
사람이에요. 그런 사람이 제가 말하는 좋은 친구라고요.」
「당신이 잘못 생각한 겁니다.」 그가 점잖게 말했다. 「그건 좋
은 친구가 아니라 최상의 친구지요. 좋은 가문에서 태어나
교육을 받고 예의범절만 갖추면 누구나 좋은 친구가 될 수
있습니다. 게다가 교육은 그렇게 훌륭할 필요도 없습니다.」
— 제인 오스틴, 「설득」

19세기에 라임을 방문한 사람들은, 고대 그리스 식민지를
방문한 여행자들이 마주쳤던 시련을 겪을 필요는 없었지만
— 사실 찰스는 읍사무소 계단에 서서 세계 뉴스를 요약하
여 페리클레스 같은 웅변으로 사람들에게 전달할 필요는 없
었다 — 집요한 눈길과 질문 공세에 시달렸다. 이 점에 대해
서는 어니스티나가 찰스에게 미리 경고해 준 바 있었다. 즉,
자신을 순회 동물원의 짐승처럼 여겨야 하며, 노골적인 시선
과 쿡쿡 찌르는 우산을 될 수 있는 한 상냥하게 받아들여야
한다는 것이었다. 그래서 그는 1주일에 두세 번쯤은 숙녀들
을 방문해서 지루한 몇 시간을 고통스럽게 견뎌야 했다. 찰
스에게 유일한 위안이 있다면, 그것은 트랜터 이모 댁으로
돌아올 적마다 겪는 유쾌한 장면이었다. 쓸데없는 잡담들로
침침해진 그의 눈을 지그시 들여다보며, 어니스티나는 〈어머
나, 지독했던 모양이군요? 미안해요. 그렇다고 절 미워하진
않죠?〉 하고 말했다. 그래서 찰스가 미소를 보내면, 그녀는

마치 그가 폭동이나 눈사태 속에서 기적적으로 살아 돌아오기라도 한 것처럼, 그의 품에 몸을 던지곤 했다.

공교롭게도 찰스는 언더클리프를 발견한 이튿날 아침에 말버러 저택을 방문하기로 약속되어 있었다. 찰스의 방문에는 사실 우발적이거나 자발적인 면은 하나도 없었다. 아니, 있을 수가 없었다. 왜냐하면 이 조그만 마을에서는 아무개가 아무개네 집을 방문할 거라는 소식이 순식간에 퍼지기 때문이다. 그리고 그 마을은 외교 의례에 대한 엄격한 관념을 만들어 내고 유지했다. 찰스가 풀트니 부인에게 별로 관심이 없었던 것처럼, 풀트니 부인도 찰스에게 별로 관심이 없었을 것이다. 하지만 찰스가 관습의 쇠사슬에 묶여 풀트니 부인 댁으로 끌려가 — 그것도 라임에 도착한 뒤 되도록 빨리 — 그녀의 통통한 발아래 납작 엎드리지 않았다면, 그녀는 몹시 기분이 상했을 것이다. 찰스가 늦게 방문할수록 그녀의 체면이 깎이기 때문이다.

이들 〈외지인들〉은 물론 이 게임에서 필연적으로 라이벌이 될 수밖에 없었다. 방문 자체는 별로 중요하지 않았다. 그러나 일단 방문이 이루어지면, 방문을 받은 집에서는 그것을 아주 유쾌하게 이용할 수 있었다. 〈트랜터 부인은 어니스티나를 나한테 가장 먼저 인사시키고 싶었다는군요……〉, 또는 〈어니스티나가 여태 당신네 집을 방문하지 않았다니, 정말 놀랍군요. 우리 집엔 벌써 두 번이나 다녀갔는데……〉, 또는 〈그건 틀림없이 실수였을 거예요. 트랜터 부인은 상냥한 여자지만, 좀 멍한 데가 있잖아요……〉. 이런 말로 사교적 독설을 칼처럼 찔러 댈 수 있는 입맛 당기는 기회는 찰스 같은 〈귀빈〉이 얼마나 자주 찾아오는가에 달려 있었다. 결국 찰스는 굶주린 고양이의 발톱 아래 떨어진 포동포동한 생쥐처럼, 자신의 운명을 피할 수 없는 신세였다. 더구나 그곳에는 수십 마리의 굶주린 고양이들이 모여 살고 있었다.

숲 속에서 찰스를 만난 이튿날 아침, 트랜터 부인과 두 젊은 남녀가 도착했다는 전갈이 오자, 사라는 자리에서 일어나 방에서 나가려고 했다. 그러나 풀트니 부인은 젊은이들의 행복을 생각만 해도 심술이 발동하는 성미였고, 어쨌든 코턴 부인과 함께 저녁 시간을 보낸 뒤라서 여느 때보다 훨씬 고약한 심술을 부릴 이유가 충분했기 때문에, 사라에게 그냥 앉아 있으라고 분부했다. 노부인은 어니스티나를 경박한 처녀로 생각하고 있었다. 그래서 그녀의 약혼자도 필시 경박한 청년일 거라고 생각했다. 따라서 그들을 곤혹스럽게 만드는 것이 자신의 의무라고 확신했다. 게다가 그런 사교 행사가 죄인에게는 고행의 한 방법이 된다는 것도 알고 있었다. 풀트니 부인이 사라를 남아 있게 한 데에는 이 모든 이유가 겹쳐 있었다.

손님들이 거실로 안내되었다. 트랜터 부인이 살랑살랑 옷 스치는 소리를 내며 앞장서 들어와서는, 정감이 넘치는 태도로 인사했다. 사라는 그 자리에 어울리지 않는 자신의 처지를 고통스럽게 여기며, 방 한구석에 수줍게 서 있었다. 찰스와 어니스티나는 두 노부인 뒤편에 편한 태도로 서 있었다. 두 노부인은 수십 년 지기인 만큼, 포옹 같은 인사치레가 필요했다. 그러고 나서 어니스티나가 먼저 소개되었다. 그녀는 〈여왕〉이 내민 손을 잡기 전에 가볍게 무릎을 굽혀 인사하는 시늉을 했다.

「안녕하세요, 풀트니 부인? 아주 좋아 보이시네요.」

「나이치고는 건강한 편이지요, 프리먼 양. 중요한 건 정신적 건강이랍니다.」

「그럼, 부인에 대해서는 염려할 필요가 없겠네요.」

풀트니 부인은 이 재미있는 화제를 계속하고 싶은 듯했다. 그러나 어니스티나는 찰스를 소개하려고 돌아섰다. 그는 노부인의 손등에 입을 맞췄다.

「만나뵙게 돼서 기쁩니다, 부인. 참으로 멋진 집이군요.」

「나한테는 너무 크지요. 이 나이가 되도록 이 집을 지키고 있는 건 다 남편을 위해서랍니다. 그이가 그걸 원했으니까요.」

풀트니 부인의 시선은 찰스를 지나, 남편 프레더릭의 초상화에 가서 멎었다. 1851년에 세상을 떠나기 꼭 2년 전에 그려진 초상화에는, 그가 현명한 기독교인이고 위엄 있고 잘생긴 남자 ── 무엇보다도 대다수 남자보다 뛰어난 남자 ── 였다는 것이 여실히 드러나 있었다. 확실히 그는 기독교 신자였고, 극도로 위엄을 차리는 인물이었던 것도 사실이지만, 그 나머지는 화가가 상상해서 그려 넣은 것이다. 고인이 된 지 벌써 16년이 지난 풀트니 씨는 대단한 부자이긴 했지만, 보잘것없는 위인이었다. 그가 인생에서 진실로 뜻 있는 일을 한 게 있다면, 그것은 하루라도 빨리 세상을 떠난 일이었다. 찰스는 적당히 경의를 표하면서 흥을 깨는 그 초상화를 살펴보았다.

「아, 이해할 만합니다. 지당한 말씀이십니다.」

「돌아가신 분들의 유지는 존중되어야 해요.」

「그렇고말고요.」

트랜터 부인은 사라에게 살짝 웃어 보이고는, 그녀를 이용해서 이 음침한 추도식을 중단시키기로 작정했다.

「우드러프 양, 만나서 기뻐요.」 그러고는 사라한테 다가가서 손을 잡고, 진지한 눈빛을 보내며 낮은 소리로 말했다. 「언제 한번 우리 집에 오지 않을래요? 티나가 떠난 뒤에.」

그러자 사라의 얼굴에 아주 드문 표정이 지나갔다. 그녀의 마음속에 내장된 컴퓨터는 벌써 오래전에 트랜터 부인을 평가해서 그 결과로 나온 데이터를 저장해 두고 있었다. 그녀의 신중함, 풀트니 부인 앞에서는 가면을 써버리는 그녀의 독립심 — 이것은 위험할 만큼 도전에 가까운 것이었다 — 이 순간적으로 사라졌다. 그녀는 미소까지 보였다. 비록 우수의 그림자가 남아 있기는 했지만. 그러고는 보일 듯 말 듯 고개를 끄덕였다. 기회가 닿으면 그렇게 하겠다는 듯이.

계속해서 소개가 이루어졌다. 두 젊은 숙녀는 서로 냉랭하게 고개를 숙였고, 찰스는 허리를 굽혔다. 그들이 어제 두 번씩이나 만났다 — 과정이야 어쨌든 — 는 사실을 그녀가 무의식 중에라도 드러내지 않을까 싶어 은근히 살펴보았지만, 그녀의 눈은 열심히 그의 시선을 피했다. 그는 사라 같은 야생 동물이 빗장을 지른 듯 답답한 이런 환경 속에서는 어떻게 행동하는지를 보는 데 흥미를 느꼈다. 그러나 그 야생 동물이 겉보기에는 지극히 온순한 태도를 보였기 때문에 적이 실망했다. 그녀에게 무엇을 가져오라고 지시하거나, 혹은 주방에 종을 울려서 뜨거운 코코아 같은 것을 가져오게 하라고 분부할 때가 아니면, 풀트니 부인은 사라를 완전히 무시하고 있었다. 찰스로서는 사라에게 말을 걸 수도 없었고, 어니스티나도 마찬가지였다. 이따금 트랜터 부인이 사라를 대화에 끌어들이려고 애썼지만, 그녀는 조금 떨어진 곳에 무표정한 얼굴로 움츠려 있었다. 그것은 그녀가 자신의 처지를 의식해서 그러는 것이라고 생각할 수도 있었다. 찰스 자신도 두어 번 공손하게 그녀 쪽으로 고개를 돌려, 대화 중에 나온 어떤 의견에 대해 확인해 줄 것을 부탁했지만, 그녀는 최소한의 반응만 보였을 뿐이다. 그리고 그녀는 여전히 그의 시선을 피하고 있었다.

이런 상황 속에서 찰스가 아주 새로운 면을 깨닫기 시작한 것은 방문이 거의 끝나 갈 무렵이었다. 그녀의 순종적인 태도는 겉모습일 뿐, 천성은 오히려 그와 반대라는 사실을 알아차렸다. 말하자면 그녀는 하나의 역할을 연기하고 있을 뿐이었다. 그리고 그 역할은 정중한 대화에서 으레 나오게 마련인 화제의 순서에 따라 얼굴을 찌푸리는 여주인 풀트니 부인과 쾌활하게 재잘거리는 트랜터 부인을 비난하고, 그들과 완전히 관계를 끊는 것이었다. 그들이 나누는 대화란, 종류는 몇 가지밖에 안 되지만 과정은 한없이 긴 이야기들이었다. 하인들, 날씨, 곧 있을 아무개의 출산과 장례식과 결혼식, 디즈레일리 씨와 글래드스턴 씨(이것은 아마 찰스를 위한 화제였을 것이다. 덕분에 풀트니 부인은 디즈레일리의 개인적 원칙과 글래드스턴의 정치적 원칙을 통렬하게 비난할 수 있는 기회를 잡았지만),[53] 지난 일요일에 있었던 목사의 설교, 그 지방에 소매 상점이 부족해서 겪는 불편함, 그러고는 다시 하인들 이야기. 찰스는 이 익숙한 시련을 겪으면서, 미소

53 1867년 봄에는 많은 사람들이 디즈레일리와 글래드스턴을 싸잡아 비난했다는 사실을 밝혀 두는 게 풀트니 부인에게 공정한 처사일 것이다. 〈글래드레일리〉 씨와 〈디지스턴〉 씨는 1867년에 합동 공연을 열고 어지러울 만큼 변신을 거듭하는 놀라운 묘기를 연출했다. 우리는 근대 보수주의의 아버지(디즈레일리)가 위대한 개혁 법안(이 제2차 선거법 개정안은 1867년 8월에 법률로 제정되었다)을 교묘히 통과시켰고, 위대한 자유주의자(글래드스턴)가 여기에 맹렬히 반대했다는 사실을 이따금 잊어버린다. 따라서 하인들이 선거권 획득에 한 걸음 더 가까이 다가가는 것을 두려워하는 풀트니 부인 같은 보수당원들은, 그들이 끔찍하게 싫어하는 자유당의 지도자가 그들 편에 서서 그들을 지켜 주고 있는 것을 깨달았다. 선거권 문제를 빼고는 사실상 모든 점에서 보수당원들은 글래드스턴을 혐오했다. 마르크스는 「뉴욕 데일리 트리뷴」지에 기고한 논설에서 이렇게 말했다. 실제로 영국 휘그당(자유당)은 〈그들이 공언한 자유주의적이고 계몽된 원칙과는 전혀 다른 것을 주장하고 있다. 따라서 그들은 런던 시장 앞에 불려가서, 자기는 금주 원칙을 주장하고 있지만 일요일이면 반드시 무슨 사고가 일어나거나 해서 항상 술을 마시게 된다고 변명하는 주정뱅이와 같은 입장에 있다〉. 사람은 죽어도, 사람의 유형은 결코 죽지 않는 법이다 — 원주.

를 짓기도 하고, 눈썹을 치켜 올려 놀란 표정을 짓기도 하고, 고개를 끄덕이기도 했다. 그러면서 그는 잠자코 앉아 있는 우드러프 양이 풀트니 부인의 처사가 부당하다는 느낌 때문에 괴로워하고 있다고 판단했다. 게다가 날카로운 관찰자에게는 아주 흥미로운 일이었지만, 그녀는 그런 기색을 굳이 감추려고도 하지 않았다.

이것은 찰스가 예민했던 탓이다. 왜냐하면 그는 라임 주민들 대부분이 거의 모르고 지나쳐 버린 것을 알아차렸기 때문이다. 그러나 풀트니 부인이 그녀다운 생각을 털어놓지 않았다면, 그의 짐작은 단지 의혹의 단계에 머물고 말았을 것이다.

「이 집에서 쫓겨난 계집애가 골치를 썩이진 않나요?」

트랜터 부인은 미소를 지었다. 「메리 말씀인가요? 난 오히려 그 아이가 우리 집에 와서 얼마나 기쁜지 모른답니다.」

「페얼리 부인이 그러는데, 그 애가 오늘 아침에 어떤 놈하고 시시덕거리는 걸 보았다고 하더군요.」 풀트니 부인이 말했다. 〈놈〉이라는 말을 내뱉을 때 그녀의 말투는 마치 프랑스가 독일군에게 점령당했을 때 애국적인 프랑스 사람들이 〈나치!〉라고 말할 때 썼을 듯싶은 말투였다. 「젊은 놈이래요. 누군지는 모르지만.」

어니스티나는 찰스에게 꾸짖는 듯한 시선을 날카롭게 던졌다. 한순간 그는 비난의 대상이 자기인 줄 알았다. 그러나 곧 사실을 알아차렸다.

그는 미소를 지었다. 「그건 아마 샘일 겁니다.」 그러고는 풀트니 부인을 위해 덧붙였다. 「제 하인이지요.」

어니스티나는 그의 시선을 피하면서 말했다. 「당신한테 말씀드릴 생각이었어요. 사실은 저도 어제 샘과 메리가 이야기하는 걸 보았거든요.」

「하지만…… 그들이 서로 얘기를 나누는 것까지 막을 수는 없잖아?」

「런던에서 용납될 수 있는 행동과 여기 라임에서 어울리는 행동 사이에는 차이가 있다고요. 당신이 샘한테 주의를 주셔야 할 것 같아요. 메리는 남자의 유혹에 너무 쉽게 넘어가거든요.」

트랜터 부인은 마음이 상한 모양이었다. 「얘, 티나야……메리는 원기가 넘치는지도 몰라. 하지만 나는 지금까지 그 애를 나무랄 이유를 전혀…….」

「이모가 그 애를 얼마나 좋아하는지는 저도 잘 알아요.」

찰스는 그녀의 목소리에서 냉담함을 느끼고, 상처 입은 트랜터 부인의 변호사가 되었다.

「나는 좀 더 많은 마나님들이 트랜터 이모님처럼 하녀한테 다정하고 상냥했으면 좋겠어. 현관에서 쾌활한 하녀를 보는 것만큼 그 집안이 행복에 차 있다는 것을 분명하게 말해 주는 건 없으니까.」

이 말에 어니스티나는 시선을 떨구었지만, 꼭 다문 입술이 그녀의 속마음을 드러냈다. 트랜터 부인은 이 찬사를 듣고는 얼굴을 약간 붉히면서 시선을 아래로 내렸다. 풀트니 부인은 약간 즐거운 기분으로 이 공방전을 들었다. 그리고 이제는 찰스에게 창피를 주어도 될 만큼 충분히 그가 싫어졌다고 판단했다.

「그런 문제에 대해서는 당신보다 오히려 약혼녀가 더 올바른 판단을 하고 있는 것 같군요, 스미스선 씨. 나는 그 계집아이를 잘 알고 있답니다. 오죽하면 내쫓았겠어요? 당신이 좀 더 나이가 들었다면, 그런 문제는 아무리 엄하게 다스려도 지나치지 않다는 걸 알았을 텐데.」

그러고는 부인도 시선을 내려뜨렸다. 이것은 그녀가 어떤 주제에 대해 단정을 내렸다는 것, 따라서 보편적인 결론에 이르렀다는 것을 암시하는 그녀 나름의 방식이었다.

「부인의 대단한 경륜에 경의를 표하는 바입니다.」

그러나 그의 말투는 차갑고 냉소적이었다.

세 숙녀는 서로 눈길을 피하며 앉아 있었다. 트랜터 부인은 당황해서, 어니스티나는 자신에게 화가 나서(왜냐하면 찰스에게 그런 푸대접이 쏟아지는 것을 보고, 차라리 침묵을 지켰더라면 좋았을 거라고 생각했기 때문에), 풀트니 부인은 천성 때문에, 각자 그렇게 앉아 있었다. 마침내 사라와 찰스 사이에 눈길이 오간 것을 그 세 여인이 알아채지 못한 것은 그 때문이었다. 두 〈이방인〉은 공통의 적을 갖고 있다는 사실을 인식했다. 처음으로 그녀는 찰스를 노려보지 않고 바라보았다. 찰스는 풀트니 부인에게 반드시 앙갚음하고야 말겠다고 결심했다. 그리고 어니스티나에게는 인류애를 키우는 데 필요한 교훈을 가르쳐야겠다고 다짐했다.

그는 또 찰스 다윈의 견해에 관해 어니스티나의 아버지와 논쟁을 벌였던 일도 기억해 냈다. 이 나라에는 편견이 너무나 널리 퍼져 있었다. 그리고 약혼녀에게도 그런 점이 있다는 걸 참을 수가 없었다. 샘에게 말하겠어. 제기랄! 그래, 샘에게 말하겠어.

찰스가 뭐라고 말했을까? 그건 이제 곧 알게 될 것이다. 그러나 사실 그 대화의 대략적인 취지는 이미 예견되어 있었다. 왜냐하면 풀트니 부인한테 〈놈〉이라고 불린 위인은 그 시간에 트랜터 부인 댁 부엌에 앉아 있었으니까.

샘은 이날 아침에 쿰브 가에서 메리를 만났었다. 그러고는 검댕 자루를 한 시간 뒤에 배달해도 좋으냐고 내숭을 떨었다. 그 집의 두 숙녀께서 말버러 저택에 갈 거라는 사실은 물론 알고 있었다.

부엌에서 오간 대화는 뜻밖에도 진지한 것이었다. 적어도 풀트니 부인 댁 거실에서 오간 대화보다는 한결 진지했다. 메리는 팔짱을 끼고 커다란 찬장에 기대선 채, 옥수숫빛 머리카락을 캡 아래로 내려뜨리고 있었다. 메리는 이따금 질문을 했을 뿐이고, 이야기는 대부분 샘이 했다. 메리를 쳐다보고 말한 게 아니라, 주로 깨끗이 문질러 닦은 기다란 전나무 식탁에 대고 말하긴 했지만. 그리고 이따금 시선이 마주치면, 그들은 서로 약속이라도 한 것처럼 똑같이 수줍은 듯 눈길을 돌렸다.

15

……노동 계급에서는 지난 세대의 반(半)야만적 풍습이 사라
진 대신, 심각할 만큼 관능에 탐닉하는 풍토가 거의 보편적
으로 만연되었다.
— 『탄광 지역 보고서』(1850)

그 깊은 눈빛 속에는
순간적으로 미소 지을 이유가 담겨 있다.
— 앨프레드 테니슨, 『인 메모리엄』(1850)

이튿날 아침 찰스가 샘의 영악한 속내를 조사하는 일에 착
수했을 때, 비록 풀트니 부인과 관련된 경우라 할지라도, 그
는 사실 어니스티나를 배신하고 있지 않았다. 그들은 앞에서
서술한 공방전이 끝난 직후에 말버러 저택을 떠났다. 그리고
어니스티나는 브로드 가를 향해 언덕길을 내려오는 동안 내
내 말이 없었다. 머릿속에는 어서 집에 가서 찰스와 단둘이
있고 싶다는 생각뿐이었다. 그래서 이모의 등 뒤로 문이 닫
히자마자 그녀는 울음을 터뜨리며(여느 때처럼 자신을 꾸짖
는 예비 절차도 없이) 찰스의 품속으로 뛰어들었다. 풀트니
부인 댁에서 있었던 일은 그들의 사랑에 그림자를 던진 최초
의 불화였다. 그리고 그것이 그녀를 두렵게 만들었다. 이 다
정하고 점잖은 찰스가 그 밉살스러운 할망구한테 수모를 당
하다니! 그리고 그 모든 것이 내가 홧김에 터뜨린 말 때문이
아닌가! 찰스가 등을 토닥이고 눈물을 닦아 주자, 그녀는 그
런 뜻의 말을 했다. 그는 앙갚음이라도 하듯 그녀의 젖은 두

눈에 재빨리 키스하고, 그녀를 용서해 주었다.

「그런데 티나, 왜 우린 우리를 이토록 행복하게 만들어 주는 것을 다른 사람에게 용납하면 안 되지? 그 못된 하녀와 불한당 같은 샘이 사랑에 빠지면 또 어때? 우리가 그들에게 돌을 던질 수 있나?」

어니스티나는 의자에 앉은 채, 미소 띤 얼굴로 찰스를 쳐다보았다. 「이건 모두 제가 어른스럽게 굴려고 애쓴 탓이에요.」

찰스는 그녀 옆에 무릎을 꿇고 앉아서 손을 잡았다. 「귀여운 티나, 당신은 나한테는 영원히 귀여운 아기일 거야.」 그녀는 고개를 숙여 그의 손등에 입을 맞췄고, 다음에는 찰스가 그녀의 머리카락에 입을 맞췄다.

그녀가 속삭였다. 「아직도 88일이나 남았어요. 그걸 생각하면 견딜 수가 없어요.」

「우리 도망갈까? 파리로……」

「찰스, 어떻게 그런 생각을……」

그녀가 고개를 들었다. 그는 그녀의 입술에 키스했다. 그녀는 의자에 등을 기대고, 이슬 맺힌 눈으로 얼굴을 붉혔다. 심장이 너무나 빨리 뛰고 있어서 기절이라도 하는 게 아닐까 싶을 정도였다. 그녀는 그처럼 갑작스러운 감정 변화를 견뎌내기에는 너무 연약했다. 그는 그녀의 손을 놓지 않고, 그 손에 장난스럽게 힘을 주었다.

「그 존경할 만한 풀 부인이 지금 우리를 본다면 어떤 기분일까?」

어니스티나는 손으로 얼굴을 가리고 웃기 시작했다. 웃음을 참느라 숨이 막혀서 키득거리는 소리가 났다. 웃음은 찰스에게도 전염되었다. 그래서 그는 키득거리지 않으려고 일어나 창가로 가서 짐짓 위엄 있는 태도를 꾸몄다. 그러나 그는 돌아보지 않을 수 없었다. 그리고 그녀의 손가락 사이로 그녀의 눈길을 잡았다. 그 조용한 방에서 또다시 키득거리는 소리가 일어났다. 그 순간 두 사람에게 똑같은 깨달음이 떠올랐다. 그들의 시대가 가져다준 멋지고 새로운 자유, 현대적인 유머 감각을 향유할 수 있는 젊음, 그것은 얼마나 신나는 축복인가!

「찰스…… 오, 찰스…… 그 백악기의 부인이 기억나세요?」

이 말에 두 사람은 또다시 웃음을 터뜨렸다. 그때 문밖에서 가슴을 졸이고 있던 가엾은 트랜터 부인은 두 사람이 말다툼을 벌이고 있는 게 분명하다고 생각하여 완전히 당황했다. 그녀는 마침내 용기를 한껏 끌어 모아, 사태를 호전시키기 위해 방으로 들어갔다. 그러자 티나가 여전히 웃으면서, 문간에 서 있는 이모에게 달려가 두 뺨에 입을 맞추었다.

「이모, 나는 정말 끔찍하게 못된 아이예요. 그렇죠? 그리고 초록색 외출복이 마음에 안 들어요. 그걸 메리한테 주어도 될까요?」

그리하여 메리는 그날 밤 기도를 드릴 때 진심으로 어니스티나를 위해 기도했다. 물론 주님이 그 기도를 들었는지는 의심스럽다. 신실한 기도자라면 무릎을 꿇고 기도를 드린 뒤 곧장 침대 속으로 들어가야 하는데, 메리는 그 초록빛 드레스를 마지막으로 한 번 더 입어 보고 싶은 유혹을 뿌리치지 못했기 때문이다. 조명이라고는 양초 하나뿐이었지만, 촛불 빛은 어떤 여자도 실물보다 아름다워 보이게 했다. 구름처럼 풍성하게 흘러내린 금발, 생기가 넘치는 초록빛 드레스, 흔들리는 그림자, 자신의 모습에 스스로 놀라는 얼굴, 수줍음과 기쁨이 뒤섞인 표정……. 조물주가 그녀를 내려다보고 있었다면, 그날 밤에는 자기가 〈타락한 악마〉라면 얼마나 좋을까 하고 생각했을 게 분명하다.

「샘, 마음을 굳혔는데 말이야, 이젠 자네가 필요 없어.」찰스는 눈을 감고 있었기 때문에 샘의 얼굴을 볼 수가 없었다. 그는 샘에게 면도를 시키고 있었다. 그러나 면도날이 멈추는 것을 느끼고, 그는 샘에게 만족스러운 충격을 준 것을 알았다. 「켄징턴으로 돌아가도 좋아.」침묵이 흘렀다. 찰스만큼 잔인한 짓을 좋아하지 않는 주인이라면, 이 침묵에 그만 마음이 누그러지고 말았을 것이다. 「할 말은 없겠지?」

「전 여기가 더 좋습니다요, 나리.」

「나는 이미 판단을 내렸어. 자네는 아무짝에도 쓸모없는 녀석이라고. 자네가 원래 그렇다는 건 잘 알고 있어. 하지만 어차피 쓸모가 없을 바에는 여기보다 차라리 런던에서 쓸모가 없는 편이 나아. 런던은 쓸모없는 녀석들한테 더 익숙해져 있으니까.」

「전 아무 잘못도 한 게 없습니다요, 나리.」

「그리고 말이야, 트랜터 부인 댁의 그 건방진 하녀를 만나야 하는 수고도 덜어 주고 싶어.」샘이 귀에 들리게 한숨을 내쉬었다. 찰스는 조심스럽게 한쪽 눈을 떴다. 「어때? 나야말로 참 친절한 주인이지?」

샘은 무표정한 눈으로 주인의 얼굴을 내려다보았다. 「그 아가씨는 저한테 사과를 했습니다요, 나리. 저는 그걸 받아들였고요.」

「뭐라고! 고작 우유나 짜는 하녀한테서? 그건 도저히 있을 수 없는 일이야.」

찰스는 샘이 비누 거품을 잔뜩 먹인 솔로 얼굴을 거칠게 문지르는 것을 피하려고 얼른 눈을 감아야 했다.

「그건 진지했습니다요, 나리. 정말로 진지했다고요.」

「알겠어. 그렇다면 내가 생각했던 것보다 사태가 더 나쁜 모양이군. 그러니까 자네는 더욱 빨리 철수해야겠어.」

그러나 샘은 더 이상 듣고 싶지 않았다. 그는 찰스의 얼굴에 비누 거품을 잔뜩 칠한 채 내버려 두었다. 마침내 찰스는 샘이 어떻게 하고 있는지 보려고 눈을 뜰 수밖에 없었다. 샘은 뚱한 표정으로 서 있었다. 적어도 그것과 비슷한 표정을 짓고 있었다.

「왜 그래? 뭐가 잘못됐나?」

「뭐가 잘못됐냐고요? 그건 나리라고요.」

「우르사*ursa*[54]라고? 자네 지금 라틴 어를 하고 있나? 하지만 상관없어. 재치에서는 내가 자네보다 한 수 위니까, 이 곰 같은 녀석아. 자, 이젠 사실을 털어봐 봐. 어제만 해도 네 놈은 그 아가씨를 상대하지 않을 각오가 되어 있었잖아? 그걸 부인하진 않겠지?」

「그 여자가 저를 유혹했습니다요, 나리.」

「아하, 그래? 그럼 〈제1차 운동자〉는 어느 쪽이지? 누가 먼저 유혹했냐 말이야?」

그러나 찰스는 자기가 너무 심하게 굴었다는 것을 깨달았다. 면도칼이 샘의 손에서 부들부들 떨리고 있었다. 살인의 충동 때문이 아니라, 억눌린 분노 때문이었다. 찰스는 손을 내밀어 면도칼을 빼앗았다. 그러고는 그것을 샘에게 들이댔다.

「단 하루 만에? 엉? 고작 스물네 시간 만에?」

샘은 찰스의 뺨을 닦는 데 쓰려던 수건으로 세면대를 북북 문지르기 시작했다. 침묵이 흘렀다. 이윽고 샘이 입을 열었을 때는 목이 메어 울먹이고 있었다.

「우린 말이 아니라고요. 저희도 인간이란 말입니다.」

그러자 찰스는 미소를 지으며 일어나더니, 하인의 등 뒤로

---

54 라틴 어로 곰이라는 뜻. 여기서는 샘이 〈그건 나리라고요〉라는 말을 〈*Er, sir*〉라고 사투리로 발음한 것을 놀려서 한 말.

걸어가서는 그의 어깨에 손을 얹고 자기 쪽으로 돌려세웠다.

「샘, 내가 사과하지. 하지만 과거를 생각해 봐. 여자 문제로 말썽을 일으킨 게 어디 한두 번이야? 그러니 이번에도 내가 마음을 놓을 수 없었다는 점은 자네도 인정해야 할 거야.」

샘은 화가 나서 시선을 떨구었다. 잠시 사라졌던 냉소가 다시 돌아와 그의 입가에 어려 있었다.「그런데, 그 아가씨 — 이름이 뭐지? 메리라고 했던가? — 그래, 그 매력적인 메리 양은 남을 놀리고 놀림을 받는 걸 무척 좋아하는지도 몰라. 아니, 내 말을 끝까지 들어봐. 하지만 듣자니 그 아가씨는 사실 마음씨가 아주 착하고 남을 잘 믿는 여자라는 거야. 그래서 자네가 그 아가씨의 마음에 상처를 주는 걸 그냥 두고 볼 수가 없어.」

「제가 그런 짓을 하면, 제 두 팔을 잘라 버리세요, 나리!」

「좋아. 팔을 잘라 내는 대신, 자네를 믿기로 하지. 하지만 다시는 그 집에 가거나 길거리에서 그 아가씨한테 말을 걸면 안 돼. 내가 트랜터 부인을 만나서 자네가 메리한테 관심을 가져도 좋은지 알아볼 때까지는 말이야.」

샘은 줄곧 눈을 내리뜨고 있다가, 이 말을 듣고는 눈을 들어 주인을 쳐다보았다. 그는 장교의 발치에서 죽어 가는 젊은 병사처럼 애처롭게 히죽 웃었다.

「전 더비 오리예요, 나리. 꽃처럼 활짝 핀 더비 오리라고요.」

궁금하게 여길 사람이 있을 것 같아 덧붙이자면, 더비 오리란 이미 요리된, 그러니까 소생할 가망이 전혀 없는 오리를 말한다.

16

빛나는 젊음과 우아함 속에서
모드는 죽음과 영원한 명예를 노래하누나.
내가 더럽고 비열한 세월과
타락하고 천박해진 나 자신을 한탄하며 마음껏 울 수 있을
때까지.
— 앨프레드 테니슨, 『모드』(1855)

내 말을 믿어 다오. 나는 정녕 몰랐다, 남녀 간의 감정이 어
떤 것인지를.
무료한 어느 휴일, 어느 마을 들판에서,
테니슨의 말대로 〈오랫동안 마음 내키지 않는〉 산책을 하다가,
우연히 캡도 보닛도 쓰지 않은 한 처녀에게 내 눈길이 멎을
때까지는.
— 아서 H. 클러프, 『토버—나—불리치의 오두막』(1848)

　　샘이 자신을 더비 오리에 비유한 날부터 닷새 동안은 무사
히 지나갔다. 찰스에게는 언더클리프를 계속 탐험할 수 있는
기회가 주어지지 않았다. 하루는 시드머스로 먼 소풍을 나갔
다. 다른 날 아침에는 남의 집을 방문하거나 그보다 좀 더 즐
거운 활쏘기 따위의 오락을 즐겼다. 활쏘기는 당시 영국의
젊은 숙녀들 사이에 제법 인기를 얻고 있었다. 활을 쏠 때 입
는 진초록빛 옷차림은 그네들에게 잘 어울렸고, 과녁에 꽂힌
화살(근시인 어니스티나의 화살은 과녁에 제대로 꽂히는 경
우가 드물었을 것이다)을 가지러 갔다가 큐피드와 심장과 메
이드 매리언[55]에 대해 재치 있는 농담을 하면서 돌아오는 길
들여진 신사들은 무척 매력적이었다.
　　오후에는 대개 트랜터 이모 댁에 머물러 있었다. 어니스티

---

55 전설적인 영웅 로빈 후드의 애인.

나가 원했기 때문이다. 가정을 꾸리는 일과 관련해서 의논해야 할 문제가 많았다. 켄징턴에 있는 집은 너무 좁았고, 벨그라비아에 있는 저택은 지금 다른 사람한테 임대했는데, 앞으로 2년은 더 기다려야 옮겨 갈 수 있었다. 그 사소하지만 난처했던 사건이 어니스티나를 변하게 만든 것 같았다. 그녀는 찰스를 지나칠 만큼 공손하게 대했고, 충실한 아내처럼 처신했다. 그래서 그는 갑자기 터키 군주라도 된 듯한 기분이라고 불평하면서, 그들의 결혼이 기독교도의 결혼이라는 것을 자기가 잊지 않도록 어떤 문제에 대해서는 반박도 하라고 간청했을 정도였다.

어니스티나의 이 같은 태도 변화가 찰스에게는 오히려 불편했다. 그녀는 놀라움에 사로잡혀 있는 것 같았다. 그 사소한 불화가 있기 전까지는, 장래의 남편보다는 결혼 그 자체를 더 사랑했는지도 모른다. 그런데 이제는 남자의 위상을 깨닫게 되었다. 다소 메말랐던 두 사람의 관계가 이처럼 축축해진 것이 찰스에게는 종종 지겹게 느껴졌다. 여자들이 아양을 떨고, 잔소리를 늘어놓고, 꼬치꼬치 캐묻고…… 찰스도 이런 게 좋았다. 그러지 않을 남자가 어디 있겠는가! 그러나 그는 여러 해 동안 자유분방한 총각 시절을 보냈고, 그의 생활 방식에는 아직도 못된 개구쟁이 같은 구석이 남아 있었다. 아침 시간이 이제는 자기 혼자만의 것이 아니라는 깨달음은 그에게 아직도 낯설었다. 오후의 스케줄이 티나의 변덕 때문에 희생될 수도 있다는 사실 또한 마찬가지였다. 물론 그는 양보할 의무가 있었다. 남편이라면 당연히 그래야 했고, 그도 남편 자리에 다가가 있는 만큼 그래야 했다. 시골에서 산책하러 나갈 때 두꺼운 외투를 걸치고 징이 박힌 부츠를 신어야 하는 것처럼.

그리고 저녁은 어떤가? 가스등 불빛 아래서 — 영화나 텔레비전의 혜택도 없이 —— 어떻게 해서든 채워야 하는 시간들! 먹고살기 위해 발버둥 쳐야 하는 사람들에게는 사실 아무 문제도 아니었다. 하루에 열두 시간을 노동으로 보낸다면, 저녁을 먹은 뒤에 무엇을 할 것인가 하는 문제는 쉽게 해결될 터였다. 그러나 불운한 부자들은 가엾게도, 저녁 식사 전에는 혼자 있을 수 있다 해도, 식사가 끝난 뒤에는 남들과 어울리며 지루한 시간을 보내야 했다. 그것이 당시의 관습이었다. 그렇다면 찰스와 어니스티나는 그 같은 불모의 시간대를 어떻게 통과했을까. 적어도 트랜터 이모와 함께 보내는 불편만은 피할 수 있었다. 그 선량한 부인은 이웃에 살고 있는 과수 댁으로 차를 마시러 외출하곤 했기 때문이다. 그 이웃집 과부는 외모와 지나온 과거를 빼고는 모든 면에서 트랜터 부인을 그대로 복사한 듯한 여자였다.

찰스는 소파에 품위 있게 기대어, 엄지손가락은 턱 밑에, 다른 손가락은 뺨에 대고, 팔꿈치는 팔걸이에 얹은 채, 양탄자 너머로 티나를 지그시 바라보고 있었다. 그녀는 책을 읽고 있었는데, 왼손에는 모로코제 빨간 가죽을 씌운 조그만 책을 들고 있고, 오른손에는 열가리개(손잡이가 길게 달린 탁구 라켓 모양의 물건으로, 하얀 얼굴을 붉게 물들이며 타고 있는 벽난로의 열기를 막는 데 쓰였다)를 쥐고 있었다. 읽고 있는 이야기체 시가 매우 규칙적인 리듬을 갖고 있는 데 반해, 그녀는 다소 불규칙적인 리듬으로 그것을 톡톡 두드리고 있었다.

어니스티나가 읽고 있는 책은 캐롤라인 노턴 부인이 쓴 『라 가라예 부인』이라는 1860년대의 베스트셀러였다. 이 책에 대해 『에든버러 리뷰』지는 〈고통과 슬픔, 사랑, 의무, 신앙, 죽음에 관한 순수하고도 감동적인 이야기〉라고 평하고 있다. 그것은 확실히 빅토리아 중기의 핵심적인 형용사와 명사들이 아름답게 직조된 작품이었다(마저 덧붙이자면, 나 같은 사람은 도저히 창작해 낼 수 없을 만큼 뛰어난 작품이다). 여러분 중에는 노턴 부인이 그 시대의 삼류 시인이었을 뿐이라고 생각하는 사람도 물론 있을 것이다. 사실 그녀의 시는, 이제 곧 보게 되겠지만, 별로 재미가 없다. 그렇지만 그녀 자신은 충분히 흥미를 끌 만한 인물이었다. 그녀는 리처드 셰리던[56]의 손녀였고, 윌리엄 멜번[57]의 애인이었으며 — 오쟁이 진 남편은 그 거물 정객을 간통죄로 고소할 생각까지 가졌었다 — 열렬한 페미니스트였다.

책 제목으로 나오는 부인은 어느 쾌활한 프랑스 영주의 명랑한 아내로, 사냥을 나갔다가 사고를 당하는 바람에 불구가 되었다. 그리하여 그녀는 자신의 우울한 여생을 선행에 바치는데, 그것은 코턴 부인의 선행보다 훨씬 유용하고 실제적인 것이었다. 병원을 설립했기 때문이다. 17세기를 시대적 배경으로 하고 있지만, 그 책이 플로렌스 나이팅게일에게 바치는 찬가인 것은 분명했다. 이것이 바로 그 작품이 1860년대의 수많은 여성을 감동시킨 이유였다. 후세에 사는 우리는 위대한 개혁가란 숱한 반대와 무관심을 극복하고 승리를 쟁취하는 사람이라고 생각한다. 라 가라예 부인도 주변의 반대와 무관심을 상대로 싸워야 했다. 어니스티나는 이 책을 처음 읽는 게 아니었다. 작품 속의 몇몇 구절은 암송할 수 있을 정도였다. 읽을 때마다(지금은 사순절이 되었기 때문에 드러내 놓고 다시 읽고 있었다) 그녀는 자신이 고상하고 순수하며 좀 더 선량한 여자가 된 듯한 느낌을 받았다. 하지만 그녀는 지금껏 병원에 발을 들여놓거나, 가난한 환자를 간호해 본

56 아일랜드 태생의 영국 극작가, 정치인. 1751~1816.
57 영국의 정치인. 빅토리아 여왕 초기에 총리를 지냈다. 1779~1848.

적이 한 번도 없었다. 물론 부모들이 허락하지 않았을 테지만, 그녀 자신도 그런 일을 한다는 것은 생각조차 못했다.

여러분은 이렇게 말할지도 모르겠다. 당시의 여성들은 주어진 역할에 얽매여 있었다고. 하지만 그날 저녁의 날짜를 보라. 1867년 4월 6일. 불과 1주일 전, 의회에서는 존 스튜어트 밀이 선거법 개정안에 관한 찬반 토론에서 지금은 여성에게도 남성과 동등한 선거권을 주어야 할 때라고 주장했다. 그의 용감한 시도(그가 제출한 법안은 196대 73으로 부결되었고, 늙은 여우 디즈레일리는 기권했다)에 대해 평범한 남자들은 회심의 미소를 보냈고, 『펀치』[58]는 비웃음을 보냈고 (그 잡지에 실린 만화를 보면, 한 떼의 신사들이 여성 장관을 둘러싸고 호호호 웃는 모습이 그려져 있다), 한심한 대다수의 교양 있는 여인들 — 이들은 여성이 가장 큰 영향력을 발휘할 수 있는 곳은 바로 가정이라고 주장했다 — 은 찌푸린 눈살을 보냈다. 그럼에도 불구하고 1867년 3월 30일은 영국에서 여성 해방 운동이 시작된 날로 기록될 수 있을 것이다. 그리고 찰스가 보여 준 『펀치』(1867년 4월 3일자) 지를 보고 낄낄거린 어니스티나도 책임을 완전히 면할 수는 없다.

그러나 우리는 빅토리아 시대 가정의 저녁 시간에서 출발했다. 거기로 다시 돌아가 귀를 기울이자. 찰스는 적당히 엄숙한 눈빛에 알쏭달쏭한 감정을 담고서 어니스티나의 심각한 얼굴을 바라보고 있다.

「계속할까요?」

「낭독하는 솜씨가 기막히군.」

어니스티나는 가볍게 목청을 가다듬은 다음, 다시 책을 들었다. 사냥하던 중에 이제 막 사고가 일어난 참이었다. 라 가

58 1841년에 창간된 시사 주간지. 풍자만화로 인기를 모았다.

라예 경이 낙마한 부인에게 달려간다.

「그는 그녀의 금빛 머리채를 가르고,
　몸을 떨며, 무력한 그녀를 조심스레 들어 올린다.
　그는 겁에 질린 눈으로 그녀의 얼굴을 들여다본다.
　그녀가 죽는구나 — 오, 그의 사랑 — 그녀가 죽는구나!」

어니스티나가 심각한 눈길로 찰스를 바라본다. 찰스는 눈을 감고 있다. 자신을 그 비극의 주인공으로 생각하는 것처럼 진지하게 고개를 끄덕이며, 열심히 귀를 기울이고 있다.
어니스티나는 낭독을 계속한다.

「그대는 들었으리라. 그 두려운 충격을 통해,
　그의 심장이 거대한 시계처럼 고동치는 소리를.
　그리고 그 두려움이 갑자기 전율로 깨어날 때,
　힘차던 맥박은 차츰 주춤거리더니 조용히 멈춘다.
　이제 창백해진 그녀의 입술에서
　낮고 떨리는 목소리가 새어 나온다.
　〈오! 클로드!〉 그녀가 말한다. 그러나 그 한마디뿐.
　그들이 처음 만난 이래, 사랑을 나눴던 그 모든 나날 가운데
　그의 심장이 이토록 사랑의 맹세로 뛴 적이 있었던가!
　그녀가 그 어떤 소중한 것과도 바꿀 수 없는 사람임을
　지금처럼 맹세했던 적이 또 있었던가!」

어니스티나는 특히 마지막 구절을 힘주어 또박또박 읽었다. 그러고는 찰스를 바라본다. 그는 여전히 눈을 감고 있다. 그러나 이제는 고개를 끄덕일 수조차 없을 만큼 감동을 받은

모양이다. 그녀는 조용히 한숨을 내쉰 다음, 약혼자를 바라 보면서 낭송을 계속한다.

「〈오, 클로드! 아파요.〉
〈오, 제르트뤼드, 내 사랑!〉
그러자 그녀의 입술 사이로 희미한 미소가 흘러나왔다.
그 미소는 그의 말투에서 느낀 안도감을 말없이 나타내
고 있었다 ——
잠들었군요, 당신. 미운 사람 같으니!」

잠시 침묵. 찰스의 얼굴은 장례식에라도 참석한 사람 같다. 낭독자는 한숨을 내쉬고, 그의 얼굴을 날카롭게 쳐다본다.

「아아! 슬픔이나 고통 속에서 보고 싶은 얼굴을
헛되이 그리워하지 않아도 되는 사람이여!
그대는 행복하다 ——

차알스!」

시는 별안간 미사일이 되어 찰스의 어깨에 일격을 가하고 는 소파 뒤의 마룻바닥에 박혔다.
「응?」 그는 어니스티나가 일어나서 전혀 그녀답지 않은 태 도로 두 손을 엉덩이에 대고 있는 모습을 보았다. 그는 일어 났다가 다시 앉으면서 중얼거렸다. 「왜 그래?」
「당신 속마음을 다 알아요. 이젠 변명할 것도 없어요.」

그러나 찰스는 충분할 만큼 뉘우쳤고, 충분할 만큼 변명했 음이 틀림없다. 왜냐하면 바로 다음날 점심 때, 아직 마련하지도 못한 신접살림집의 서재를 어떻게 꾸밀까에 대해 그녀가 의논을 청해왔을 때 — 벌써 열아홉 번째 요구였다 — 적어도 그는 그녀의 주문이나 요청에 불평이라도 할 수 있었기 때문이다. 켄징턴에 있는 그 안락하고 아담한 집을 떠난다는 사실은 찰스가 당장 치러야 하는 희생 가운데서도 상당히 뼈아픈 희생이었다. 그래서 그 사실을 그렇게 자주 상기하는 것만으로도 그는 참을 수가 없었다. 트랜터 이모는 그의 편을 들어 주었다. 그래서 그는 〈불쌍하게도 돌멩이나 파헤치며〉 오후 한나절을 보낼 수 있게 되었다.

어디로 가고 싶은지는 자신에게 물어볼 것도 없었다. 그 황량한 벼랑 가의 풀밭에서 〈프랑스 중위의 여자〉를 보았을 때는, 그 여자 말고는 아무것도 생각할 수가 없었다. 그러나 시간이 얼마간 지나는 사이에, 그는 그 벼랑 기슭에 편마암 조각들이 널려 있다는 것을 알아차렸다. 그날 오후에 그가 그곳으로 행차한 것은 분명 그것 때문이었다. 그와 어니스티나 사이에 새롭게 움트고 더욱 도타워진 애정이 그의 의식 속에서 온갖 잡념을 몰아냈다. 적어도 풀트니 부인의 비서에 대한 아주 순간적이고 덧없는 기억을 빼고는 다른 모든 생각들을 잊게 해주었다.

가시덤불 사이로 올라가야 하는 지점에 이르렀을 때, 그의 마음속에 느닷없이 그녀가 날카롭게 되살아났다. 요전 날 그녀가 누워 있던 모습이 그의 머릿속에 선명하게 떠올랐다. 그러나 그가 풀밭을 가로지른 다음, 그녀가 누워 있던 곳을 내려다보았을 때, 그곳은 텅 비어 있었다. 그녀에 대한 기억은 곧 사라졌다. 그는 벼랑 기슭으로 내려가, 바위 부스러기들 속에서 조사할 만한 화석을 찾기 시작했다. 저번에 왔을 때보다 추운 날씨였다. 4월이 되면 해와 구름이 아주 빠른 속도로 뒤바뀌곤 했다. 그러나 바람은 북쪽에서 불어왔다. 남쪽으로 면해 있는 벼랑 기슭은 기분 좋게 따뜻했다. 그리고 발밑에서 멋진 화석을 하나 발견하자, 따뜻한 기운은 몇 곱절로 부풀어 찰스에게 다가왔다. 그 화석 조각은 편마암층에서 떨어져 나온 지 얼마 안 된 것 같았다.

그러나 40분쯤 뒤에는, 적어도 벼랑 기슭의 편마암층에서는 더 이상의 행운을 찾을 수 없다는 사실에 굴복해야만 했다. 그는 다시 풀밭 쪽으로 올라가서, 숲으로 돌아가는 오솔길로 걸음을 옮기기 시작했다. 그리고 거기서 검은 형체가 움직이고 있는 것을 보았다.

그녀는 가파른 언덕의 중턱에 있었는데, 마구 뒤엉킨 가시덤불에서 외투를 떼어 내느라 정신이 없었다. 그래서 찰스가 풀밭을 조용히 걸어오는 소리조차 듣지 못한 모양이었다. 그는 그녀를 보자마자 걸음을 멈추었다. 오솔길은 좁았고, 그 길의 통행권은 그녀가 갖고 있었다. 바로 그 순간 그녀가 그를 보았다. 그들은 5미터쯤 떨어져 있었는데, 서로 아주 다른 표정을 하고 있기는 했지만, 둘 다 당황하고 있음이 분명했다. 찰스는 미소를 머금고 있었고, 사라는 잔뜩 의심을 품고 그를 바라보았다.

「우드러프 양!」

그녀는 거의 알아볼 수 없을 정도로 작게 고개를 끄덕였다. 앞으로 가야 할지 뒤로 돌아가야 할지 모르는 듯 망설이는 표정이었다. 그러나 그 순간 그녀는 그가 이미 다가와 있는 것을 깨닫고는 서둘러 길을 비켜 주었다. 그러다가 질퍽한 오솔길에 삐죽 솟은 둔덕에 걸려 넘어지면서 무릎을 찧었다. 그는 재빨리 달려가서 그녀가 일어서는 것을 도와주었다. 그녀는 떨고 있었다. 그리고 말 못하는 야생 동물처럼 그를 쳐다보고 있었다.

그는 부드럽게 손을 내밀어 그녀의 팔꿈치를 잡고, 그녀를 부축하여 평평한 풀밭으로 데려갔다. 그녀는 지난번과 마찬가지로 검은 외투에 하얀 칼라가 달린 쪽빛 드레스를 입고 있었다. 그리고 방금 넘어졌기 때문인지, 아니면 아직도 그가 팔을 부축하고 있기 때문인지, 혹은 찬 공기 탓인지는 모르지만, 그녀의 피부는 생기가 있었고, 홍조를 띠고 있었다. 그 인상은 그녀의 태도에 나타난 꾸밈없는 수줍음과 잘 어울렸다. 바람이 그녀의 머리카락을 약간 흩뜨려 놓았다. 그녀는 과수원에서 사과를 훔치다 들킨 아이 같은 기색을 희미하게 풍겼다…… 죄책감, 하지만 반항적 죄책감. 그녀는 갑자기 찰스를 바라보았다. 한 번도 안질에 걸려 본 적이 없는 듯한 깨끗한 흰자위 속에서 짙은 갈색 눈동자가 수줍은 듯하면서도 경계하는 빛을 내뿜고 있었다. 그 시선을 받고서야 비로소 그는 그녀의 팔을 잡고 있던 손을 풀었다.

「이런 곳을 혼자 돌아다니다가 발목이라도 삐면 어떻게 될지, 생각만 해도 걱정이 되는군요.」

「괜찮아요.」

「하지만 걱정이 됩니다. 게다가 저번에 나한테 부탁한 말로 짐작건대, 아가씨는 이곳에 온 일이 풀트니 부인에게 알려지는 걸 원치 않는 모양이더군요. 물론 그 까닭을 알고 싶은 건 아니지만, 만약에 아가씨가 다치기라도 하면, 구해 줄 사람이 라임에서 나 말고 또 누가 있겠소? 안 그런가요?」

「풀트니 부인도 알고 있어요. 짐작하고 있을 거예요.」

「아가씨가 여기…… 이곳에 오는 걸 말이오?」

그녀는 더 이상 대답하지 않겠다는 듯 발밑에 깔린 잔디를 내려다보며, 그에게 떠나 달라고 부탁했다. 그러나 가까이에서 본 얼굴에서는 말과 다른 무엇인가가 느껴졌다. 찰스는 그녀의 표정에서 그런 낌새를 읽고는 떠나지 않기로 작정했다. 그녀의 얼굴은 온통 두 눈으로 덮여 있어서, 그것을 제외

한 다른 부분은 액세서리 정도의 구실밖에 못하고 있는 듯한 느낌이었다. 그녀의 두 눈에는 지성과 꼿꼿한 정신이 있었다. 또 거기에는 어떤 동정에도 반발하는 조용한 거부가 깃들어 있었다. 그것은 곧 그녀의 존재였다. 당시에는 섬세하고 가냘픈 초생달 모양의 눈썹이 유행이었다. 그러나 사라의 눈썹은 머리 색깔만큼이나 짙어서, 그녀의 인상을 강인하고 다소 야성적으로 만들고 있었다. 그렇다고 해서 그녀가 에드워드[59] 시대에 유행했던 남성답고 핸섬하고 강인한 턱을 가진 얼굴 ── 그러니까 〈깁슨의 처녀〉[60] 타입의 미모를 가졌다는 뜻은 아니다. 오히려 그녀의 얼굴은 조화를 이루고 있었고, 전적으로 여성다운 인상을 가지고 있었다. 그녀의 눈빛이 풍기는 억제된 격정은 그녀의 입술이 풍기는 억제된 감각과도 잘 어울렸다. 그녀의 입술은 도톰한 편이어서, 이것 또한 당시의 취향 ── 입술이 거의 드러나지 않을 정도로 작고 예쁜 입 ── 과는 어울리지 않았다. 그 시대의 대다수 남성들과 마찬가지로, 찰스도 아직은 라바터[61]의 〈관상학〉의 영향에서 완전히 벗어나지 못했다. 그는 사라가 입술을 꽉 다물고 있지만, 자연스러운 태도는 아니라는 것을 알아차렸다.

그녀의 검은 눈에서 나오는 섬광 같은 시선이 찰스의 마음에 반향을 일으켰다. 그러나 그 눈빛은 결코 영국적인 것이 아니었다. 찰스는 그녀의 얼굴에서 외국 여자 ── 솔직히 말하면(그 자신은 인정하고 싶지 않았겠지만) 외국 침대 ── 를 연상했다. 이런 인상은 사라에 대한 새로운 단계의 인식을

59 빅토리아 여왕의 장남으로, 1901~1910년에 재위.
60 미국의 화가 C. D. 깁슨(1867~1944)이 그린 1890년대의 이상적인 여인상.
61 스위스의 목사, 저술가. 그의 〈관상학 연구〉가 전 유럽에 일대 선풍을 일으켰다. 1741~1801.

그에게 심어 주었다. 지금까지는 그녀가 겉보기보다 지성적이고 독립적인 여자라고 생각했었다. 그러나 이제 그는 그녀의 기질 속에 어두운 구석이 깃들어 있음을 보았다.

당시의 영국인들은 대부분 사라의 그런 본성을 느끼면 혐오감에 사로잡혔을 것이다. 사실 찰스도 가벼운 혐오감 — 적어도 충격 — 을 느꼈다. 그 또한 동시대인들과 마찬가지로 모든 형태의 관능에 대해 편견을 가지고 있었다. 하지만 다른 사람들은 초자아의 명령에 따라 일어나는 엄격한 동일화로 말미암아, 그런 본성을 타고난 책임을 사라에게 뒤집어씌웠겠지만, 찰스는 그러지 않았다. 이것은 그의 과학적 취미 덕택이라고 생각할 수 있다. 다윈 반대자들 중에서도 좀더 날카로운 통찰력을 가진 사람들은 이미 깨달았지만, 진화론은 단순히 인간의 기원에 대한 성서의 설명을 간접적으로 공격할 뿐 아니라, 그보다 훨씬 심각한 주장에 돌파구를 열어 주었다. 진화론의 핵심에는 결정론과 행동주의 쪽으로 나아가는 경향이 함축되어 있었다. 다시 말해서, 진화론은 도덕성을 위선으로 격하시키고 의무를 폭풍 속의 밀짚모자처럼 날려 보내는 철학을 지향하고 있었다. 찰스가 사라의 책임을 완전히 면제해 주었다는 뜻은 아니다. 그러나 그는 사라가 상상했던 만큼은 그녀를 탓할 마음이 나지 않았다.

이것 역시 그의 과학적인 취미 탓일 테지만, 찰스는 10년 전에 프랑스에서 출간된 소설을 읽었다는 이점도 갖고 있었다. 외설 혐의로 기소되었기 때문에 아주 은밀히 읽어야 했던 그 소설은 저 유명한 『보바리 부인』이었다. 그래서 그가 곁에 서 있는 얼굴을 쳐다보았을 때, 문득 어디선지 모르게, 엠마 보바리라는 이름이 그의 마음속으로 뛰어 들어왔다. 이런 암시들은 대단히 함축적이고 유혹적이었다. 그가 작별을 고하고 물러가지 않은 것은 결국 이런 이유 때문이었다.

마침내 그녀가 입을 열었다.

「선생님이 여기 계신 줄은 몰랐어요.」

「그걸 어떻게 알 수 있었겠소?」

「전 그만 돌아가야겠어요.」

그녀가 몸을 돌려세웠다. 그러자 그가 재빨리 말했다.

「한 말씀 드리고 싶은 게 있는데…… 아가씨가 누군지, 또 어떤 형편에 있는지도 모르는 주제에 이런 말을 해도 괜찮은지 모르겠소만…….」 그녀는 그에게 등을 돌린 채 고개를 숙이고 서 있었다. 「계속해도 괜찮겠습니까?」

그녀는 여전히 말이 없었다. 그는 잠시 망설이다 입을 열었다.

「우드러프 양, 트랜터 부인이 당신에 관해서 말하는 걸 들은 적이 있어요. 그렇다고 험담한 것은 아니고, 동정과 자비심을 가지고 얘기했다는 점만은 알아주기 바랍니다. 그분 말씀이, 당신의 처지가 결코 행복한 게 아니라더군요. 그런데도 당신이 현재의 처지를 받아들인 건 어쩔 수 없는 사정 때문이었다고 들었습니다. 내가 트랜터 부인을 알게 된 것은 얼마 안 되지만, 그렇게 상냥한 마음씨를 가진 분을 알게 된 것은 내 약혼에 따른 아주 소중한 행운이라고 생각하고 있습니다. 그럼 이제 요점을 말하지요. 확신하건대…….」

그녀가 갑자기 뒤쪽에 있는 숲으로 고개를 돌렸기 때문에 그는 말을 끊었다. 찰스보다 예민한 그녀의 청각은 나뭇가지가 밟혀 부러지는 소리를 들었던 것이다. 무슨 일이냐고 물어보기도 전에 그도 들을 수 있었다. 누군가의 나지막한 목소리를. 그러나 그녀는 어느새 행동을 취하고 있었다. 치맛자락을 모아 쥐더니, 동쪽으로 50미터쯤 떨어진 풀밭 쪽으로 빠르게 걸어갔다. 그리고는 잔디 위로 약간 높게 뻗어 오른 가시금작 덤불 뒤로 사라졌다. 찰스는 공범자처럼 어쩔 줄 모른 채 멍하니 서 있었다.

목소리는 점점 더 크게 들려오고 있었다. 행동은 그에게도 필요했다. 그래서 그는 덤불 사이로 겨우 나 있는 좁은 길로 들어섰다. 그렇게 한 것이 천만다행이었다. 왜냐하면, 아래쪽 오솔길이 시야에 들어왔을 때, 그곳에서 위를 올려다보는 두 얼굴도 동시에 시야에 나타났기 때문이다. 양쪽 다 소스라치게 놀랐다. 그들은 찰스가 서 있는 쪽으로 올라올 모양이었다. 찰스는 인사하려고 입을 벌렸다. 그러나 두 얼굴은 놀랄 만큼 빠른 속도로 사라져 버렸다. 찰스는 숨죽인 목소리를 들었다. 「달아나, 젬!」 이어서 황급히 달려가는 발소리가 들렸다. 그리고 잠시 후에는 다급한 휘파람 소리, 개가 흥분하여 낑낑거리는 소리가 들리더니, 이윽고 정적이 찾아왔다.

그는 좀 더 기다렸다. 그들이 가버린 것을 확인한 다음, 그제야 가시덤불을 빙 둘러 돌아갔다. 사라는 덤불 밑에 얼굴을 돌린 채 웅크려 앉아 있었다.

「가버렸소. 밀렵꾼들인가 보군요.」

그녀는 고개를 끄덕였다. 하지만 그녀는 계속 그의 시선을 피하고 있었다. 가시금작화는 활짝 피어 있었고, 샛노란 꽃봉오리들이 촘촘하게 매달려 있어서, 초록빛 나뭇잎이 거의 보이지 않을 지경이었다. 대기는 그 달콤한 향기로 가득 차 있었다.

「그럴 필요까진 없었는데……」 그가 말했다.

「체면을 염려하는 신사라면 라임의 스칼렛 우먼[62]과 함께 있는 모습을 들켜선 안 돼죠.」

이것도 역시 하나의 단계였다. 왜냐하면 그녀의 목소리에는 자조적인 신랄함이 깃들어 있었기 때문이다. 그는 그녀의

---

62 주홍빛 여자. 창녀라는 뜻.

뒤통수에 미소를 보냈다.

「아가씨한테서 주홍빛을 볼 수 있는 곳은 두 뺨뿐인 것 같은데요.」

그러자 그녀의 눈이 불꽃을 일으키며 그를 향해 돌아섰다. 그 눈빛은 마치 사냥개에 쫓겨 궁지에 몰린 짐승의 눈빛 같았다. 그러나 그녀는 곧바로 시선을 돌렸다.

찰스가 부드럽게 말했다. 「오해하진 마세요. 난 적어도 당신의 처지를 안타깝게 생각하는 사람이니까. 나도 체면이나 평판에 전혀 둔감한 사람은 아니지만, 풀트니 부인 같은 사람의 존경 따위에는 관심이 없어요.」

그녀는 움직이지 않았다. 찰스는 자신이 돌아다닌 모든 여행과 그동안 읽은 독서와 넓은 세계에 대한 지식의 울타리 안에서 계속 미소를 지었다.

「우드러프 양, 나는 많은 인생을 보아 왔습니다. 그리고 나는 완고한 신앙을 가진 자들을 경멸합니다……. 그 신앙이 제아무리 경건하다 해도 말입니다. 자, 당신의 은신처에서 떠날까요? 이렇게 우리가 우연히 만난 데에는 어떤 잘못도 없습니다. 그리고 내가 말하고 싶었던 것을 끝맺도록 해주셔야 하겠습니다.」

그는 옆으로 한 발짝 물러섰고, 그녀는 풀밭 위로 걸어나왔다. 그는 그때 그녀의 속눈썹이 젖어 있는 것을 보았다. 그는 자신의 존재를 숨기듯 그녀의 등 뒤로 몇 미터 떨어진 곳에 서서 말했다.

「트랜터 부인은 당신을 돕고 싶어하십니다. 당신이 지금의 처지를 바꾸고 싶어한다면…….」

그녀는 대답 대신 고개를 저었다.

「어느 누구도 남의 도움 없이 살아갈 수는 없어요…… 특히 남에게 동정심을 불러일으키는 사람은…….」 그가 말을 멈췄다. 차가운 바람 한줄기가 그녀의 머리카락 한 다발을 앞으로 불어 보냈다. 그녀는 흩어진 머리카락을 신경질적으로 쓸어 넘겼다. 「나는 단지 트랜터 부인의 생각을 얘기하고 있을 뿐입니다.」

사실 찰스는 지어서 말하고 있거나 부풀려 이야기하고 있는 게 아니었다. 찰스와 어니스티나가 화해한 다음에 이어진 유쾌한 점심 자리에서 풀트니 부인과 사라에 관한 토론이 있었다. 찰스가 그 노부인한테 당한 수모는 일시적인 희생에 불과하다는 이야기 끝에, 영원한 제물로 희생당하고 있는 사라가 화제에 오른 것은 어쩌면 당연한 귀결이었다. 찰스는 이제 시골 천사들이 겁먹고 감히 들어갈 엄두도 내지 못했던 곳까지 단숨에 뛰어든 이상, 내친김에 그날 얻은 결론까지 다 털어놓기로 작정했다.

「당신은 라임을, 이 고장을 떠나야 합니다. 듣자니 당신은 훌륭한 자격을 가지고 있다더군요. 다른 곳에 가면 그 자격을 더욱 값지게, 더욱 행복하게 사용할 수 있을 겁니다.」 사라는 아무 반응도 보이지 않았다. 「프리먼 양과 그녀의 모친이 런던에서 일자리를 기꺼이 알아봐 줄 겁니다.」

그녀는 여전히 입을 다문 채, 벼랑으로 이어진 풀밭 가장자리로 걸어갔다. 그러고는 한참 동안이나 바다를 바라보고 있다가, 아직도 가시금작화 옆에 서 있는 그를 돌아다보았다. 그녀의 시선은 알 수 없는 빛으로 반짝였다. 그 눈길이 너무나 직선적이어서, 그는 미소로 받을 수밖에 없었다. 미소를 짓는 게 나약한 짓이라는 걸 알면서도 그는 멈출 수가 없었다.

그녀는 눈길을 떨구면서 입을 열었다. 「고맙습니다. 하지만 전 이곳을 떠날 수가 없어요.」

그는 어깨를 가볍게 으쓱해 보였다. 뭔가 실수했다는 느낌이 그를 당황하게 만들었다.「그렇다면 다시 한 번 사과해야 겠군요. 당신의 사생활을 침해한 데 대해서. 다시는 그러지 않겠소.」

그는 고개를 숙여 정중하게 인사하고는 돌아서서 걷기 시작했다. 그러나 그가 두 발짝도 내딛기 전에 그녀의 목소리가 들려왔다.

「전…… 트랜터 부인이 친절을 베풀고 싶어하시는 건 알고 있어요.」

「그렇다면 그분의 소망을 들어주는 게…….」

그녀는 둘 사이에 뒤덮인 풀밭을 내려다보았다.

「자꾸 그러시면, 제가 마치 고마움도 모르는 사람 같은 기분이 들어요. 하지만 그런 친절은…….」

「그런 친절?」

「그런 친절은 오히려 저한테 잔인한…….」

그녀는 말을 맺지 않은 채 바다 쪽으로 돌아섰다. 찰스는 팔을 뻗어 그녀의 어깨를 흔들고 싶은 강한 충동을 느꼈다. 비극은 무대 위에 올려졌을 때는 더할 나위 없이 좋지만, 일상생활에서는 단순히 빙퉁그러진 고집으로 보일 수도 있다. 이렇게 가혹한 표현은 아니지만, 어쨌든 찰스는 그런 뜻의 말을 했다.

「웬 고집이냐고 하시겠지만, 바로 그것만이 저의 구원이랍니다.」

「우드러프 양, 솔직히 말하겠소. 듣자니 사람들은 당신이 …… 제정신이 아니라고 하더군요. 나는 물론 그 말을 믿지 않습니다. 당신은 다만 과거에 있었던 일 때문에 자신을 엄하게 다스리는 것뿐이라고, 나는 그렇게 생각하고 있습니다. 그런데 왜, 도대체 무엇 때문에 당신은 항상 혼자서만 산책을 다녀야 합니까? 당신 스스로 가한 벌이 아직도 충분치 못한가요?

우드러프 양, 당신은 젊습니다. 당신은 얼마든지 스스로 생활을 꾸려 나갈 수 있어요. 당신을 이런 시골구석에 묶어 둘 이유가 없잖습니까? 그럴 만한 가족 관계가 있는 것도 아니고 말입니다.」

「전 관계를 가지고 있어요.」

「그 프랑스 뭔가 하는 사람 말이오?」 사라는 화제를 피하려는 듯 몸을 돌렸다. 「죄송한 말이지만…… 그 문제는 상처와 같은 것이라고 강조하고 싶군요. 상처는 숨길수록 곪아 터지게 됩니다. 그 사람은 돌아오지 않고 있습니다. 당신의 사랑을 받을 자격이 없는 거예요. 설령 돌아온다 해도, 그가 과연 라임으로 당신을 찾아올까요? 글쎄요, 그럴 거라고는 생각되지 않는군요. 그게 상식이 아니겠소?」

긴 침묵이 지나갔다. 그는 여전히 몇 미터 떨어진 곳이지만 그녀의 옆얼굴을 볼 수 있는 자리로 옮겨 갔다. 그녀의 얼굴은 이상하리만치 차분했다. 그가 한 말이 그녀의 심중에 있는 어떤 깨달음을 일깨우기라도 한 듯이.

그녀는 여전히 바다만 바라보고 있었다. 그녀의 긴 눈길이 가닿는 곳에는 적갈색 돛을 달고 서쪽으로 뱃머리를 돌린 범선이 보였다. 사라는 그 배를 향해 말하는 것처럼 조용히 입을 열었다.

「그이는 결코 돌아오지 않을 거예요.」

「그 사람이 돌아오지 않을 거라고 〈생각한다〉는 뜻인가요?」

「전 그이가 돌아오지 않으리라는 것을 알고 있어요.」

「무슨 말인지 이해할 수가 없군요.」

그러자 사라는 돌아서서 찰스의 당황한, 그러면서도 걱정스러운 얼굴을 바라보았다. 한참 동안 그녀는 그대로 있었다. 마치 당황해하는 그의 표정을 즐기기라도 하는 듯이. 그러고는 시선을 거두었다.

「벌써 오래전에 편지가 왔어요. 그이는……」

그녀는 자신의 속내를 너무 많이 드러냈다고 후회하는 것처럼 말을 멈추더니, 갑자기 오솔길을 향해 거의 뛰듯이 걸어가기 시작했다.

「우드러프 양!」

그녀는 한두 걸음 내딛다가 돌아섰다. 그녀의 시선은 다시 그를 거부했고, 그의 시선에 창날처럼 박혀 왔다.

「그 사람은 결혼했답니다.」

그녀의 목소리는 억제된 격렬함으로 떨리고 있었다. 그러나 그것은 찰스를 상대로 하는 만큼 안으로 터지는 그런 목소리였다.

「우드러프 양.」

그러나 그녀는 돌아보지 않았다. 그는 혼자 그곳에 남겨졌다. 그의 놀라움은 자연스러운 것이었다. 부자연스러운 것은 그가 느끼고 있는 죄책감이었다. 그 자신은 최선을 다했다고 확신했는데, 잔인한 무정함만 드러낸 듯한 기분이었다. 그는 사라가 시야에서 사라질 때까지 그대로 서 있었다. 그러고는 돌아서서 멀리 보이는 범선 쪽으로 시선을 던졌다. 그러면 혹 수수께끼의 해답이라도 낚아올릴 수 있는 것처럼. 그러나 해답은 없었다.

17

배들과 모래와 산책길,
웃어 대는 군중,
순박한 사람들이 소리쳐 보내는
유쾌한 인사.

석양이 비친 벼랑, 잡담,
웅성거리는 소리, 외치는 소리,
코를 찌르는 소금 내음,
악단, 죽음의 왈츠.

그래도 밤이 되어 내가 안으로 들어가면,
그녀는 앞으로 걸어 나왔다.
비탄에 잠긴 채, 그러나 여전히……
— 토머스 하디, 「1869년의 어느 바닷가 마을에서」

그날 저녁, 찰스는 공회당에서 트랜터 부인과 어니스티나 사이에 앉아 있었다. 라임 읍의 공회당은 바스나 첼트넘에 있는 것과 비교하면 그리 대단하지는 않았으나, 넓은 공간과 바다에 면한 창을 갖고 있어서 매우 쾌적한 곳이었다. 그러나 너무 쾌적하고 훌륭한 집회장이어서 결국 위대한 영국의 신인 〈편리성〉에 바쳐지고 말았다. 그래서 대중의 방광을 진심으로 걱정하는 읍의회는 오래전에 공회당을 헐어 버리고 그 자리에 공중변소를 마련했다. 이 변소가 영국에서 최악의 장소에 자리 잡은 가장 꼴사나운 공중변소라는 주장은 지극히 타당하다.

그러나 라임의 풀트니 군단이 단순히 공회당의 천박한 건축물에만 반대했다고 생각해서는 안 된다. 그들을 정말로 화나게 한 것은 여기에서 이루어지는 일이었다. 이곳에서는 카드놀이가 열려 시가를 문 신사들을 끌어들였고, 무도회와 연주회도 심심찮게 열렸다. 요컨대 이곳은 쾌락을 조장했다. 그리고 풀트니 부인과 그 군단은 점잖은 도시에서 많은 사람들이 모일 수 있는 곳은 교회뿐이라는 사실을 잘 알고 있었다. 라임의 공회당이 헐렸을 때, 라임의 심장도 이 마을에서 제거되었다. 아직까지는 아무도 그 심장을 되돌려 놓는 데 성공하지 못했다.

찰스와 두 숙녀는 이제 곧 헐릴 그 불운한 건물에 연주를 들으러 참석해 있었다. 사순절 행사인 만큼, 그것은 물론 세속적인 연주회가 아니었다. 프로그램은 단조로울 만큼 종교적인 것으로 준비되어 있었다. 그런데 그 프로그램조차, 정통파 회교도가 라마단을 준수하는 것만큼 엄격하게 사순절을 지킨다고, 적어도 남들 앞에서는 자랑스럽게 주장하는 라임의 속 좁은 사람들에게는 놀라움을 안겨 주었다. 그래서 연주회가 열릴 중앙 홀의 한쪽 끝, 양치식물로 가장자리를 장식한 무대 앞에는 빈자리가 몇 개 남아 있었다.

그들에 비하면 속이 한결 넓은 편인 우리의 세 주인공은 대부분의 다른 청중들과 마찬가지로 일찌감치 그곳에 갔다. 이런 연주회는 음악뿐만 아니라 사교도 — 진정한 18세기 스타일로 — 즐길 수 있는 절호의 기회였기 때문이다. 그것은 숙녀들이 이웃들의 옷차림을 논평할 수 있는 기회이자, 자신의 옷차림을 과시할 수 있는 기막힌 기회이기도 했다. 시골을 경멸하는 어니스티나조차 이런 허영심의 제물이 되었다. 적어도 이 고장에는 자신의 취향과 사치스러운 옷차림을 따라 올 만한 상대가 없다는 것을 그녀는 잘 알고 있었다. 리본이 달린 납작하고 조그만 모자(구식 보닛이 아니라), 연자주색과 검은색이 알맞게 뒤섞인 외투, 밸모럴 구두,[63] 이런

63 속이 깊고 납작한 구두.

차림이 누군가의 은밀한 시선을 받고 있으리라는 느낌은, 다른 곳에 있을 때 지루하게 느껴야 했던 고역에 대한 보상이기도 했다.

이날 저녁, 어니스티나는 약간 건방지고 장난기마저 섞인 기분에 잠겨 있었다. 찰스는 한쪽 귀로는 입장객들의 신상에 관한 트랜터 이모의 보충 설명을 들어야 했고, 다른 쪽 귀로는 티나가 나지막이 속삭이는 짓궂은 논평을 들어야 했다. 저쪽에 앉아 있는 어느 부인에 대해서도 그는 두 가지 상반된 견해를 들어야 했다. 「저기 톰킨스 부인은 아주 친절한 마음씨를 가졌지. 귀가 약간 어둡고, 엘름 저택에 살고 있는데, 아들은 지금 인도에 가 있다네.」 이것은 트랜터 이모의 설명이었고, 다른 쪽 목소리는 그 부인이 〈완전한 구즈베리〉라고 말했다. 어니스티나에 따르면, 공회당에는 사람보다 구즈베리가 훨씬 많지만, 이들이 연주회가 시작되기를 참을성 있게 기다리고 있는 것은 그동안 마음껏 수다를 떨 수 있기 때문이라는 거였다. 사람들은 10년을 단위로 쓸모 있는 유행어를 만들어 내는데, 1860년대의 〈구즈베리〉는 〈지겨운 구닥다리〉라는 뜻이었다. 요즘 같으면 어니스티나는 연주회장에 온 그 존경할 만한 사람들을 〈스퀘어〉[64]라고 불렀을 것이다. 그런데 톰킨스 부인의 몸매는 적어도 뒤에서 보면, 확실히 네모나 보였다.

마침내 브리스틀에서 온 저명한 소프라노 가수가 그녀보다 더 유명한 라토르넬로 씨(이 이름은 확실치 않지만, 어쨌든 이탈리아 식 이름이었다. 피아니스트가 남자라면 이탈리아 인일 게 분명하기 때문이다)를 피아노 반주자로 대동하고

---

64 원래는 〈네모〉라는 뜻이지만, 〈시대에 뒤떨어지고 융통성이 없는 구식 사람〉이라는 뜻도 있다.

나타났다. 그래서 찰스는 비로소 양쪽의 목소리에서 해방되어 자유롭게 자신의 양심을 점검할 수 있었다.

적어도 처음에는 무슨 의무라도 되는 것처럼 양심을 점검할 생각이었다. 하지만 이런 의무감은 양심을 점검하는 일이 그에게 즐거움을 주기도 한다는 사실을 은폐하고 있었다. 그가 사라에게 약간 집착하게 된 것은 명백한 사실이었다……. 아니, 어쨌든 사라가 제기한 수수께끼는 그에게 달라붙어 떠나지 않았다. 그는 두 숙녀를 브로드 가에서 공회당까지 호위하기 위해 트랜터 부인 댁에 갔을 때, 사라와 만난 일을 털어놓을 작정이었다(아니, 그 자신은 그렇게 믿었다). 물론 사라가 웨어코먼스를 배회했다는 이야기는 아무한테도 해서는 안 된다는 조건으로. 하지만 왠지 기회가 적절치 않은 것 같았다. 우선 지극히 물질적인 분쟁을 중재해야 했다. 어니스티나가 아직도 털옷을 입어야 할 날씨에 얇은 비단옷을 입겠다고 괜한 고집을 부렸기 때문이다. 〈5월까지는 절대로 얇은 비단옷을 입으면 안 된다〉는 명령은 부모가 십계명에 덧붙인 999가지의 계명 가운데 하나였다. 찰스는 입에 발린 아첨으로 사건을 무마했다. 그러나 사라에 관한 이야기를 꺼내지 않은 것은 분쟁을 중재해야 했기 때문이라기보다는 오히려 자신이 그녀와 나눈 대화에 너무 깊이 몰두하게 되었다고 — 아니, 균형 감각을 완전히 잃어버렸다고 — 느끼기 시작했기 때문이다. 찰스는 자신을 나무랐다. 그런 여자한테 기사도 정신을 발휘하느라 상식을 저버리다니, 내가 정말 어리석었지. 무엇보다도 이제는 어니스티나한테 설명하기가 터무니없이 어려워진 게 가장 큰 문제였다.

어니스티나가 아직은 잠복해 있지만 만만찮은 질투심을 갖고 있다는 것을 찰스는 잘 알고 있었다. 최악의 경우에는 그의 행동을 이해하지 못하고 화낼 것이다. 잘되면 그를 놀려 대는 것으로 끝날지 모르나, 그렇게 될 가능성은 희박했다. 게다가 그는 이런 문제로 놀림받는 건 딱 질색이었다. 트랜터 이모에게 털어놓으면, 그 선량한 부인은 그의 자비로운 염려에 공감해 줄 게 분명했다. 하지만 트랜터 부인은 표리부동함과는 전혀 인연이 없는 사람이기 때문에, 그 부인한테 사라와 만난 일을 털어놓으면서, 어니스티나한테는 말하지 말아 달라고 부탁할 수는 없는 노릇이었다. 만약 그랬다가 티나가 이모를 통해 그 일을 알게 되면, 그는 그야말로 난처한 지경에 빠질 터였다.

이날 저녁, 그는 어니스티나에 대한 감정을 찬찬히 생각하지 못했다. 그녀의 익살은 그를 짜증스럽게 하지는 않았지만, 여느 때와는 달리 어색하고 부자연스러웠다. 마치 연주회라는 행사보다는 오히려 프랑스제 모자와 새로 산 모피 코트에 맞추어 몸에 걸치고 있는 장식품 같았다. 그 익살은 또한 그에게 반응을 요구했다. 그녀가 익살을 부릴 때마다 찰스도 부자연스럽게 눈을 빛내고 끊임없이 미소 지어야 했기 때문에, 그는 이중의 가면에 싸여 있는 듯한 느낌이었다. 헨델과 바흐의 음악이 너무 우울하고, 독창자와 반주자가 자주 불협화음을 일으켰기 때문에, 찰스는 연주회에 빠져 들지 못한 대신, 옆에 앉아 있는 아가씨를 계속 훔쳐보았다. 마치 그녀를 처음 보는 것처럼, 전혀 모르는 사람이라도 보는 것처럼 바라보았다. 그녀는 예쁘고 매력적이었다……. 그러나 얌전함과 냉담함이 역설적으로 뒤섞인 그 얼굴은 왠지 개성이 없고 밋밋하지 않을까? 이 두 가지 특징을 제거해 버리면 남는 게 무엇일까? 지겨운 이기심. 그러나 이런 잔인한 생각이 떠오르자마자 찰스는 그것을 떨쳐 버렸다. 돈 많은 부모의 외동딸은 결국 그렇게 될 수밖에 없지 않은가? 사실 런던 사교계에서 남편감을 찾는 다른 부잣집 규수들에 비하면, 어니스티나는 결코 개성이 없는 편은 아니었다. 그렇지 않다면 그가 왜 그녀에게 반했겠는가? 그러나 신붓감을 구할 곳이 거기뿐이었던가? 자기는 대다수의 동시대인들과 다르다는 것이 찰스의 확고한 신념이었다. 그가 해외여행을 그토록 많이 다닌 것도 그런 이유 때문이었다. 그는 영국 사회가 너무 완고하고, 영국의 점잖음이 너무 격식에 치우쳐 있고, 영국의 사고방식이 너무 도덕주의적이고, 영국의 종교가 너무 편협하다는 것을 알고 있었다. 그래서? 그렇다면 그는 인생의 반려자가 될 여자를 선택한다는 중요한 문제에서, 너무 인습적으로만 생각했던 것은 아닐까? 가장 지성적인 일을 하는 대신, 가장 뻔한 일을 했던 것은 아닐까?

그렇다면 가장 지성적인 일은 무엇이었을까? 그것은 기다리는 일이었다.

신랄한 자문자답 속에서 그는 자신이 가여워지기 시작했다. 덫에 걸린 똑똑한 남자, 길들여진 바이런. 그의 마음은 다시 사라에게 돌아가, 그 얼굴, 그 입, 그 풍부한 입술을 기억하려고 애썼다. 그 얼굴은 그에게 어떤 기억 — 너무 희미하고, 어쩌면 너무 일반적이어서 과거의 것이라고는 생각할 수 없는 기억 — 을 일깨워 주었다. 그리고 그 기억은 존재조차 알지 못했던 자신의 숨은 자아를 상기시켜, 그에게 망설임과 초조와 고통을 안겨 주었다. 그는 자신에게 말했다. 어리석은 짓이지만, 그 여자한테 반한 건 사실이야. 그를 매혹하는 것은 사라 자신이 아니라 — 그에게는 약혼녀가 있는데, 어떻게 사라가 그를 유혹할 수 있겠는가 — 어떤 감정, 그녀가 상징하는 어떤 가능성인 게 분명했다. 그녀는 그에게 그가 상실해 버린 것, 상실해 버릴지도 모르는 것을 깨닫게 해주었다. 그에게 미래는 언제나 거대한 가능성의 덩어리였다. 그런데 이제 갑자기 그의 미래는 이미 알고 있는 곳을 찾아가는 정해진 항해로 바뀌어 버렸다. 사라는 이 사실을 그에게 일깨워 주었다.

어니스티나의 팔꿈치가 부드럽게 그의 현재를 일깨워 주었다. 가수는 박수를 요구했고, 찰스는 맥없이 자기 몫만큼의 박수를 쳤다. 어니스티나는 박수를 치려고 빼냈던 손을 다시 토시 속에 집어넣으면서, 반쯤은 그의 방심에 대해, 또 반쯤은 형편없는 노래에 대해 익살맞게 입을 비쭉거렸다. 찰스는 그녀에게 미소를 지었다. 그녀는 그렇게 철부지였다. 그는 그녀에게 화를 낼 수가 없었다. 어쨌든 그녀는 한 사람의 여자일 뿐이었다. 그녀가 이해할 수 없는 일들이 너무나 많았다. 남자들 생활의 풍요로움을, 유행과 가정과 자식들에만 한정된 세계가 아닌 넓은 세계와 마주쳐야 하는 남성의 어려움을 그녀가 어떻게 이해할 수 있겠는가.

우리가 결혼만 하면 모든 게 다 좋아질 거야. 나의 잠자리도, 나의 은행 계좌도, 그리고 나의 마음도.

이 순간, 샘은 정반대의 생각을 하고 있었다. 〈나의 이브는 참 아는 것도 많아!〉 하는 감탄이었다. 당시 이스트엔드[65]에서 태어난 총각과 이스트데번[66]의 외딴 마을에서 마차꾼의 딸로 태어난 처녀를 갈라 놓고 있던 거대한 차이점을 오늘날에 와서는 상상하기 힘들다. 그들이 부부가 되는 것은 에스키모와 줄루 족[67]이 결혼하는 것만큼이나 숱한 난관이 따르는 일이었다. 그들의 사투리는 외국어처럼 서로 달랐기 때문에, 상대가 하는 말을 제대로 알아듣지 못하는 경우도 적지 않았다.

65 런던의 동부 지역. 하층민 주거지와 공장들이 많다.
66 영국 서남부의 주.
67 남아프리카 공화국에 사는 유목민 집단.

그러나 오늘날 같으면 라디오와 텔레비전, 값싼 여행 따위로 메울 수도 있는 이 같은 거리감, 그 모든 심연들이 전적으로 나쁜 것만은 아니었다. 사람들은 상대를 모르는 만큼 서로에게서 더 자유로워질 수 있었고, 그래서 더욱 개인적인 공기를 숨 쉴 수 있었다. 단추를 한 번 누르거나 채널을 한 번 돌리면 전 세계를 볼 수 있는 시대는 아니었다. 낯선 사람들은 이상했고, 때로는 흥미진진하고 재미있는 야릇함을 지니고 있었다. 인류에게는 더 많은 교류가 유익할 수도 있다. 그러나 나는 이단자라서, 고립 상태에 있던 우리 조상들은 오늘날의 우리보다 더 넓은 공간을 누렸으리라고 생각한다. 그게 나는 부러울 뿐이다. 이제 우리에게는 세계가 문자 그대로 너무 벅차다.

샘은 어느 뒷골목 술집에 앉아서, 도시 생활에 대해 알아야 할 것은 모두 알고 있는 척할 수 있었고, 실제로 그렇게 했다. 샘은 런던의 웨스트엔드에서 나오지 않은 것, 유행에 뒤진 것은 무엇이든 공격적으로 경멸했다. 그러나 그의 마음속 깊은 곳에서는 사정이 달랐다. 그는 사실 소심하고 우유부단한 사내였다. 지금과는 전혀 다른 사람이 되고 싶었지만, 무엇이 되고 싶은지를 잘 모르는 게 아니라, 그런 능력이 과연 자기한테 있는지에 대해 확신을 갖지 못했다.

그런데 메리의 마음은 정반대였다. 그녀는 처음부터 샘에게 반했던 게 분명했다. 그가 자기보다 훨씬 우월한 사람이기 때문이었다. 그녀가 그를 놀린 것은 그의 명백한 문화적 우월성 — 둘 사이의 간격을 뛰어넘고, 지름길을 찾아내고, 보조를 맞추도록 강요하는 도시적 능력 — 앞에서 자기 방어의 몸짓을 해본 것에 불과했다. 그러나 그녀는 본래 우직한 성격에다, 꾸밈없는 자신감을 가지고 있었고, 자기도 언젠가는 현모양처가 되리라는 믿음을 갖고 있었다. 그리고 그녀는 사람들의 가치에 차이가 있다는 것, 예를 들면 여주인인 트랜터 부인과 그 조카인 어니스티나의 가치에 차이가 있다는 것을 알고 있었다. 결국 그녀는 촌사람이었다. 그리고 촌사람들은 도시의 노예들보다 진정으로 가치 있는 것과 훨씬 가까운 곳에서 살고 있다.

샘이 처음에 메리에게 반한 것은, 〈귀여운 걸레〉와 〈게이〉들[68]하고만 성관계를 가진 뒤에 그녀를 보았기 때문이다. 그녀의 첫인상은 여름날의 아침 햇살 같았다. 런던내기들이 대개 그렇듯이, 그도 그 방면에서는 자신감을 갖고 있었다. 그는 파란 눈과 건강한 안색과 아름다운 검은 머리를 갖고 있었다. 체격은 날씬하고 호리호리했다. 그의 동작은 찰스의 태도 중에서 특히 신사답다고 생각되는 한두 가지를 약간 과장하여 흉내 내는 경향이 있었지만, 깔끔하고 산뜻했다. 여자들은 그를 보면 한동안 눈을 떼지 못했지만, 좀 더 친해지면 런던 아가씨들은 그의 냉소적인 버릇을 그대로 그에게 되돌려 주었다. 그런 여자들과의 교제에서 그가 냉소 이외의 것을 얻은 경험은 거의 없었다. 그를 정말로 사로잡은 것은 메리의 순진함이었다. 그는 거울을 힐끔거리다가 어느 날 갑자기 그 거울 속에서 그런 대우를 받기에는 너무나 의젓한 신사의 모습을 발견하는 소년 같은 기분이 들었다. 메리에게 그는 의젓한 신사였다. 갑자기 그는 메리가 생각하는 그런 신사가 되고 싶었고, 메리가 어떤 여자인지 알고 싶어졌다.

68 〈귀여운 걸레〉는 틈이 날 때 몸을 팔러 나가는 하녀를 말하고, 〈게이〉는 존 리치(영국의 풍자만화가. 1817~1864 — 옮긴이주)가 1857년에 발표한 유명한 만화에서 〈창녀〉라는 의미로 쓰였다. 이 만화에는 슬픈 표정의 두 여인이 〈헤이마켓에서 150킬로미터도 떨어지지 않은 곳〉에 비를 맞으며 서 있다. 한 여자가 다른 여자를 돌아보며 말한다. 「아아, 파니. 넌 〈게이〉가 된 지 얼마나 됐니?」 — 원주.

그들이 서로 좀 더 깊이 알게 된 것은 찰스와 어니스티나가 풀트니 부인 댁을 방문한 날 아침이었다. 그들은 각자의 처지부터 시작하여, 찰스 나리와 트랜터 마님의 장단점을 털어놓았다. 메리는 그렇게 멋진 신사분을 주인으로 섬기고 있는 샘에게 행운아라고 말했다. 샘은 여기에 대해 항변했다. 그러고는 지금까지 속으로만 생각했던 것들을 이 부엌데기 하녀한테 털어놓고 있는 자신을 발견하고, 스스로 깜짝 놀랐다.

그의 야망은 아주 소박한 것이었다. 양품점 주인이 되는 것. 남성용 장신구 가게를 지나칠 때면 그는 반드시 걸음을 멈추고 창문으로 들여다보면서, 뭐는 좋고 뭐는 글러먹었다는 식으로 평가를 내리곤 했다. 그는 자신에게 최신 유행을 알아보는 예민한 감각과 타고난 안목이 있다고 믿었다. 그는 주인과 함께 해외여행을 다녔고, 거기서 남성용 장신구 분야에 대한 색다른 아이디어를 몇 가지 얻었다.

그는 이 모든 꿈(그리고 말이 난 김에 프리먼 씨에 대한 깊은 존경심까지)을 두서없이 털어놓은 다음, 돈도 없고 배운 것도 없어서 꿈을 실현시키기가 어렵다는 것까지도 솔직히 이야기했다. 메리는 얌전히 듣고 있으면서, 여느 때와는 다른 모습의 샘을 간파했다. 뿐만 아니라, 샘이 사귄 지 얼마 되지도 않은 자기한테 그런 모습을 보여 준 것은 자기를 남달리 생각하고 있기 때문이라는 것도 간파했다. 샘은 자기가 너무 많이 지껄이고 있다고 생각했다. 그래서 메리가 자신의 어리석은 우쭐거림을 비웃는 기색은 없나 하고 걱정스럽게 그녀의 얼굴을 살폈지만, 그때마다 그녀는 수줍음과 동정심에 가득 찬 눈을 크게 뜨고, 어서 이야기를 계속하라고 당부하는 듯한 표정만 짓고 있을 뿐이었다. 메리는 그에게 꼭 필요한 사람이 된 듯한 기분을 느꼈는데, 여자가 이런 기분을 느끼면 이미 사랑의 문턱에 다다라 있는 법이다.

샘이 떠나야 할 시간이 왔다. 방금 온 것 같은데 어느새 시간이 이렇게 지났나 하고 그는 속으로 놀랐다. 그는 무거운 엉덩이를 일으켰다. 그녀는 그에게 미소를 보냈고, 다시 약간 장난스러워졌다. 그는 말하고 싶었다. 이렇게 솔직히, 그리고 이렇게 진지하게 속마음을 털어놓은 적은 이제껏 한 번도 없었다고. 그러나 적당한 표현을 찾을 수가 없었다.

「내일 아침에 만나요.」

「그렇게 되겠지요.」

「따라다니는 녀석들이 있다고 하던데.」

「내가 정말로 좋아하는 남자는 하나도 없어요.」

「거짓말. 나도 들은 얘기가 있다고요.」

「그건 모두 소문일 뿐이에요. 이런 시골구석에는 원래 소문이 많아요. 남자를 쳐다보기만 해도 꼬리를 친다고 입방아에 오른다니까요.」

그는 중절모를 만지작거렸다. 「그건 어디서나 마찬가지예요.」 침묵이 흘렀다. 그는 그녀의 눈을 바라보았다. 「내가 그렇게 형편없는 남자는 아니지요?」

「당신이 형편없는 남자라고 말한 적은 한 번도 없어요.」

다시 침묵이 흘렀다. 그는 모자 테를 만지작거렸다.

「난 여자를 많이 알아요. 온갖 종류의 여자를. 하지만 당신 같은 여자는 처음이에요.」

「나 같은 여자는 쌔고 쌨다고요.」

「나는 한 번도 본 적이 없어요. 지금까지는.」 또다시 침묵이 흘렀다. 그녀는 그를 쳐다보려 하지 않고 앞치마 끝만 내려다보았다. 「그런데 런던을 어떻게 생각하세요? 런던을 보고 싶어요?」

그러자 그녀는 방긋 웃으며 힘차게 고개를 끄덕였다.

「기대하세요. 이제 곧 보게 될 테니까. 찰스 나리와 티나아가씨가 결혼하게 되면 말이에요. 그렇게 되면 내가 당신을 데리고 다니면서 구경시켜 드릴게요.」

「정말?」

그는 윙크를 보냈고, 그녀는 손으로 입을 가렸다. 그녀의 시선이 빨개진 뺨 위에서 그에게 아낌없이 퍼부어졌다.

「런던 처녀들은 멋쟁이라면서요? 나 같은 촌뜨기하고는 돌아다니고 싶지 않을 거예요.」

「당신도 옷만 잘 입으면 아주 멋쟁이가 될 거예요.」

「믿을 수가 없어요.」

「가슴에 십자를 긋고 맹세할게요.」

그들은 시선을 마주친 채 오랫동안 그대로 서 있었다. 한참 후에야 그는 정성껏 허리를 굽히고 모자를 왼쪽 가슴에 댔다.

「아 드맹, 마드무아젤.」

「그건 또 무슨 소리래요?」

「프랑스 말로 내일 아침에 보자는 뜻이에요. 쿰브 가에서 당신이 오기를 기다리고 있을게요.」

그러자 그녀는 그를 바라볼 수가 없어서 돌아섰다. 그는 재빨리 그녀 앞으로 돌아가서, 그녀의 손을 잡아 제 입술에 댔다. 그녀는 손을 잡아 빼고는, 그의 입술이 검댕 자국을 남기기라도 한 것처럼 손등을 바라보았다. 또다시 두 사람의 시선이 마주쳤다. 그녀는 예쁜 입술을 깨물었다. 그는 다시 윙크를 보내고 밖으로 나갔다.

찰스의 금지령에도 불구하고 다음날 아침에 그들이 또 만났는지 어떤지는 나도 모른다. 그러나 그날 늦게 찰스는 트랜터 부인 댁에서 나오다가 샘이 길 맞은편에서 기다리고 있는 것을 보았다. 그것은 분명 샘이 일부러 꾸민 우연이었다. 찰스는 로마 인처럼 자비의 손짓을 해보였고, 샘은 모자를 벗어 공손히 가슴에 댔다. 얼굴에 활짝 웃는 표정이 떠오른 것만 빼고는, 지나가는 상여에다 조의를 표하는 것 같았다.

그로부터 거의 1주일 뒤인 연주회날 저녁, 샘은 다시금 트랜터 부인 댁의 부엌에 가 있었는데, 그것은 그가 여성에 대해 주인과는 전혀 다른 결론에 도달하게 되었기 때문이다. 그러나 지금은 불행하게도 감시자 — 즉, 트랜터 부인 댁 요리사 — 가 함께 있었다. 그러나 감시자는 화덕 앞에서 의자에 앉아 일찌감치 잠들어 버렸다. 샘과 메리는 부엌에서 가장 어두운 구석에 앉아 있었다. 그들은 아무 말도 하지 않았다. 그럴 필요가 없었다. 손을 맞잡고 있었으니까. 메리의 입장에서 보면 그것은 일종의 자기 방어였다. 자기 허리를 안으려고 애쓰는 손을 저지하려면 그렇게라도 해야 한다는 걸 알았기 때문이다. 그럼에도 불구하고, 그리고 메리가 아무 말도 하지 않는데도, 메리가 그토록 이해심이 많다는 것을 샘은 어떻게 알아차렸을까. 그것은 연인들이라면 구태여 설명할 필요도 없는 수수께끼다.

18

사회의 눈이 습관적으로 보지 못하고 지나쳐 버리는 사람들,
사회의 심장에 자주 버림받는 것처럼 보이는 사람들이 이따
금 사회 규범을 잊어버리는 것은 결코 놀랄 일이 아니다.
— 존 사이먼 박사, 『도시 의료 보고서』(1849)

나는 다가가서, 무릎을 꿇고,
마치 물을 마시려는 것처럼
시냇물을 손으로 움켰다.
그러자 희미한 형체가 옛 모습 그대로
내 위에 서 있는 것 같았다.
— 토머스 하디, 「어느 한여름 밤에」

찰스의 망치가 배낭 속에서 하릴없이 누워 있는 동안 이틀
이 지나갔다. 그는 마음속에 화석에 대한 생각이 떠오르지
못하게 했다. 화석을 생각하면 양지바른 풀밭에 누워 있던
여인이 저절로 연상되기 때문이었다. 그러나 그 무렵 어니스
티나가 편두통을 앓았기 때문에, 그는 뜻하지 않게 또 한 번
자유로운 오후 시간을 얻게 되었다. 그는 잠시 망설였다. 하
지만 호텔 방 창가에 섰을 때, 그의 눈앞에는 이렇다 할 사건
도 없이, 모든 게 너무 단조로웠다. 호텔 간판에 그려진 하얀
사자가 그를 우울한 눈길로 바라보고 있었다. 찰스가 벌써
알아차렸듯이, 굶주린 발바리 같은 얼굴을 가진 그 사자는
풀트니 부인과 놀랄 만큼 비슷했다. 바람도 햇빛도 거의 없
었다. 하늘에는 잿빛 구름이 뒤덮여 있지만, 높은 구름이어
서 비가 올 것 같지는 않았다. 그는 편지를 쓸까 했지만, 그럴
기분도 아니었다.

사실을 말하면 그는 정말 아무것도 할 기분이 아니었다.

이상하게도 오래전에 사라져 버린 줄 알았던 여행 욕구가 마음속에 맹렬하게 떠올랐다. 카디스나 나폴리, 혹은 모레아에서 지중해의 눈부신 봄을 즐기고 싶었다. 아니, 지중해의 봄 자체만이 아니라 자유도 즐기고 싶었다. 배를 타고 찾아가는 섬들, 산들, 미지의 푸른 그림자를 찾아 온갖 근심과 구속을 떨쳐 버리고 자유로운 몸과 마음으로 여행할 수 있다면 얼마나 좋을까.

반 시간 뒤에는 낙농장을 지나 웨어코먼스의 숲으로 들어서고 있었다. 다른 쪽으로 행선지를 잡을 수도 있었을까? 물론 그럴 수도 있었다. 그러나 벼랑으로 이어진 그 풀밭 근처에는 가지 말자고, 혹시 우드러프 양을 만나게 되더라도 지난번처럼 말을 걸거나 하지는 말아야겠다고, 스스로 마음을 다잡았다. 짐작건대, 그녀는 늘 같은 장소에 가는 모양이었다. 그러니 그곳에만 가까이 가지 않으면 그녀를 만나는 일도 피할 수 있을 터였다.

그래서 그는 그곳에 이르기 훨씬 전에 북쪽으로 방향을 바꿔서, 가볍게 경사진 언덕을 올라가 담쟁이로 덮인 물푸레나무 숲을 통과했다. 그 나무들은 엄청나게 키가 컸고, 거대한 가지들이 갈라져 나온 곳에는 이국적인 털미역고사리가 무리져 자라고 있었다. 남의 땅을 침범한 신사가 언더클리프에 수목원을 세우기로 마음먹은 것은 영국에서 가장 큰 그 나무들 때문이었다. 비탈 너머로 보이는 거의 수직의 백악층 절벽을 향해 그 나무들 사이를 지나가면서 찰스는 난쟁이가 된 기분이었다. 그런데 그 기분이 썩 유쾌했다. 땅을 양탄자처럼 뒤덮고 있는 산쭉풀 밑에서 부싯돌층이 모습을 나타내기 시작하자, 그의 기분은 더욱 유쾌해졌다. 그는 당장에 〈인갑성게〉 화석을 하나 주웠다. 그것은 형편없이 닳아 문드러져 있었다. 완전한 모양을 장식해 주던 다섯 개의 오톨도톨한

가로살 가운데 겨우 하나의 흔적만이 남아 있을 뿐이었다. 그러나 없는 것보다는 나았다. 용기를 얻은 찰스는 허리를 구부리고 걷다가, 여기다 싶은 곳에서 걸음을 멈추고 화석을 찾는 일을 시작했다.

그는 점점 벼랑 기슭에까지 올라가게 되었다. 그곳에는 편마암 낙석이 쌓여 있어서, 화석이 좀 더 온전한 형태로 남아 있을 듯했다. 그는 높이를 유지하면서 서쪽으로 이동했다. 여기저기 담쟁이가 무성했다. 벼랑 앞면과 근처 나뭇가지 위로 마구 뻗어 올라간 담쟁이덩굴은 마치 커튼처럼 찰스의 눈 앞에 드리워져 있었다. 어떤 곳에서는 터널을 이루고 있기도 했다. 저쪽 끝에 빈 터가 있었다. 그곳에는 최근에 떨어져 내린 편마암 조각들이 널려 있었다. 화석을 발견하기에는 가장 그럴듯한 장소였다. 찰스는 빽빽이 우거진 덤불을 표지로 삼아, 그 지역을 네 등분했다. 내륙 쪽으로 멀리 떨어진 들판에서 소 울음소리가 이따금 들려올 뿐, 아무 소리도 들리지 않았다. 간혹 숲비둘기가 날개 치며 날아오르는 소리가 들렸고, 저 아래쪽에 무성한 나무들 사이로 먼 바다의 파도 소리가 희미하게 들려오곤 했다. 그때 그는 돌멩이가 굴러 떨어지는 소리를 들었다. 그는 고개를 들어 그쪽을 쳐다보았지만, 아무것도 보이지 않았다. 그래서 그는 편마암 조각이 벼랑에서 저절로 떨어져 내린 모양이라고 생각했다. 그리고 1~2분 동안 화석 탐색을 계속했다. 바로 그때, 무어라 설명할 수 없는 직감 — 아마도 이것은 인류가 구석기 시대부터 지녀 온 능력의 마지막 흔적일 것이다 — 에 따라 그는 근처에 누군가 다른 존재가 있다는 것을 느꼈다. 그는 날카롭게 주위를 둘러보았다.

위쪽으로 50미터가량 떨어진, 담쟁이 터널이 끝나는 곳에 그녀가 서 있었다. 그녀는 얼마나 오랫동안 거기에 서 있었을까. 그는 조금 전의 낙석 소리를 기억했다. 그는 소스라치게 놀랐다. 그녀가 그렇게 소리 없이 나타났다는 것이 섬뜩하게 느껴졌다. 그녀는 징 박힌 구두를 신고 있지 않았다. 그렇다 하더라도 아주 조심스럽게 움직였을 터였다. 그를 놀래려고. 그러므로 그녀는 일부러 그를 따라온 것이었다.

「우드러프 양!」 그는 모자를 벗어 흔들었다. 「여긴 어떻게 오셨소?」

「선생님이 지나가는 것을 봤어요.」

그는 그녀를 향해 약간 올라갔다. 보닛은 손에 들고 있었고, 머리카락은 바람이라도 맞은 듯 흐트러져 있었다. 그러나 바람은 없었다. 그런 모습은 일종의 야성미를 느끼게 했고, 그를 내려다보는 꼿꼿한 시선에 더욱 강한 느낌을 주었다. 저 여잔 정말로 미친 게 아닐까? 이런 생각을 한 번도 하지 않은 게 이상했다.

「나한테 무슨…… 할 얘기라도 있소?」

그녀의 꼿꼿한 시선이 다시금 그에게 내리꽂혔다. 사라는 시선의 각도와 기분에 따라 전혀 다른 표정을 나타내는 얼굴을 가지고 있었다. 지금 이 순간, 그녀는 구름 사이의 작은 틈새를 통해 비스듬히 비치는 희미한 햇살을 받아 극적인 매력을 얻고 있었다. 그녀의 얼굴은 햇살을 내면으로 빨아들여 그녀 자신을 빛으로 충만한 발광체처럼 만들고 있었다. 문득 피레네 산맥의 가바르니 근처에 사는 한 농부가 — 찰스가 여행길에 그쪽을 지나가기 불과 몇 주일 전에 — 산으로 올라가는 길가에 서 있는 동정녀 마리아를 보았노라고 주장한 것이 머리에 떠올랐다. 찰스는 농부의 안내로 그곳에 가보았지만, 그것은 물론 아무 의미도 없는 짓이었다. 하지만 지금 앞에 서 있는 저런 형체가 그때 그곳에 서 있었다면!

그러나 지금 눈앞에 서 있는 모습은 보다 세속적인 사명을 띠고 있는 게 분명했다. 그녀는 외투 주머니를 뒤지더니, 한 손에 하나씩, 두 개의 훌륭한 별조개 화석을 내밀었다. 그는 그것이 무엇인지 알아볼 수 있을 만큼 가까이 올라갔다. 그러고는 놀란 눈으로 그녀의 무표정한 얼굴을 바라보았다. 그는 풀트니 부인 댁에서 고생물학과 성게 화석의 중요성에 관해 간략하게 이야기했던 일을 기억했다. 그는 그녀의 손 안에 놓인 두 개의 작은 물건을 바라보았다.

「갖고 싶지 않으세요?」

그녀는 장갑을 끼고 있지 않았기 때문에, 화석을 주고받는 손가락이 서로 닿았다. 그는 두 개의 화석을 받아 들고 이리저리 살펴보았다. 그러나 머릿속에는 그 차갑게 느껴지던 손가락의 감촉만이 떠올라 있었다.

「정말 고맙소. 상태가 아주 훌륭하군요.」

「그게 선생님이 찾고 계신 건가요?」

「예, 그렇습니다.」

「그것들이 한때는 조개였나요?」

그는 머뭇거리다가, 두 개의 화석 중에 보다 나은 쪽을 골라, 입과 보대(步帶)와 항문을 가리켰다. 그의 말에 그녀가 깊은 흥미를 보이자, 그의 불안은 날아가 버렸다. 그녀의 외모는 사실 정상적인 모습이라고는 할 수 없었다. 하지만 두세 마디의 질문이 말해 주고 있듯이 그녀의 정신은 정상적이었다. 이윽고 그는 두 개의 화석을 조심스럽게 주머니에 집어넣었다.

「정말 고맙소.」

「달리 할 일도 없는걸요.」

「돌아가려던 참입니다. 오솔길까지만이라도 바래다 드리고 싶은데…….」

그러나 그녀는 움직이지 않았다. 「저도 감사드리고 싶어요

…… 도와주겠다고 말씀하신 데 대해.」

「하지만 거절했잖소. 나는 제의만 했고, 당신은 실제로 도움을 주었으니까, 내가 더 고맙지요.」

짧은 침묵이 흐른 뒤, 그는 그녀를 지나쳐 올라가, 담쟁이덩굴을 제쳐서 그녀가 지나갈 수 있도록 길을 터주었다. 그러나 그녀는 여전히 그 자리에 선 채 빈 터를 내려다보고 있었다.

「선생님을 따라오는 게 아니었는데…….」

그는 그녀의 얼굴을 보고 싶었으나 그럴 수가 없었다.

「내가 먼저 떠나는 게 좋을 것 같군요.」

그녀는 아무 대꾸도 하지 않았다. 그는 담쟁이 쪽으로 되돌아갔다. 그러나 그녀를 마지막으로 돌아보고 싶은 충동을 억누를 수가 없었다. 그녀는 어깨 너머로 그를 돌아보고 있었다. 마치 몸뚱이가 그를 돌아보는 얼굴에 불만을 품고, 그 뻔뻔스러움에 등을 돌리고 있는 것 같았다. 그녀의 눈빛은 여전히 모든 것을 비난하는 기색을 담고 있으면서도, 이제는 호소 이상의 강렬함을 띠고 있었기 때문이다. 그녀의 두 눈은 고통받고 있었고, 고통을 주고 있었다. 그 눈 속에 담긴 분노와 유린당한 가냘픔. 그 눈은 찰스의 무례함을 비난하는 것이 아니라, 무례했다는 사실도 깨닫지 못하는 것을 비난하고 있었다. 시선이 서로 얽힌 채 한참이 지났다. 이윽고 그녀가 빨갛게 달아오른 얼굴을 숙여 땅바닥을 내려다보면서 말했다.

「전 의지할 사람이 아무도 없어요.」

「트랜터 부인이 도와줄 거요.」

「아주 친절한 분이죠. 하지만 친절은 필요하지 않아요.」

침묵이 지나갔다. 그는 여전히 담쟁이덩굴을 제친 채 서 있었다.

「듣자니 목사님이 아주 분별 있는 분이라고 하던데.」

「그분이 저를 풀트니 부인께 소개해 주셨어요.」

찰스는 마치 문간에 서 있는 것처럼 담쟁이 옆에 서 있었다. 그는 그녀의 시선을 피한 채, 출구를 찾고 또 찾았다.

「당신을 대신해서 내가 트랜터 부인께 말씀드릴 수 있으면 좋겠지만…… 내가 그런 일을 하는 것은 적절하지 않을 겁니다.」

「제 처지에 관심을 갖는 것 말인가요?」

「그렇소.」 그녀는 시선을 돌리는 것으로 반응을 나타냈다. 그의 말은 그녀에게 비난으로 들렸던 것이다. 그는 아래로 늘어져 있는 담쟁이덩굴을 제자리로 돌려놓았다. 「지난번에 내가 제안한 것을 기억하세요? 이곳을 떠나라는. 거기에 대해서는 생각해 봤습니까?」

「런던에 가면 제가 어떻게 될지도 알고 있어요.」 그는 속으로 긴장했다. 「이름을 더럽힌 그 수많은 여자들이 대도시에 가서 결국 빠져 들고 마는 그 길로 들어서게 될 거예요.」 그녀는 이제 그에게로 완전히 돌아서 있었다. 그녀의 얼굴이 빨개져 있었다. 「라임에서 이미 몇몇 사람이 저를 두고 부르는 그대로 되고 말 거라고요.」

그녀의 말속에는 분노가 서려 있었다.

그가 낮은 소리로 말했다. 「우드러프 양……」 그의 뺨도 이제는 그녀처럼 빨개졌다.

「저는 약한 여자예요. 제가 왜 그걸 모르겠어요.」 그녀는 쓸쓸하게 덧붙였다. 「더구나 저는 죄지은 여자랍니다.」

이 고백은, 더구나 그런 상황에서 잘 알지도 못하는 남자에게 털어놓은 고백은, 그녀가 조금 전에 바다성게에 관한 강의를 경청함으로써 그에게 호감을 주었던 인상을 여지없이 날려 버렸다. 그러나 그는 아직도 주머니 속에 들어 있는 두 개의 화석을 느끼고 있었다. 그것은 그에게 일종의 지배력으로 작용하고 있었다. 그리고 찰스의 내면에 숨어 있는 또 다른 찰스는 정신적인 문제에 대해 조언해 줄 것을 부탁받은 성직자처럼 약간 우쭐한 기분을 느꼈다.

그는 지팡이 끝에 끼운 물미를 내려다보았다.

「그 두려움 때문에 라임에 계속 남아 있는 건가요?」

「그런 이유도 있어요.」

「지난번에 나한테 말했던 사실을 누군가 다른 사람도 알고 있소?」

「다른 사람이 알고 있다면, 저한테 말할 기회를 절대로 놓치지 않았을 거예요.」

좀 더 긴 침묵이 흘렀다. 음악에서 가락이 바뀌는 것과 같은 순간들이 인간관계에서도 생기는 법이다. 이때까지만 해도 객관적인 상황이었던 것, 문학 용어를 쓰자면 심상 그 자체에 의해 묘사되던 것, 일반적인 분류만으로도 충분했던 것(이를테면 알코올 중독자, 불행한 과거를 가진 여자 따위)이 주관적인 것으로 바뀌고, 유별난 것으로 바뀌고, 감정 이입을 통해 관찰 대상이라기보다는 감정과 생각을 즉각적으로 공유하는 대상으로 바뀐다. 찰스가 눈앞에 서 있는 여자의 숙인 머리끝을 바라보고 있을 때, 그의 마음속에서도 그런 변화가 일어났다. 그런 순간이 왔을 때 우리가 흔히 그러하듯이 ― 술 취한 사람에게 꺼안겨 보지 않은 사람이 어디 있겠는가? ― 찰스는 서둘러, 그러나 무례하지 않게 〈현상〉을 회복하려고 애썼다.

「미안한 말이지만, 당신이 왜 나한테…… 그런 비밀까지 털어놓았는지…… 솔직히 말해서 난 그 이유를 이해할 수가 없어요.」

그러자 사라는 그런 질문을 예상하고 있었다는 듯이 빠르게 말하기 시작했다. 똑같은 연설을 되풀이하거나 달달 외고 있는 기도문을 암송하는 것 같았다.

「선생님은 여행을 많이 다녔으니까요. 교육도 많이 받으셨고, 또 신사이기도 하니까요. 그리고…… 글쎄요, 뭐라고 말씀드려야 좋을지 모르겠군요. 어쨌든 전 친절하고 독실한 기독교인으로 알려진 사람들 틈에서 살고 있답니다. 하지만 제가 보기에 그들은 가장 잔인한 야만인들보다도 잔인하고, 가장 어리석은 동물들보다도 어리석을 뿐이에요. 그들에게서는 진실을 볼 수가 없어요. 그들의 생활에는 이해심도 없고 동정심도 없어요. 제가 무엇을 괴로워하고 있는지, 또 무엇 때문에 괴로워하고 있는지를 이해할 수 있을 만큼 관대한 사람은 하나도 없어요. 제가 무슨 죄를 지었든 간에, 그토록 고통받아야 한다는 건 옳은 처사가 아니에요.」

침묵이 흘렀다. 그녀가 속마음을 이처럼 말로 설명하리라고는 미처 생각지 못했기 때문에, 그녀가 인습을 뛰어넘는 지성 — 짐작은 하고 있으면서도 직접 목격하지는 못했던 — 을 갖고 있다는 증거가 이런 식으로 드러날 줄은 미처 예상치 못했기 때문에, 찰스는 아무 대꾸도 할 수 없었다. 그녀는 돌아서서 더욱 조용한 어조로 말을 계속했다.

「저의 유일한 행복은 잠잘 때뿐, 깨어나면 다시 악몽이 시작된답니다. 저는 사막 한가운데에 버려진 것 같고, 감옥에 갇힌 것 같고, 유죄 선고를 받은 듯한 기분이에요. 그런데 도대체 무슨 죄로 유죄 선고를 받았는지 전 도무지 알 수가 없답니다.」

찰스는 산사태에 몰린 사람처럼 절망적인 눈빛으로 그녀의 등을 바라보았다. 달아나고 싶지만 달아날 수 없고, 말하고 싶지만 말을 할 수도 없었다.

그녀의 시선이 그의 눈에 아프게 와닿다. 「저는 왜 이렇게 태어났을까요? 왜 저는 프리먼 양으로 태어나지 못했을까요?」 그러나 그 이름이 입에서 나오자마자, 그녀는 도가 지나쳤다는 것을 깨닫고 고개를 돌렸다.

「그런 질문은 안 하느니만 못했소.」

「그런 뜻은 아니었어요…….」

「당신의 경우라면 질투도 용서받을 수 있을 거요.」

「질투하는 게 아니라, 이해할 수가 없는 거지요.」

「그런 문제라면 내 힘, 아니 나보다 현명한 사람들의 힘으로도 도울 수 없을 거요.」

「저는 그렇게 생각지 않아요. 아니, 생각지 않겠어요.」

찰스는 장난스럽게 그의 말을 반박하는 여자들 — 어니스티나도 자주 그랬다 — 을 알고 있었다. 그러나 그것은 유쾌하게 장난치며 노는 상황에서였다. 남자가 진지하게 의견을 말하면, 그 의견을 반박하는 여자들은 어김없이 조심스럽게 절제된 말투를 사용했다. 사라는 어느 면에서 보면 자기와 거의 대등한 지성을 가진 여자처럼 보였다. 그런데 지금은 그녀가 목적을 달성하고 싶으면 아주 공손한 태도를 보여야 마땅한 상황이었다. 그는 모욕감을 느꼈다. 아무 말도 하고 싶지 않았다. 그의 감정이 내린 논리적인 결론은 모자를 들어 냉정하게 인사한 다음, 당당하게 그 자리를 떠나야 한다는 것이었다. 그러나 그는 뿌리라도 박힌 듯 그 자리에 서 있었다. 어쩌면 그는 세이렌[69]의 이미지 — 아름다운 얼굴과 설화 석고처럼 새하얀 알몸, 치렁하게 풀어 내린 머리채, 인어의 꼬리 — 에 대한 고정관념에 사로잡혀 있었는지도 모른다. 언더클리프에는 도리스식 신전은 없었지만, 칼립소[70]

---

[69] 그리스 신화에 나오는 바다의 요정. 고운 노랫소리로 뱃사람을 유혹하여 조난시킨다고 한다.

[70] 호메로스의 『오디세이아』에 등장하는 요정. 자기 섬에 표착한 오디세우스를 사랑하여 7년 동안 떠나지 못하게 잡아 둔다.

같은 여자는 여기에 있었다.

「제가 선생님을 화나게 했나 보군요.」 그녀가 낮은 소리로 말했다.

「사실은 좀 당혹스럽소. 내가 이미 제의한 것 말고는 나한 테서 기대할 수 있는 게 없을 텐데요. 하여간 당신은 분명히 아셔야 합니다. 의도가 아무리 순수하다 해도…… 내가 지금 놓여 있는 처지에서는 우리가 더 이상 가까워지는 건 도저히 있을 수 없는 일이라는 걸 말입니다.」

침묵이 흘렀다. 딱따구리 한 마리가 저 멀리 숲속 어딘가 에서, 두 발로 서 있는 두 동물을 비웃고 있었다.

「제가 절망에 빠져 있지 않다면 선생님의 자비를…… 이런 식으로 구걸했겠어요?」

「당신이 절망에 빠져 있다는 건 의심하지 않습니다. 그러 나 적어도 당신의 요구가 불가능하다는 것은 인정해야 합니 다.」 그러고는 덧붙였다. 「게다가 나는 당신이 어떤 사람인지 도 모르고 있어요.」

「원하신다면, 1년 반 전에 무슨 일이 있었는지, 죄다 털어 놓고 싶어요.」

침묵이 흘렀다. 그녀는 그의 반응을 살폈다. 찰스는 다시 한 번 긴장했다. 보이지 않는 사슬이 끊기고, 그의 인습적인 측면이 승리를 거두었다. 그는 엄격하게 상대를 비난하는 기 념비처럼 딱딱하게 굳은 얼굴로 서 있었다. 그러나 그의 눈 은 그녀의 눈을 살피고 있었다. 자기한테 털어놓고 싶어하는 이유나 동기를 찾고 있었다. 찰스는 그녀가 입을 열려 한다 고 생각했다. 그래서 더 이상 아무 말도 않고 돌아서서 담쟁 이 사이를 지나가려 했다. 그러자 그의 의도를 간파하기라도 한 것처럼, 그녀가 그의 예상을 완전히 뛰어넘는 행동을 했 다. 무릎을 꿇었던 것이다.

찰스는 두려움에 사로잡혔다. 누군가 몰래 이 광경을 보고 있다면 어떻게 생각할까. 그 누군가의 시선을 피하려는 듯 그는 한 발짝 뒤로 물러섰다. 이상하게도 그녀는 침착해 보였다. 그녀가 무릎을 꿇은 것은 전혀 발작적인 행동이 아니었다. 눈빛만이 더욱 강렬해져 있었다. 태양이 없는 눈, 영원한 달빛에 젖은 눈이었다.

「우드러프 양!」

「전 미치지 않았어요. 하지만 도움을 받지 못하면 그렇게 되고 말 거예요.」

「진정하시오. 누가 우릴 보면⋯⋯.」

「선생님은 제가 마지막으로 의지할 분이십니다. 선생님은 잔인하지 않아요. 전 알아요. 선생님이 잔인하지 않다는 걸.」

그는 절망적인 기분으로 주위를 둘러보고는, 앞으로 걸어가서 그녀를 일으켰다. 그러고는 뻣뻣한 손을 그녀의 겨드랑이에 끼우고, 담쟁이덩굴 밑으로 그녀를 끌고 갔다. 그녀는 두 손에 얼굴을 묻은 채 서 있었다. 찰스는 인간의 심장이 두뇌를 공격할 때처럼 잔인하고 재빠르게 그녀한테서 손을 떼려고 애써야 했다.

「당신의 고통에 무관심한 사람처럼 보이고 싶지는 않지만⋯⋯ 내게는 선택의 여지가 없다는 것을 알아야 합니다.」

그녀는 빠르고 낮은 소리로 말했다. 「제가 부탁드리고 싶은 것은 단지 한 번만 더 저를 만나 달라는 것뿐이에요. 매일 오후에 여기 오겠어요. 아무도 우릴 보지 못할 거예요.」 그녀를 타이르려고 애썼지만, 그녀는 말을 멈추려 하지 않았다. 「선생님은 참으로 친절한 분이세요. 선생님은 라임에서 누구도 이해하지 못하는 것을 이해하고 계세요. 이틀 전에 저는 정말이지 미칠 것만 같았어요. 그때 느꼈답니다. 선생님을 만나야 한다고, 만나서 얘기해야 한다고. 선생님이 어디에 머물고 계신지도 알아요. 약간 남은 제정신이 문간에서 저를 붙잡지 않았다면…… 그곳으로 뛰어갔을 거예요.」

「그러나 이건 용서받을 수 없는 짓이오. 내가 오해하고 있지 않다면, 당신은 지금 날 협박하고 있어요.」

그녀는 머리를 세차게 흔들었다. 「그렇게 생각하시다니. 그런 오해를 받으니 차라리 죽는 게 나아요. 어떻게 말해야 좋을지 모르겠지만, 저는 이 끔찍한 일들을 생각하면 절망에 쫓기는 느낌이에요. 그것은 저를 공포로 가득 채운답니다. 어디로 돌아가야 할지, 또 무엇을 해야 할지 도저히 모르겠어요. 절 이해해 줄 수 있는 사람이 하나도 없어요. 죄송한 부탁이지만…… 선생님은 절 이해해 주실 수 없나요?」

이제 찰스의 마음에 떠오른 생각은 하나뿐, 이 소름 끼치는 궁지에서 벗어나, 무자비할 정도로 진지한, 그 적나라한 눈길로부터 달아나는 일이었다.

「이젠 가봐야겠소. 집에서 사람들이 기다리고 있겠소.」

「하지만 다시 올 거죠, 선생님?」

「그럴 수는 없소…….」

「저는 매주 월, 수, 금요일에 여기로 산책을 나온답니다. 별다른 일이 없으면…….」

「당신은 트랜터 부인한테…….」

「그분 앞에서는 진실을 말할 수 없을 거예요.」

「그렇다면 완전한 이방인, 게다가 여자도 아닌 나 같은 사람이 진실을 들어야 한다고요? 그건 어울리지 않아요.」

「완전한 이방인에다 성(性)이 다른 사람…… 그런 사람이 오히려 공정한 판단을 내리는 경우가 많아요.」

「분명히 말하지만, 나는 당신의 행위에 자비로운 해석을 내릴 수 있게 되기를 바랍니다. 하지만, 거듭 말하거니와 나는 당신이…….」

그러나 아직도 자신을 향해 쳐다보고 있는 그녀의 시선 앞에서, 그의 말은 침묵 속으로 꼬리를 끌며 사라졌다. 여러분도 이미 느꼈겠지만, 찰스는 몇 개의 말투를 가지고 있었다. 아침에 일어나 샘에게 쓰는 말투, 즐거운 점심을 들면서 티나에게 쓰는 말투, 그리고 지금과 같은 상황에서 점잖은 신사 역할을 할 때 쓰는 말투. 그는 삼중 인격을 동시에 가지고 있는 셈이었다. 그리고 이 책이 끝나기 전에 우리는 그에게서 네 번째 인격의 얼굴과 말투를 보게 될 것이다. 우리는 그것을 〈보호색〉 — 주위 환경과 재빨리 융합하는 방법을 배움으로써 살아남는 능력 — 이라는 다윈의 용어를 써서 생물학적으로 설명할 수도 있다. 딱딱한 격식으로 도피하는 이 행위를 사회학적으로 설명할 수도 있다. 그렇게 얇은 살얼음판 — 어디에나 있게 마련인 경제적 곤란, 성에 대한 공포, 기계 과학의 홍수 — 위에서 얼음을 지치고 있을 때는 자신의 불합리한 뻣뻣함에 눈감을 수 있는 능력이 꼭 필요하다. 빅토리아 시대 사람들 중에는 그런 보호색에 이의를 제기한 사람이 거의 없었다. 그러나 사라의 시선에는 그런 점이 있었다. 직선적이긴 하지만 그것은 겁먹은 시선이었다. 하지만 그 시선 뒤에는 아주 현대적인 말투 — 진실을 털어봐요, 찰스. 진실을 털어놓으라고요 — 가 숨어 있었다. 그것은 받아들이는 사람의 균형을 잃게 만들었다. 어니스티나와 같은 부류의 여성들은, 유리집 속에서 살고 있는 듯이, 시집을 내던질 때조차 아주 조심스럽고 부드럽게 행동한다. 그들은 가면과 안전거리를 장려한다. 하지만 이 여자는 비록 겉모습은 다소곳하지만 가면을 쓰는 것을 금지하고 있다. 이번에는 그가 눈길을 떨구었다.

「한 시간이면 돼요.」

그는 화석을 선물로 준 친절 뒤에 숨겨진 두 번째 이유를 깨달았다. 그만한 화석을 발견하려면 적어도 한 시간 이상은 돌아다녀야 했을 것이다.

「별로 내키는 일은 아니지만, 꼭 그래야 한다면······.」

그녀는 미리 알아채고 낮은 소리로 말을 막았다.「그렇게만 해주신다면, 어떤 충고라도 따르겠어요.」

「또 분명히 해야 할 것은, 우리가 더는 위험을 무릅쓰지 말······.」

찰스가 적당히 형식적인 말을 찾고 있을 때, 그녀가 다시 그의 말을 끊었다.「이해해요. 그리고 선생님은 저보다 다른 사람들과 훨씬 중요한 관계로 묶여 있다는 것도 알고 있어요.」

햇살이 짧은 빛을 한 번 뿌리더니 사라져 갔다. 하루 해가 저물어 가고 있었다. 평탄해 보이는 들판을 건너고 있는데 느닷없이 낭떠러지가 나타난 것 같았다. 그녀의 숙인 머리를 내려다보면서 그는 문득 그것을 깨달았다. 자기를 이곳으로 유혹한 게 무엇인지, 무엇 때문에 지도를 잘못 읽었는지 알수가 없었다. 그러나 유혹을 받고 길을 잃은 것은 자신만이 아니라 그녀도 마찬가지라는 느낌이 들었다. 그리고 이제 두 사람은 또 하나의 어리석은 짓을 저지르려 하고 있었다.

그녀가 말했다.「무슨 말로 감사를 드려야 할지 모르겠군요. 아까 말씀드린 날에 여기 와 있겠어요.」그러고는 그들이 서 있는 곳이 그녀의 거실이라도 되는 것처럼 덧붙였다.「더 이상 선생님을 붙잡아서는 안 되겠군요.」

찰스는 인사를 하고, 잠시 머뭇거리다가 그녀에게 마지막 시선을 준 다음 돌아섰다. 잠시 후 그는 속세의 영국 신사라기보다는 놀란 노루와 더 비슷한 모습으로 담쟁이 커튼을 헤치고 언덕 아래로 비틀거리며 내려갔다.

그는 언더클리프를 가로지르는 큰길로 나온 다음, 라임을 향해 걸어가기 시작했다. 때 이르게 부엉이가 울었다. 오늘 오후야말로 이상야릇한, 전혀 지혜롭지 못한 시간이었다는 생각이 들었다. 좀 더 단호한 입장을 취해야 했고, 좀 더 일찍 그곳을 떠나야 했고, 그 화석들을 돌려주어야 했고, 그녀의 절망에 대해서도 다른 해결책을 제시, 아니 명령했어야 했다. 왠지 속임수에 넘어간 듯한 느낌이 들고, 여기서 그녀를 기다릴까 하는 마음까지 들었다. 그러나 그의 발걸음은 더욱 빨라졌다.

그는 자기가 금지된 일에 말려들고 있다는 것, 아니 금지된 일이 자기를 끌어들이고 있다는 것을 알았다. 그녀한테서 시간과 거리가 멀어질수록, 그는 자신의 행동이 어리석었다는 것을 더욱 분명하게 깨달았다. 그녀가 눈앞에 있을 적에는 눈이 멀어 버린 것 같았다. 그래서 그녀를 있는 그대로 — 명백하게 위험한 여자로 — 보지 못한 것 같았다. 그녀는 의식적으로 남을 위험에 빠뜨리는 여자는 아니지만, 심한 감정적 좌절과 사회에 대한 원망에 사로잡힌 위험한 여자였다.

그러나 오늘 있었던 일을 어니스티나에게 말할까 말까를 두고 이번에는 망설이지도 않았다. 입도 벙긋하지 않으리라는 것을 그는 알고 있었다. 그는 문득 부끄러움을 느꼈다. 그녀한테 알리지도 않은 채 코브를 떠나, 중국행 선박에 오르기라도 한 것처럼.

19

각각의 종(種)에는 살아남을 수 있는 것보다 더 많은 개체가 태어난다. 그래서 결국 생존 경쟁은 끊임없이 되풀이될 수밖에 없다. 그러므로 어떤 개체든, 바뀐 생활 환경 아래서 개체를 보존하는 데 유리한 방향으로 미미하게나마 자신을 변이시킬 수만 있다면, 그 개체는 좀 더 나은 생존 기회를 얻을 수 있을 테고, 그리하여 〈자연 선택〉의 혜택을 받을 수 있게 될 것이다.
— 찰스 다윈, 『종의 기원』(1859)

　중국으로의 도피행을 꿈꾸었던 희생자는 현실 속에서는 그날 저녁 어니스티나와 함께 트랜터 이모를 위해 계획한 깜짝 파티에서 주인 역할을 수행해야만 했다. 두 숙녀는 화이트 라이언 호텔로 와서 그와 함께 식사할 예정이었다. 즙이 많은 새우 요리와 신선한 연어튀김이 마련되었고, 호텔의 식품 창고가 바닥을 드러냈다. 그리고 우리가 언젠가 풀트니 부인 댁에서 잠깐 만났던 의사가 성비(性比)의 균형을 맞추기 위해 합석했다.

　그로건 박사는 라임의 저명인사 가운데 한 사람으로서, 그날 저녁 식탁에 오른 연어가 엑스 강에서 가장 맛있는 물고기였던 것처럼, 결혼이라는 강에서 가장 인기 있는 신사로 정평이 나 있었다. 어니스티나는 온화한 성격의 이모가 그녀의 손길을 애타게 기다리고 있는 그 가엾고 외로운 남자에게는 너무 무정하게 대한다고 비난하면서 이모를 놀렸다. 하지만 이 비련의 주인공은 환갑이 넘도록 가엾은 고독을 견뎌

왔기 때문에, 트랜터 부인이 그렇게 무정했다는 게 의심스러운 만큼, 그로건 박사가 트랜터 부인에 대한 연정으로 속을 태웠다는 것도 의심스러웠다.

그로건 박사는 트랜터 부인이 노처녀인 것만큼이나 확실한 노총각이었다. 그는 아일랜드 출신답게, 여자들에게 가볍게 날아가 시시덕거리고 듣기 좋은 말로 아첨을 늘어놓으면서도 여자와 감정적으로 얽히지 않는 거세된 남자 같은 능력을 유감없이 발휘하고 있었다. 무뚝뚝하고, 날카롭고, 때로는 거칠기도 하지만, 상대가 마음에 들면 거침없이 속을 터놓고 지내는 그는 라임 사교계에서 청량제 구실을 하고 있었다. 그는 사람들 근처를 배회하면서 누가 어리석은 말이나 행동을 하면 당장 덤벼들 태세를 취하고 있는 것 같았다. 하지만 마음에 드는 사람과 함께 있을 때는 상대의 기운을 북돋워 주는 재치도 부릴 줄 알았고, 자기 방식대로 사는 법을 배우고 실제로 그렇게 살아온 사람답게 풍부한 인간미를 보여 주었다. 그런데도 그에게는 어딘지 모르게 어두운 구석이 있었다. 아마 그것은 가톨릭 신자로 태어났기 때문일 텐데, 우리 시대의 용어를 쓰자면, 그는 1930년대의 공산주의자 — 지금은 용인되고 있지만 여전히 악마의 낙인이 찍혀 있는 — 와 비슷했다. 그러나 지금은 (디즈레일리처럼) 국교회의 존경할 만한 구성원이 된 게 분명했다. 그렇지 않다면, 풀트니 부인이 그가 눈앞에 나타나는 것을 허락했겠는가? 이 점은 그가 (디즈레일리와는 달리) 일요일마다 아침 미사에 참석하는 것만 보아도 분명했다. 예배 장소라면 어디든 — 이슬람 사원이나 유대교 예배당이라도 — 갈 수 있을 만큼 종교에 관대(실은 무관심)하다는 것은 라임 주민들의 상상을 초월하는 속임수였다. 게다가 그는 가장 중요한 의학 분야에 정통할 뿐만 아니라, 자기 환자들의 기질에 대해서도 환히 꿰고 있는 홀륭한 의사였다. 들볶이고 싶어하는 사람은 맘껏 들볶아 주었고, 경우에 따라서는 끈덕지게 쫓아다니며 괴롭히거나 응석을 받아 주거나 모른 체 눈감아 주기도 했다.

그는 라임에서 자타가 인정하는 최고의 미식가였다. 그래서 찰스와 화이트 라이언이 제공하는 식사와 포도주가 마음에 들자, 그는 자진해서 그 젊은이로부터 호스트 역할을 넘겨받았다. 그는 독일의 하이델베르크 대학에서 공부했고, 런던에서 개업했으며, 이 세상에 널려 있는 온갖 어리석음을 잘 알고 있었다. 지성을 갖춘 아일랜드 인만이 할 수 있는 일이었다. 지식이나 기억이 따르지 못하는 것이 있으면 상상력이 대기하고 있다가 그 간격을 메워 주었다. 아무도 그의 이야기를 전부 믿지 않았다. 그의 이야기에 진저리를 치는 사람도 적지 않았다. 트랜터 부인도 아마 라임의 누구나처럼 그의 이야기를 알고 있었을 것이다. 왜냐하면 둘은 오랜 친구였고, 그래서 그녀는 그가 이야기할 때마다 그 내용이 전에 들었던 내용과 큰 차이가 난다는 사실을 잘 알 수밖에 없었기 때문이다. 그러나 이날 저녁에는 그녀가 가장 많이 웃었다. 때로는 예의에서 벗어날 정도로 마구 웃어 댔기 때문에, 풀트니 부인이 언덕 위에서 그 소리를 들었다면 무슨 불상사라도 생겼나 싶어 걱정했을 것이다.

평소라면 찰스가 즐겁게 보냈을 저녁이었다. 통통하게 살찐 연어가 뼈만 앙상하게 남겨지고, 두 신사가 포도주병을 계속 기울이고 있을 때 ─ 이것은 어니스티나가 우아하게 처신하도록 훈육받은 사회에서는 결코 〈바람직한〉 예절이 아니었다 ─ 의사가 다소 상스러운 말을 섞어 가며 옛날 일을 스스럼없이 이야기했기 때문에, 적잖이 즐거웠다. 찰스는 어니스티나가 두어 번 충격을 받은 것을 알아차렸다. 그러나 트랜터 이모는 그런 기색을 보이지 않았다. 그로건 박사와 트랜터 부인은 젊은 시절의 솔직한 문화에 아직도 즐겁게 빠져 들었고, 찰스는 그 옛날의 솔직한 문화에 향수를 느꼈다. 작달막한 의사의 장난기 어린 눈과 즐거워하는 트랜터 이모의 모습을 보면서, 찰스는 자기 시대에 대한 역겨움이 치밀어 오르는 것을 느꼈다. 숨 막히는 점잔 빼기, 수송과 제조에 쓰이는 기계들에 대한 숭배, 그보다도 훨씬 무서운 기계들 — 이제 막 사회 관습 속에 만들어지고 있는 기계들 — 에 대한 숭배가 그를 구역질 나게 했다.

이 찬탄할 만한 객관성은 그가 오후에 보여 주었던 행동과는 놀랄 만큼 무관해 보일지 모른다. 찰스는 그것을 노골적으로 드러내지는 않았지만, 그렇다고 해서 자신의 행동이 일관성을 결여하고 있다는 데 대해 완전히 눈감은 것은 아니었다. 그는 이제 또 다른 상념에 흔들리면서, 우드러프 양을 너무 진지하게 — 말하자면 성큼성큼 걷는 대신 비틀거리면서 — 대했다고 속으로 생각했다. 그는 특히 어니스티나가 걱정되었다. 그녀는 이제 심란해하고 있지는 않았으나, 평소의 발랄함이 다소 줄어든 것 같았다. 그것이 편두통을 앓은 후유증 때문인지, 아니면 의사의 재담 때문인지는 알 수 없었지만. 공회당에서 연주회가 열린 날처럼 그녀에게는 어딘지 모르게 천박한 구석이 있다는 생각 — 교양만이 아니라 지성에서도 그녀의 날카로움은 단지 깜찍함으로 이루어져 있을 뿐이라는 생각 — 이 다시금 떠올랐다. 얌전하게 아는 체하는 태도 속에는 호프만[71]의 이야기에 나오는 독창적인 자동 인형들처럼 기계적으로 행동하는 면이 있는 게 아닐까?

그러나 그때 그는 생각했다. 티나는 세 어른 사이에 끼인

71 독일의 작가. 1776~1822.

어린아이라고. 그는 마호가니 식탁 아래서 그녀의 손을 부드
럽게 잡아 주었다. 그녀는 얼굴을 붉힐 때가 매력적이었다.

두 신사 — 고인이 된 앨버트 대공[72]을 닮은 데가 있는 키
큰 찰스와 비쩍 마르고 키 작은 그로건 박사 — 는 마침내 두
숙녀를 집에까지 바래다주었다. 벌써 열시 반이었다. 런던에
서라면 사교 생활이 막을 올릴 시간이지만, 이곳 라임에서는
모든 주민이 잠든 지 오래였다. 그들의 미소 짓는 얼굴 앞에
서 문이 닫히자, 브로드 가에는 두 신사만 남겨졌다.
  의사가 코에 손가락을 댔다. 「우리 집으로 가세. 이 노련한
손으로 조제한 향기로운 토디[73] 한 잔을 처방해 줄 테니.」 찰
스가 정중하게 거절하는 표정을 짓자, 의사는 엄격한 목소리
로 덧붙였다. 「이건 의사의 명령일세. 어느 시인은 〈Dulce est
desipere(달콤함에는 절망이 뒤따른다)〉라고 말했지만, 적당
한 장소에서 가볍게 한잔하는 것만큼 유쾌한 일도 없지. 안
그런가?」
  찰스는 가볍게 웃었다. 「그 독한 술이 박사님의 라틴 어보
다 훌륭할 거라고 약속하신다면, 흔쾌히 응하겠습니다.」
  그리하여 10분 뒤에 두 사람은 그로건 박사의 2층 서재
— 박사는 이 방을 〈오두막〉이라고 불렀다 — 에 편안히 앉
아 있었다. 그곳에서는 코브게이트와 코브 사이의 작은 물굽
이가 내려다보였다. 그 방에서는 특히 여름철이면 헤엄치러
나온 네레이데스[74]들도 볼 수 있다고 그로건 박사는 주장했
다. 의사는 여자 환자들에게 해수욕을 권장하고 있었는데,

72 빅토리아 여왕의 남편. 1840년에 결혼하여 1861년에 죽을 때까지 여
왕의 좋은 반려자이자 협력자였다.
73 브랜디나 위스키 따위에 설탕과 향료를 탄 음료.
74 그리스 신화에 나오는 바다의 요정.

환자들 자신의 건강에도 좋고 의사 자신의 눈요기에 좋은 처방만큼 유쾌한 상황이 어디 있겠는가? 단아하게 생긴 작은 그레고리 망원경이 활처럼 구부러진 창가 탁자에 놓여 있었다. 그로건 박사가 혀를 짓궂게 날름거리면서 한쪽 눈을 찡긋해 보였다.

「물론 천문학적 목적만을 위한 거라네.」

찰스는 창밖으로 목을 길게 빼고, 소금기가 배어 있는 공기를 맡았다. 그리고 오른쪽으로 좀 떨어진 곳에 네레이데스들이 드나드는 이동식 탈의실의 검은 윤곽이 서 있는 것을 보았다. 그러나 그날 밤 깊은 바다 속에서 들려오는 음악은 파도가 자갈을 굴리며 속삭이는 소리뿐이었다. 그리고 훨씬 더 멀리 떨어진 어디에선가, 잔잔한 바다 위를 날며 보금자리를 찾는 갈매기들의 목쉰 소리가 들려왔다. 등 뒤, 램프가 켜진 방 한구석에서 의사가 딸그락거리며 〈약〉을 조제하는 소리가 들려왔다. 찰스는 두 세계 ── 등 뒤에 있는 따뜻하고 잘 정돈된 문명의 세계와, 눈앞에 있는 차갑고 어두운 신비의 세계 ── 사이에서 떠돌고 있는 자신을 느꼈다. 우리는 누구나 시를 쓴다. 시인은 다만 언어를 가지고 시를 쓸 뿐이다.

술은 훌륭했다. 술에 뒤이어 나온 버마 산 시가는 유쾌한 놀라움이었다. 그리고 두 사람은 아직도, 이미 알려진 일련의 규칙들과 거기에 부여된 의미들과 함께, 지성을 가진 이방인들이 공통된 지식의 지평과 정보의 공동체를 공유하고 있는 세계에 살고 있었다. 오늘날 어떤 의사가 고전 음악을 알 수 있으며, 어떤 아마추어가 과학자와 속을 터놓고 대화를 나눌 수 있는가? 두 사람의 세계는 전문성이라는 폭군이 없는 세계였다. 그리고 그들은 진보와 행복을 혼동하지 않았다.

그들은 한참 동안 말이 없었다. 숙녀들과 함께 지낸 시간을 벗어난 지금, 그들은 남성만의 진지한 세계를 더욱 뚜렷이 느졌고, 그래서 그들은 그 세계 속에 기분 좋게 잠겨 있었다. 찰스는 문득 그로건 박사가 정치적으로 어떤 견해를 갖고 있는지 궁금했다. 그 주제에 들어가는 방법으로, 집주인의 책들 사이에 새하얀 모습으로 앉아 있는 두 개의 석고 흉상을 가리키며, 그들 가운데 누구를 지지하느냐고 물어보았다.

의사는 미소를 지으며 말했다. 「*Quisque suos patimur manes.*」 베르길리우스의 시구인데, 대충 풀이하면 〈어떤 신을 선택하느냐에 따라 운명이 좌우된다〉는 뜻이었다.

찰스도 미소로 답했다. 「저는 벤담을 인정합니다.」

「그러시군. 비슷한 멍청이가 또 하나 있지. 볼테르 말일세.」

「그렇다면 우린 같은 당을 지지하고 있는 셈이군요.」

의사가 간단한 질문으로 그를 시험했다. 「아일랜드 사람한테도 선택권이 있나?」[75]

찰스는 무슨 뜻인지 알겠다는 몸짓을 해보였다. 그러고는 자신이 자유당을 지지하게 된 이유를 말했다. 「글래드스턴 씨는 적어도 우리 시대의 윤리적 토대가 급속히 썩어 가고 있다는 것을 인정하리라고 생각합니다.」

「맙소사! 내가 지금 사회주의자와 함께 있는 것은 아니겠지?」

찰스는 웃었다. 「아직은 아닙니다.」

「이해하네. 이 증기 기관과 위선의 시대에 나는 무엇이든 용서할 수 있네. 〈생명 종교〉만 빼고.」

「아, 예.」

「나도 젊었을 때는 벤담 신봉자였다네. 볼테르는 나를 로

---

75 아일랜드는 민족·종교적으로 영국(잉글랜드)과 다른 독자적 전통을 가지고 있었으나, 12세기부터 7백 년 가까이 영국의 지배를 받아 왔고, 1801년에는 영국에 합병되어 자치권마저 박탈당한 상태에서 박해받다가 1922년에 독립했다.

마에서 몰아냈고, 벤담은 나를 토리당[76]에서 몰아냈지. 하지만 요즘 한창 시끄러운 선거권 확대는 겉으로는 그럴듯하게 들리지만 속 빈 강정이야. 선거권이 확대되어도 나한테는 해당되지 않으니까. 나는 출신 따위는 전혀 문제 삼지 않아. 공작도, 아니 국왕도 다른 사람들만큼 어리석을 수 있네. 하지만 나는 앞으로 50년 뒤에는 살아 있지 않을 거야. 그건 어머니인 자연한테 감사해야 할 일이지. 정부가 폭도를 두려워하기 시작하면, 그건 정부가 자신을 두려워하는 거나 마찬가지라고 말할 수 있네.」 의사의 눈이 반짝였다. 「차티스트 운동가가 더블린에 왔을 때, 우리 동포들이 뭐라고 했는지 아나? 그 사람은 이렇게 외쳤지. 〈형제들이여, 사람은 누구나 평등합니다. 그렇지 않습니까, 여러분?〉 그러자 아일랜드 사람은 이렇게 대꾸했다네. 〈연설가 양반, 당신 말이 옳소. 그리고 다른 사람들보다는 쬐끔 더 낫구려.〉」 찰스가 미소를 지었다. 그러나 의사는 손가락을 들어 올렸다. 「자넨 웃는군. 하지만 들어 보게. 그 아일랜드 사람이 옳았어. 그건 전혀 허튼소리가 아니었다네. 〈쬐끔 더 나은 것〉 — 그게 이 나라에 파멸을 가져올 걸세. 내 말을 명심하게.」

「하지만 박사님이 집 안에 모셔 둔 저 두 귀신은 전혀 책임이 없단 말인가요? 〈최대 다수의 최대 행복〉을 설교했던 사람이 도대체 누구였죠?」

「그 한마디를 가지고 논쟁할 생각은 없네. 문제는 우리가 그것을 시작하는 방법이겠지. 우리는 철기 문명(의사는 철도를 뜻하는 말로 이런 표현을 썼다)이 없이도 잘 살았어. 내가 젊었을 적에는 말일세. 걷기도 전에 달릴 수 있게 된다

76 1680년 왕권 지지자들에 의해 조직된 정파로 보수당의 전신. 지방 지주층에 기반을 두고 국교 옹호와 비국교도 배척을 주장하여, 상공인을 기반으로 한 자유주의적 휘그당과 대립했다.

고 해서 행복을 얻을 수는 없는 법이지.」

찰스는 정중하게 동의한다고 중얼거렸다. 그로건 박사는 정치적 기질에서는 찰스의 백부와 전혀 다르지만, 백부와 똑같은 약점을 갖고 있었다. 찰스는 그 약점을 건드린 것이다. 1830년대의 제1차 선거법 개정안을 지지했던 사람들은 30년 뒤의 개정안에 반대했다. 그들은 기회주의, 즉 양면성이 19세기를 병들게 했으며, 질시와 반항이라는 위험한 정신을 낳았다고 느꼈다. 1801년에 태어난 그로건 박사는 어쩌면 앤 여왕[77] 시대의 인문주의를 나타내는 한 조각이었는지도 모른다. 그의 진보 의식은 질서가 잡힌 사회에 지나치게 의존하고 있었다. 질서는 그가 지금까지 살아온 대로의 모습으로 남아 있게 해주는 것이었다. 이 때문에 그는 실제로는 은밀한 국수주의자 제러미 벤담보다는 은밀한 자유주의자 에드먼드 버크에 더 가까웠다. 그러나 그의 세대가 1850년 이후 오래 지속된 경제적 호황 속에서 등장한 〈새로운 영국〉과 정치인들을 의심한 것이 전부 잘못된 것은 아니었다. 많은 젊은이들, 찰스처럼 태도가 모호한 사람들, 심지어 매튜 아널드 같은 저명인사까지도 그들과 의견을 같이했다. 국교로 개종했다고 알려진 디즈레일리조차 나중에 죽음을 맞는 침상에서는 유대 어로 임종 기도를 올렸다고 하지 않는가? 그리고 근대 정치사에서 모호한 발언의 대가로 알려진 글래드스턴은 고상한 웅변을 빙자하여 용감한 선언을 비겁하게 누그러뜨리지 않았던가? 최고의 것을 해독할 수 없는데, 하물며 최악의 것을…… 그러나 화제를 바꿀 때가 왔다. 찰스는 의사한테 고생물학에 관심이 있느냐고 물어보았다.

「천만에. 아까는 즐거운 식사를 망치고 싶지 않아서 말하지

77 1702~1714년에 재위한 영국 여왕.

않았는데, 솔직히 인정하는 게 낫겠군. 분명히 말하지만, 나는 존재론자일세.」 그는 의자 깊숙이 몸을 묻으며 찰스에게 미소를 보냈다. 「죽은 것들을 찾아다니면서 연구하면 생명에 대해 더 많은 것을 알게 되겠지.」

찰스는 비난을 묵묵히 받아들였다. 그러다가 기회를 잡고 입을 열었다. 「얼마 전에 이 고장의 별난 여자를 소개받은 일이 있습니다. 그래서 박사님 의견에 부분적으로나마 동의하고 싶은 생각이 드는군요.」 그는 일부러 잠깐 말을 멈췄다가 계속했다. 「아주 이상한 여잡니다. 물론 박사님은 저보다 더 잘 아시겠지만요.」 이처럼 에두른 표현이 우발적인 흥미 이상의 것을 암시할지도 모른다는 것을 느끼고, 그는 재빨리 덧붙였다. 「이름은 아마 우드러프일 겁니다. 풀트니 부인 댁에서 일하고 있지요.」

의사는 손잡이 달린 은제 안경집을 내려다보았다.

「아, 그 가엾은 〈비련의 여주인공〉 말이군.」

「제가 경솔했나요? 제가 보기엔 정상이 아닌 것 같던데.」

「글쎄, 나는 풀트니 부인을 진료하고 있는 처지라서, 그 처녀를 험담하는 건 용납할 수가 없네.」

찰스는 조심스러운 시선으로 의사를 힐끔 바라보았다. 그러나 네모난 테안경 뒤에서 빛나는 의사의 눈에는 분명 어떤 잔인한 빛이 있었다. 찰스는 가벼운 미소를 띠며 시선을 떨구었다.

그러건 박사는 손을 뻗어 난롯불을 쑤셨다. 「그 처녀의 내면에서 무슨 일이 일어나고 있는지는 정말로 수수께끼라네. 그보다는 차라리 저 해변에 널려 있는 화석에 대해 더 많은 것을 알고 있다고 말할 수 있지. 최근에 어떤 독일인 의사가 우울증을 여러 유형으로 분류했는데, 하나는 선천적인 것으로, 그 의사의 설명에 따르면 슬픔에 잠기는 기질을 타고난 사람이라는 뜻일세. 또 하나는 우발적인 것으로, 어떤 이유 때문에 갑자기 나타나는 것을 말하지. 알다시피 이것은 누구나 종종 겪는 일일세. 세 번째 유형은 그 독일인 의사가 모호한 우울증이라고 부르는 것인데, 말하자면 무엇 때문에 생기는지 그 원인을 알 수 없는 우울증을 말한다네.」

「하지만 그 여자는 우울증에 걸릴 이유가 있었잖습니까?」

「남자한테 버림받은 처녀가 그 여자 하나뿐인가? 라임에만도 그런 여자가 열 명은 넘을 걸세.」

「그 여자들도 그렇게 잔인한 환경 속에 있습니까?」

「몇몇은 그렇지. 그보다 더 열악한 환경에 놓여 있는 여자도 있어. 그런데도 지금은 귀뚜라미처럼 명랑하다네.」

「그럼 박사님은 우드러프 양을 모호한 우울증으로 분류하시나요?」

의사는 잠깐 생각한 다음 입을 열었다. 「언젠가 왕진을 부탁받은 일이 있었네 ― 이건 절대 비밀일세. 열 달쯤 전이었는데, 그 여자를 진찰해 달라는 거였어. 가서 보고는 무엇이 잘못되었는지 한눈에 알 수 있었지. 이유도 없이 흐느껴 울고, 말도 하지 않고, 눈가에 나타난 표정…… 홍역만큼이나 명백한 우울 증세였다네. 게다가 나는 그녀의 사연을 알고 있었지. 그 일이 일어났을 때 그 여자는 탤벗 집안에서 가정교사로 있었는데, 나는 탤벗 부부와 잘 아는 사이거든. 그러니까 원인은 분명하다고 생각하네. 말버러 저택에서 여섯 주일, 아니 엿새만 지내면, 아무리 정상적인 사람도 정신 병원에 들어갈 수밖에 없을 거야. 우리끼리니까 얘기지만, 나는 사실 이교도라네. 나는 그 경건함의 궁전이 홀랑 불에 타서 잿더미가 되고, 집주인도 함께 타버리는 꼴을 보았으면 원이 없겠네. 그 잿더미 위에서 춤을 추지 않는다면, 나는 아마 지옥에 떨어질 걸세.」

「저도 그 무도회에 기꺼이 동참할 겁니다.」

「우리만이 아닐걸.」의사는 토디를 한 모금 벌컥 들이켰다. 「온 마을 사람들이 밖으로 뛰쳐나올 걸세. 나는 그 처녀를 위해 내가 할 수 있는 일을 다 했어. 하지만 그 여자를 치료할 수 있는 방법은 딱 한 가지뿐이라네.」

「그 집에서 떠나보내는 것 말인가요?」

의사는 힘차게 고개를 끄덕였다. 「보름쯤 뒤에, 코브로 산책을 나와 있던 그 처녀를 집으로 불러서 조카딸을 대하듯 친절하게 얘기했지. 그런 일은 열 길 넘는 낭떠러지 너머로 마차를 뛰어넘게 하는 것과 마찬가지였다네. 그런데 맙소사, 그 처녀가 뭐랬는 줄 아나? 상관하지 말라는 거야. 나는 그때 엑서터에 사는 동료 이야기를 했다네. 그는 아주 친절하고 상냥한 사람이다, 아내와 네 명의 천사 같은 자식이 있다, 마침 가정교사를 구하고 있는데 얼마나 좋은 기회냐? 그런데 나보고 상관하지 말라니!」

「떠나지 않겠다고 했군요.」

「한 발짝도. 그렇게 된 걸세. 탤벗 부인도 착한 사람이어서, 처음엔 그녀를 다시 데려가려고 했지. 그런데 그녀가 응하지 않았던 거야. 그녀 자신도 알고 있을 테지만, 비참하게 살아야 하는 집, 하인과 노예조차 구별할 줄 모르는 여주인, 가시나무로 만든 베개처럼 고통스러운 자리로 가버린 것일세. 그러고는 그 집에서 떠나려고 하지 않는 거야. 믿기지 않겠지만, 그 처녀는 아마 여왕 자리를 준다 해도, 천 파운드의 거금을 준다 해도, 고개를 흔들 걸세.」

「정말 이해할 수가 없군요. 그 여자가 거절했다고 말씀하신 제안은 우리가 생각한 해결책과 똑같습니다. 사실은 어니스티나의 어머니가……」

「그래 봤자 시간 낭비야.」의사는 우울하게 미소를 짓고는,

벽난로 위의 술주전자로 잔을 채우다 말고 다시 입을 열었다. 「그런데 그 하르트만 박사는 그 처녀와 비슷한 경우를 얘기했다네. 어떤 젊은 과부의 경우인데, 여기서 아주 인상적인 말을 하고 있지. 남편이 기병대 장교였는데, 기동 훈련을 하다가 사고로 죽었다는군. 그래서 이 부인은 깊은 슬픔에 빠져들었지. 그건 좋아. 충분히 예상할 수 있는 일이니까. 그런데 그 슬픔이 몇 해가 지나도록 계속된 것일세. 그 집에 있는 건 아무것도 바꿀 수가 없었어. 죽은 남편의 옷은 여전히 옷장에 걸려 있고, 파이프는 그가 즐겨 앉던 의자 옆에 놓여 있고, 남편이 죽은 뒤에 배달된 몇 통의 편지까지도 거기에……」 의사는 찰스 뒤쪽의 어둠을 손가락을 가리켰다. 「저것과 똑같은 은 쟁반에, 봉투도 뜯지 않은 채, 해가 갈수록 누렇게 바래지면서 놓여 있었다는군.」 그는 잠깐 말을 쉬고 찰스에게 미소를 보냈다. 「자네의 암모니아 화석도 그런 신비를 지니고 있지는 않을 걸세. 하르트만 박사의 책이 있는데……」

의사가 벌떡 일어났다. 그러고는 찰스를 내려다보면서 그를 손가락으로 가리키며 한마디씩 또박또박 말했다. 마치 그 말을 손가락으로 찰스의 마음속에 집어넣으려는 것 같았다. 「〈그녀는 마치 마약에 중독된 사람처럼 우울증에 중독되어 있었다.〉 이제 어떻게 된 일인지 알겠나? 그녀의 슬픔은 그녀의 행복이 된다, 그런 말일세. 스스로 희생양이 되기를 바라고 있다고나 할까. 자네나 내가 주춤하며 뒤로 물러설 순간에, 그 처녀는 앞으로 뛰쳐나간다네. 한마디로 미친 거지.」 그는 다시 의자에 앉았다. 「정말 수수께끼일세. 캄캄한 암흑이야.」

두 사람 사이에 침묵이 흘렀다. 찰스는 시가 꽁초를 난롯불 속에 던졌다. 잠깐 불꽃이 일어났다. 그는 의사의 시선을 피한 채 입을 열었다.

「그럼, 그 여자는 아무한테도 속마음을 털어놓지 않았나요?」

「가장 가까운 친구라면 탤벗 부인일 텐데, 그 부인 말이, 그 처녀가 자기한테도 많은 것을 숨기고 있다는 거야. 나도 우울증에 대해 잘 아는 것처럼 우쭐대지만, 보기 좋게 실패하고 말았다네.」

「하지만 만약에…… 그 여자가 동정심을 가진 사람한테 속을 털어놓을 수만 있다면……」

「그러면 병이 낫겠지. 하지만 그 처녀는 병이 낫기를 원치 않아. 그건 그 여자가 약을 거부한 것만큼이나 명백한 사실일세.」

「하지만 고백으로 병이 낫는다면, 박사님이……」

「사람의 영혼을 어떻게 강요할 수 있단 말인가? 방법이 있으면 가르쳐 주게.」 찰스는 자신 없다는 듯 어깨를 으쓱했다. 「물론 못할 테지. 그리고 분명히 말하지만, 어쩌면 그게 더 나은지도 몰라. 남의 신성한 영혼을 침해하는 데서는 결코 이해가 생겨나지 않으니까.」

「그럼 그 여자는 절망적인가요?」

「자네가 말하는 의미로는 그렇다네. 약은 아무 효과도 없어. 그 여자가 우리 남자들처럼 명쾌하게 판단을 내릴 줄 알고, 자기 행동의 동기를 검토할 줄 알고, 자기가 왜 그런 행동을 하는지 이해할 수 있다고 생각해서는 안 되네. 우리는 그 여자를 안개 속에서 헤매는 사람으로 생각해야 돼. 우리가 할 수 있는 일은 그 안개가 걷히기를 바라면서 기다리는 것뿐이라네. 그러면 아마도……」 의사가 말을 멈췄다. 그러고는 전혀 기대하지 않는다는 투로 덧붙였다. 「아마도……」

거의 같은 무렵, 사라의 침실은 말버러 저택을 뒤덮은 캄캄한 침묵 속에 놓여 있다. 그녀는 오른쪽으로 돌아누워 잠들어 있다. 검은 머리카락이 흘러내려 얼굴을 거의 가리고 있다. 그 얼굴은 얼마나 평화롭고 행복한가. 가냘프고 매끄러운 팔을 이불 밖으로 올려놓은 채 잠이 든, 스물예닐곱 살가량의 건강하고 젊은 여인. 밤은 적막하고, 문들은 닫혀 있다……. 그리고 그녀의 팔은 또 다른 몸 위에 얹혀 있다.

남자는 아니다. 열아홉 살가량의 처녀가 사라 쪽으로 등을 돌린 채, 그러나 일인용 침대이기 때문에 바싹 붙어서, 역시 잠들어 있다.

여러분의 마음속에 어떤 생각이 막 떠올랐을지 모른다. 하지만 여러분은 우리가 지금 1867년에 와 있다는 것을 깜박 잊고 있다. 풀트니 부인이 등잔을 들고 느닷없이 방에 들어와, 두 여자가 바싹 붙어서 함께 누워 있는 모습을 보았다고 가정해 보라. 여러분은 어떤 장면을 상상할 수 있을까? 노부인이 격노한 검은 고니처럼 몸을 잔뜩 부풀리며 온갖 욕설과 저주를 퍼붓는다. 그리고 그 가엾은 두 처녀는 속치마 바람으로 당장 쫓겨난다.

천만에. 여러분의 상상은 백 퍼센트 틀렸다. 알다시피 풀트니 부인은 밤마다 수면제를 복용하고 있기 때문에, 그 야심한 시각에 잠에서 깨어난다는 것은 상상도 못할 일이다. 설령 그녀가 그 방에 들어갔다 해도, 그냥 돌아서서 떠났을 게 분명하다. 두 처녀가 깨지 않도록 조심조심 문을 닫았을지도 모른다.

무슨 말이냐고? 이해할 수 없다고? 그러나 오늘날 우리가 죄악시하는 몇몇 행위들은, 당시에는 너무도 부자연스러웠기 때문에 아직은 죄악이 아니었다. 풀트니 부인이 〈레즈비언〉이라는 말을 도대체 들어 보기나 했을까? 그런 말을 들은 적이 있다 하더라도, 그건 그리스에 있는 한 섬과 결부된 의미였을 것이다.[78] 게다가 여자는 육체적 기쁨을 느끼지 못한다는 것은, 지구가 둥글다거나 엑서터 주교의 이름이 필포츠 박사라는 사실과 마찬가지로, 그녀에게는 기본 상식에 지나지 않았다. 언젠가 메리의 뺨에 찍혀 있는 것을 보았던 그 망칙한 키스 자국 같은 사내들의 애무를 하층 계급 여자들이 즐긴다는 것은 그녀도 물론 알고 있었다. 그러나 그녀는 이런 것들이 여자들의 허영심과 나약함 탓에 일어나는 불상사라고 생각했다. 코턴 부인의 자선 행위에서도 짐작할 수 있듯이, 당시에도 창녀는 있었다. 그러나 그런 여자들은 너무 타락해서, 돈에 대한 탐욕 때문에 육체관계에 대한 타고난 혐오감을 극복한 여자로 설명할 수 있었다. 풀트니 부인이 메리에 대해 가진 첫인상이 그랬다. 그 계집애가 마구간지기한테 그런 모욕을 당하고도 낄낄거린 것을 보면, 이미 창녀가 될 소질을 갖고 있는 게 분명했다.

그런데 사라의 동기는 무엇일까? 동성애에 관한 한, 그녀는 사실 마님과 마찬가지로 백지상태였다. 그러나 풀트니 부인처럼 육체관계에 공포감과 혐오감을 느끼고 있었던 것은 아니다. 그녀는 알고 있었다. 아니, 적어도 상상은 하고 있었다. 사랑에는 육체적인 쾌락도 있다는 것을. 그녀가 밀리와 함께 자기 시작한 것은, 그 불쌍한 처녀가 풀트니 부인의 면전에서 쓰러진 직후부터였다. 그때 그로건 박사는 환자를 하녀용 처소에서 좀 더 밝은 방으로 옮겨야 한다고 충고했다. 마침 사라의 침실에 딸린 드레스룸이 오랫동안 비어 있었다. 그래서 밀리는 그 방으로 옮겨졌다. 사라는 그 위황병 환자가 필요로 하는 것을 여러 모로 보살펴 주었다.

78 레즈비언이라는 말은 기원전 6세기의 여류 시인 사포가 레스보스 섬에서 소녀들과 어울렸다는 전설에서 유래했다.

밀리는 찢어지게 가난한 농부의 11남매 가운데 넷째 딸로 태어났다. 밀리네 집은 황량한 에가던에서 서쪽으로 뻗어 있는 골짜기 한가운데에 자리 잡고 있어서 늘 눅눅하게 습기가 차 있었고, 두 개밖에 없는 방에서 열세 명의 대가족이 복작거리며 살아야 했다. 그러나 오늘날은 런던의 이름난 건축가가 별장을 지어 놓고 주말마다 찾아가서, 그토록 황량하고 외떨어져 있고 그림처럼 아름다운 전원 풍경을 찬탄하는 장소로 변해 버렸다. 그리고 이런 변화는 그곳에서 일어났던 빅토리아 시대의 공포도 몰아내 버린다. 나는 그러기를 바란다. 조지 몰랜드[79] 같은 화가들은 현재의 생활에 만족하며 사는 시골 노동자 가족의 이상적인 모습을 그려서 인기를 얻었지만, 이런 이상적인 모습은 현실을 짓누르고 그들의 생활상을 감상적으로 다룬 것이다. 이것은 오늘날 〈진짜〉 인생을 묘사한 할리우드 영화의 감상주의만큼이나 어리석고 유해하다. 밀리와 비참하기 짝이 없는 열 명의 형제자매들을 한번 보기만 해도, 〈행복한 시골 농부〉의 신화는 재로 변해 버렸을 것이다. 그러나 그곳에 눈길을 준 사람은 거의 없었다. 모든 시대, 모든 죄 많은 시대는 자신의 베르사유 궁전 주위에 높은 벽을 둘러친다. 개인적으로 내가 가장 싫어하는 벽은 문학과 예술로 만들어진 벽이다.

어느 날 밤, 사라는 밀리가 훌쩍거리는 소리를 들었다. 사라는 옆방으로 가서 밀리를 달랬다. 밀리를 달래는 일은 그리 어렵지 않았다. 밀리는 나이만 먹었지 어린애나 마찬가지였기 때문이다. 읽을 줄도 쓸 줄도 몰랐고, 주위 사람들을 판단할 줄도 몰랐다. 토닥여 주면 좋아하고, 발길에 채면 그게 인생이려니 여겼다. 개나 다름없었다. 그날 밤은 몸이 얼어

---

79 영국의 화가. 풍경화와 동물화를 주로 그렸다. 1763~1804.

붙을 정도로 추운 밤이었다. 그래서 사라는 단순한 마음으로 밀리의 침대 속에 들어가, 그녀를 안아 주고, 뽀뽀해 주고, 문자 그대로 토닥여 주었다. 사라에게 밀리는 병든 양, 사라의 아버지가 사회적 야망 때문에 농사를 작파하기 전까지 그녀가 몸소 돌봐 주었던 양과 같았다. 그리고 이 직유법은 농부의 딸에게도 그대로 적용될 수 있었다.

그때부터 어린양은 1주일에 두세 번씩 처량하고 지친 모습으로 사라를 찾아오곤 했다. 사라는 종종 혼자 잠자리에 들었다가 새벽에 잠을 깬 뒤에야 곁에 밀리가 있는 것을 발견하곤 했다. 밀리는 무서움을 견딜 수 없는 한밤중에 그토록 조용히 사라의 침대 속으로 기어든 것이다. 가엾은 밀리는 어둠을 두려워했다. 사라가 없었다면, 밀리는 다시 위층의 하녀용 숙소로 돌아가겠다고 말했을 것이다.

이 정다운 관계는 거의 말없이 이루어졌다. 도대체 말이 필요 없었고, 어쩌다 주고받는 대화도 자질구레한 집안일에 관한 이야기뿐이었다. 중요한 것은 어둠 속에서 주고받는 따뜻함과 말 없는 가운데 이루어지는 공존뿐이라는 것을 그들은 알고 있었다. 그렇다면 그들의 감정 속에 성적인 것은 없었을까? 아마 있었을지도 모른다. 그러나 그들은 자매에게 허락되는 한계를 넘어서지 않았다. 다른 경우, 이를테면 가장 미개한 도시 빈민층이나 성적으로 가장 해방된 귀족층에는 당시에도 분명 성적 쾌락을 동반하는 동성애가 존재했을 것이다. 그러나 우리는 빅토리아 시대에 흔히 여자들이 잠자리를 함께한 이 현상을 수상쩍은 동기 탓으로 돌리기보다는 여자를 외롭게 하는 그 시대 남성들의 오만함 탓으로 돌려야 할 것이다. 게다가 그런 고독의 우물 속에 들어 있는 두 여자는 성도착보다 인간애에 더 가까워지지 않을까?

그러므로 그들이, 그 순결한 두 여인이 계속 자도록 내버려 두자. 그리고 방향을 돌려, 바닷가 오두막에서 대화를 나누고 있는, 보다 이성적이고 보다 교양 있고 보다 고상한 두 남자한테로 돌아가자.

두 마리의 만물의 영장은 우드러프 양과 안개에 대한 애매모호한 비유에서 벗어나, 좀 덜 애매모호한 고생물학 분야로 화제를 돌렸다.

「박사님도 인정하셔야 할 겁니다.」찰스가 말했다. 「라이엘의 발견은 발견 자체의 중요성보다 훨씬 많은 것을 내포하고 있다는 것을 말입니다. 아무래도 성직자들은 힘겨운 전쟁을 치러야 할 것 같습니다.」

중간에 끼어들어 한마디 보태자면, 찰스 라이엘은 근대 지질학의 아버지였다. 물론 라이엘 이전에도 뷔퐁[80]이 저 유명한『자연의 각 시대』에서, 17세기에 어셔 대주교에 의해 창작되고『흠정역 성서』[81]에까지 엄숙하게 기록된 신화 — 세계는 기원전 4004년 10월 26일 아홉시에 창조되었다 — 의 허구성을 폭로한 바 있었다. 그러나 이 위대한 프랑스의 박물학자조차 감히 지구의 기원을 그보다 7만 5천 년 더 이전으로 밀어붙이지는 못했다. 그것을 다시 수백만 년 전으로 밀어붙인 것이 바로 1830~1833년에 출판된 라이엘의『지질학의 원리』다. 그의 이름은, 지금은 기억하는 사람이 드물지만, 아주 중요한 이름이다. 그는 자기 시대와 다른 분야의 수많은 과학자들에게 가장 의미 있는 공간을 제공해 주었다. 그의 발견은 한편으로는 비겁한 자들을 얼어붙게 만들고, 다

---

80 프랑스의 박물학자. 계몽사상가. 필생의 작업으로 편찬한『박물지』(총 45권)를 통해 자연과 인간의 관계를 탐구했다. 1707~1788.

81 영국왕 제임스 1세의 명령으로 개정되어 1611년에 간행된 공인 영역 성서.

른 한편으로는 용기 있는 자들을 격려하면서, 19세기의 진부한 형이상학적 통로를 통하여 거대한 바람을 몰고 왔다. 그러나 당시에는 라이엘의 걸작에 대해 한 번이라도 들어 본 사람이 드물었고, 그의 이론을 신봉한 사람은 더욱 드물었으며, 거기에 함축된 진실을 수용한 사람은 더더욱 드물었다. 「창세기」는 위대한 거짓말이다. 그러나 그것은 위대한 시이기도 하다. 6천 년 묵은 자궁은 20억 년 묵은 자궁보다 훨씬 따뜻하다.

그래서 찰스는 ── 미래의 장인과 백부는 이런 분야에서는 매우 신중하게 걸음을 내디뎌야 한다고 가르쳤다 ── 신학자에 대한 자신의 걱정을 그로건 박사가 승인할지 기각할지를 알고 싶은 충동을 느꼈다. 그러나 의사는 그의 호기심을 채워 주지 않았다. 의사는 난롯불을 내려다보며 이렇게 중얼거렸을 뿐이다. 「그건 사실일세.」

침묵이 흘렀다. 찰스는 문득 생각난 듯이, 마치 대화를 계속하기 위해 새로운 화제를 찾고 있을 뿐이라는 듯이, 아무렇지도 않은 어조로 침묵을 깨뜨렸다.

「다윈이란 작자의 책을 읽어 보셨습니까?」

그로건이 안경 너머로 날카로운 시선을 보냈다. 그러고는 자리에서 일어나 램프를 들고 좁은 방 뒤편에 있는 책꽂이로 갔다. 잠시 뒤에 돌아온 의사는 찰스에게 책 한 권을 내밀었다. 그것은 『종의 기원』이었다. 찰스는 의사의 엄격한 눈을 올려다보았다.

「그런 뜻으로 말한 건 아닙니다.」

「그걸 읽어 보았나?」

「네.」

「그렇다면 그가 〈작자〉라고 불릴 만큼 형편없는 인물은 아니라는 걸 알겠군.」

「박사님 말씀을 듣고 보니……」

「이 책은 살아 있는 것에 관한 책이라네. 죽은 것에 관한 책이 아니라.」

의사는 약간 부루퉁한 표정으로 돌아가서 램프를 본래 있던 탁자 위에 내려놓았다. 찰스는 일어섰다.

「박사님 말씀이 옳습니다. 죄송합니다.」

키 작은 의사는 그를 곁눈질로 흘끔 쳐다보았다.

「고스가 몇 해 전에 어떤 여류 작가하고 함께 라임에 왔었다네. 그가 쓴『옴팔로스』[82]를 읽어 보았나?」[83]

찰스는 가볍게 미소를 지었다. 「그건 단지 어리석음의 중심일 뿐이더군요.」

적극적인 방법과 소극적인 방법으로 찰스를 시험해 본 그로건 박사는 답례로 쓸쓸한 미소를 보냈다.

「그의 강연이 끝났을 때, 나도 그에게 그런 말을 해주었다네. 꼭 그대로 말한 건 아니지만.」의사는 아일랜드 사람 특유의 콧구멍으로 의기양양한 콧김을 두 번 내뿜었다. 「내용도 없는 헛소리를 잘난 체 지껄이는 근본주의자는 도싯 해안

---

82 『옴팔로스』는 이제 완전히 잊힌 책이다. 모든 시대를 통틀어 가장 기묘한 ─ 본의 아니게 우스꽝스러운 ─ 이 책이 잊힌 것은 참으로 유감스러운 일이다. 저자는 왕립 학회 회원이었고, 당대의 내로라하는 해양 생물학자였다. 그러나 그는 라이엘과 그 추종자들에 대한 공포 때문에 1857년에 과학과『창세기』사이의 모든 편차를 한 방에 깨끗이 날려 보낸 색다른 이론을 내놓았다. 신이 아담을 창조한 날 모든 화석과 멸종한 생명체도 함께 창조했다는 필립 고스의 독창적인 주장은 인간이 지금까지 신에게 부여한 온갖 기능 가운데서도 가장 이해할 수 없는 것으로 꼽힐 게 분명하다. 『옴팔로스』가 나온 시기 ─『종의 기원』이 출간되기 불과 이태 전 ─ 도 불운하기 짝이 없었다. 고스가 불멸의 존재가 된 것은, 반세기 뒤에 그의 아들 에드먼드 고스가 쓴 유명하고 아름다운 회고록『아버지와 아들』덕분이다 ─ 원주.

83 〈옴팔로스〉는 그리스 델피의 아폴론 신전에 있는 원추형 돌. 고대인들은 이것을 세계의 중심으로 보았다.

의 이 지역을 또다시 찾아오기가 망설여질 거야.」

의사는 아까보다 부드러워진 눈길로 찰스를 바라보았다. 「자넨 다윈주의자인가?」

「그렇습니다. 아주 열렬한.」

그러자 그로건은 찰스의 손을 잡고 꼭 쥐었다. 마치 로빈슨 크루소가 충실하고 유능한 하인인 프라이데이의 손을 잡듯이. 그들 사이에는, 1킬로미터 떨어진 곳에서 잠자고 있는 두 처녀 사이에 무의식중에 오가는 것과 별로 다를 게 없는 무엇인가가 지나갔다. 그들은 자신들이 엄청나게 많은 밀가루 반죽 속에 들어간 두 개의 효모 알갱이, 또는 맛없는 수프 접시 속에 들어간 두 개의 소금 알갱이와 같다는 것을 알았다.

두 명의 정신적 〈카르보나리〉[84] ― 어른 속에 숨어 있는 아이는 항상 비밀 단체에서 노는 것을 동경하지 않는가? ― 는 술을 한 잔씩 더 들고, 담배도 새로 꺼내 불을 붙였다. 그리고 한참 동안 다윈에 대한 예찬이 이어졌다. 그들은 위대하고 새로운 진실을 토론하고 있었던 만큼, 거기에 압도당한 나머지 겸손한 태도를 취했을 것이라고 생각할지도 모른다. 그러나 나는 둘 다 한껏 고조된 일종의 우월감, 다시 말해서 동시대의 다른 사람들보다 지적으로 훨씬 높은 곳에 있다는 기분에 젖어 있었을 거라는 생각이 든다. 특히 새벽에 그로건 박사의 집에서 마침내 숙소로 돌아올 때, 찰스의 마음은 우월감으로 충만해 있었을 것이다.

불 꺼진 라임은 태곳적부터 내려오는 깊은 잠에 빠져 있는 평범한 인간들의 덩어리였다. 반면에 자연 선택을 받은

---

84 1807년 이탈리아에서 혁명과 통일을 목적으로 결성된 비밀 결사. 물론 여기서는 비유적으로 쓰였다.

찰스는 잠들지 않는 별들과 함께 깨어 있는, 그래서 모든 것
— 사라만 빼놓고 — 을 알고 있는, 신처럼 자유로운 순수
한 지성이었다.

20

그렇다면 신과 자연의 여신은 싸우고 있는가?
그래서 자연의 여신이 그런 악몽을 주는가?
자연의 여신은 타입에는 무척 신경을 쓰고,
개개인의 삶에는 너무 무관심한 것 같다.
— 앨프레드 테니슨, 『인 메모리엄』(1850)

이윽고 그녀는 침묵을 깨고 버클리 박사에게 자세히 설명했
다. 의사는 무릎을 꿇은 채, 엉망이 된 그녀의 치마를 떨리
는 손으로 가리키며 말했다. 「다른 옷으로 갈아입겠소?」
「아뇨.」 그녀가 숨죽인 소리로 격렬하게 내뱉었다. 「놈들한테
보여 주세요. 저들이 무슨 짓을 했는지.」
— 윌리엄 맨체스터, 『케네디 대통령의 죽음』

그녀는 담쟁이덩굴 터널의 저편 그늘에 서 있었다. 그녀는
두리번거리지 않았다. 찰스가 물푸레나무 사이로 올라오는
것을 보았던 것이다. 하늘은 마치 푸른 물감을 풀어놓은 듯
화창했고, 따뜻한 남서풍이 불고 있었다. 멧노랑나비, 갈고
리나비, 초록줄흰나비 — 최근에는 농약을 남용하는 바람에
보기 힘들어졌다 — 같은 봄나비 떼가 나타난 것은 그만큼
날씨가 좋았기 때문이리라. 나비들은 찰스가 낙농장을 거쳐
숲을 지나는 동안에도 줄곧 따라왔다. 그리고 이제는 흰줄노
랑나비 한 마리가 사라의 검은 모습 뒤, 양지바른 빈 터에서
떠돌고 있었다.
찰스는 담쟁이가 늘어진 초록빛 그늘로 들어서기 전에 잠
깐 걸음을 멈추었다. 그러고는 혹시 누군가 보는 사람이 없
는지를 확인하려고 주위를 슬쩍 둘러보았다. 그러나 커다란
물푸레나무들이 아직 벌거벗은 가지를 황량한 숲 위로 늘어
뜨리고 있을 뿐이었다.

사라는 찰스가 가까이 다가갈 때까지 돌아서지 않았다. 가까이 갔는데도 그를 쳐다보려 하지 않았다. 대신에 그녀는 외투 주머니를 뒤적거리더니, 눈을 내리깐 채, 그에게 또 다른 화석을 내밀었다. 그것이 마치 어떤 속죄의 제물이기라도 한 것처럼. 찰스는 그것을 받았지만, 그녀의 당혹감이 그에게도 전염되었다.

「이 화석들 값으로 내가 〈애닝 상점〉에 치르는 정도의 돈을 당신에게 지불하도록 허락해 주셔야 합니다.」

그녀가 고개를 들었고, 그들의 눈이 마주쳤다. 사라의 눈에는 비난의 빛이 엿보였다. 찰스는 또다시 창에 찔린 듯한, 그녀를 실망시킨 듯한, 무어라 설명할 수 없는 느낌을 받았다. 그러나 이번에는 그런 감정이 그를 정신을 차리게 했다. 그는 미리 작정해 둔 대로 태도를 취할 수 있었다. 이번 만남은 지난번에 그런 일이 있은 지 이틀 뒤에 이루어졌기 때문이다. 살아 있는 것과 죽은 것에 관한 그로건 박사의 비교 우위론이 그의 심중에서 싹을 틔웠고, 이제 찰스는 자신의 모험에서 인도적인 이유만이 아니라 과학적인 이유도 찾을 수 있었다. 그는 그 모험이 비록 온당한 것은 아니지만 즐거운 요소를 포함하고 있다는 것을 인정할 만큼은 솔직한 사람이었다. 그러나 그는 이제 또 하나의 뚜렷한 요소, 즉 의무의 요소를 찾아냈다. 그 자신은 분명 〈적자(適者)〉에 속해 있었다. 그러나 적자는 부적자에 대하여 일정한 책임을 지고 있는 것이다.

찰스는 자신과 우드러프 양 사이에 있었던 일을 어니스티나에게 털어놓는 문제를 다시 한 번 심사숙고하기까지 했다. 그러나 유감스럽게도 그는 어니스티나가 여자다운 질문, 그가 위험한 바다에 뛰어들지 않고는 도저히 진실한 대답을 할 수 없는 질문을 퍼부으리라는 것을 분명히 예견할 수 있었다. 그는 어니스티나가 자기 동기의 이타성을 이해할 만한 동성(同性)도 아니고, 그런 경험도 갖고 있지 않다는 결론에 아주 쉽게 도달했다. 따라서 그 의무의 덜 매력적인 면은 편리하게 비켜 갈 수 있었다.

그래서 그는 사라의 비난하는 시선을 슬쩍 피했다. 「나는 어쩌다 부자로 태어났고, 당신은 어쩌다 가난하게 태어났을 뿐이오. 우리가 그런 형식에 얽매일 필요는 없다고 생각합니다.」

이것은 사실 그가 미리 궁리해 둔 말이었다. 사라에게 동정을 보이되, 일정한 거리를 유지할 것, 잘난 체하지 말고 가벼운 냉소를 섞어서 피차 신분이 다르다는 것을 그녀에게 상기시켜 줄 것.

「제가 드릴 수 있는 건 그것뿐이에요.」

「당신이 나한테 뭔가를 주어야 할 이유는 없습니다.」

「여기 와주셨잖아요.」

그는 그녀의 유순함이 그녀의 자존심만큼이나 자신을 당황하게 만들고 있다는 것을 깨달았다.

「내가 온 것은 당신이 정말로 도움을 필요로 하고 있다는 사실을 확인했기 때문이오. 그리고 당신이 왜 하필이면 나한테 그런 영광을 주려고 했는지, 그 이유는 아직 잘 이해할 수 없지만, 당신의…….」 그는 여기서 주춤했다. 왜냐하면 그는 〈경우〉라는 말을 하려고 했는데, 이 말은 그가 신사인 동시에 의사의 역할도 하고 있다는 사실을 은연중에 드러낼 것이기 때문이다. 「……당신의 곤경에 관심을 갖게 되었기 때문에, 당신이 나한테 털어놓고 싶어하는…… 그렇지 않은가요? ……당신이 나에게 들려주고 싶어하는 말을 들을 각오를 하고 왔습니다.」

그러자 그녀는 다시 그를 올려다보았다. 그는 우쭐한 기분을 느꼈다. 그녀는 양지쪽을 향해 머뭇거리는 몸짓을 했다.

「이 근처에 아주 한적한 장소를 알고 있어요. 거기로 갈까요?」

그는 기꺼이 동의했다. 그녀는 양지쪽으로 나와, 그들이 처음 만났을 때 찰스가 화석을 찾으며 돌아다니고 있었던 자갈투성이의 빈 터를 가로질렀다. 그녀는 한 손으로는 검은 보닛의 리본을 쥐고, 또 한 손으로는 치마를 가볍게 모아 쥔 채, 경쾌하고도 확고한 걸음걸이로 걸어갔다. 찰스는 그 뒤를 따르면서, 그녀의 검은 스타킹 뒤꿈치에 기운 자국이 있고, 구두 뒤축은 다 닳았고, 그녀의 다갈색 머리카락이 붉게 빛나는 것을 주목해 보았다. 그 풍성한 머리채를 완전히 풀어서 늘어뜨리면 무척 아름다울 거라는 생각이 들었다. 그녀는 머리를 뒤로 빗어 넘겨 단정히 묶어서 외투 깃 속에 집어넣고 있었지만, 보닛을 머리에 쓰지 않고 손에 들고 다니는 것은 그 머리카락에 대한 자부심 때문이 아닐까 여겨졌다.

그녀는 또 다른 초록빛 터널 속으로 들어갔다. 그러나 그 터널을 다 지나자, 그들은 오래전에 암벽의 수직면이 붕괴되면서 생긴 초록빛 경사지로 나오게 되었다. 덤불이 발판을 만들어 주었다. 그녀는 지그재그로 조심스럽게 발을 내디디면서 그 경사지 꼭대기에 다다랐다. 그녀 뒤를 힘겹게 따라가면서 찰스는 끝단에 하얀 리본이 달린 그녀의 속바지를 얼핏 보았다. 속바지는 그녀의 발목 바로 위까지 내려와 있었다. 숙녀라면 남자 앞이 아니라 뒤에서 올라가야 했을 것이다.

사라는 찰스가 올라오기를 기다린 다음, 벼랑 꼭대기를 따라 다시 걸어갔다. 그곳에는 또 다른 벼랑이 수백 미터 높이로 비스듬히 솟아 있었다. 이곳은 2킬로미터 떨어진 코브에서도 어렴풋이 보이는 거대한 함몰 단층이었다. 그곳을 가로지르자 더 가파른 비탈이 나왔다. 찰스에게는 그곳의 경사가 위험할 정도로 급해 보였다. 한 발이라도 삐끗하는 날이면 그대로 떨어져 벼랑 아래로 곧장 추락할 터였다. 혼자였다면 그는 망설였을 것이다. 그러나 사라는 위험을 모르는 듯 말 없이 계속 올라갔다. 이 비탈 끝에 몇 미터 정도의 평지가 있었다. 거기가 바로 그녀가 말한 〈한적한 장소〉였다.

그곳은 가시덤불과 산딸기나무가 빽빽이 우거진 숲으로 둘러싸인 남향의 작은 골짜기였다. 축소판 야외 원형 극장이라고나 할까. 무대 ─ 지름이 5미터도 안 되는 공간을 그렇게 부를 수 있다면 ─ 뒤쪽엔 키 작은 가시나무 한 그루가 서 있었고, 누가 ─ 사라는 분명 아니다 ─ 옮겨다 놓았는지는 모르지만, 그 나무 밑동에 평평한 바윗돌 하나가 놓여 있었는데, 그것은 마치 옥좌처럼 저 아래 우듬지와 그 너머 바다의 장엄한 광경을 환히 내려다보고 있었다. 찰스는 약간 숨을 헐떡이면서, 또 이마에 땀을 흘리면서 주위를 둘러보았다. 골짜기의 양 둑은 들장미와 제비꽃, 산딸기나무의 하얀 꽃으로 뒤덮여 있었다. 하늘에 떠 있는 듯이 높은 그곳은 오후의 햇살을 듬뿍 받아서 따뜻한 데다, 울창한 숲이 아늑하게 사방을 둘러싸고 있어서 정말 매력적이었다.

「칭찬하지 않을 수 없군요. 당신은 높은 둥지를 찾는 데는 천재요.」

「고독을 찾는 데 천재겠죠.」

그녀는 가시나무 아래 있는 바윗돌 의자를 그에게 권했다.

「저건 당신의 지정석인 것 같은데.」

그러나 그녀는 나무에서 몇 미터 떨어진 작은 둔덕으로 재빨리 그리고 우아하게 걸어가서, 바다를 향해 앉았다. 바윗돌 옥좌에 앉았을 때, 찰스는 그녀가 또다시 꾸밈없는 교태로 얼굴을 반쯤 돌리고 있는 것을 보았다. 그래서 그는 그녀의 머리에 주목하지 않을 수 없었다. 그녀는 아주 꼿꼿이, 그러나 머리는 여전히 숙인 채, 보닛을 어색하게 만지작거리고 있었다. 찰스는 입술에는 미소를 떠올리지 않았지만 속으로는 미소를 띤 채 그녀를 바라보았다. 그녀는 어떻게 말을 시작해야 할지 몰라 당황해하고 있는 것 같았다. 그러나 그녀가 드러내는 수줍은 격식에도 불구하고, 마치 오누이가 단둘이 호젓한 곳에 앉아 있는 것처럼 친밀하고 풋풋한 분위기가 감돌았다.

그녀는 보닛을 옆에 내려놓고, 외투를 느슨하게 하는, 손을 포개고 앉아 있었다. 그러나 여전히 말은 없었다. 외투의 높은 깃과 재단된 모양새는, 특히 뒤에서 보면 어딘지 남성적인 데가 있었다. 그래서 그녀에게서는 여자 마부나 여자 군인 같은 분위기가 느껴졌다. 그러나 그런 느낌은 잠시뿐, 그녀의 머리카락이 별로 힘들이지 않고 그런 남성적인 분위기를 물리치고 있었다. 찰스는 그녀가 초라한 옷차림에도 불구하고 품위를 잃지 않는 것을 깨닫고 일종의 놀라움을 느꼈다. 어떤 면에서는 그 초라한 옷차림이 훌륭한 옷차림보다 그녀에게 더 어울려 보이기까지 했다. 최근 5년 동안 — 적어도 런던에서는 — 여성의 유행에서 커다란 해방이 이루어졌다. 유방을 보기 좋게 받쳐 주는 최초의 인공 보조물이 널리 사용되기 시작했다. 속눈썹과 눈썹을 칠하고, 입술에 연지를 바르고, 머리카락에 반짝이는 가루를 뿌리거나 물을 들이고…… 이런 유행의 첨단을 걷는 것은 화류계 여자들이 아니라 상류층 여성들이었다. 그런데 사라에게는 이런 꾸밈이 하나도 없었다. 유행에는 무관심한 것처럼 보였다. 그럼에도 불구하고 그녀는 살아남았다. 찰스의 발치에 피어 있는 소박한 앵초꽃이 이국적인 온실 식물과의 치열한 경쟁에서 살아남은 것처럼.

그래서 찰스는 잠자코 앉아 있었다. 그의 발아래 엎드린 그 야릇한 탄원자에게 약간 제왕 같은 기분을 느끼며, 하지만 그녀를 도와주고 싶은 기분은 그다지 느끼지 못한 채. 그러나 그녀는 아무 말도 하려고 하지 않았다. 아마도 그것은 수줍음 때문이었을 테지만, 자기를 구슬려 수수께끼를 알아내 보라고 그에게 도전하고 있다는 것을 찰스는 분명히 느끼기 시작했다. 그는 마침내 굴복하고 말았다.

「우드러프 양, 나는 부도덕을 혐오하지만, 자비가 없는 도덕은 더 혐오합니다. 너무 엄격한 재판관 노릇은 하지 않겠다고 약속하겠소.」

그녀는 머리를 약간 움직였다. 그러나 여전히 망설이고 있었다. 그러더니, 물가를 어슬렁거리며 그다지 내켜 하지 않던 해수욕객이 갑자기 물에 뛰어드는 것처럼 갑자기 고백을 쏟아 놓기 시작했다. 「그 남자 이름은 바르귀엔이었어요. 배가 난파한 뒤에 그 사람은 탤벗 대령 댁에 보내졌죠. 두 사람만 살아났고, 나머지는 모두 물에 빠져 죽었답니다. 이 이야기는 들으셨겠지요?」

「사고에 대해서만 들었을 뿐, 그가 어떤 사람이었는지는 듣지 못했소.」

「처음에 그 사람을 존경하게 된 건 그의 용기 때문이었답니다. 그때까지만 해도 남자란 아주 용감하면서도 동시에 불성실할 수 있다는 사실을 알지 못했거든요.」 그녀는 바다를 응시했다. 뒤에 있는 찰스가 아니라 앞에 있는 바다를 상대로 말을 하고 있는 것처럼. 「상처가 끔찍했어요. 엉덩이에서 무릎까지 찢겨져 있었답니다. 회저(懷疽)가 생겼다면 다리를 잘라 내야 했을 거예요. 처음 며칠은 정말 큰 고통을 겪었지요. 하지만 그 사람은 절대로 비명을 지르지 않았어요. 신음조차 내지 않았죠. 의사가 상처에 붕대를 감을 때면 그 사람은 내 손을 으스러지게 쥐곤 했어요. 너무 세게 쥐었기 때문에 한번은 제가 기절할 뻔했답니다.」

「그는 영어를 할 줄 몰랐다면서요?」

「몇 마디밖에 몰랐어요. 탤벗 부인은 그 사람이 영어를 아는 정도로밖에는 프랑스 말을 알지 못했고요. 탤벗 대령님은 그가 온 직후에 임무를 받고 떠나셨어요. 그 사람은 자기가 보르도 출신이라고 했어요. 아버지는 부유한 변호사인데, 다른 여자와 재혼한 뒤, 전처가 낳은 자식들을 감쪽같이 속여서 유산을 모조리 빼앗았다고 하더군요. 바르귀엔은 포도주 무역선을 타고 바다로 나갔대요. 그 사람은 배가 난파했을 때 일등 항해사였다고 했어요. 하지만 그 사람 말은 전부 다 새빨간 거짓말이었답니다. 전 그가 누군지, 정말로는 어떤 사람인지 몰라요. 겉보기엔 신사 같았지만요. 그게 다예요.」

사라는 말을 오래 계속하는 데 익숙지 않은 듯, 머뭇거리며 한마디하고는 잠깐 사이를 두었다가 다음 말로 넘어가곤 했다. 그것이 다음에 말할 내용을 생각하려고 그러는 것인지, 아니면 그가 끼어들 틈을 주려고 그러는 것인지, 그는 분간할 수가 없었다.

그가 중얼거렸다. 「알겠습니다.」

「때로는 그 사람이 난파선과는 아무 관계도 없는 사람이었을 거라는 생각이 들어요. 그는 선원의 탈을 쓴 악마였어요.」 그녀는 손을 내려다보았다. 「그 사람은 굉장한 미남이었답니다. 그리고 제가 남자한테서 그런 종류의 관심을 받아 본 것은 그때가 처음이었어요. 저는 지금 그 사람이 회복되었을 때를 말하고 있는 거예요. 그는 책이라곤 전혀 읽지 않았어요. 어린애보다도 못한 사람이었죠. 말하기를 하도 좋아해서, 곁에는 언제나 그의 말을 들어 줄 사람이 있어야 했답니다. 그는 저에 대해서도 말했어요. 왜 결혼하지 않는지 이해할 수 없다, 뭐 그런 얘기들을요. 전 어리석게도 그를 믿었답니다.」

「그러니까, 그 남자 쪽에서 접근했다는 얘기군요?」

「우리는 언제나 프랑스 어로 얘기했다는 걸 이해하셔야 돼요. 아마 그 때문에 우리 사이에서 오간 말들이 그다지 현실적으로 느껴지지 않았던 모양이에요. 전 한 번도 프랑스에 가본 적이 없었고, 게다가 프랑스 어도 잘 알지 못해요. 그래서 그가 무슨 말을 하고 있는지 알아들을 수 없을 때가 많았어요. 그렇다고 모든 책임이 그에게 있다는 뜻은 아니에요. 아마 전 그가 생각지도 않은 말을 그런 뜻으로 잘못 들었는지도 몰라요. 그 사람은 절 놀리곤 했어요. 그러나 악의는 없는 것 같았어요.」 그녀는 잠깐 머뭇거렸다. 「전…… 전 거기서 즐거움을 느꼈어요. 그가 내 손에 키스하려는 것을 못하게 하면, 그 사람은 절 잔인하다고 했어요. 그리고 어느 날 저도 저 자신이 잔인하다고 생각하게 되었죠.」

「그래서 더 이상 잔인하게 굴지 않았다는 얘긴가요?」

「네.」

까마귀 한 마리가 근처 허공에서 검은 날개를 번득이며 떠돌다가, 무엇엔가 놀란 듯 퍼덕이더니 저 멀리로 날아가 버렸다.

「이해합니다.」

이 말은 그녀가 말을 계속하도록 부추기려는 의미밖에 없었다. 그러나 그녀는 그의 말을 문자 그대로 받아들였다.

「선생님은 이해할 수 없으실 거예요. 왜냐하면 여자가 아니니까요. 농부의 마누라가 될 팔자로 태어났으면서도 무언가 다른…… 더 나은 사람이 되도록 교육받은 여자가 아니니까요. 전 여러 번 청혼을 받았답니다. 도체스터에 있을 때는 어떤 돈 많은 목장 주인이…… 하지만 그건 아무것도 아니에요. 선생님은 지성과 아름다움과 배움에 대해 타고난 존경심이랄까, 사랑이랄까, 그런 걸 가진 여자로 태어나지는 않았어요. 어떻게 표현해야 할지 잘 모르겠지만, 어쨌든 저는 그런 것들을 바랄 권리가 전혀 없어요. 그런데 제 가슴은 그것을 갈망하고 있고, 그게 헛된 소망에 불과하다는 걸 믿을 수가 없답니다.」 그녀는 잠시 말을 끊었다가 이었다. 「그리고 선생님은 가정교사 노릇도 해보지 않았어요. 자식도 없는 젊은 여자가 남의 아이들을 돌봐 주고 보수를 받는 게 어떤 기분인지 선생님은 모르세요. 사람들이 친절하면 할수록 고통은 더 심해진다는 걸 선생님은 이해할 수 없어요. 제가 시기심 때문에 이런 말을 하고 있다고 생각하시면 안 돼요. 전 어린 폴과 버지니아를 사랑했고, 탤벗 부인에게는 감사와 존경을 느꼈답니다. 그분이나 그 집 아이들을 위해서라면 죽음도 마다하지 않을 거예요. 그러나 행복한 가정, 행복한 부부, 귀여운 아이들을 그토록 가까이서 보면서 하루하루 살아간다는 건…… 탤벗 부인은 저와 동갑이에요…… 그건 마치 낙원에 살도록 허락을 받았으면서도 그걸 즐기는 건 금지된 것 같았어요.」

「그러나 당신이 말한 그런 상실감은 우리 모두가 각자 다른 방식으로 느끼고 있는 그런 게 아니겠소?」 그녀가 세차게 머리를 흔들었다. 그는 자기가 그녀의 심중에 깊이 자리 잡은 어떤 감정을 건드렸다는 걸 깨달았다. 「난 다만 사회적 특권이 반드시 행복을 가져다주지는 않는다는 점을 말하고 싶었을 뿐이오.」

그녀가 또다시 머리를 흔들었다. 「최소한의 행복이나마 가능한 환경과 그렇지 못한 환경 사이에는 닮은 점이 전혀 없어요.」

「하지만 모든 여자 가정교사가 불행하다고, 아니면 독신으로 지낸다고 말할 수는 없잖소?」

「저 같은 사람은 모두 그렇지요.」

「당신 이야기를 방해했군요. 용서하시오.」

「그럼 제가 시기심 때문에 이런 말을 하는 것은 아니라는 걸 믿어 주시겠죠?」

그러고는 강렬한 눈빛으로 그를 돌아보았다. 그는 고개를 끄덕였다. 그녀는 옆의 둔덕에서 애기풀잎을 잡아 뜯으면서 말을 계속했다.

「바르귀엔은 회복되었어요. 떠나야 할 날이 1주일도 채 안 남았을 때였죠. 그때 이미 그 사람은 저한테 사랑을 고백한 뒤였답니다.」

「청혼을 했나요?」

그녀는 대답하기가 어려운 듯 잠시 머뭇거리다가 입을 열었다. 「결혼 이야기는 있었어요. 그 사람이 이러더군요. 프랑스로 돌아가면 선장으로 승진하게 될 거라고. 그리고 자기네 형제가 아버지한테 빼앗긴 어머니 유산도 되찾게 될 거라고 ……」 그녀는 잠시 망설이다가 불쑥 말했다. 「그 사람은 저와 함께 프랑스로 돌아가고 싶어했어요.」

「탤벗 부인도 알고 있었소?」

「그분처럼 친절한 여자는 또 없을 거예요. 게다가 그분은 너무 천진난만한 분이세요. 탤벗 대령님이 계셨더라면…… 하지만 대령님은 안 계셨어요. 처음엔 부인께 말씀드리기가 부끄러웠어요. 그리고 나중엔 두려웠고요. 그분이 저한테 줄 충고가 두려웠던 것이지요.」 그녀는 풀잎을 뜯어 날리기 시작했다. 「바르귀엔은 끈질기게 요구하기 시작했어요. 자기 행복은 제가 함께 가느냐 아니냐에 달려 있다고. 저도 그렇게 믿게 되었답니다. 제 행복도 마찬가지로 거기에 달려 있다고. 그는 저에 대해 많은 걸 알아냈어요. 우리 아버지가 정신 병원에서 돌아가셨다는 것, 제가 재산도 없고 가까운 피붙이도 없다는 것…… 저는 너무도 오랫동안 외롭게 살아왔답니다. 아니, 그렇게 살도록 저주받은 여자라고 생각해 왔어요. 이유는 모르지만……」 그녀는 뜯은 풀잎을 옆에 놓고, 손가락을 무릎 위에서 꽉 움켜쥐었다. 「저와 대등한 사람과는 사귈 수도 없고, 제 소유의 집에서 살 수도 없고, 어떤 세계에 들어가든 겉도는 신세가 될 수밖에 없고, 그런 세계가 아닌 다른 세계는 찾을 수도 없고…… 이것이 제가 타고난 팔자라고 느껴 왔어요. 아버지는 4년 전에 파산 선고를 받았답니다. 재산은 모두 경매 처분되었고요. 그때부터 저는 의자나 탁자, 거울 같은 물건들까지도 제 고독을 가중시키려고 음모를 꾸미는 듯한 환상에 시달려 왔어요. 그것들은 이렇게 말하지요. 넌 우리를 소유할 수 없어. 우린 절대로 네 것이 되지 않을 거야. 그것들은 언제나 다른 누군가의 소유물이었어요. 저는 이것이 광기라는 걸 알아요. 공업 도시에 존재하는 가난과 고독에 비하면, 제가 안락하고 사치스럽게 살고 있다는 것도 알아요. 하지만 노동자들이 난폭한 보복 행위를 저질렀다는 기사를 읽으면, 어떤 면에서는 그 사람들이 이해가 돼요. 심지어는 부럽게 느껴지기까지 한답니다. 그들은 어디에 어떻게 앙갚음을 해야 할지 알고 있으니까요. 그런데 저는 힘이 없어요.」 뭔가 새로운 것, 마지막 문장을 부분적으로나마 부인하는 격렬한 감정이 그녀의 목소리에 끼어들었다. 그녀는 더욱 조용한 목소리로 덧붙였다. 「아무래도 저를 잘 설명할 수가 없군요.」

「충분히 이해합니다. 당신의 그런 감정을 용납할 수 있을지는 잘 모르겠지만.」

「바르귀엔은 웨이머스로 떠났어요. 정기 연락선을 타러요. 물론 탤벗 부인은 그가 도착하는 대로 배를 탈 거라고 생각했죠. 그러나 그 사람은 저한테 말하기를, 제가 도착할 때까지 거기서 기다리겠다고 하더군요. 전 아무 약속도 하지 않았어요. 약속하기는커녕…… 울고만 있었어요. 그 사람이 말하더군요. 1주일만 기다리겠다고. 그래도 전 절대로 그를 따라가지 않겠다고 말했어요. 그러나 하루가 지나고 또 하루가 지나고…… 대화를 나눌 수 있는 그 사람은 이제 더 이상 거기에 없고…… 그러자 제가 방금 말씀드렸던 그 외로움이 저를 휩싸기 시작하는 거예요. 그 속에 빠져 질식해 버릴 듯한, 아니 거기서 저를 구해 줄지도 모를 돛대를 손 닿지 않는 곳으로 떠나보낸 듯한 느낌…… 저는 절망에 짓눌려 버렸어요. 절망의 고통은 그 절망을 감추려고 치러야 하는 또 다른 고통 때문에 갑절이나 심해졌답니다. 닷새째가 되자 더 이상 견딜 수가 없었어요.」

「짐작건대 그 사람은 모든 일을 탤벗 부인한테는 숨긴 것 같은데, 그걸 의심해 보지는 않았소? 올바른 의도를 가진 남자라면 그런 태도는 취하지 않을 텐데요.」

「그 당시 제가 어떤 상황에 놓여 있었고 제 천성이 어떤지를 모르는 사람한테는 저의 어리석음, 그의 정체를 알아보지 못한 저의 눈먼 짓이 어처구니없어 보일 수밖에 없다는 건 잘 알아요. 저는 제 천성을 감출 수가 없어요. 아마 저는 항상 알고 있었을 거예요. 제 영혼 속에 뭔가 깊은 결함이 있어서, 그것이 보다 나은 자아의 눈을 멀게 하고 싶었던 것 같아요. 게다가 우리 관계는 처음부터 거짓말로 시작되었어요. 그런 길에 한번 발을 들여놓으면 다시는 올바른 길로 올라서기가 힘들답니다.」

이 말은 찰스에 대한 경고일 수도 있었다. 그러나 그는 그녀의 이야기에 너무 정신을 쏟은 나머지 자신에 대한 생각은 할 수도 없었다.

「그래서 당신은 웨이머스로 갔군요?」

「전 학교 때 친구가 중병에 걸렸다고 탤벗 부인을 속였어요. 그분은 제가 셰르본에 가는 줄 알았죠. 어느 쪽으로 가든 도체스터를 먼저 지나야 해요. 일단 거기로 간 다음, 웨이머스로 가는 합승 마차를 탔답니다.」

그러나 사라는 더 이상 계속할 수가 없다는 듯 고개를 숙이고는 침묵에 빠졌다.

「말하기 어려우면 구태여 말하려고 애쓰지 않아도 됩니다, 우드러프 양. 충분히 짐작할 수······.」

그녀는 머리를 흔들었다. 「아녜요. 이제 꼭 말해야 할 대목에 이르렀어요. 그런데 어떻게 말해야 좋을지 모르겠군요.」 찰스도 땅바닥을 내려다보았다. 저 아래쪽 커다란 물푸레나무 가지에 숨어 있던 지빠귀 한 마리가 대기의 푸르른 평화 속에서 사나운 목소리로 지저귀고 있었다. 이윽고 그녀가 말을 이었다. 「저는 항구로 가서, 그가 방을 잡아 놓겠다고 말한 여관을 찾아갔답니다. 그 사람은 거기에 없었어요. 하지만 다른 여관 이름이 적힌 쪽지가 저를 기다리고 있더군요. 거기로 찾아갔어요. 별로 점잖은 곳은 아니었어요. 그의 이름을 댔더니, 여관 주인이 그의 방을 알려 주면서 그리로 올라가 보라고 하더군요. 전 그 사람을 불러 달라고 고집을 부렸어요. 그러자 그가 아래층으로 내려왔죠. 저를 보더니, 사랑하는 여자를 만난 남자처럼, 기뻐서 어쩔 줄 모르는 것 같았어요. 그 사람은 여관이 초라해서 미안하다고 사과하면서, 다른 여관보다 값이 싼 데다 프랑스 선원과 상인들이 자주 이용하는 곳이라고 하더군요. 전 하루 종일 아무것도 먹지 않았기 때문에, 그 사람이 식사를 시켰어요.」

그녀는 잠시 머뭇거리더니 말을 계속했다. 「식당이 너무 시끄러워서, 우리는 거실로 갔어요. 저는 그가 변했다는 걸 알았어요. 어떻게 변했는지는 분명히 알 수 없지만, 어쨌든 그런 느낌이 들었어요. 그 사람은 저에게 신경을 써주었고, 활짝 웃으면서 위로해 주었지만, 제가 가지 않았더라도 그는 전혀 놀라지도 않았을 테고, 오랫동안 슬퍼하지도 않았으리라는 것을 알았죠. 그제야 저는 깨달았어요. 그 사람한테는 제가 회복기를 즐겁게 보내기 위한 한낱 노리개에 불과했다는 것을. 제 눈에 덮여 있던 베일이 벗겨진 거죠. 전 그 사람이 불성실한…… 거짓말쟁이라는 걸 깨달았어요. 그 사람과 결혼하는 건 아무 가치도 없는 모험가와 결혼하는 거나 마찬가지라는 걸 알았어요. 그 사람을 다시 만난 지 5분도 채 안돼서 이 모든 것을 다 알아 버렸어요.」 그녀는 자책의 고통이 다시금 목소리에 끼어든 것을 알아차리고는 말을 멈추었다. 그러다가 더 낮은 목소리로 말을 이었다. 「선생님은 의아하게 여기실 거예요. 어떻게 전에는 그걸 보지 못했느냐고. 솔직히 말씀드리면, 그걸 못 본 건 아니에요. 하지만 보는 것과 인정하는 건 전혀 달라요. 전 그가 주위 환경에 따라 몸 색깔을 바꾸는 도마뱀과 비슷한 데가 있다고 생각해요. 그는 신사의 집에서는 더할 나위 없는 신사로 보였어요. 그런데 그 여관에서 저는 그 사람의 참모습을 보았던 거예요. 그리고 그곳에서의 몸 색깔이 다른 어떤 색보다도 그에게 훨씬 자연스럽게 어울린다는 걸 알았어요.」

그녀는 잠시 바다를 바라보았다. 찰스는 지금쯤 더 붉은 홍조가 그녀의 뺨을 물들이고 있으리라고 상상했지만, 그녀의 얼굴은 저쪽을 향하고 있었다.

「그런 상황에서…… 조신한 여자라면 당장 그곳을 떠났을 거예요. 그건 저도 알아요. 전 그날 저녁 이래 수천 번이나 자문해 보았답니다. 그래서 얻은 결론은, 제가 한 짓에 대해서는 어떤 변명도 충분치 않다는 것이었죠. 처음에는 제 실수를 깨닫고 공포로 몸이 얼어붙는 것 같았어요. 그리고 그 공포가 너무나도 무서웠기 때문에, 전 그에게서 무언가 가치 있는 것, 존경할 만한 것, 명예로움 같은 것을 찾아보려고 애썼어요. 다음에는 속은 데 대한 분노가 제 마음을 가득 채웠어요. 과거에 견딜 수 없는 고독으로 고통받지 않았다면 그렇게 눈이 멀지는 않았을 거라고 자신을 위로했죠. 그런 상황에 놓이게 된 책임을 제 처지 탓으로 돌린 거예요. 전에는 한 번도 그런 상황에 빠져 본 적이 없었거든요. 예의범절 따위는 찾아볼 수도 없고, 마치 신을 숭배하듯 죄악을 숭배하는 것이 자연스러워 보이는 그런 여관에는 가본 적도 없었어요. 잘 설명할 수가 없군요. 어쨌든 제 마음은 뒤죽박죽되어 버렸답니다. 그런 처지에 빠진 것도 다 팔자려니 생각했는지 몰라요. 저는 이렇게 생각했어요. 나는 이 남자한테 달려왔다, 그런 주제에 지나치게 정숙한 체하는 것도 우스꽝스러워 보일 게 분명하다, 자만심에 빠져 쓸데없이 콧대를 세우는 것처럼 보일지도 모른다⋯⋯」 그녀는 잠시 말을 끊었다. 「그래서 전 거기 머물렀어요. 저녁을 먹었고, 그가 억지로 권하는 포도주도 마셨어요. 술을 마셔도 취하지 않았어요. 제 생각에는 그 술이 오히려 제 눈을 밝게 해준 것 같아요. 그게 가능한가요?」

그녀는 찰스 쪽으로 몸을 약간 ─ 너무 미미해서 알아차리기 힘들 정도로 ─ 돌렸다. 그가 사라져 버릴지도 모른다는 듯이, 아니 아직도 그가 거기에 있는 것을 확인하려는 듯이.

「그럼요.」

「술은 저한테 힘과 용기를 가져다준 것 같았어요. 그건 악마의 도구가 아니었어요. 마침내 바르귀엔이 저에 대한 진짜 속셈을 더 이상 감출 수 없는 순간이 왔어요. 저도 놀라는 척할 수는 없었죠. 저의 순결은 거기에 머물기로 작정한 순간부터 거짓된 것이 되어 버렸어요. 선생님, 저 자신을 변호하려고 애쓰진 않겠어요. 하녀가 와서 그릇을 가져간 뒤에도, 떠나려고 마음만 먹었다면 얼마든지 떠날 수 있었다는 건 너무나 잘 알고 있어요. 그가 힘으로 강요했다거나, 약을 먹였다거나 하는 식으로 거짓말을 할 수도 있겠죠. 선생님이 그런 말을 듣고 싶어하신다면요. 하지만 그렇지 않아요. 그는 거리낄 게 없는 남자였고 제멋대로 행동하는 정열적인 이기주의자였지만, 싫다는 여자를 강제로 정복하려 들지는 않았어요.」

그리고 바로 그때, 가장 예기치 않았던 순간에, 그녀는 고개를 완전히 돌려 찰스를 바라보았다. 그녀의 얼굴은 빨갛게 물들어 있었지만, 찰스가 보기에는 그녀가 열정이나 분노, 혹은 반항적인 태도를 보이는 것보다는 그편이 오히려 덜 곤혹스러워하는 것처럼 보였다. 그녀는 그의 눈앞에서 벌거벗고 있으면서도 그것을 자랑스러워하는 것 같았다.

「전 스스로 제 몸을 바쳤어요.」

그는 그녀의 꼿꼿한 시선을 견딜 수가 없어서 고개를 보일 듯 말 듯 끄덕이며 시선을 떨구었다.

「알겠소.」

「그러니까 전 이중으로 명예를 더럽힌 여자예요. 하나는 상황에 의해, 또 하나는 선택에 의해.」

침묵이 흘렀다. 그녀는 다시 바다를 향했다.

그가 중얼거렸다. 「당신에게 그런 것까지 얘기해 달라고 부탁하진 않았소.」

「알아요, 선생님. 하지만 선생님께 이해해 달라고 간청하는 건, 제가 부끄러운 짓을 했다는 사실 자체가 아니라, 왜 그런 짓을 했느냐 하는 거예요. 사랑하지도 않는 남자의 일시적인 만족을 위해 여자에게 가장 소중한 것을 희생한 이유가 무엇인가……」 그녀는 손을 뺨에 갖다 댔다. 「그래요. 전 똑같은 잘못을 두 번 다시 저지르지 않으려고 그런 짓을 했어요. 사람들이 절 손가락질하면서 저기 프랑스 중위의 창녀가 간다고 말하게 하려고…… 그래요, 그런 말이 나오게 하려고 그런 짓을 했어요. 이 땅의 모든 도시와 마을에서 다른 사람들이 고통받고 있는 것처럼 저도 고통을 받았고, 지금도 고통받고 있다는 걸 사람들이 알게 하려고요. 전 그 남자와 결혼할 수는 없었어요. 그래서 전 수치와 결혼했어요. 그렇다고 해서 그때 제가 제 행동의 의미를 알고 있었다거나, 자기 뜻대로 하도록 저를 바르귀엔에게 내맡겼을 때 제 피가 차갑게 식어 있었다는 뜻은 아니에요. 그때는 저 자신을 벼랑 아래로 내던지거나 제 심장에 스스로 칼을 꽂는 기분이었어요. 일종의 자살이었죠. 절망에서 나온 행위였어요. 사악한 신성 모독이었다는 건 알지만, 그것 말고는 그때의 저 자신한테서 벗어날 길을 알 수가 없었어요. 그 방에서 나와 버렸다면, 그래서 텔벗 부인 댁으로 돌아와 이전의 저 자신을 회복했다면, 지금쯤은 아마 죽어 버렸을 거예요. 그것도 제 손으로…… 제가 살아갈 수 있도록 지탱해 주는 것은 바로 수치심과, 다른 여자들과는 다르다는 자각이에요. 전 다른 여자들이 갖는 남편이나 자식, 그리고 순결한 행복 따위는 결코 갖지 못할 거예요.」 그녀는 자기가 말한 것을 처음으로 분명히 이해한 것처럼 말을 멈추었다. 「가끔 저는 그들을 동정해요. 전 그들이 갖지 못하는 자유를 갖고 있다고 생각해요. 어떤 모욕이나 비난도 저를 자극할 수는 없어요. 그 경계를 넘어선 곳에 저 자신을 두고 있기 때문이죠. 전 아무것도 아니고, 이젠 더 이상 인간도 아니에요. 그저 프랑스 중위의 창녀일 뿐…….」

찰스는 이 긴 고백 속에서 그녀가 무엇을 말하려고 하는지, 불완전하게나마 이해할 수 있었다. 그는 웨이머스에서 그녀가 그런 결정에 이를 때까지의 행동에 대해 겉으로 내보인 것보다 훨씬 더 깊은 동정심을 느꼈다. 그는 가정교사 생활에 따르는 지루하고 끝없는 고뇌를 충분히 짐작할 수 있었다. 그런 상황에서는 바르귀엔 같은 번지르르한 악당의 손아귀에 쉽게 걸려들 수 있었을 것이다. 그러나 경계를 넘어선 자유니 수치와 결혼했다느니 하는 말은 이해하기 어려웠다. 그래도 어떤 면에서는 이해가 되기도 했다. 사라가 자신을 변명하던 끝막에 이르러 흐느끼기 시작했기 때문이다. 그녀는 울고 있다는 걸 감추었다. 아니, 감추려고 애썼다. 얼굴을 손으로 가리지도 않았고 손수건을 꺼내지도 않은 채, 그저 얼굴만 저쪽으로 돌린 채 가만히 앉아 있었던 것이다. 처음엔 그녀가 침묵을 지키고 있는 진짜 이유를 알지 못했다.

그러나 그때 어떤 본능이 그를 일으켜 세웠다. 찰스는 자리에서 일어나, 그녀의 얼굴을 볼 수 있도록 풀밭을 몇 걸음 걸어갔다. 그리고 그녀의 뺨이 젖어 있는 것을 보았다. 그러자 견딜 수 없는 감동을 받고 마음이 착잡해졌다. 그는 역류하는 물결의 공격을 받고, 공정하고 분별 있는 동정심이라는 안전한 기항지로부터 절망의 난바다로 휩쓸려 가는 듯한 기분을 느꼈다. 그는 그녀가 자세히 묘사하지 않은 장면, 즉 스스로 남자에게 몸을 바치고 있는 장면을 보았다. 그는 그녀를 즐기고 있는 바르귀엔인 동시에 앞으로 달려 나가 그를 때려눕히는 남자였다. 마치 사라가 그에게 순결한 희생자인 동시에 방종하고 자포자기한 여자인 것처럼. 그는 마음속 깊은 곳에서 그녀의 부정을 용서했다. 그리고 자신도 그녀의 음란함을 즐길 수 있을지도 모르는 어두운 나무 그늘을 흘낏 바라보았다.

분위기가 그렇게 갑자기 성적인 가락으로 바뀌는 것은 오늘날에는 불가능하다. 남자와 여자는 일상적인 접촉을 갖자마자 육체관계의 가능성을 따져 본다. 우리는 인간 행위의 진정한 충동에 그처럼 솔직한 것을 건강하다고 생각하지만, 찰스의 시대에는 공공 정신이 금지한 욕망을 개인의 정신이 허용할 수는 없었다. 따라서 이런 충동이 몰래 숨어 있다가 갑자기 사냥감을 덮치는 호랑이처럼 의식을 덮치면, 아무 준비도 갖추지 못한 의식은 우스꽝스러울 만큼 당황하게 된다.

그리고 당시의 빅토리아 시대 사람들은 기묘하게도 이집트적인 특징을 갖고 있었다. 미라를 감은 붕대처럼 몸을 완전히 감싸는 옷, 창문과 복도가 좁은 건축물, 야외와 알몸에 대한 두려움에서 우리는 너무나 분명한 밀실 애호증을 찾아볼 수 있다. 그것은 현실을 감추고 본성을 가로막는다. 찰스가 살았던 시대의 혁명적 예술 운동은 라파엘 전파였다. 그들은 적어도 자연과 성을 있는 그대로 받아들이려고 애썼지만, 외부 현실에 대한 그들의 접근법은 너무나 이상적이고 장식적이었다. 이런 사실은 밀레나 포드 매독스 브라운 같은 화가들의 전원 풍경을 존 컨스터블이나 새뮤얼 파머 같은 화가들의 전원 풍경과 비교해 보기만 해도 알 수 있다. 따라서 찰스에게는 사라가 전망이 탁 트인 야외의 햇빛 속에서 그렇게 솔직한 고백을 한 것은 쓰라린 현실을 말하고 있다기보다는 오히려 이상적인 세계를 잠깐 보여 준 것처럼 생각되었다. 그런 솔직한 고백이 전혀 이상하게 느껴지지 않았던 것은, 그것이 더 현실적이었기 때문이 아니라 덜 현실적이었기 때문이다. 그것은 벌거벗은 아름다움이 벌거벗은 진실보다 훨씬 중요한 신화적인 세계였다.

찰스는 괴로운 마음으로 잠시 그녀를 내려다보다가, 돌아서서 자기 자리로 돌아갔다. 그의 가슴은 벼랑 끝에서 돌아온 것처럼 두근거리고 있었다. 바다 저 멀리, 수평선 위에서, 머나먼 구름 떼가 조용히 시야에 떠올랐다. 분홍빛, 호박빛, 하얀빛의 구름들이 어느 산맥의 웅장한 산마루나 탑과 성벽처럼 끝 간 데 없이 이어져 있었다······ 그러나 너무 멀었다 — 〈텔렘의 수도원〉[85]처럼 죄악에 물들지 않은 땅, 그러나 점점 사라져 가는 땅, 찰스와 사라와 어니스티나가 거닐 수 있었을지도 모르는 순결한 전원만큼이나 멀었다.

찰스의 생각이 그렇게 분명하고, 그렇게 수치스러울 만큼 이교적이었다는 뜻은 아니다. 그러나 그 먼 구름 떼를 보자, 오랜 불만이 생각났다. 다시 한 번 배를 타고 지중해를 가로지를 수 있다면 얼마나 좋을까. 말을 타고 메마른 흙냄새를 맡으며 아빌라[86]의 성벽으로 달려갈 수 있다면 얼마나 좋을까. 에게 해의 눈부신 햇살을 받으며 그리스 신전으로 다가갈 수 있다면 얼마나 좋을까. 그러나 그때도 그는 어두운 그림자를 떨쳐 버리지 못했다. 죽은 누이의 모습이 어서 따라오라고 그를 유혹하듯 앞장서서 가볍게 돌계단을 올라가, 무너진 신전 기둥들의 신비 속으로 들어갔다.

85 프랑스의 작가 라블레(1494~1553)의 『가르강튀아』에 그려진 이상향.
86 스페인 중부의 성채 도시.

21

용서해 다오! 나를 용서해 다오!
아아, 마거리트여,
그대를 붙잡기 위해 두 팔을 뻗건만
보라, 아무 소용도 없구나.

허공 속에서 그대를 향해
나의 한껏 뻗은 두 팔을 던지건만
그대와 나 사이에는 바다가,
서로 다른 과거가 넘실대고 있구나.
— 매튜 아널드, 「이별」(1853)

1분가량 침묵이 흘렀다. 사라는 고개를 약간 들어, 자신이 냉정을 되찾은 것을 보여 주었다. 그녀는 반쯤 고개를 돌렸다. 「마저 끝내도 될까요? 약간 덧붙이고 싶은 게 있는데…….」

「자신을 너무 괴롭히진 마세요.」

그녀는 약속의 표시로 고개를 끄덕여 보이고는 말을 이었다. 「그 사람은 다음날 떠났어요. 마침 프랑스로 떠나는 배가 있었거든요. 집안 문제를 해결하는 대로 곧 돌아오겠다고 말했지만, 저는 그게 거짓말이라는 걸 알았어요. 하지만 아무 말도 하지 않았어요. 아마 선생님은 제가 탤벗 부인 댁으로 돌아가서 셰르본에 갔다 온 척했어야 한다고 생각하시겠지요. 하지만 전 제 감정을 감출 수가 없었어요. 저는 절망으로 멍해져 있었답니다. 제 얼굴을 한번 보기만 해도 그동안 제 인생을 바꿔 놓은 사건이 일어났다는 걸 충분히 알 수 있었을 거예요. 그리고 전 탤벗 부인께 거짓말을 할 수가 없었어요. 거짓말하고 싶지 않았어요.」

「그럼 방금 나한테 한 이야기를 부인한테도 다 털어놓았단 말이오?」

그녀는 손을 내려다보았다. 「아뇨. 하지만 바르귀엔을 만난 건 말씀드렸어요. 언젠가는 돌아와서 저와 결혼할 거라고. 그렇게 말한 건…… 자존심 때문이 아니었어요. 탤벗 부인은 너그럽고 상냥한 분이니까 진실을 이해하고 저를 용서해 줄 테지만, 부인의 행복도 저를 그런 행동으로 내몬 요인의 하나라고는 도저히 말씀드릴 수가 없었어요.」

「그가 결혼했다는 사실은 언제 알았습니까?」

「한 달 뒤에요. 그는 불행한 결혼을 했다고 썼더군요. 저를 아직도 사랑한다느니 약속을 지키겠다느니 하는 말도…… 하지만 전 아무런 충격도 고통도 느끼지 못했어요. 그래서 담담한 기분으로 답장을 썼답니다. 당신에 대한 나의 사랑은 끝났다고, 다시는 당신을 보고 싶지 않다고.」

「나 말고는 모든 사람에게 그 사실을 감추었군요?」

그녀는 한참 뒤에야 그 말에 대답했다. 「네. 방금 말씀드린 이유 때문에.」

「자신을 벌하기 위해서?」

「추방자가 되기 위해서죠. 저는 마땅히 남에게 따돌림받는 사람이 되어야 해요.」

찰스는 그가 사라에 대한 관심을 보였을 때 그로건 박사가 보인 상식적인 반응을 생각해 냈다. 「하지만 파렴치한 사내한테 당한 여자들이 모두 당신처럼 행동한다면, 이 나라는 추방자로 가득 차게 되지나 않을까 염려되는군요.」

「지금도 벌써 추방자로 가득 차 있어요.」

「그건 어리석은 짓입니다.」

「추방자들은 어리석어 보이는 걸 두려워하죠.」

그는 그녀의 어깨를 뚫어지게 바라보았다. 그리고 그로건 박사가 약 먹기를 거부하는 환자들에 대해 했던 말을 상기했다. 그러나 그는 다시 한 번 시도해 보기로 결심했다. 그는 두 손을 움켜쥐고 앞으로 몸을 기울였다.

「교양과 지성을 갖춘 사람에게는 어떤 상황이 몹시 불행하게 느껴질 겁니다. 그건 충분히 이해할 수 있어요. 그러나 그런 상황을 극복하고 승리할 수 있게 해주는 건 바로 그런 교양과 지성이 아닐까…….」

그때 그녀가 벌떡 일어나더니 벼랑 끝으로 걸어갔다. 찰스는 급히 뒤따라가서, 여차하면 그녀의 팔을 잡을 준비를 하고 옆에 나란히 섰다. 평범한 충고가 그 의도와는 정반대의 효과를 가져왔다는 걸 알았기 때문이다. 그녀는 바다를 바라보았다. 그녀의 표정에는 후회하는 기색이 떠올라 있었다. 그 표정은 찰스가 그저 고리타분한 말만 늘어놓는 진부한 사람이라고, 그런 사람한테 고백한 건 실수였다고 말하고 있었다. 그녀에게는 어딘지 모르게 남성적인 데가 있었다. 찰스는 자기가 노파처럼 느껴졌다. 그리고 그런 느낌은 별로 유쾌한 것이 아니었다.

「용서하시오. 내가 너무 지나친 요구를 했나 보군요. 하지만 악의가 있어서 그랬던 것은 아닙니다.」

그녀는 그의 사과를 받아들인다는 뜻으로 고개를 숙였다. 그러고 나서 다시 시선을 바다 쪽으로 돌렸다. 그들은 이제 숲 아래쪽에 있는 사람의 눈에 뜨일 만큼 노출되어 있었다.

「그리고 부탁인데, 조금만 뒤로 물러서세요. 여긴 안전하지 못해요.」

그러자 그녀는 돌아서서 그를 바라보았다. 그 시선은 뒤로 물러서라는 그의 말에 담긴 진짜 이유를 또다시 꿰뚫어 보았다. 그는 발가벗겨진 것처럼 당황했다. 우리는 가끔 현대의 얼굴에서 한 세기 전의 표정을 읽을 수 있다. 그러나 한 세기

후의 표정은 결코 알아볼 수 없다. 잠시 후, 그녀는 그를 지나쳐 가시덤불 쪽으로 돌아갔다. 그는 축소판 원형 극장 한복판으로 가서 섰다.

「당신이 한 말은 내가 전부터 가졌던 생각을 확인해 줄 뿐이오. 당신은 라임을 떠나야만 합니다.」

「이곳을 떠난다면 수치심에서도 떠나게 돼요. 그러면 전 방황하게 될 거예요.」

그녀는 손을 뻗어 가시나무 가지를 잡았다. 확인할 수는 없었지만, 아무래도 그녀는 일부러 집게손가락을 가시에 대고 누르는 것 같았다. 잠시 후, 그녀는 붉은 핏방울을 가만히 내려다보고 있었다. 그렇게 한참 있더니, 주머니에서 손수건을 꺼내 몰래 피를 닦았다.

그동안 그는 침묵을 지키고 있다가 불쑥 물었다. 「지난여름에 당신은 그로건 박사의 도움을 거절했다던데, 왜 그랬습니까?」 그녀의 눈이 비난하듯 그를 홱 돌아보았지만, 그는 그런 반응을 각오하고 있었다. 「그래요. 나는 그 의사한테 의견을 물었소. 그럴 권리가 내게 있다는 건 당신도 부인할 수 없을 거요.」

그녀가 다시 고개를 돌렸다. 「물론 선생님은 그럴 권리가 있어요.」

「그렇다면 대답해 주셔야 합니다.」

「그분한테 도움을 청하러 가고 싶지 않았기 때문이에요. 그분에게 반감을 갖고 있는 건 아니에요. 그분이 저를 돕고 싶어했다는 건 저도 알아요.」

「그분의 충고는 내 충고와 똑같지 않았소?」

「그래요.」

「그렇다면 당신이 나한테 한 약속을 상기시켜야만 하겠군요.」

그녀는 대꾸하지 않았다. 그러나 그것이 하나의 대답이었다. 찰스는 가시나무 가지를 바라보며 서 있는 그녀 쪽으로 몇 걸음 다가갔다.

「우드러프 양!」

「선생님은 이제 진실을 아셨어요. 그런데도 그런 충고를 주실 수 있나요?」

「물론이오.」

「그러면 제 죄를 용서하시나요?」

이 질문에 찰스를 잠시 머뭇거렸다. 「내가 용서하든 말든, 그게 무슨 의미가 있단 말이오. 중요한 건 당신 자신이 당신의 죄를 용서하는 거요. 그리고 여기 라임에서는 그게 어렵소.」

「선생님은 제 질문에 대답하지 않았어요.」

「신만이 결정할 수 있는 일에 대해 감히 말하건대, 나는 당신이 충분히 참회했다고 생각합니다. 아니, 우리 모두가 그렇게 믿고 있어요. 당신은 용서를 받았어요.」

「그리고 버림도 받겠죠.」

메마르고 단정적인 그녀의 목소리에 그는 잠시 당황했다. 그러다가 그는 미소를 지었다. 「그 말이 라임에 있는 당신 친구들이 실질적인 도움을 주려고 하지 않는다는 뜻이라면…….」

「그런 뜻이 아니에요. 전 그분들이 친절한 의도를 가지고 있다는 걸 알아요. 하지만 저는 이 가시나무와 같답니다. 이 나무는 여기서 홀로 자라고 있지만, 그걸 비난하는 사람은 없어요. 하지만 이 나무가 브로드 가로 내려가면, 사회에 거슬리는 존재가 되고 말죠.」

「하지만 우드러프 양, 사회를 거스르는 게 당신의 의무라고 말할 수는 없습니다.」 그가 항의조로 덧붙였다. 그러고는 덧붙였다. 「당신이 그런 뜻으로 말한 거라면.」

그녀가 반쯤 몸을 돌렸다. 「하지만 사회는 저를 또 다른 고독으로 내몰고 싶어하지 않나요?」

「당신은 지금 존재의 정당성에 의문을 품고 있군요.」

「거기에 의문을 품으면 안 되나요?」

「그렇지는 않아요. 하지만 부질없는 짓이오. 아무 열매도 따지 못할 테니까.」

그녀는 고개를 저었다. 「열매는 있어요. 쓴 열매이긴 하지만.」

그러나 이 말은 반박할 의사도 없으면서, 깊은 슬픔 속에서 내뱉은 혼잣말이었다. 찰스는 마치 그녀의 고백이 일으킨 역류에 휘말리듯 피로감에 휩싸였다. 그는 그녀의 진솔한 눈빛이 그녀의 생각이나 말의 진솔함과 조화를 이루고 있다는 것을 감지했다. 전에는 그녀가 자기와 동등한 지성(따라서 남자에 대한 수상쩍은 적개심)을 갖고 있다고 추정할 수 있는 근거로 여겨졌던 것이 이제는 동등함이라기보다는 서로 알몸을 드러내고 있는 듯한 가까움으로 여겨졌다. 지금까지 그는 여자와의 관계에서 생각과 감정을 그처럼 친밀하게 나눌 수 있으리라고는 상상조차 해본 적이 없었다.

그는 이것을 주관적이 아니라 객관적으로 생각했다. 사라는 정말 놀라운 여자였다. 편견이 없는 남자가 현명하기만 하다면, 여기에 놀랄 만한 여자가 있다는 것을 알아차릴 수 있을 것이다. 그런 감정은 남자의 질투심이 아니라 인간적 상실감이었다. 찰스는 갑자기 손을 뻗어, 위로하듯 사라의 어깨를 만졌다. 그러고는 재빨리 돌아섰다. 침묵이 지나갔다.

그의 낭패감을 느낀 듯, 그녀가 말했다. 「제가 떠나야 한다고 생각하세요?」

그는 당장 해방된 기분을 느꼈다. 그러고는 열띤 눈길로 그녀를 다시 돌아보았다. 「그렇게 하세요. 새로운 환경, 새로운 사람들…… 실제적인 문제에 대해서는 걱정하지 마세요.

우린 당신을 도울 수 있도록, 당신의 결정만 기다리고 있습니다.」

「며칠 생각할 시간을 주세요.」

「필요하다면.」 그는 기회를 포착했다. 그리고 그녀가 모처럼 드러낸 정상적인 상태를 재빨리 붙잡았다. 「그리고 그 문제는 트랜터 부인에게 맡겨 두도록 합시다. 당신이 허락한다면, 필요한 비용은 모두 그분이 대줄 겁니다.」

그녀가 고개를 숙였다. 다시 울음이라도 터뜨릴 것 같았다. 「전 그런 친절을 받을 자격이 없어요. 전…….」

「더 이상 말하지 말아요. 그보다 더 좋은 일에 돈을 쓸 수는 없을 겁니다.」

미묘한 승리감이 찰스의 마음속을 지나갔다. 그로건 박사가 예언한 대로였다. 고백이 치료를 가져다주었다. 아니, 적어도 치료의 가능성만은 분명히 보여 주었다. 그는 돌아서서 바위 옆에 세워 둔 지팡이를 집어 들었다.

「제가 트랜터 부인 댁으로 가야겠지요?」

「좋습니다. 물론 우리가 만난 일을 얘기할 필요는 없을 거요.」

「아무 말도 않겠어요.」

그는 이런 장면을 이미 예견하고 있었다. 그는 예상이 들어맞은 것에 지나치게 들뜨지 않고 정중한 태도를 취했지만, 속으로는 놀라움을 느끼고 있었다. 그러자 그녀에게 바람직한 금전적 도움을 주는 것은 자기가 책임져야겠다는 사심 없는 고집이 생겼다. 어니스티나는 분명 그를 못살게 굴 것이다. 그러나 그것은 오히려 그의 양심을 편하게 해줄 터였다. 그는 사라에게 미소를 지었다.

「당신은 비밀을 나와 나누어 가졌소. 그만큼 마음의 짐도 가벼워진 것을 이제 곧 알게 될 거요. 당신은 상당한 장점을

타고났어요. 인생에 대해 겁낼 게 아무것도 없습니다. 언젠
가는 이런 불행한 날들이 저 체실 방죽 위를 떠가는 구름 한
점에 불과한 것처럼 보일 날이 올 거요. 당신은 이제 햇빛 속
에 서 있게 될 거요. 그리고 과거의 슬픔을 그리운 마음으로
돌아보게 될 거요.」그는 그녀의 눈 속에 떠오른 회의의 그림
자 뒤에서 한줄기 빛을 보았다고 생각했다. 한순간 그녀는
앙앙 울다가도 누군가가 어르거나 타이르면 마지못해, 그러
면서도 기꺼이 울음을 그치는 어린애처럼 보였다. 그는 활짝
웃으면서 쾌활하게 덧붙였다. 「이제는 그만 내려가는 게 좋
지 않겠소?」

그녀는 무슨 말을 하고 싶은 듯한 눈치였다. 다시 한 번 고
마움을 표하고 싶은 게 분명했다. 하지만 밝은 표정으로 기
다리고 있는 그의 자세 때문에, 그의 눈을 마지막으로 찬찬
히 들여다본 뒤 그를 지나쳐 갔다.

그녀는 올라올 때와 마찬가지로 조심스럽게 걸음을 떼면
서 내려갔다. 앞장서 가는 그녀의 어깨를 내려다보면서, 그
는 약간의 아쉬움을 느꼈다. 그녀를 다시는 보지 못하리라는
아쉬움과 안도감. 보기 드문 젊은 아가씨…… 결코 잊지 못할
것이다. 그리고 잊을 수 없으리라는 생각이 다소 위안이 되
었다. 앞으로 그녀에 대한 정보는 트랜터 부인이 제공해 줄
터였다.

그들은 아래쪽 벼랑 기슭에 이르렀다. 첫번째 담쟁이 터널
을 지나고, 빈 터를 건넌 다음, 두 번째 초록빛 터널로 들어섰
다. 바로 그때!

저 멀리 아래쪽, 언더클리프를 가로지르는 큰길 쪽에서 숨
막힐 듯한 웃음소리가 들려왔다. 이상한 웃음소리였다. 어떤
숲속의 요정이 그들의 은밀한 만남을 지켜보고 있다가, 아무
한테도 들키지 않았다고 확신하는 그들의 어리석은 태도를

보고는, 염탐의 즐거움을 더 이상 참지 못해 터뜨린 웃음 같았다.

찰스와 사라는 동시에 걸음을 멈추었다. 찰스의 안도감은 당장 충격적인 놀라움으로 바뀌었다. 그러나 담쟁이덩굴의 장막은 두터웠고, 웃음소리가 들려온 곳은 2백~3백 미터나 떨어진 곳이었다. 그들이 비탈을 내려올 때가 아니라면 아무도 그들을 볼 수 없었을 것이다. 사라는 잠시 서 있다가, 재빨리 손가락을 입술에 대면서 그에게 움직이지 말라는 신호를 보냈다. 그러고는 터널 끝까지 살금살금 걸어갔다. 찰스는 그녀가 목을 길게 빼고 오솔길 쪽을 조심스레 내려다보는 것을 바라보았다. 그녀가 휙 고개를 돌리더니, 그에게 손짓을 보냈다. 자기 쪽으로 오라고, 그러나 아주 조용히 와야 한다고 손짓은 말하고 있었다. 그와 동시에 웃음소리가 다시 들려왔다. 이번에는 좀 낮은 소리였으나, 좀 더 가까운 곳에서 들렸다. 오솔길에 있는 사람이 누군지는 모르지만, 그 사람은 오솔길을 떠나 물푸레나무 숲을 통해 그들이 있는 쪽으로 올라오고 있었다.

찰스는 장화 소리를 죽이면서, 걸음을 옮길 때마다 발디딜 장소를 하나하나 확인하면서, 조심조심 사라 쪽으로 다가갔다. 그는 제 얼굴이 붉어지고, 보기 흉할 정도로 당황하고 있음을 느꼈다. 이 순간, 이런 곳에서 사라와 함께 있는 것을 들키면, 어떤 변명도 통하지 않을 터였다. 그것은 의심할 수 없는 현행범이었다.

그는 마침내 사라가 있는 곳에 이르렀다. 그곳에는 다행히도 담쟁이가 빽빽이 우거져 있었다. 그녀는 나무에 등을 기대고 서 있었다. 찰스와 함께 이 샛길로 내려온 자신의 경솔함을 자책이라도 하듯, 그녀는 눈을 아래로 떨구었다. 찰스는 나뭇잎 사이로 물푸레나무가 서 있는 비탈 아래를 내려다보았다. 그 순간, 피가 얼어붙는 것 같았다. 그들과 같은 은신처를 찾아오는 것처럼 그들 쪽으로 올라오고 있는 것은 다름아닌 샘과 메리였던 것이다. 샘은 한 팔을 처녀의 어깨에 두르고 있었다. 그는 중절모를, 그녀는 보닛을 들고 있었다. 그리고 메리는 어니스티나가 준 초록빛 나들이옷 — 이 옷을 찰스가 마지막으로 보았을 때는 어니스티나가 입고 있었다 — 을 입고, 머리를 약간 뒤로 기울여 샘의 뺨에 대고 있었다. 그들이 서로 사랑하는 젊은 연인이라는 것은 물푸레나무들이 고목인 것만큼이나 분명했다. 두 사람은 그들이 밟고 오는 4월의 풀만큼 신선한 애욕에 가득 찬 연인들이었다.

찰스는 약간 뒤로 물러섰지만, 그들을 계속 지켜보았다. 샘이 메리의 얼굴을 끌어당기더니 입을 맞추었다. 그녀의 팔이 위로 올라가고, 그들은 서로 끌어안았다. 그러고는 서로 손을 맞잡은 채, 부끄러운 듯 약간 떨어져 섰다. 샘은 나무들 사이에 간신히 자리 잡고 있는 풀밭 둔덕으로 그녀를 이끌고 갔다. 메리는 거기에 앉았더니 뒤로 누웠고, 샘은 그녀를 내려다보며 비스듬히 앉았다. 그러고는 그녀의 뺨에 늘어진 머리카락을 쓸어넘기고, 허리를 굽혀 그녀의 눈에 다정하게 입을 맞추었다.

찰스는 새로운 당혹감이 마음을 뚫고 지나가는 것을 느꼈다. 그는 그 침입자들이 누구인지를 사라가 알고 있나 보려고 그녀를 흘끗 바라보았다. 그러나 그녀는 발아래 무리져 있는 골고사리를 내려다보고 있었다. 2분이 지나고, 3분이 지났다. 당혹감은 약간의 안도감으로 바뀌었다. 샘과 메리는 주위에 대한 경계보다 서로에 대한 탐색에 더 몰두하고 있는 게 분명했다. 찰스는 다시 사라를 흘끗 쳐다보았다. 이제는 그녀도 기대고 선 나무줄기에서 주위를 둘러보고 있었다. 그러나 곧 돌아서서 시선을 아래로 던졌다. 그러다가 갑자기 그녀가 그를 쳐다보았다.

짧은 순간이 지나갔다.

그녀는 마치 옷을 벗어던지는 것만큼이나 야릇하고 충격적인 일을 했다.

미소를 지었던 것이다.

그것은 너무나 복잡한 미소여서, 처음에는 찰스도 믿을 수 없다는 듯 그저 바라보기만 했다. 그것은 불가사의할 만큼 시의 적절한 미소였다. 그녀는 이 순간을 기다려 온 것이 아닐까. 그 미소를 보여 주기 위해서. 익살스러움을 드러내어, 자기한테는 슬픔만 있는 게 아니라는 것을 보여 주기 위해서. 그 어둡고, 슬프고, 직선적인 눈빛에는 그녀의 새로운 일면인 짓궂음이 드러나 있었다. 지난날 그녀가 돌봐 준 어린 폴과 버지니아는 그녀의 짓궂음에 익숙해져 있었지만, 라임에서는 이제껏 아무도 그것을 본 사람이 없었다.

그 눈과 입술에 떠오른 미소는 이렇게 묻고 있는 것 같았다. 당신이 자부하는 것들은 지금 어디에 있는가. 당신의 혈통, 당신의 과학, 당신의 예절, 당신의 사회적 지위는 어디에 있는가. 그 미소는 닫힌 마음이나 찌푸린 눈길로는 마주 볼 수 없는 미소였고, 오직 미소로만 답할 수 있는 미소였다. 왜냐하면 그것은 샘과 메리를, 나아가 모든 것을 눈감아주는 미소였기 때문이다. 어떤 면에서는 너무 미묘해서 해석하기 어려운, 이제까지 찰스와 그녀 사이에 있었던 모든 것을 무너뜨리는 미소였다. 그 미소에는 그녀가 가까움으로 변해 가고 있는 그 어색한 남녀 평등에 대해 의식적으로 인정한 것보다 훨씬 더 깊은 이해와 인식을 갖고 있다는 주장이 담겨 있었다. 그 미소에 대해 찰스는 사실 의식적으로 미소를 보내지는 않았지만, 저도 모르는 사이에 미소를 짓고 있다는 것을 깨달았다. 비록 눈으로만 웃는 미소였지만, 미소는 미

소였다. 그는 존재의 근원까지 흥분에 휩싸였다. 그 흥분은
성적 흥분이라고 부르기에는 너무 모호하고 일반적인 것이
었다. 그는 높은 벽을 기어 올라가 마침내 찾고 있던 문에 이
르렀지만, 그 문이 잠겨 있는 것을 발견한 사람 같은 기분을
느꼈다.

그들은 잠시 서 있었다. 여자는 닫힌 문이었고, 남자한테
는 열쇠가 없었다. 이윽고 그녀가 다시 시선을 떨구었다. 미
소는 사라졌다. 긴 침묵이 그들 사이에 장막처럼 드리워졌
다. 찰스는 진실을 깨달았다. 정말로 그는 벼랑 끝에서 한 발
짝 떨어진 곳에 서 있었다. 순간적으로 그는 뛰어내리고 싶
다고, 뛰어내려야 한다고 생각했다. 팔을 뻗기만 하면 그녀
가 아무런 저항도 없이, 열띤 감정으로 호응해 오리라는 것
을 알고 있었다. 그의 뺨이 더욱 붉어졌다. 마침내 그가 속삭
였다.

「다시는 단둘이 만나서는 안 되겠소.」

그녀는 머리를 숙인 채, 고개를 약간 끄덕였다. 그러고는
그가 얼굴을 보지 못하도록, 거의 성난 몸짓으로 돌아섰다.
그는 다시 나뭇잎 틈새로 내다보았다. 샘은 머리와 어깨를
이쪽에서는 보이지 않는 메리의 몸 위로 숙이고 있었다. 오
랜 시간이 지났는데도 찰스는 계속 그들을 지켜보고 있었다.
그의 마음은 아직도 좀 전의 벼랑 밑으로 소용돌이치며 떨어
져 내리고 있어서, 자기가 연인들을 엿보고 있다는 사실조차
거의 깨닫지 못하고, 오히려 시간이 흘러갈수록 그가 물리치
려고 애쓰는 그 독소에 점점 더 감염되어 가고 있었다.

메리가 그를 구해 주었다. 메리는 갑자기 샘을 밀쳐내더
니, 깔깔 웃으면서 오솔길로 내려가는 비탈을 뛰어갔다. 그
러다가 제비꽃과 명아주꽃 사이에서 잠깐 걸음을 멈추더니,
장난기 어린 표정으로 샘을 힐끔 돌아보면서, 초록빛 치마를

걷어 올려 속치마 자락을 살짝 내보였다. 샘이 그녀를 쫓아가기 시작했다. 그들의 모습은 잿빛 나무줄기 사이로 멀어져 갔다. 나무들 사이로 초록빛 치마와 푸른 옷자락이 언뜻언뜻 보였다. 웃음소리는 점점 작아지다가, 조그맣게 낄낄거리는 소리를 남기고는 사라졌다. 사방이 조용해졌다.

5분이 지났다. 그동안에도 두 남녀는 조용히 숨어 있었다. 찰스는 아직도 언덕 아래로 경계의 눈길을 박은 채 열심히 지켜보고 있었다. 그러나 사실은 사라와 시선이 마주치는 것을 피하고 싶었을 뿐이다. 드디어 그가 침묵을 깨뜨렸다.

「당신은 가는 게 좋겠소.」 그녀가 고개를 숙였다. 「나는 30분쯤 있다가 갈 테니까.」 그녀는 다시 고개를 숙여 보이고는, 그를 지나쳐 갔다. 그들은 서로 눈길을 마주치지 않았다.

물푸레나무 숲까지 가서야 그녀는 잠깐 고개를 돌려 그를 쳐다보았다. 그의 얼굴은 보이지 않았지만, 그가 자기를 지켜보고 있다는 것을 알아차린 게 분명했다. 그녀의 얼굴에는 다시 평소의 그 찌르는 듯한 표정이 떠올라 있었다. 그녀는 나무들 사이를 가볍게 걸어갔다.

22

나도 등에 진 짐을 느꼈다,
너무나 강렬한 감정의 흔들림 속에서.
나도 더 이상 여인을 원치 않았다,
이 두근거리는 열띤 가슴은 사라졌다.

나도 강력한 힘을 동경했고,
날카로운 창 같은 의지를 동경했다.
나도 날카롭고 파렴치한 방법을 찬양했다,
의심할 줄도 모르고, 아무 공포도 느끼지 않는.

그러나 이 세상에서 나는 배웠다,
그 의지, 그 힘이 드물기는 하지만,
사랑에 비하면 훨씬 덜 드물다는 것을.
그대도 언젠가는 확실히 증명하리라.
— 매튜 아널드, 「작별」(1853)

   찰스가 마침내 라임 읍내로 돌아가는 길에 올랐을 때, 그의 머릿속에는 나이에 관계없이 남자라면 누구나 좋아하는 주제의 상념들이 떠올랐다. 「이봐, 넌 지금 불장난을 하고 있는 거야!」 그가 자신에게 내뱉은 이 말은 사실 머릿속에 떠올리고 있는 주제와 일치하는 것이었다. 그는 매우 어리석었지만, 그러나 그 어리석음 때문에 고통을 당하지는 않았다. 그는 터무니없는 모험을 감행했고, 상처 하나 입지 않은 채 거기서 벗어났다. 그래서 저 멀리 코브의 거대한 바위가 시야에 들어오자 그는 유쾌한 기분마저 느끼기 시작했다.

   그가 왜 자신을 꾸짖어야 한단 말인가? 그의 동기는 처음부터 순수했다. 그는 그녀의 광기를 치료해 주었다. 설령 불순한 무엇이 잠시나마 끼어들려 했다 하더라도, 그것은 맛있게 요리된 양고기에 친 양념에 불과했다. 앞으로도 그 〈불장난)에 계속 매달린다면 그는 당연히 비난받아야 할 것이다. 결국 그는 촛불에 홀려 뛰어드는 나방이 아니었다. 그는 높은 지성을 갖춘 존재, 적자(適者)의 하나, 완전한 자유 의지를 가진 남자였다. 그가 자유 의지의 보호막을 확신하지 않았다면 그 위험한 바다에서 모험을 했겠는가? 나는 비유를 섞어서 말하고 있지만, 찰스의 마음은 바로 그런 식으로 움직였다.

그래서 그는 지팡이에 몸을 기대듯 자신의 자유 의지에 기대어, 마을로 통하는 언덕을 내려왔다. 그 처녀에 대한 온갖 심정적, 육체적 감정을 그는 자유 의지로 엄격하게 통제할 것이다. 그리고 그녀가 단둘만의 만남을 간청하더라도, 그는 자유 의지의 도움으로 단호히 물리칠 것이다. 그녀에 대한 관심을 실제로 집행하는 일은 자유 의지에 의해 모두 트랜터 이모에게 넘겨질 것이다. 그러므로 그는 똑같은 자유 의지에 따라 어니스티나에게는 비밀을 지켜도 된다. 아니, 지켜야 한다. 화이트 라이언 호텔이 시야에 들어올 때까지, 그는 자유 의지에 의해 사라를 과거의 인물로 여길 수 있게 된 자신을 축하했다.

놀라운 아가씨, 놀라운 처녀. 사람을 놀라게 만드는 의외성이 그녀의 매력이라고 — 아니 매력이었다고 — 그는 결론을 내렸다. 그러나 그는 자기가 냉소와 인습의 혼합체인 것처럼 그녀도 영국인의 전형적인 두 가지 성격 — 정열과 상상력 — 을 가지고 있다는 것을 깨닫지 못했다. 첫번째 특징은 찰스도 어렴풋이 알아차렸지만, 두 번째는 그렇지 못했다. 아니, 알 수가 없었다. 사라의 그 두 가지 특징은 시대가 금지하고 있는 특징이었기 때문이다. 빅토리아 시대는 정열을 관능과 동일시하고, 상상력은 단순한 공상과 동일시하여 금지하고 있었다. 이런 부정적인 두 가지 동일시는 찰스의 가장 큰 결함이기도 했고, 이 점에서 그는 자기 시대를 대표하고 있었다.

그가 속여야 할 상대 — 어니스티나 — 가 아직 남아 있었다. 그러나 호텔에 도착했을 때, 찰스는 가족이 자기한테 도움의 손길을 뻗은 것을 알았다.

전보가 그를 기다리고 있었다. 윈즈야트에 있는 백부한테서 온 전보였다. 〈아주 중요한 이유〉가 있으니 급히 와달라는 내용이었다. 전보를 읽자마자 찰스는 웃음을 감추지 못했다. 그 노란 봉투에 입을 맞출 뻔했다. 그 전보는 코앞에 닥친 난처한 상황에서 그를 건져 주었다. 어니스티나에게 무심했던 이유를 이제는 거짓말로 둘러댈 필요가 없어진 것이다. 전보. 그것은 믿기 어려울 정도로 편리한 구실이었다. 그는 기차 시간을 알아보았다. 그 당시 라임에서 가장 가까운 역이었던 엑서터에서 이튿날 아침 일찍 떠나는 기차가 있었다. 그것은 당장 라임을 떠나 그곳에서 하룻밤 묵어야 하는 좋은 구실이 되었다. 그는 라임에서 가장 빠른 마차를 준비시켰다. 마차는 그가 직접 몰고 갈 생각이었다. 트랜터 이모 댁에는 쪽지 한 장만 보내고 서둘러 출발하고 싶었다. 그러나 그것은 너무 비겁한 짓이었다. 그래서 그는 전보를 손에 쥔 채 걸어갔다.

선량한 트랜터 부인에게 전보란 언제나 불길한 것이었으므로, 그녀는 걱정에 휩싸였다. 어니스티나는 이모보다 덜 미신적인 여자였으므로 벌컥 화를 냈다. 그녀는 로버트 백부가 이런 식으로 마치 대통령처럼 행세하는 것은 〈너무 고약한〉 짓이라고 생각했다. 그녀는 아무 일도 아닐 거라면서, 노인네의 변덕이거나, 젊은이들의 애정에 대한 질투일 거라고 투덜댔다.

그녀는 부모와 함께 윈즈야트를 방문한 적이 있었다. 그러나 그녀는 로버트 경이 별로 마음에 들지 않았다. 아마 자기가 관찰당하고 있다는 느낌을 받았기 때문이거나, 대대로 내려오는 시골 지주 계급인 백부가 런던 중산층의 기준으로 보면 약간 무례한 태도 — 좀 더 친절한 비평가라면 괴팍한 태도라고 말했겠지만 — 를 보였기 때문이거나, 그 저택이 너무 낡아서 헛간처럼 보인 데다 가구나 벽 장식 따위가 지독할 만큼 구식이었기 때문이거나, 백부와 조카 사이에 오가는 애정이 너무도 끔찍할 정도여서 질투를 느꼈기 때문일지도 모른다. 그러나 무엇보다도 큰 이유는 겁을 먹었기 때문이었다.

이웃에 사는 숙녀들이 그녀를 만나 보도록 소집되었을 때, 그들의 존경할 만한 부친과 남편들이 소유하고 있는 것을 몽땅 사버릴 수도 있을 만큼 그녀의 아버지가 부자라는 사실은 잘 알려져 있었음에도 불구하고, 그녀는 그들로부터 무시당하고 있거나 온갖 교묘한 방법으로 멸시당하고 있는 듯한 느낌을 받았다(사실은 단순히 부러움을 받았을 뿐이었지만). 언젠가는 윈즈야트에서 살게 되리라는 생각도 별로 마음에 들지 않았다. 윈즈야트에서 살게 되면, 막대한 지참금의 일부를 사용하여 그녀의 취향에 맞지 않는 것들 — 우스꽝스러운 용틀임 장식이 달린 나무 의자들(찰스 1세 시대의 골동품으로, 거의 값을 매길 수 없을 만큼 귀중한 물건), 시커먼 장롱들(튜더 양식의 가구), 좀이 슨 태피스트리들(파리의 유서 깊은 고블랭 태피스트리 공장에서 만들어진 작품), 단조로운 그림들(프랑스의 유명한 풍경화가인 클로드 로랭의 작품 두 점과 이탈리아의 종교화가인 틴토레토의 작품 한 점을 포함하여) — 을 몽땅 마음에 드는 것들로 바꿀 수 있겠지만, 이런 꿈도 별로 달갑게 여겨지지 않았다.

로버트 경에 대한 혐오감은 찰스에게 감히 털어놓을 수가 없었다. 그러나 다른 불쾌한 느낌들은 빈정조가 아니라 농담조로 넌지시 비쳤다. 사실 어니스티나를 탓할 수는 없다. 예나 지금이나 부잣집 딸들이 대개 그렇듯이, 어니스티나는 관습적인 취향을 즐기는 것 말고는 다른 재능을 갖고 있지 못했다. 그녀가 아는 것이라고는 양장점이나 양품점이나 가구점에서 엄청난 돈을 쓰는 것뿐이었다. 그것은 그녀의 유일한 영토였기 때문에, 그녀는 그것이 침범당하는 게 싫었다.

마음이 급한 찰스는 그녀가 무의중에 드러내는 반대 의사와 토라진 얼굴을 꾹 참은 채, 갈 때와 마찬가지로 나는 듯이 돌아오겠다고 안심시켰다. 사실 그는 백부가 자기를 그렇게 급히 부른 이유를 대충은 짐작하고 있었다. 그것은 티나와 함께 백부를 찾아갔을 때 가설적으로 토론한 적이 있는 문제였다. 〈가설적〉이라는 말을 덧붙인 까닭은, 백부가 수줍음이 많은 남자였기 때문이다. 그 문제란, 찰스와 그의 신부가 윈즈야트에서 백부와 함께 살 수 있는가 — 그럴 경우, 신혼부부는 오른채에 살림을 차릴 수 있을 터였다 — 하는 것이었다. 그들 부부가 가끔 와서 묵고 가는 것이 아니라, 처음부터 정착해서 영지를 운영하는 일부터 배우기 시작해야 한다는 것이 백부의 뜻이라는 것을 찰스는 알고 있었다. 이 같은 백부의 뜻이 지금은 별로 호소력을 갖고 있지 못했다. 백부의 뜻에 따르는 것은 서툰 짓이 될 것이며, 또 백부는 애정과 비난 사이를 오락가락하게 될 것이고, 어니스티나는 윈즈야트에 들어오기 전에 보다 자유로운 신혼 생활을 통해 교육을 받을 필요가 있다고 그는 생각했다. 그러나 백부는 그에게 그것 이상의 무엇을 암시해 주었다. 윈즈야트는 독신 노인이 살기에는 너무 크기 때문에 자기는 좀 작은 집을 구해서 살고 싶다고 말했던 것이다. 주변에는 노인이 행복한 여생을 보내기에 적당한 집이 적지 않았다. 실제로 셋집 명단을 들고 찾아오는 사람도 있었다. 지금 살고 있는 대저택에서도 볼 수 있는, 엘리자베스 시대에 지어진 장원 저택이 가장 그럴싸한 곳이었다.

찰스는 백부가 비로소 마음을 굳힌 모양이라고 짐작했다. 윈즈야트에 가면, 그는 대저택이냐 장원 저택이냐의 양자택일에 직면하게 될 터였다. 찰스로서는 어느 쪽이든 다 좋았다. 백부가 방해만 되지 않는다면, 어느 집에 살든 별로 큰 문제가 아니었다. 노총각인 백부는 이제 말을 달리다가 장애물에 부닥치면 혼자 힘으로 뛰어넘지 못하고 남의 도움을 바라는 겁 많은 기수 같아서, 찰스가 하라는 대로 어느 집으로든 들어갈 게 분명했다.

브로드 가에서 간단한 삼중주가 끝난 뒤, 찰스는 어니스티나와 단둘이 몇 마디 나누고 싶다고 말했다. 그래서 트랜터 이모가 자리를 뜨자마자 그는 곧 자신의 짐작을 털어놓았다.

「하지만 왜 이제야 그 일을 의논하려는 걸까요?」

「그게 바로 그분의 방식이라니까. 그건 그렇고, 가서 뭐라고 대답하지?」

「당신은 어느 쪽이 더 좋으세요?」

「당신의 결정에 따르겠어. 당신이 원한다면, 어느 쪽도 선택하지 않아도 괜찮아. 큰아버지 마음이 상하시겠지만……」

어니스티나는 조심스럽게 돈 많은 백부에 대한 저주를 중얼거렸다. 그러나 그 순간 어떤 영상을 떠올렸다. 자신의 취향에 맞게 설비된 윈즈야트, 그리고 그 속을 거니는 스미스선 부인…… 아마도 그녀가 지금 서 있는 곳이 별로 넓지 않은 트랜터 이모 댁의 거실이기 때문인지, 그 영상은 아주 매력적인 이미지로 그녀를 유혹했다. 게다가 그 무서운 노인과 한 지붕 아래서 살지만 않는다면…… 또 그분은 늙었다. 살면 얼마나 더 살겠는가? 그리고 사랑하는 찰스, 앞으로 태어날

269

아이들…… 런던에서 이따금 찾아올 엄마, 아빠…….

「마을에 있는 그 저택이라면, 우리가 마차를 타고 지나쳤던 그 집이 아닌가요?」

「맞아. 당신도 기억을 하겠지만, 박공 지붕이 그림처럼 아름다운…….」

「밖에서 보기에는 아름답겠죠.」

「물론 손을 좀 봐야 할 거야.」

「그 집을 뭐라고 부르죠?」

「마을에서는 〈리틀 하우스〉라고 부르지. 하지만 윈즈야트와 비교해서 작다는 것일 뿐, 보기보다는 제법 큰 집이라고.」

「그런 낡은 집들은 나도 알아요. 더럽고 작은 방들이 열 개도 넘게 있지요. 엘리자베스 시대 사람들은 왜 건물을 난쟁이 집처럼 지었는지 모르겠어요.」

그는 미소를 짓고(튜더 왕조 시대의 건축물에 대한 그녀의 고정관념을 바로잡아 주기 위해서라면 좀 더 나은 방식으로 할 수도 있었겠지만) 그녀의 어깨에 팔을 둘렀다. 「그럼 윈즈야트는 어때?」

그녀는 초승달처럼 곡선을 이룬 눈썹 밑에서 그를 똑바로 쳐다보았다.

「당신은요? 그 집을 원하세요?」

「그 집이 나한테 어떤 집인지는 당신도 알잖아.」

「실내 장식을 제 마음대로 고쳐도 괜찮겠어요?」

「그 집을 아예 허물고 제2의 수정궁[87]을 짓는대도 난 상관없어.」

「찰스, 전 지금 농담하고 있는 게 아녜요.」

---

87 1851년 런던에서 열린 만국 박람회 건물로, 유리와 철골로만 만들어졌다. 1936년에 소실되었다.

그녀는 몸을 뺐다. 그러나 그는 곧 용서의 키스를 받았고, 가벼운 마음으로 떠날 수 있었다. 그리고 어니스티나는 2층에 있는 자기 방으로 올라가서, 상품 목록이 가득 들어 있는 병기고를 꺼냈다.

23

이 주목나무의 일부는
내 조상들이 알았던 사람이니…….
— 토머스 하디, 「변형」

　찰스가 봄볕을 즐길 수 있도록 포장을 걷어 버린 마차가
문지기 집을 지나갔다. 젊은 호킨스는 열린 문 가에 서 있었
고, 그의 모친인 호킨스 부인은 오두막 현관에 수줍은 듯 웃
으며 서 있었다. 찰스는 마부에게 잠깐 마차를 세우라고 지
시했다. 그 마부는 치펀햄에서 기다리고 있다가 이제 샘과
나란히 마부석에 앉아서 마차를 몰고 있었다. 찰스와 그 노
파 사이에는 각별한 관계가 있었다. 한 살 때 어머니가 돌아
가셨기 때문에, 찰스는 어릴 적부터 여러 명의 유모를 견뎌
내야만 했다. 호킨스 부인은 찰스가 윈즈야트에 머무는 동안
정이 든 여자였다. 그 무렵 그녀는 수석 세탁부를 맡고 있었
는데, 하인들의 서열로 따지면 가정부 바로 아래였다. 찰스
가 트랜터 이모에게 호감을 느끼는 것은 어쩌면 어린 시절의
그 순박한 여인 — 바우키스[88] 역을 맡기에 딱 알맞은 — 에

---

　88 그리스 신화에 나오는 가난한 농부 필레몬의 아내.

대한 기억 때문인지도 몰랐다. 그 노파가 그를 맞으려고 정원으로 나 있는 길을 절름거리며 걸어오고 있었다.

찰스는 코앞에 닥친 결혼에 관해 열심히 묻는 그녀의 질문에 일일이 대답해 주어야 했고, 또 그녀의 자식들에 대해서 이것저것 물어보는 예의도 보여야 했다. 그녀는 여느 때보다 더 그를 염려하는 듯했다. 그는 그녀의 눈빛에서 친절한 마음씨를 가진 가난한 사람들이 종종 복받은 부자들에게 품고 있는 동정심의 그림자를 알아차렸다. 찰스는 순박하면서도 눈치 빠른 시골 아낙네가 엄마도 없이 못된 아버지 — 이 홀아비가 런던에서 쾌락을 좇으며 살고 있다는 상스러운 소문은 윈즈야트에까지 전해져 있었다 — 와 함께 살고 있는 가없은 아이에게 베푸는 동정심을 옛날부터 잘 알고 있었다. 찰스는 즐거운 인내심을 가지고 그 눈길을 받아들였다. 그것은 그에 대한 애정의 눈빛이었다. 말끔히 단장된 문지기 오두막과 그 너머의 넓은 정원, 울창한 숲, 석회석으로 포장된 넓은 안길, 쇠막대기를 둘러친 울타리 — 이 모든 것들이 그에게 애정을 안고 다가오는 듯한 느낌이 들었다. 마침내 찰스는 노파를 미소 띤 눈으로 내려다보았다.

「그만 가봐야겠어요. 백부님이 기다리고 있어서.」

호킨스 부인은 쉽게 물러설 기색이 아니었으나, 하녀로서의 의무감이 유모로서의 애정을 이겨 냈다. 그녀는 그의 손을 잡는 것으로 만족했다.

「그래야죠, 도련님. 나리께서 기다리고 계시니까요.」

마부가 말의 엉덩이를 채찍으로 내리치자, 마차는 완만한 비탈길을 올라간 다음, 아직도 이파리가 돋아나 있지 않은 참피나무 아래로 들어섰다. 조금 지나자 마찻길은 평탄해졌고, 다시 한 번 채찍을 내리치자 두 필의 밤색 말은 여물통 냄새라도 맡은 듯이 힘찬 걸음으로 달리기 시작했다. 쇠를 댄

바퀴가 덜그럭거리는 소리, 기름을 충분히 치지 않은 굴대가 삐걱거리는 소리, 호킨스 부인 때문에 되살아난 애정, 얼마 후에는 이 모든 경치를 소유하게 되리라는 확신 — 이 모든 것들은 찰스에게 행운을 타고난 운명과 정연한 질서 — 라임에 머무는 동안 다소 어지럽혀지긴 했지만 — 에 대한 형언할 수 없는 느낌을 불러일으켰다. 영국의 이 땅조각은 그에게 속해 있었고, 그는 여기에 속해 있었다. 그 책임은 그에게 있었고, 그 명성과 몇 세기에 걸쳐 내려온 조직도 그의 것이었다.

그들은 한 떼의 일꾼들이 모여 있는 곳을 지나갔다. 대장장이 에브니저가 휴대용 화로 옆에서 구부러진 쇠 울타리를 망치로 두들겨서 펴고 있었다. 그 뒤에는 산지기 두 사람이 멍하니 서 있었고, 또 그들 옆에는 낡은 작업복과 중산모 차림의 늙은이가 서 있었는데, 대장장이의 부친인 벤 영감은 지난 80년 동안 한 번도 윈즈야트를 떠나 본 적이 없는, 말하자면 살아 있는 역사였다.

마차가 지나가자, 이들 네 사람은 그쪽으로 돌아서서 모자를 흔들어 보였다. 찰스도 영주답게 손을 흔들어 보였다. 그들이 그의 삶을 알고 있듯이, 그도 그들의 삶을 알고 있었다. 심지어는 쇠 울타리가 어떻게 해서 휘어졌는지도 알고 있었다. 백부가 아끼는 황소 조나스가 톰킨스 부인의 마차를 공격했던 것이다. 〈그 여자 잘못이었다〉 — 고 백부는 편지에서 말했다 — 〈그 여자가 입술을 새빨갛게 칠했기 때문이지〉. 그때 찰스는 답장에서, 시치미를 떼고, 그 매력적인 과부가 무엇 때문에 보호자도 없이 윈즈야트를 방문했는지 모르겠다고 썼던 것을 기억하고 웃음을 깨물었다.

그러나 드넓은 시골 풍경은 오랜만에 찾아온 찰스에게 조금도 변하지 않은 평화로움을 안겨 주었다. 몇 킬로미터에 걸쳐 있는 봄의 초원을 배경으로, 크림색과 회색이 뒤섞인 대저택이 저 멀리서 시야에 들어오기 시작했다. 거대한 삼나무와 그 유명한 적갈색 너도밤나무, 그 옆에 서 있는 원채, 그 뒤에 반쯤 가려진 마구간, 나뭇가지들 사이로 보이는 조그만 나무 시계탑…… 그 시계탑은 그야말로 상징에 불과했다. 전보에도 불구하고 윈즈야트에서는 정말로 긴급한 일이 하나도 없었지만, 똑같은 하루하루가 오늘에서 내일로 흘러갔다. 이곳에 실제 시간이 있다면 그것은 태양의 시간이었다. 건초를 장만하거나 추수할 때를 빼고는 언제나 일손이 남아돌았지만, 그 깊은 곳에서는 질서 감각이 거의 기계처럼 돌아가고 있었고, 사람들은 그 질서가 결코 허물어지지 않으리라는 느낌 속에서 살아가고 있었다. 물론 농촌에도 공업 도시인 셰필드와 맨체스터에서 일어나는 것과 같은 가난과 불공평이 있었지만, 대저택 주변에서는 그런 것을 찾아볼 수 없었다. 그것은 단지 대저택 주인들이 잘 개간된 농토와 길든 가축만큼이나 잘 길들여진 농부들을 좋아했기 때문일 것이다. 그들이 수많은 아랫사람들에게 비교적 관대하고 친절한 편이었던 것은 장래에 대한 유쾌한 전망을 추구하는 성향의 부산물에 불과했지만, 아랫사람들은 그 덕분에 이익을 얻었다. 그리고 〈지성적인〉 근대적 경영의 동기도 결코 이타적인 것은 아닐 것이다. 친절한 착취자들은 〈유쾌한 전망〉을 좋아했고, 오늘날의 착취자들은 〈더 높은 생산성〉을 추구할 뿐이다.

울타리 친 목초지가 부드러운 잔디밭과 관목 숲으로 바뀌고, 마찻길이 저택 ── 젊은 시절의 와이어트[89]가 너무 무자비하지 않을 정도로 개수하고 증축한 건축물 ── 현관을 향해 길게 구부러지기 시작한 지점, 석회석으로 포장된 안길이

89 영국의 건축가. 1746~1813.

끝나는 곳에 이르자, 찰스는 실제로 자신의 상속 재산 속으로 들어가고 있는 듯한 느낌을 받았다. 그것은 그가 한때 종교와 과학과 여행을 가지고 놀았던 생활을 여실히 말해 주고 있는 듯했다. 그는 이 순간을 기다려 왔다. 말하자면 옥좌에 앉게 될 날을. 언더클리프에서 있었던 그 무모하고 어리석은 모험 따위는 염두에도 없었다. 이제 그 앞에는, 조상들 가운데 수많은 젊은이들이 그랬던 것처럼, 윈즈야트의 평화와 질서를 유지해야 하는 막중한 임무가 놓여 있었다. 의무 — 그것은 그의 진정한 아내이고, 그의 어니스티나이고, 그의 사라였다. 그는 실제 나이의 절반밖에 안 되는 소년처럼 즐겁게 마차에서 뛰어내렸다.

그러나 그를 맞이한 것은 텅 빈 홀이었다. 그는 백부가 미소 띤 얼굴로 자기를 맞아 주리라 기대하며 거실로 뛰어들었다. 그러나 그 방도 비어 있었다. 그런데 이곳에서 찰스는 뭔가 이상한 느낌을 받았다. 커튼과 양탄자도 모두 새것으로 바뀌어 있었다. 그는 웃음을 깨물었다. 어니스티나가 화를 내겠군. 손도 대기 전에 선택권이 사라져 버렸으니. 그러나 그는 새것으로 바뀐 커튼과 양탄자를 보면서, 자신의 뜻을 그토록 품위 있게 후세에 남겨 놓고 싶어하는 백부의 마음을 읽을 수가 있었다.

바뀐 것은 그것만이 아니었다. 그게 무엇인지를 찰스가 깨달은 것은 잠시 뒤였다. 불멸의 능에가 보이지 않는 것이었다. 그 유리상자가 놓여 있던 자리에는 도자기 장식장이 서 있었다.

그래도 그는 여전히 짐작조차 할 수 없었다.

그가 짐작조차 하지 못한 것이 또 하나 있었다. 하기야 그럴 수밖에 없는 것이, 사라한테 그 일이 일어난 것은 어제 오후에 그가 사라와 헤어진 뒤였기 때문이다. 사라는 숲 속에서 급히 나온 뒤, 여느 때처럼 위쪽 오솔길로 들어섰다. 이 길로 들어서면 낙농장에서 그녀를 볼 가능성이 전혀 없었다. 그때 누군가가 그녀의 주저하는 모습을 보았다면, 그리고 그 사람이 사라만큼 예민한 청각을 갖고 있었다면, 그 이유를 짐작할 수 있었을 것이다. 1백 미터쯤 아래에 있는 낙농장 오두막에서 목소리가 들려왔기 때문이다. 사라는 천천히 그리고 조용히 걸음을 옮겨, 호랑가시나무 덤불에 이르렀다. 그 빽빽한 나뭇잎 사이로 오두막이 내려다보였다. 그녀는 잠깐 거기에 서 있었다. 그녀의 얼굴은 마음속에서 일어나는 일을 전혀 드러내지 않았다. 바로 그때 아래쪽 오두막 풍경에 약간의 변화가 일어나 그녀를 움직이게 만들었다. 그러나 그녀는 숲속의 은신처로 되돌아가는 대신, 오히려 대담하게 덤불 뒤에서 나와, 오두막 위쪽의 마찻길로 이어지는 오솔길로 들어섰다. 그리하여 그녀는 오두막 문간에 서 있는 두 아낙의 시야에 완전히 모습을 드러냈다. 바구니를 든 한 여자는 낙농장을 막 떠나려는 참인 게 분명했다.

사라의 검은 형체가 시야에 들어왔다. 사라는 오두막을, 놀라서 휘둥그레진 두 쌍의 눈을 한 번도 내려다보지 않고, 낙농장 위에 펼쳐져 있는 들판의 산울타리 뒤로 재빨리 걸어갔다.

두 아낙 중 하나는 낙농장 주인의 아내였고, 다른 하나는 다름아닌 페얼리 부인이었다.

24

〈그가 너의 삼촌이란 걸 명심하라.〉 나는 이 말이 빅토리아 시대의 전형적인 금언이었다는 얘기를 들었다.
— G. M. 영, 『빅토리아 시대의 에세이』

「창피해요. 창피해. 제정신을 잃은 게 아니라면 그분이 어떻게 그럴 수 있죠?」

「그분이 균형 감각을 잃은 건 사실이야. 하지만 그건 전혀 다른 문제라고.」

「하지만 하필이면 이 중요한 시기에…….」

「이봐요, 티나. 큐피드는 다른 사람의 사정을 아랑곳하지 않기로 악명이 높잖아.」

「큐피드가 이 일과 아무 상관도 없다는 건 당신도 잘 아시잖아요.」

「아니, 내가 보기엔 아무래도 큐피드가 이 일과 가장 중요한 관계를 갖고 있는 것 같아. 원래 노인의 가슴은 가장 민감해서 영향을 받기 쉬우니까.」

「그건 제 잘못이에요. 그분은 제가 싫어서 이러시는 거예요.」

「말도 안 돼!」

「말이 안 되는 게 아녜요. 전 알아요. 그분은 저를 포목상의 딸로밖에 보지 않는다고요.」

「진정해.」

「제가 이렇게 화내는 건 다 당신을 위해서라고요.」

「좋아! 그렇다면 당신이 화낼 게 아니라, 내가 화를 내게 해줘.」

그러자 침묵이 흘렀다. 이 침묵을 틈타서, 나는 이 대화가 트랜터 부인 댁의 거실에서 오간 것이라는 사실을 밝혀야겠다. 어니스티나는 이제 울음을 그치고, 앙심이라도 품은 표정으로 손수건을 쥐어짜며 앉아 있었고, 찰스는 그녀에게 등을 돌린 채 창가에 서 있었다.

「당신이 얼마나 윈즈야트를 사랑하는지, 잘 알아요.」

찰스가 무슨 대답을 하고 싶었는지는 추측에 맡길 수밖에 없다. 왜냐하면 바로 그 순간 문이 열리고, 트랜터 이모가 얼굴 가득 환영의 미소를 띠면서 나타났기 때문이다.

「일찍도 돌아왔군.」

지금 시각은, 우리가 앞 장(章)에서 찰스가 윈즈야트로 마차를 몰고 가는 것을 보았던 날과 같은 날 저녁 아홉시 반이었다.

찰스는 희미하게 미소를 지었다. 「일이 금방…… 끝났거든요.」

「너무나 끔찍하고 창피스러운 일이 생겼어요, 이모.」 트랜터 부인은 놀란 얼굴로 조카딸의 비극적이고 분개한 얼굴을 바라보았다. 「저이가 상속을 못 받게 됐지 뭐예요?」

「상속을 못 받게 되다니?」

「티나가 과장한 겁니다. 다만 저의 백부님이 결혼하기로 작정한 것뿐입니다. 다행히 그분께서 아들이라도 보아 상속자를 얻게 되면……」

「그게 다행이라고요?」

어니스티나는 찰스에게 부글부글 끓는 듯한 시선을 던졌다. 트랜터 이모는 놀라서 두 사람의 얼굴을 번갈아 쳐다보았다.

「그런데…… 부인 되실 분은 누구지?」

「톰킨스 부인이라고, 과부예요.」

찰스의 말에 뒤이어 어니스티나가 재빠르게 덧붙였다.「게다가 아들을 열 명도 넘게 낳을 만큼 젊은 여자라고요.」

찰스는 가볍게 웃었다.「그렇게 젊지는 않습니다. 하지만 아들을 낳을 수 있을 만큼은 아직 젊은 편이지요.」

「자네도 그 부인을 아나?」

찰스가 입을 열기도 전에 어니스티나가 먼저 대답했다.「그게 바로 창피한 일이지 뭐예요. 두 달 전만 해도 찰스의 백부님은 편지에서 그 여자를 조롱했었다고요. 그런데 이제 와서는 그 여자 발밑에 납작 엎드려 있다니!」

「티나!」

「흥분 안 할 수 있어요? 이건 너무해요. 그 오랜 세월을 혼자 지내 놓고 이제 와서…….」

찰스는 깊은 한숨을 내쉬고 나서 트랜터 이모 쪽으로 돌아섰다.「그 여자는 훌륭한 인척 관계를 가진 것으로 알고 있습니다. 죽은 남편은 제40기병대 연대장이었는데, 사고로 죽었을 때 상당한 유산을 남겼다고 하더군요. 그러니 그 여자가 재산이 탐나서 결혼한다고는 생각할 수 없습니다.」이글이글 타는 듯한 눈빛으로 그를 올려다보는 어니스티나의 시선은 흉중에 온갖 의심이 가득 차 있음을 말해 주고 있었다.「게다가 아주 매력적인 여자라고 하더군요.」

「그 여자는 말을 타고 사냥개를 쫓아다닐 게 분명해요.」

찰스는 어니스티나에게 쓸쓸한 미소를 지었다. 그녀는 전에 괴물 같은 백부한테 받은 벌점을 언급하고 있었다. 「아마 그렇겠지. 하지만 그건 죄가 아니야.」

트랜터 이모는 의자에 털썩 주저앉아, 지금까지도 그런 상황에 놓이게 되면 언제나 그랬듯이, 한줄기 희망의 빛을 찾으면서 젊은 두 남녀의 얼굴을 다시 한 번 번갈아 바라보았다. 그러고는 조심스럽게 입을 열었다. 「하지만 자네 백부님은 아이를 갖기엔 너무 연로하신 게 아닐까?」

찰스는 트랜터 이모의 순진함에 따뜻한 미소를 지어 보였다. 「그분은 예순일곱이십니다. 그렇게 늙은 나이는 아니죠.」

「그 여자는 손녀뻘밖에 안 되게 젊었고요.」

「이봐 티나, 이런 때일수록 채신을 지킬 필요가 있어. 나를 위해서라도 제발 그렇게 심한 말은 말아 주었으면 좋겠어. 우린 되도록 의연하게 이번 일을 받아들여야 해.」

그녀는 그를 쳐다보고, 그가 애써 내보이는 위엄 속에 신경질적인 태도가 숨어 있음을 알아차렸다. 그래서 다른 역할을 맡아야 한다는 것을 깨달았다. 그녀는 그에게 쪼르르 달려가서 그의 손을 붙잡고는 입술을 댔다. 그는 그녀를 끌어당겨 이마에 입을 맞췄지만, 그녀의 속임수에 넘어가지는 않았다. 약삭빠른 사람과 소심한 사람은 똑같아 보일 수 있지만, 똑같지는 않다. 그 충격적이고 달갑잖은 소식을 받아들이는 어니스티나의 태도를 한마디로 표현한다면, 어떤 낱말이 가장 적당할까. 그는 적당한 낱말을 찾을 수 없었지만, 〈숙녀답지 않은〉 태도와 그렇게 거리가 먼 것은 아니었다. 그는 엑서터에서 트랜터 이모 댁까지 타고 온 마차에서 내리자마자, 2층에 있는 어니스티나의 방으로 곧장 뛰어 올라왔다. 그가 그녀에게 기대한 것은 분노가 아니라 부드러운 동정이었다. 어니스티나는 찰스가 백부에게 화가 났을 것으로 지레짐작하고, 찰스의 비위를 맞추기 위해 그와 비슷한 감정을 가지려 했는지도 모른다. 신사라면 결코 분노를 드러낼 리가 없다는 것을 그녀는 아마 꿰뚫어 보지 못했을 것이다. 그러나 그녀가 보여 준 태도는 유감스럽게도 그녀가 포목상의 딸이라는 사실을 상기시켰을 뿐이다. 거래에서 실패한 장사꾼 — 그랬다, 그에게는 그렇게밖에 보이지 않았다. 그녀에게서는 전통적인 차분함, 인생에서 좌절해도 결코 품위를 잃지 않는 귀족적인 의연함을 찾아볼 수 없었다.

그는 어니스티나를 그녀가 방금 전에 튀어나온 소파로 데려가 앉혔다. 그가 찾아온 가장 큰 이유는 오랫동안 고향에 돌아가 있겠다는 결심을 전하기 위해서였지만, 이 문제는 내일 아침에 의논해야겠다고 생각했다. 이런 경우에는 어떤 태도를 취하는 것이 옳은가를 실제로 보여 줄 수 있는 방법을 찾았다. 가볍게 화제를 바꾸는 것보다 더 좋은 방법은 없을 것 같았다.

「그동안 라임엔 별일 없었겠지?」

그러자 어니스티나가 문득 생각난 듯이 이모한테 고개를 돌리며 물었다. 「그 여자 소식은 아직 없나요?」 트랜터 부인이 뭐라고 대답하기도 전에 어니스티나는 찰스를 쳐다보았다. 「사건이 있었어요. 풀트니 부인이 우드러프 양을 해고했지 뭐예요.」

찰스는 심장이 멈추는 것 같았다. 그러나 얼굴에 놀란 표정이 나타났다 해도, 트랜터 이모는 빨리 〈그 여자〉 소식을 이야기하고 싶은 마음으로 가득 차 있었기 때문에 그것을 눈치 채지 못했다. 찰스가 도착했을 때 트랜터 이모가 집에 없었던 것은 바로 그 때문이었다. 해고는 어제저녁에 이루어진 모양이었다. 죄인에게는 말버러 저택의 지붕 밑에서 마지막으로 하룻밤을 보내는 것이 허락되었다. 오늘 아침이 되자, 새벽같이 짐꾼이 달려와 그녀의 짐을 챙겼다. 짐은 화이트 라이언으로 옮겨졌다는 것이다. 이 말에 찰스는 문자 그대로 하얗게 질렸지만, 트랜터 이모는 곧바로 그의 두려움을 누그러뜨려 주었다.

「그곳은 자네도 알다시피 마차 정류장이지.」도체스터에서 엑서터로 가는 합승 마차는 라임으로 통하는 가파른 언덕까지는 내려오지 않기 때문에, 마차를 타려면 서쪽으로 4킬로미터가량 떨어진 교차로까지 가야만 했다. 「헌니콧 부인이 짐꾼에게 물어봤더니, 우드러프 양은 말버러 저택에 없었다고 하더래. 그 댁 하녀가 말하기를, 그 여자는 꼭두새벽에 집을 떠났고, 짐을 어떻게 하라는 지시만 남겼다는 거야.」

「그래서요?」

「종적이 없다네.」

「목사님은 만나 보셨어요?」

「아니. 하지만 트림블 양이 그러는데, 목사님이 오전에 말버러 저택을 방문했대. 거기서 풀트니 부인이 편찮다는 말을 들었지. 그래서 페얼리 부인한테 무슨 일이냐고 물었더니, 수치스러운 일을 풀트니 부인이 알게 되었고, 그 때문에 충격을 받아서 몸져눕게 되었다고 대답하더라는 거야.」선량한 트랜터 부인에게는 사라의 실종도 물론 가슴 아픈 일이었지만, 사라의 실종에 대해 자기가 아는 게 너무 없다는 것도 그에 못지않게 괴로운 일인 게 분명했다. 트랜터 부인은 말을 끊고, 찰스와 조카딸의 눈을 번갈아 살폈다. 「어찌 된 일일까? 도대체 무슨 일일까?」

「그 여자를 고용한 것부터가 잘못이었어요. 고양이한테 생선을 맡긴 거나 같다고요.」

어니스티나는 자기 말에 동의해 주기를 바라는 눈으로 찰스를 바라보았다. 그는 겉보기보다 훨씬 당혹감을 느끼며 트랜터 이모 쪽으로 고개를 돌렸다.

「혹시 자살할 위험은…….」

「우리도 바로 그 점을 걱정하고 있다네. 목사님은 사람들을 보내서, 차머스까지 길을 따라가면서 찾아보았지. 그 여자는 늘 그곳 벼랑길을 산책하곤 했거든.」

「그래서요?」

「아무것도 찾지 못했다는 거야.」

「그 여자가 전에 일했다고 말씀하신…….」

「물론 거기에도 사람을 보냈지. 하지만 그 여자 소식은 없었어.」

「그로건 박사는 말버러 저택에 불려가지 않았나요?」 찰스는 어니스티나 쪽으로 고개를 돌리며 슬며시 의사의 이름을 꺼냈다. 「우리가 술을 마신 날 저녁에 그분이 그 여자 이야기를 하더군……. 그 여자의 상태를 걱정하고 있는 것 같았어.」

「의사 선생이 일곱시에 목사님과 얘기하는 걸 트림블 양이 보았는데, 몹시 흥분해 있는 것 같더래. 화가 잔뜩 나 있는 것 같았다는 거야.」 트림블 양은 브로드 가에서 부인용품점을 꾸려 가고 있는 여자였다. 따라서 그곳은 라임의 정보 센터가 되기에 안성맞춤인 위치에 자리 잡고 있었다. 트랜터 이모의 온화한 얼굴이 도저히 불가능한 일을 해냈다. 무서울 정도로 엄격한 표정을 지었던 것이다. 「난 앞으로 풀트니 부인을 방문하지 않겠어. 그 여자가 아무리 중병에 걸려도.」

어니스티나는 손으로 얼굴을 가렸다. 「아, 오늘은 정말 끔찍한 날이에요.」

찰스는 두 숙녀를 내려다보았다. 「그로건 박사를 찾아가 봐야 할 것 같습니다.」

「찰스, 당신이 뭘 할 수 있다는 거예요? 당신 말고도 그 여자를 찾아다닐 사람은 얼마든지 있어요.」

물론 찰스도 사라를 찾아다닐 마음은 전혀 없었다. 찰스는 사라가 해고당한 것이 언더클리프를 배회한 일과 무관하지 않을 거라고 짐작했다. 그리고 그의 두려움은 사라와 자기가 함께 있는 것을 누군가가 목격했을지도 모른다는 점이었다. 그는 결정을 내리지 못하고 고민했다. 사라가 해고당한 이유가 세간에 어느 정도나 알려져 있는지를 알아낼 필요가 있었다. 그것은 긴급하고도 중요한 일이었다. 갑자기 그 좁은 거실의 공기가 답답하게 느껴졌다. 혼자 있고 싶었다. 어떻게 해야 할지 생각할 필요가 있었다. 그는 사라가 있는 곳을 짐작했기 때문이다. 사라가 아직 살아 있다면 — 하지만 찰스가 엑서터의 호텔에서 곤히 자고 있는 동안, 절망에 빠진 사라가 어떤 엉뚱한 결정을 내렸을지 누가 알겠는가? — 그래서 아직 숨을 쉬고 있다면, 틀림없이 거기에 있을 것이다. 게다가 그 장소를 알고 있는 사람이 라임에서는 자기뿐이라는 사실이 수의처럼 그를 옥죄었다. 그러나 그 정보는 절대로 누설할 수 없었다.

몇 분 뒤, 찰스는 화이트 라이언 호텔로 가는 언덕을 성큼 성큼 내려가고 있었다. 공기는 따뜻했지만, 하늘에는 구름이 잔뜩 끼어 있었다. 축축한 밤공기가 부드럽게 그의 뺨을 어루만졌다. 그의 심장 속에서 천둥이 치듯, 가까운 앞바다에서도 천둥이 치고 있었다.

25

아, 주를 사랑하는 젊은이여,
결코 그대의 것이 되지 않을 사람을 위해
무슨 한숨을 짓고 있는가!
— 앨프레드 테니슨, 『모드』(1855)

　찰스는 그로건 박사한테 샘을 보내 쪽지를 전할 생각이었
다. 그는 길을 걸어가면서 문구를 꾸며 보았다. 〈트랜터 부인
이 몹시 걱정하고 계십니다〉…… 〈수색대를 조직하는 데 비
용이 든다면〉…… 아니, 〈재정적으로나 그 밖의 면에서 제가
도움이 될 수 있다면……〉 이런 문장들이 떠올랐다. 찰스는
호텔에 들어가자마자 말구종을 불러, 샘이 아마 술집에 가
있을 테니 그를 찾아서 2층에 있는 자기 방으로 보내라고 말
했다. 그러나 거실에 들어서자마자 그는 또다시 충격을 받았
다. 파란만장한 오늘 하루의 세 번째 충격이었다.
　둥근 탁자 위에 편지가 놓여 있었다. 편지는 검은 밀랍으
로 봉해져 있었고, 겉봉에 쓰인 필체는 낯설었다. 〈화이트 라
이언, 스미스 선 씨.〉 그는 봉인을 뜯고 종이를 펼쳤다. 서두
도 없고, 서명도 없었다.
　〈간청합니다. 마지막으로 한 번만 만나 주세요. 오늘 오후
와 내일 아침에 기다리겠습니다. 안 오시면, 다시는 괴롭히

지 않겠습니다.〉

찰스는 그 쪽지를 몇 번이고 거듭해서 읽었다. 그런 다음 어두운 바깥을 내다보았다. 그녀의 부주의한 행동 때문에 하마터면 자신의 명예가 위험에 처할 뻔했다는 사실이 그를 화나게 했고, 그녀가 아직 살아 있다는 사실이 그를 안심시켰고, 또 마지막 문장에 넌지시 담겨 있는 협박이 그를 다시 화나게 만들었다. 샘은 손수건으로 입을 닦으면서 방으로 들어왔다. 그 몸짓은 저녁 식사를 중단하고 왔다는 노골적인 암시였다. 점심때는 알코올이 들어 있지 않은 진저 비어 한 병과 말라 비틀어진 비스킷 세 개밖에 못 먹었으니까, 저녁 식사를 방해받고 넌지시 불만을 나타내는 것은 용서받을 수 있을 것이다. 그러나 그는 찰스를 보자마자, 주인의 기분이 윈즈야트를 떠날 때보다 훨씬 안 좋다는 것을 금세 알아차렸다.

「아래층에 내려가서, 나한테 이 편지를 남긴 사람이 누군지 알아보게.」

「네, 나리.」

샘은 방에서 나갔다. 그러나 계단을 여섯 단 내려갔을 때, 찰스가 문간에서 그를 불러 세웠다.

「도대체 누가 이걸 가지고 내 방에 들어왔는지 물어봐.」

「네, 나리.」

찰스는 방으로 돌아갔다. 언젠가 발견해서 어니스티나에게 갖다준 청회석에 기록된 고대의 재난이 문득 마음속에 선명한 영상으로 떠올랐다. 한때 바다였다가 지금은 물이 빠져나가 버린 곳에서 주운 암모나이트 화석에는, 9천 만 년 전의 지각 변동이 극도로 압축되어 새겨져 있었던 것이다. 검은 번갯불처럼 생생한 통찰 속에서, 그는 모든 생명의 대등함을 깨달았다. 진화는 완전함을 향한 수직적 상승이 아니라 수평적 이동이다. 시간은 중대한 오류였다. 존재에는 역사가 없

287

다. 그것은 언제나 현재이고, 언제나 같은 악마적 기계에 사로잡혀 있다. 현실이 눈에 뜨이지 않도록 인간이 세운 그 화려한 장막들 ― 역사, 종교, 의무, 사회적 지위 ― 은 모두 환상, 아편에 중독되었을 때 보이는 환각에 불과하다.

샘이 방으로 들어왔다. 좀 전에 찰스가 지시를 내렸던 말구종도 함께 들어왔다. 말구종 사내가 말했다. 어떤 아이가 아침 열시에 그 편지를 가지고 왔다. 그 아이의 얼굴은 알지만 이름은 모른다. 그 아이는 편지를 보낸 사람이 누군지 말하지 않았다. 찰스는 초조한 기분을 억누르며 말구종 사내를 내보냈다. 그리고 역시 초조한 기분을 억누르며, 누가 이곳을 주의 깊게 살펴보는 것을 보지 못했느냐고 샘에게 물었다.

「아무도 없었는뎁쇼, 나리.」

「좋아. 내려가서 저녁 식사나 올려 보내라고 해. 아무거나 좋아, 아무거나.」

「네, 나리.」

「저녁을 먹고 난 뒤에는 방해받고 싶지 않으니까, 그리 알게. 내 물건은 지금 정리해도 좋아.」

샘은 찰스가 창가에 서 있는 동안 거실 옆에 붙은 침실로 들어갔다. 창문 아래를 내려다보다가, 찰스는 어린 사내아이가 거리 끝에서 뛰어와 그가 서 있는 창문 아래의 자갈길을 가로지르더니 이내 시야에서 사라져 버리는 것을 보았다. 그는 하마터면 창문을 열고 소리를 지를 뻔했다. 심부름꾼이 다시 온 것이라는 직감 때문이었다. 그는 낭패감의 열기 속에 서 있었다. 한참 뒤에야 그는 직감이 틀렸을 거라고 생각하기 시작했다. 샘이 침실에서 나와 문 쪽으로 걸어갔다. 그러나 바로 그때 문을 두드리는 소리가 났다. 샘이 문을 열었다.

말구종 사내였다. 이번에는 어떤 실수도 저지르지 않았다는 자부심으로 얼굴에 멍청한 미소를 띠고 서 있었다. 그의 손에는 쪽지가 들려 있었다.

「같은 아이였습니다요, 나리. 그래서 누가 보낸 거냐고 물어봤습죠. 이번에도 같은 여자라고 말했지만, 이름은 모른답니다요. 저희들은 모두 그 여자를 프…….」

「알았네. 그 쪽지나 주게.」

샘이 쪽지를 받아서 찰스에게 넘겨주었다. 하지만 그 하인다운 가면 밑에는 어떤 건방짐, 다 눈치 채고 있다는 것을 보여 주는 노골적인 태도가 엿보였다. 샘은 말구종 사내한테 엄지손가락을 탁 튕겨 보이고는 슬쩍 윙크를 보냈다. 말구종이 방에서 나가자 샘도 나가려고 했지만, 찰스가 그를 불러 세웠다. 그는 잠시 입을 다문 채, 고상하고 그럴듯한 말을 찾느라 머리를 굴렸다.

「샘, 나는 어느 불행한 여자의 처지에 관심을 갖게 되었는데…… 그 문제를 트랜터 부인한테는 비밀로…… 아니, 그러니까 아직은 그 문제가 트랜터 부인의 귀에는 들어가지 않았으면 싶네. 알겠나?」

「알고말굽쇼, 나리.」

「난 그 여자한테 능력에 걸맞은 자리를 찾아 주고 싶어. 물론 트랜터 부인과 의논을 해야겠지. 조금 놀라시겠지만, 그분의 환대에 대한 작은 보답이 아닐까 싶네. 부인도 그 여자를 걱정하고 계시니까 말이야.」

언젠가 찰스가 샘에게 〈발발이 샘〉이라는 별명을 붙여 주었듯이, 샘은 이제껏 그 별명에 걸맞은 태도, 주인의 명령에 절대 복종하는 태도를 보여 왔다. 따라서 찰스를 이렇게 허둥대게 만드는 것은 샘의 진정한 성격과는 거리가 먼 것이었다.

「그래서 말인데…… 뭐 그다지 중요한 건 아니지만, 이 일은 아무한테도 말하지 말아 주게.」

「여부가 있겠습니까요, 나리.」 샘은 도박을 했다는 터무니없는 비난을 받은 교회 목사처럼 충격을 받은 표정이었다.

찰스는 창가로 돌아섰다. 그러자 샘은 이상한 표정 — 고개를 한 번 끄덕이고, 입술을 묘하게 오무리는 표정 — 으로 주인을 몰래 곁눈질하고는 방을 나갔다. 밖에서 문이 닫히자, 찰스는 두 번째 쪽지를 펼쳤다. 쪽지는 프랑스 어로 쓰여 있었다.

〈온종일 기다렸습니다. 간곡히 부탁드립니다. 절망 속에서 선생님의 도움을 필요로 하는 한 여인이 이렇게 무릎을 꿇고 간청합니다. 저는 오늘 밤 선생님이 와주시기를 기도하면서 보낼 것입니다. 낙농장에서 왼쪽으로 첫번째 오솔길 옆에 있는 작은 헛간에서, 새벽부터 기다리고 있겠습니다.〉

밀랍이 떨어졌기 때문일까, 쪽지는 봉인이 되어 있지 않았다. 어쨌든 그것이 이 쪽지가 프랑스 어로 쓰인 이유를 설명해 주고 있었다. 쪽지는 어떤 오두막 문간이나 언더클리프 — 찰스는 이곳에 그녀가 숨어 있을 게 틀림없다고 생각했다 — 에서 급히 쓴 듯 휘갈겨져 있었다. 쪽지를 가져온 아이는 분명 코브의 어느 가난한 어부의 아들일 터였다. 언더클리프에서 나오는 오솔길은 코브로 이어져 있었고, 읍내를 통과할 필요도 없었다. 그러나 그 처리 방법의 어리석음이라니! 위험은 또 어떤가!

프랑스 놈! 바르귀엔!

찰스는 움켜쥔 주먹 속에서 쪽지를 구겨 버렸다. 멀리서 번뜩이는 번개 불빛이 머지않아 폭풍우가 몰아치리라는 것을 예고해 주고 있었다. 창밖을 내다보니, 무겁고 음침한 빗방울들이 유리창에 튕기며 줄무늬를 만들기 시작했다. 그는 사라가 어디에 있는지 궁금했다. 그녀가 비에 흠뻑 젖은 채 번개와 폭우 속을 달려가는 모습이 떠오르자, 그의 이기적인 걱정은 금세 사라졌다. 하지만 이건 너무했다! 그런 날을 보낸 직후에 이런 일이 생기다니!

나는 느낌표를 너무 많이 쓰고 있다. 그러나 찰스가 방 안을 오락가락할 때, 그의 마음속에는 갖가지 상념과 거기에 대한 반응, 그 반응에 대한 반응들이 성난 듯이 용솟음치고 있었다. 그는 바다 쪽으로 면한 창가에 서서 브로드 가를 내려다보았다. 문득 사라가 자신의 처지를 가시나무에 비유했던 말이 기억났다. 브로드 가로 들어가면 사회에 거슬리는 존재가 되고 마는 가시나무. 그는 현기증이 나서, 관자놀이를 누르고 침실로 들어가 거울에 비친 얼굴을 들여다보았다.

그러나 그는 자신이 말짱하다는 것을 너무도 잘 알고 있었다. 그는 자신에게 계속 말하고 있었다. 뭔가를 해야 해. 행동을 취해야 해. 그러나 무엇을 어떻게 해야 할지 알 수가 없었고, 자신의 무력한 처지에 대한 일종의 분노가 그를 휩쌌다. 그 분노는, 자기는 가물 때 암초에 걸려 화석으로 남은 암모나이트보다는 나은 존재라는 것, 그리고 자신을 뒤덮은 먹구름을 헤치고 나아갈 수 있다는 것을 보여 주는 몸짓을 어떻게든 취해야 한다는 단호한 결심이었다. 누군가에게 속을 털어놓고 싶었다. 자신의 영혼을 드러내고 싶었다.

그는 거실로 나와서, 가스등에 매달린 작은 고리를 잡아당겨 흐릿한 불꽃을 백열 상태로 바꾼 다음, 문 옆에 달린 초인종 줄을 세게 잡아당겼다. 나이 든 웨이터가 나타나자, 찰스는 거만한 투로, 화이트 라이언에서 최고급 코블러[90] — 빅토리아 시대에 수많은 이들의 객고를 달래 주었던 그 음료를 반 파인트 주문했다.

5분도 채 안 되어, 샘이 저녁 식사를 담은 쟁반을 들고 올

90 셰리주와 브랜디의 혼합물.

라오다가, 약간 상기된 얼굴로 인버네스[91]를 두르고 내려오는 주인의 모습을 보고는, 깜짝 놀라 멈춰 섰다. 찰스는 샘보다 한 계단 위에서 멈춰 서서, 수프와 양고기, 삶은 감자를 덮은 상보를 들춰 보더니, 한마디 말도 없이 그대로 내려갔다.

「나리?」

「자네가 먹게.」

그런 다음 그는 우리의 시야에서 사라져 버렸다. 그와는 대조적으로, 샘은 그 자리에 우두커니 선 채, 혓바닥을 왼쪽 뺨에 닿을 정도로 길게 빼고, 계단 난간을 뚫어지게 바라보고 있었다.

91 남자용 소매 없는 외투.

26

벗들이여, 나는 그대들에게 말하고 싶다,
모든 것은 고대의 영주권(領主權)에 달려 있다고.
— 루이스 캐럴, 『스나크 사냥』(1876)

메리가 그 런던내기 청년의 마음에 끼친 영향은 정말 생각해 볼 만한 것이었다. 건강한 육체적 감각을 가진 정상적인 젊은이라면 누구나 그렇듯이, 그는 우선 메리라는 여자 자체를 사랑했다. 그러나 그는 또한 그녀가 자신의 꿈속에서 맡는 역할 — 이것은 무절제하고 상상력이 없는 요즘 젊은이들의 꿈속에서 처녀들이 맡는 역할과는 전혀 다르다 — 때문에 그녀를 사랑했다. 그는 메리가 신사용품 진열대 뒤에 예쁘게 앉아 있는 모습을 그려 보곤 했다. 런던 곳곳에서 저명한 남성 고객들이 마치 자석에라도 끌린 것처럼 그녀의 매혹적인 얼굴을 보러 온다. 바깥 거리는 그들의 실크해트로 온통 까맣게 뒤덮이고, 그들이 타고 온 마차 소리로 귀가 멍멍하다. 가게에는 일종의 마술 상자가 놓여 있고, 그 뚜껑을 여닫는 것은 메리의 책임이다. 마술 상자에서는 장갑, 스카프, 양말, 모자, 각반, 옥스퍼드(당시 유행한 구두), 칼라 — 피카딜리 칼라, 셰익스피어 칼라, 도그 칼라, 덕스 칼라 — 가 끝없이 흘러나

온다. 샘은 칼라에 병적인 집착을 갖고 있었다. 어쩌면 그는 칼라에서 성적 쾌감을 얻었는지도 모른다. 그는 메리가 찬탄하는 눈으로 그녀를 바라보는 귀족 앞에서 그 가느다란 하얀 목에 칼라를 두르는 환상을 분명히 보았기 때문이다. 이런 매력적인 광경이 벌어지는 동안, 샘은 그 대가로 소나기처럼 쏟아지는 금화를 받기 위해 돈궤 앞에 앉아 있다.

이것이 한낱 꿈이라는 것은 그도 잘 알고 있었다. 게다가 메리는 그것이 꿈이라는 사실을 강조했고, 더 나아가 그 꿈의 실현을 정면으로 가로막고 있는 가증스러운 악마의 모습을 분명히 묘사했다. 그 악마의 이름은? 준비 부족! 샘이 주인의 거실에 편안히 앉아서 아직도 응시하고 있는 것은 아마이 인류 공동의 적이었을지 모른다. 이 적과 대면하기 전에 그는 물론 두 번째 식사를 즐기는 일부터 먼저 해치웠다. 찰스가 브로드 가를 빠져나가 보이지 않게 될 때까지 창문으로 지켜본 다음, 아까와는 다른 모양으로 입술을 오므리면서, 수프를 한두 숟갈 떠먹고, 양고기 조각을 부드러운 부분만 골라 먹었다. 샘은 비록 가난했지만, 멋쟁이 신사의 본능은 모두 갖추고 있었기 때문이다. 그러나 지금은 케이퍼 소스를 끼얹은 양고기 조각을 물끄러미 바라보고 있었다. 그는 그 양고기 조각을 포크로 찍어 손에 들고 있었지만, 그 매력을 잊어버린 것 같았다.

〈mal〉이란 단어(쓸모없는 지식들만 모아 놓은 여러분의 창고에 쓸모없는 지식을 또 하나 덧붙여도 좋다면)는 고대 노르웨이 어에서 차용한 고대 영어로, 바이킹을 통해 영국에 전해졌다. 원래는 〈수다 떨기〉라는 뜻이었지만, 바이킹이 그 여성적인 활동에 종사하는 것은 도끼날을 들이대며 무언가를 요구할 때뿐이었기 때문에, 이 낱말은 〈세금〉이나 〈조공〉을 의미하게 되었다. 바이킹의 한 갈래는 남쪽으로 내려가,

시칠리아에서 마피아를 결성했다. 그러나 또 다른 갈래 ─
이 무렵에는 〈mal〉이 〈mail〉로 철자가 바뀌어 있었다 ─ 는
스코틀랜드 접경에서 분주하게 상납금을 징수하기 시작했
다. 수확물이나 딸의 처녀성을 지키고 싶으면, 그 일대를 세
력권으로 하는 바이킹 두목에게 〈mail〉을 바쳤다. 이윽고 상
납금을 바치는 피해자들은 그것을 〈black mail(갈취)〉이라고
부르게 되었다.

이런 어원학적 사색에 몰두하고 있지는 않았지만, 샘은 분
명 그 단어의 의미를 생각하고 있었다. 왜냐하면 〈불행한 여
자〉라는 말을 듣는 순간, 그게 누구인지를 당장 짐작했기 때
문이다. 〈프랑스 중위의 여자〉가 해고된 것과 같은 흥미진진
한 사건은 그날 안으로 라임의 모든 주민에게 알려졌다. 그
리고 샘은 첫번째 저녁 식사 ─ 주인 때문에 방해를 받은 ─
를 하면서 식당에 앉아 있을 때 그 대화를 엿들었다. 그는 언
젠가 메리한테서 사라에 관한 이야기를 들은 적이 있었기 때
문에, 그녀가 누구인지를 알고 있었다. 그는 또한 주인의 태
도에 대해서도 알고 있었다. 찰스 나리는 평소의 모습이 아
니었다. 게다가 가는 방향도 트랜터 부인 댁 쪽이 아니었다.
필시 무슨 곡절이 있는 게 분명했다. 샘은 포크와 양고기 조
각을 내려놓고, 콧방울을 손가락으로 톡톡 두드리기 시작했
다. 이 몸짓은 뉴마켓[92]에서는 널리 알려진 것으로, 안짱다리
기수가 경주마를 가장하고 돌아다니는 생쥐처럼 경마 정보
를 얻으러 돌아다니는 스파이를 냄새 맡았을 때 하는 몸짓이
었다. 그러나 여기서 생쥐는 바로 샘이 아니었을까 하는 생
각이 든다. 그리고 그가 맡은 것은 침몰하고 있는 배의 냄새
가 아니었을까.

92 영국 동남부 케임브리지셔 주의 도시. 부근에 유명한 경마장이 있다.

윈즈야트의 하인들은 이 집안에서 무슨 일이 진행되고 있는가를 잘 알고 있었다. 로버트 나리는 조카를 괴롭히기 시작했다. 시골의 노동 계층은 천성적으로 화목한 가정을 중시했기 때문에, 찰스가 백부를 좀 더 자주 찾아오지 않는 것 — 다시 말해서, 기회가 있을 때마다 로버트 나리에게 알랑거리지 않는 것 — 을 못마땅하게 여겼다. 당시 하인들은 가구나 다름없는 존재로 여겨졌기 때문에, 주인들은 하인도 귀와 머리를 가진 인간이라는 사실을 잊어버릴 때가 많았다. 그래서 노인과 상속자 사이에 오간 대화는 빠짐없이 하인들에게 알려져 이야깃거리가 되었다. 젊은 하녀들은 잘생긴 찰스를 동정하는 경향이 있었지만, 좀 더 현명한 사람들은 이 게으른 베짱이를 개미의 눈길로 바라보고 있었다. 그들은 품삯을 벌기 위해 평생을 개미처럼 일해 왔다. 그래서 그들은 찰스가 게으름 때문에 벌받는 것을 고소하게 여겼다.

게다가 톰킨스 부인 — 어니스티나가 의심한 대로, 그녀는 중상류층에 속하는 대단한 수완가였다 — 은 온갖 술수를 써서 가정부와 집사의 비위를 맞추었다. 그래서 하인들 가운데 가장 중요한 자리에 있는 두 사람은 그 통통하고 정감이 넘쳐흐르는 과부에게 〈여주인 마님 인정서〉를 내리고 말았다. 뿐만 아니라 그 과부는 앞에서 언급한 오른채에 들어가 오랫동안 사용하지 않은 방들을 살펴보더니, 육아방으로는 더없이 좋겠다고 가정부에게 몇 번이고 강조했다. 톰킨스 부인이 첫번째 결혼에서 1남 2녀를 얻은 것은 사실이었다. 게다가 집사인 벤슨 씨에게 정중하게 전달된 가정부의 견해에 따르면, 톰킨스 부인은 그만큼의 아이를 더 낳을 생각이라는 거였다.

「딸일 수도 있지 않겠소, 트로터 부인?」

「그분은 노력가세요, 벤슨 씨. 내 말을 명심하세요. 그분은 대단한 노력가시라고요.」

집사는 차를 홀짝 마시고는 덧붙였다. 「그리고 팁도 괜찮게 주시지.」 찰스는 한 식구였으므로 하인들에게 팁을 주지 않았다.

이런 이야기들은 샘이 하인용 휴게실에서 찰스를 기다리는 동안 모두 그의 귀에 들어왔다. 그것은 그 자체로도 불쾌했고, 또 베짱이의 하인으로서 주인에 대한 평판의 일부를 짊어져야 한다는 것 때문에도 불쾌했다. 그리고 이 모든 것은 샘이 늘상 지니고 있는 제2의 꿈 — 지금은 벤슨 씨가 차지하고 있는 윈즈야트의 집사 자리를 언젠가는 자기가 차지하고 말리라는 야심 — 과도 관계가 있었다. 그는 이 꿈의 씨앗을 메리의 마음에 슬쩍 심어 놓기까지 했다. 그가 원한다면 이 씨앗은 싹을 틔울 게 분명했다. 그런데 그 연약한 새싹이 자상한 보살핌을 받기는커녕, 잔인하게 뿌리 뽑히는 꼴을 보는 것은 결코 유쾌한 일이 아니었다.

윈즈야트를 떠날 때, 찰스는 그런 사정에 대해 샘한테는 한마디도 하지 않았다. 그래서 샘은 자신의 소망이 암담해졌다는 사실을 아는 체할 수가 없었다. 그러나 주인의 암담한 얼굴은 모든 것을 말해 주고 있었다.

샘은 마침내 양고기 조각을 입에 넣고 씹어 삼켰다. 그동안 내내 그의 눈은 미래를 응시하고 있었다.

찰스가 로버트 경과 가진 면담은 폭풍처럼 격렬하지는 않았다. 둘 다 서로에게 죄의식을 느끼고 있었기 때문이다 — 백부는 자기가 앞으로 하려고 하는 일에 대해서, 그리고 조카는 과거에 하지 못한 일에 대해서. 로버트 경이 얼굴에 자연스레 나타나는 홍조를 감추려고 눈길을 피한 채 무뚝뚝하게 전하는 소식을 듣고 난 찰스의 반응은, 처음에 닥쳐온 얼음장 같은 충격이 지나간 뒤부터는 부자연스러울 정도로 정중한 것이었다.

「축하드릴 수밖에 없군요, 큰아버지. 행복을 빕니다.」

우리는 윈즈야트를 찾아온 찰스가 텅 빈 거실에서 새것으로 바뀐 커튼과 양탄자를 목격하고 낭패감을 느끼는 장면에서 찰스를 떠났는데, 그 직후에 조카를 만난 로버트 경은 자신의 푸른 토지에서 용기를 얻으려는 듯 창문 쪽으로 돌아섰다. 그는 자신의 열정을 간단히 설명했다. 첫번째 청혼은 거절당했다. 그게 3주 전이었다. 그러나 그는 한 번 거절을 당했다고 해서 이내 꼬리를 내리는 남자가 아니었다. 그는 톰킨스 부인의 목소리에서 망설이는 듯한 낌새를 눈치챘다. 그래서 1주일 전에 기차를 타고 런던으로 가서, 〈다시 전속력으로〉 돌진했다. 「그 여잔 다시 〈안 돼요〉라고 말하더구나. 하지만 울고 있었어. 그래서 내가 결국 이겼다는 걸 알았지.」 결정적인 승낙을 받기까지는 사나흘이 더 걸렸다.

「그러고 나서는 널 만나야 한다는 걸 알았다. 그 소식을 맨 먼저 들어야 할 사람은 바로 너니까.」

그러나 그때 찰스는 호킨스 부인을 윈즈야트 입구에서 만났을 때 느꼈던 그 동정하는 듯한 눈길을 생각해 냈다. 지금쯤은 윈즈야트 전체가 이 소식을 알고 있으리라. 로버트 경이 감정을 억누르면서 무용담을 털어놓는 동안, 찰스는 충격을 흡수할 수 있는 시간을 벌었다. 그는 채찍으로 얻어맞은 듯한 고통스러운 굴욕감을 느꼈다. 그러나 그에게는 방어 수단이 하나밖에 없었다. 현실을 차분히 받아들이는 것, 어린 애처럼 성난 모습을 감추고 금욕적인 스토아 철학자처럼 냉철한 모습을 보이는 것.

「그토록 자상하게 마음을 써주시니 정말로 고맙습니다, 큰아버지.」

「나를 노망난 늙은이라고 욕해도 할 말이 없다. 넌 그럴 권리를 충분히 갖고 있으니까. 아마 이웃들은 대부분 그러겠지.」

「때로는 늦은 선택이 최선의 결과를 가져오기도 합니다.」

「톰킨스 부인은 정말 활달한 여자란다, 찰스야. 얌전이나 빼는 요즘 아가씨들과는 달라.」 찰스는 이 말을 어니스티나에 대한 빈정거림으로 받아들였다 — 사실이 그러했지만, 의도적인 것은 아니었다. 로버트 경은 눈치 채지 못하고 말을 계속했다. 「그 여잔 생각나는 대로 말하지. 요즘에는 자기 생각을 솔직히 털어놓는 여자를 나서기 좋아하는 주제넘은 여자라고 손가락질하는 사람도 있는 모양이다만, 그 여잔 그렇지 않아.」 로버트 경은 톰킨스 부인을 묘사하기 위해 자기 영지에 서 있는 느릅나무의 동의를 얻었다. 「그 여잔 저 멋진 느릅나무처럼 꼿꼿해.」

「그래요, 느릅나무처럼 꼿꼿하죠. 전 그 부인이 그렇지 않다고 생각해 본 적은 한 번도 없어요.」

그러자 로버트 경은 흘기는 듯한 시선을 조카에게 던졌다. 샘이 찰스 앞에서 순종적인 하인 역을 연기하듯, 찰스는 가끔 이 노인 앞에서 공손한 조카역을 연기하곤 했다.

「난 차라리 네가 화를 냈으면 좋겠구나.」〈차가운 물고기처럼 굴지 말고〉라는 말을 덧붙이려다 말고, 로버트 경은 조카에게 다가와서 어깨에 팔을 둘렀다. 그는 찰스가 화를 내면, 같이 화를 내서 자신의 결정을 합리화해 버릴 생각이었다. 그러나 그는 훌륭한 스포츠맨이어서, 그것이 얼마나 비열한 합리화인가를 잘 알고 있었다. 「찰스야, 이런 말을 할 수밖에 없어서 유감이다만, 내 결정은 네 장래에 변화를 가져올 거야. 내가 비록 나이는 들었다만, 그래도 혹시 알겠니……」 백부는 말이〈뛰어넘을 수 없는 높고 두꺼운 장애물〉을 거부하듯, 가장 하기 어려운 말을 건너뛰었다. 「하지만 설령 그런 일이 일어난다 해도…… 너한테 재산이 얼마간 주어질 거라는 점은 알아주기 바란다. 너한테 리틀 하우스를 줄 수는 없지만, 네가 거기에 사는 동안은 그 집을 네 집처럼 생각해 주었으면 싶구나. 난 그 집을 너희 두 사람에게 결혼 선물로 주고 싶다. 물론 그 집을 훌륭하게 꾸미는 비용도 함께.」

「정말 너그러우시군요. 하지만 저희는 벨그라비아 저택의 임대 기간이 끝나면 그리로 옮기기로 대충 결정을 보았어요.」

「그것도 좋겠지. 그럼, 좋고말고. 하지만 시골에도 집이 한 채 있어야 하지 않겠니. 이번 혼사가 우리 사이를 갈라놓지 않기를 바란다. 만약 그렇게 된다면, 난 내일이라도 당장 파혼해 버리겠다.」

찰스는 간신히 미소를 지었다. 「당치않은 말씀이세요. 큰 아버지가 결혼하신다고 해서 우리 사이가 멀어질 리가 있나요. 큰아버지는 오래전에 결혼하실 수도 있었을 거예요.」

「그럴 수도 있었겠지. 하지만 나는 그러지 않았어.」

로버트 경은 초조한 듯 벽으로 걸어가서 그림의 위치를 바로잡았다. 찰스는 아무 말도 하지 않았다. 아마 그는 백부가 결혼한다는 소식을 들은 충격보다, 이곳으로 오면서 윈즈야트가 자기 것이 될 꿈을 꾸었다는 생각 때문에 더 불쾌했을 것이다. 저 늙은 악마가 미리 알려 주었더라면 얼마나 좋을까. 그러나 그 악마의 입장에서 보면 그것은 겁쟁이나 할 짓이었을 것이다. 로버트 경은 그림에서 돌아섰다.

「찰스, 넌 아직 청춘이야. 그리고 인생의 반을 여행으로 보냈어. 그래서 외로움이나 지루함, 그걸 뭐라고 표현해야 할지는 모르겠다만, 하여간 그런 것이 얼마나 지독한 것인지 모를 거다. 여태 살아오는 동안 절반은 죽은 거나 다름없다고 느꼈단다.」

찰스는 작은 소리로 중얼거렸다. 「미처 모르고 있었어요.」

「널 나무라려는 뜻은 아니다. 네겐 네 인생이 있으니까.」 그러나 로버트 경은, 자식 없는 사람들이 대개 그렇듯이, 찰스가 자식으로서의 도리 ── 아들이라면 당연히 이러저러해야 한다고 그 자신이 생각하는 바 ── 를 다하지 못했다고 속으로는 못마땅하게 여기고 있었다. 하지만 고작 10분 동안의 아버지 역할을 통해 알게 된 것은, 찰스한테 자식의 도리를 바라는 것은 한낱 감상적인 꿈에 불과하다는 사실이었다. 「그래도 여자만이 할 수 있는 일이 있더구나. 이 방에 있던 그 낡은 장식들…… 그게 없어진 걸 너도 알아차렸겠지? 한번은 톰킨스 부인이 너무 음침하다고 하더라. 정말 그랬어, 제기랄. 내가 눈이 삐었지. 사실 음침했어. 그런데 네 코앞에 있는 걸 봐라. 그 여자가 해놓은 거야.」 찰스는 그 장식이 전의 것보다 훨씬 싸구려 같아 보인다고 말하고 싶은 충동을 느꼈지만, 알았다는 듯이 머리를 끄덕였다. 로버트 경은 천연덕스럽게 손을 흔들었다. 「이 새 물건들을 어떻게 생각하니?」

찰스는 이를 드러내고 싱긋 웃을 수밖에 없었다. 지금까지 백부의 미적 판단력은 고작해야 말의 어깨뼈의 깊이라든가 역사상 알려진 총기 제조업자 가운데 조 맨턴이 최고라든가 하는 문제에만 한정되어 있었기 때문에, 백부의 질문은 마치 살인자가 자장가에 대한 의견을 묻는 것처럼 어색하게 들렸던 것이다.

「훨씬 나은데요.」

「정말 그래. 다들 그렇게 말하더구나.」

찰스는 입술을 깨물었다. 「그런데 저는 언제쯤이면 그분을 만나게 됩니까?」

「그 얘기를 하려던 참이었어. 그 여잔 너를 무척 만나고 싶어해. 그런데 찰스야, 그 문제에서 가장 미묘한 건 말이다 …… 글쎄…… 뭐라고 말하면 좋을까?」

「제 유산을 한정하는 문제 말인가요?」

「바로 그거야. 지난주에 그 여자가 털어놓았는데, 내 청혼을 처음에 거절했던 이유가 바로 그 문제 때문이라는 거야.」 찰스는 이 말이 그녀에 대한 찬사라는 것을 깨달았다. 그래서 그는 공손히 놀라움을 표시했다. 「하지만 난 이렇게 말해 주었단다. 내 조카는 훌륭한 배필을 만났다고. 그래서 나를 이해하고, 내가 말년에 드디어 배우자를 고른 것을 찬성해 줄 거라고 장담했지.」

「아직 제 질문에 대답하지 않으셨어요, 큰아버지.」

로버트 경은 약간 부끄러워하는 것 같았다. 「그 여잔 지금 요크셔에 가 있다. 가족을 방문하러. 그 여자는 도베니 집안과 친척이 되지.」

「그렇군요.」

「나도 내일 그리로 가서 합류할 생각이다.」

「아, 그러세요?」

「난 이 문제를 남자 대 남자로서 처리하는 게 가장 좋다고 생각했다. 그런데 그 여잔 너를 무척 만나 보고 싶어해.」 그는 잠시 망설이다가, 우스꽝스러울 만큼 수줍어하면서 저고리 주머니를 뒤지더니 로켓[93]을 꺼냈다. 「지난주에 그 여자가 준 거란다.」

찰스는 백부의 굵은 손가락과 금테두리 사이에 끼여 있는 벨라 톰킨스 부인의 축소판 초상화를 들여다보았다. 그녀는 기분 나쁠 만큼 젊어 보였고, 단단한 입술과 고집스러운 눈매를 갖고 있었다. 찰스가 보기에도 매력이 없지는 않았다. 그 얼굴에는 야릇하게도 사라와 약간 닮은 데가 있었다. 미

---

93 사진, 초상, 머리털 같은 기념품이나 유품을 넣어서 목걸이에 매다는 금속제 갑.

묘한 감정이 찰스의 굴욕감과 박탈감에 새로 추가되었다. 사라는 세상 경험이 별로 없는 여자이고, 이 여자는 세상 물정에 밝은 여자였다. 그러나 비록 방식은 다르지만, 두 여자는 — 백부의 말이 옳았다 — 얌전이나 빼는 대부분의 여자들과는 전혀 달랐다. 한순간 그는 막강한 적에 맞서서 무력한 군대를 지휘하는 사령관이 된 듯한 기분을 느꼈다. 어니스티나가 미래의 스미스선 부인과 맞붙었을 때 그 전투가 어떤 결과로 끝날지는 불을 보듯 뻔했다. 그것은 패주일 터였다.

「큰아버지께 축하드릴 이유가 또 하나 생긴 것 같군요.」

「훌륭한 여자야. 멋진 여자지. 지금까지 기다린 보람이 있었어.」백부는 조카의 옆구리를 쿡 찔렀다.「너도 질투할 거다. 그렇지 않은가 두고 보려무나.」로버트 경은 로켓을 다시 한 번 다정한 눈길로 들여다보고는, 경건한 태도로 뚜껑을 닫아서 주머니에 도로 집어넣었다. 그런 다음, 뱅충이처럼 군 것을 상쇄하기라도 하려는 듯, 최근에 새끼를 낳은, 그리고 〈실제 가치보다 백 기니나 싸게 사들인〉 암말을 보러 가지 않겠느냐고 활기차게 말했다. 로버트 경은 전혀 의식하지 못한 듯했지만, 그의 마음속에서는 값싸게 사들인 말과 톰킨스 부인을 동격으로 생각하고 있는 게 분명했다.

그들은 둘 다 영국 신사였다. 그래서 마음속을 온통 차지하고 있는 로버트 경의 결혼 문제에 대해 더 이상 토론하는 것을 조심스럽게 피했다. 그렇다고 해서 언급조차 피한 것은 아니었다. 로버트 경은 자신의 행운에 대한 만족감을 억누르지 못하고 자꾸만 그 이야기로 되돌아갔기 때문이다. 그러나 찰스는 오늘 안으로 라임에 있는 약혼녀에게 돌아가야 한다고 고집을 부렸다. 전에는 찰스가 자기를 너무 등한시한다고 불평을 늘어놓던 백부였건만, 이번에는 크게 반대하지 않았다. 찰스는 리틀 하우스 문제를 어니스티나와 의논해 보겠다고 약속했고, 서로 편리한 날짜가 결정되는 대로 어니스티나와 함께 또 다른 미래의 신부를 만나러 오겠다고 약속했다. 백부는 다정하게 찰스와 악수를 나누었지만, 찰스가 돌아가는 것을 보고 한시름 놓았다는 사실을 감추지는 못했다.

백부를 방문한 서너 시간 동안 찰스를 지탱시켜 준 것은 자존심이었다. 그러나 돌아오는 길에는 비애감뿐이었다. 그 잔디밭, 그 목초지, 그 울타리, 그 푸른 숲이 그의 시야에서 천천히 사라져 가듯, 그것들의 주인이 되리라던 꿈도 손가락 사이로 빠져나갔다. 다시는 윈즈야트를 보고 싶지 않았다. 아침에만 해도 그토록 맑고 푸르던 하늘이 구름으로 잔뜩 뒤덮여 있어서, 우리가 이미 라임에서 들은 천둥 소리를 예고해 주고 있었다. 그리고 그의 마음은 날씨와 비슷한 자기반성 속으로 빠져 들기 시작했다.

이 자기반성은 어니스티나 쪽으로는 전혀 돌려지지 않았다. 백부는 그녀의 까다로운 런던 식 생활 방식을 별로 좋게 여기지 않았고, 시골 생활에 대한 그녀의 무관심과 몰이해에 반감을 느끼고 있었다. 평생의 대부분을 품종 개량에 바친 남자가 보기에, 그녀는 스미슨 집안처럼 훌륭한 가문에 들어오기에는 형편없는 신참자처럼 보였을 게 틀림없다. 그리고 당시 백부와 조카를 이어 준 끈의 한 가닥은 그들이 둘 다 총각이라는 사실이었다. 로버트 경이 조금이나마 눈을 뜬 것은 어쩌면 찰스의 행복을 보았기 때문인지도 모른다. 그 애가 사랑하는 여자를 만나서 저렇게 행복해하는데 나라고 안 될 이유가 없지 — 이런 식으로 말이다. 그리고 어니스티나에 대해서 그가 전적으로 좋게 생각하는 게 딱 하나 있었다. 바로 그녀의 막대한 결혼 지참금이었다. 그가 별다른 양심의 가책도 없이 찰스의 상속권을 박탈할 수 있었던 것은 바로 그 때문이었다.

그러나 찰스는 이제 불쾌하게도 자기가 어니스티나보다 훨씬 열등한 위치로 떨어진 것을 느꼈다. 아버지한테 물려받은 토지에서 들어오는 소득만으로도 그가 혼자 쓰기에는 부족함이 없었다. 그러나 그는 그동안 자본을 증식하지 않았다. 장차 윈즈야트의 주인이 되리라는 꿈을 가졌을 때는 자신이 경제적으로 신부와 대등하다고 생각할 수 있었다. 그러나 이제는 처지가 달라졌다. 수입이라고는 소작료밖에 없는 그로서는 그녀한테 경제적으로 의존할 수밖에 없었다. 찰스는 이런 처지가 싫었다. 같은 계층이나 같은 또래의 젊은이들보다 이런 면에서는 훨씬 까다로웠다. 다른 젊은이들은 대부분 지참금 사냥(그리고 이때쯤에는 이미 미국 달러도 파운드만큼 환영받고 있었다)을 여우 사냥이나 도박만큼 명예로운 일로 생각했다. 찰스는 자신을 불쌍히 여겼지만, 이런 감정을 나누어 가질 사람이 거의 없다는 현실을 의식한 것은 바로 그 때문이었을 것이다. 그가 그동안 백부에게 너무 소홀했고 이제 곧 돈 많은 여자와 결혼하기로 되어 있었기 때문에, 백부의 처사는 부당하지 않았다. 그것이 그를 더욱 화나게 했다. 윈즈야트에서 더 많은 시간을 보냈더라면, 아니 애당초 어니스티나를 만나지 않았더라면…….

　　그러나 그날 그를 비탄에서 건져 줄 사람은 바로 어니스티나였다. 그 팽팽한 윗입술을 다시 한 번 보면 비참한 마음도 조금은 누그러질 것 같았다.

27

기묘하게 뒤틀린 내 젊음을 응시하며
온갖 것들로 채워진 기억 속에서
진실에 바탕을 둔 감정을 찾지만,
단 하나도 찾지 못한 채
허탈하게 앉아 있을 때가 얼마나 많은가!
내 가슴이 한결같다면 얼마나 좋을까.
그런데 내 가슴은 변덕스러운 게 분명하다.
내 가슴이 남에게도 나에게도 친절하다면,
내 가슴이 여름날의 모래처럼 메마르다면,
흥분은 찾아오고, 행동과 말은
자유롭게 흘러간다…… 하지만 아니다.
흥분도 말도 행동도, 그 밖의 어떤 것도
밑에 묻혀 있는 세계에 도달할 수는 없으니.
— 아서 H. 클러프, 제목 없는 시(1840)

문을 연 사람은 가정부였다. 의사는 진료실에 있는 모양이
었다. 그러나 찰스는 2층에서 기다리고 싶었다. 그래서 그는
모자와 망토를 벗어 들고, 언젠가 럼주를 마시며 다윈에 대
한 지지를 선언했던 방으로 들어갔다. 벽난로에 불이 지펴져
있었다. 의사가 혼자서 먹은 저녁 식사의 흔적을 가정부가
서둘러 치웠다. 잠시 후 층계를 올라오는 발소리가 들렸다.
그로건은 손을 내밀며 다정한 모습으로 들어왔다.

「반갑네, 스미슨. 아니, 그런데 그 멍청한 여자가 찬비
를 맞고 오신 손님한테 몸을 덥혀 줄 중화제도 챙겨 주지 않
던가?」

「고맙습니다…….」 그는 브랜디를 거절하려다가 마음을 바
꿨다. 술잔을 받아 들자 곧장 용건을 꺼냈다. 「개인적으로 의
논드릴 일이 있어서 왔습니다. 박사님의 충고가 필요합니다.」

그러자 의사의 눈에 작은 섬광이 지나갔다. 그는 좋은 집 안의 총각들이 결혼을 앞두고 찾아왔던 것을 기억했다. 임질인 경우도 있었지만, 매독인 경우가 더 많았다. 상습적인 자위행위가 결혼 생활에 어려움을 일으키지나 않을까 두려워 찾아오는 경우도 있었다. 당시에는 자위행위를 너무 하면 성불구가 된다는 설이 널리 퍼져 있었기 때문이다. 그러나 대개의 경우 그것은 무지에서 나온 결과였다. 1년 전에 자식을 낳지 못해 고민하던 젊은 남자가 찾아온 적이 있었는데, 그로건 박사는 새 생명이 배꼽에서 만들어지는 것도 아니고, 배꼽으로 낳을 수도 없다는 것을 설명하느라 진땀을 뺐다.

「그래? 글쎄, 내가 기운이 남아 있을지 모르겠군. 오늘은 일이 엄청 많았거든. 그 대부분이 말버러 저택의 그 빌어먹을 고집불통을 뒤치다꺼리하는 일이었지만 말일세. 그 할망구가 한 짓은 들었겠지?」

「그게 바로 의논드리고 싶은 문젭니다.」

의사는 속으로 안도의 한숨을 내쉬었다. 그러고는 다시 한 번 잘못된 결론으로 비약했다.

「아, 물론 트랜터 부인은 많이 걱정하고 있을 거야. 돌아가거든 전해 주시게. 할 수 있는 일은 다 하고 있다고. 사람들이 찾으러 나갔어. 나는 그 여자를 찾아서 데려오는 사람한테 5파운드를 주겠다고 제의했다네.」 그러다가 갑자기 그의 목소리가 꺼져 들었다. 「아니면 그 불쌍한 것의 시체를 찾아오는 사람에게……」

「그 여자는 살아 있습니다, 박사님. 조금 전에 쪽지를 받았어요.」

의사의 깜짝 놀란 시선 앞에서 찰스는 고개를 떨구었다. 그러고는 브랜디를 한 모금 마시면서, 사라와 만났던 일을 털어놓기 시작했다. 속에 깊이 간직하고 있는 감정은 숨겼지만, 그의 이야기는 대체로 사실 그대로였다. 그는 그로건 박사와 지난번에 나눈 대화로 책임을 떠넘겼다. 아니, 그러려고 애썼다. 그리고 자신에게는 일종의 과학적인 지위를 부여했는데, 마주 앉아 있는 빈틈없는 의사는 그것을 놓치지 않았다. 나이 든 의사나 성직자들은 한 가지 공통점을 갖고 있다. 그들은 공공연한 거짓말만이 아니라, 찰스의 경우처럼 곤혹스러움에서 나온 거짓말도 냄새 맡는 예민한 후각을 갖고 있다. 찰스가 고백을 계속하는 동안 그로건 박사의 이 후각이 꿈틀거리기 시작했다. 비유적으로 말하면 코끝이 실룩거린 셈인데, 눈에 보이지 않는 이 동작은 샘이 입술을 오므리는 것과 같은 의미였다. 그는 이따금 질문을 하기도 했지만, 대개는 찰스가 이야기를 계속하도록 내버려 두었다. 끝으로 갈수록 점점 지리멸렬해진 이야기가 끝나자, 의사는 자리에서 일어나면서 외쳤다.

「자, 가장 시급한 일부터 시작하세. 그 불쌍한 여자부터 찾아야 돼.」

천둥 소리는 이제 가까이 다가와 있었다. 커튼이 드리워져 있었지만, 하얀 번갯불이 찰스의 등 뒤에서 전율하고 있었다.

「저는 최대한 빨리 왔습니다.」

「알아. 그 점에 대해서는 자네한테 책임이 없어. 자, 그럼 ……」

의사는 어느새 방 뒤편에 있는 작은 책상 앞에 앉아 있었다. 잠시 동안 방 안에는 그가 빠른 속도로 펜을 움직이는 소리밖에 들리지 않았다. 그런 다음 그는 쓴 것을 찰스에게 읽어 주었다.

「친애하는 포사이드, 우드러프 양이 안전하다는 소식이 방금 들어왔네. 자기가 어디에 있는지는 밝히지 않았지만, 자네도 이제 마음을 놓으시게. 내일이면 그녀에 대한 소식을 좀 더 얻을 수 있을 걸세. 돈을 조금 동봉하니, 수색대가 돌아오거든 전해 주기 바라네.」 그러고는 찰스를 돌아보며 덧붙였다. 「이만하면 됐나?」

「아주 훌륭합니다. 그런데 동봉할 돈이 제 돈이라는 말이 빠졌군요.」

찰스는 어니스티나가 만들어 준 작은 지갑에서 금화 세 닢을 꺼내, 초록색 천이 덮인 책상 위에 내려놓았다. 그로건은 그중 두 닢을 밀쳐 냈다. 그는 고개를 들고 미소를 지었다.

「하나면 충분해. 포사이드 목사는 술을 끊으려고 애쓰는 중이거든.」

그로건 박사는 봉투에다 편지와 금화를 넣고 봉하더니, 속달 우편부를 찾으러 나갔다.

그는 잠시 후에 돌아와서 말했다. 「그런데 그 처녀를 어떻게 해야 하지? 지금 그 여자가 어디에 있는지는 전혀 모르나?」

「전혀요. 내일 아침이면 지정한 장소에 나타나리라는 것만은 확신할 수 있습니다만.」

「하지만 자네는 가면 안 돼. 자네의 처지로 봐서 더 이상 양보하는 것은 위험해.」

찰스는 의사를 흘끗 쳐다본 다음 시선을 떨구었다.

「박사님 처분에 맡기겠습니다.」

의사는 생각에 잠긴 채 찰스를 바라보았다. 그는 좀 전에 손님의 마음을 헤아려 보려고 약간의 시험을 해보았다. 그리고 기대했던 바를 얻었다. 그는 돌아서서 책상 옆에 있는 책장으로 가더니, 일전에 찰스에게 보여 주었던 다윈의 위대한 저서를 들고 돌아왔다. 그는 약간 미소를 띠고 안경 너머로 찰스를 바라보며, 마치 성서에 손을 얹고 맹세하듯 『종의 기원』 위에 손을 놓았다.

「맹세하네. 이곳에서 오간 말, 또 앞으로 오갈 말은 결코

이 방 밖으로 넘어가지 않을 거라고.」 그러고는 책을 옆으로
치웠다.

「박사님, 그런 건 필요 없습니다.」

「의사를 신뢰하면 절반은 치료가 된 거나 마찬가질세.」

「그럼 나머지 절반은요?」

「환자에 대한 믿음이지.」 그는 찰스가 대꾸하기도 전에 일
어섰다. 「자넨 내 충고를 받으러 왔어. 그렇지 않나?」 그는
마치 찰스와 권투 시합이라도 한판 벌이려는 듯이 그를 노려
보았다. 그는 이제 재담꾼 아일랜드 인이 아니라 싸움꾼 아
일랜드 인이었다. 그는 프록코트 밑에 손을 찔러 넣고,〈오두
막〉 안을 오락가락하기 시작했다.

「나는 뛰어난 지성과 약간의 교육을 받은 젊은 여성이다.
나는 세상이 나를 부당하게 대우했다고 생각한다. 나는 나
자신의 감정을 완전히 통제하지는 못했다. 나는 생전 처음으
로 어느 잘생긴 악당한테 나 자신을 내던지는 어리석은 짓을
저질렀다. 더욱 나쁜 것은, 운명의 장난과 사랑에 빠져버린
것이다. 나는 우울한 표정을 짓는 데 전문가다. 나는 비극적
인 눈빛을 가지고 있다. 나는 아무 설명도 없이 흐느껴 운다.
등등…… 그런데 이제……」 키 작은 의사는 마치 마법에 호
소하듯 문을 향해 손을 흔들었다. 「……내 인생에 젊은 신이
들어온다. 지성인. 미남자. 내가 받은 교육이 존경하라고 가
르쳐 준 그 계급의 완벽한 표본. 나는 알고 있다. 그가 나에게
관심을 가지고 있다는 것을. 내가 슬픈 표정을 지을수록 그
는 점점 더 나에게 관심을 기울이는 것 같다. 내가 그의 발아
래 무릎을 꿇으면, 그는 나를 일으켜 준다. 그는 나를 숙녀처
럼 대해 주었다. 아니, 그 이상이다. 기독교적 박애 정신으로,
그는 내가 불행한 운명에서 벗어나도록 도와주고 싶다고 말
했다.」

찰스는 말을 중단시키려고 했지만, 의사는 손짓으로 그를 제지했다.

「나는 지금 몹시 가난하다. 나와 같은 여성들 가운데 보다 많은 행운을 타고난 여자들이 남자들을 손아귀에 끌어들이기 위해 쓰는 갖가지 간교한 책략들을 나는 아무것도 이용할 수가 없다.」의사는 집게손가락을 쳐들어 보였다. 「나는 한 가지 무기밖에 없다. 동정심. 이 다정한 남자에게 불러일으킨 바로 그것. 그런데 동정심은 자기 속에 게걸스러운 악마를 키우고 있다. 나는 이 착한 사마리아 인에게 나의 과거를 먹였고, 그는 그것을 게걸스럽게 받아먹었다. 이제 나는 무엇을 할 수 있을까? 나는 그가 내 현재를 동정하도록 만들어야 한다. 어느 날 나는 산책이 금지된 곳을 산책하고 있다가, 마침내 기회를 잡았다. 그런 내 행동을 묵과하지 않을 사람에게 내 잘못을 일러바칠 게 틀림없는 누군가에게 일부러 내 모습을 보여 주었다. 나는 내가 차지하고 있던 자리에서 해고당한다. 그리고 나는 어느 가까운 벼랑에서 스스로 몸을 던지리라는 냄새를 강하게 풍기며 어디론가 사라진다. 그러고는 극단적인 곤경 속에서, 깊은 심연 속에서 ─ 아니 벼랑 꼭대기에서, 구세주에게 살려 달라고 외친다.」의사가 말을 멈추었다. 침묵 속에서 찰스의 눈이 천천히 그의 눈과 마주쳤다. 의사가 미소를 지었다. 「물론 이것은 가정일 뿐일세.」

「박사님은 그녀가 해고를 자초했다고 하셨는데…….」

의사는 자리에 앉아 난롯불을 쑤셔서 불을 일으켰다. 「오늘 새벽에 말버러 저택에서 나를 부르러 왔더군. 이유는 몰랐지. 풀트니 부인이 몹시 불편하다는 것밖에는. 그 집 가정부가, 페얼리 부인 말이네, 자초지종을 말해 주더군.」그는 말을 멈추고 찰스의 비참한 눈을 뚫어지게 바라보았다. 「페얼리 부인은 어제 웨어클리프에 있는 낙농장에 갔었다네. 그런데 그 처녀가 그 여자 코앞에 있는 숲 속에서 나오더라는 거야. 페얼리 부인이 여주인과 한통속이라는 건 다 알고 있는 사실이지. 그래서 내 짐작에는, 그 여자가 그런 족속들이 가지고 있는 비열한 호기심을 만족시키는 동시에 거기에 따르는 의무를 수행하지 않았나 싶어. 그러니까 그 일은 그 처녀가 일부러 자초한 거라고 나는 확신하고 있네.」

「그러니까 박사님 말씀은……」 의사는 고개를 끄덕였다. 찰스는 무서운 눈으로 그를 노려보다가 항의했다. 「믿을 수가 없습니다. 그럴 리가 없어요. 어떻게 그 여자가……」

그는 말을 맺지 못했다. 의사가 중얼거렸다. 「천만에. 얼마든지 가능한 일이네.」

「하지만 그 여자가……」〈그렇게 마음이 비뚤어진 사람이냐〉고 반문하려다가, 그는 말을 멈추고 일어나서 창문으로 걸어가 커튼을 약간 젖히고, 아무 목표도 없이 어둠으로 가득한 밖을 내다보았다. 검푸른 번개 불빛이 코브와 해변, 그리고 조용한 바다를 비추고 있었다. 그는 돌아섰다.

「달리 말하면, 저는 코뚜레에 꿰여 끌려가고 있었군요.」

「그런 셈이지. 난 그렇게 생각하네. 하지만 코뚜레에 꿰여 끌려가려면 아주 관대한 코를 갖고 있어야 하지. 그리고 알아둬야 할 것은, 제정신이 아니라고 해서 다 범죄자는 아니라는 점일세. 이번 경우에는 그녀의 절망을 질병으로 생각해야 하네. 그 이상도 그 이하도 아닐세. 그 처녀의 지적 능력은 콜레라나 티푸스 같은 병에 걸려 있어. 그녀를 악의적인 음모꾼으로 보지 말고 일종의 환자로 생각해야 한다는 말일세.」

찰스는 다시 방 안쪽으로 돌아왔다. 「그런데 도대체 그 여자의 궁극적인 의도가 무엇일까요? 박사님은 그게 무어라고 생각하십니까?」

「아마 본인 자신도 모르고 있을걸. 그녀는 하루하루 닥치는 대로 살고 있을 뿐이네. 그 처녀로선 그럴 수밖에 없겠지만. 앞을 내다볼 줄 아는 사람이라면 아무도 그 여자처럼 행동하지는 않을 거야.」

「하지만 그 여자가 진심으로 그렇게 생각했을 리가 없습니다. 나 같은 처지에 있는 사람이……?」

「약혼한 사람?」 의사가 짓궂은 미소를 지었다. 「난 수많은 창녀들을 알아 왔네. 오해는 마시게. 그 여자들의 직업이 아니라 내 직업 때문에 알았던 거니까. 그런데 그 여자들한테 희생당한 남자들이 대부분 아내와 자식을 둔 유부남이라는 사실을 듣고 얼마나 고소하게 생각했는지 몰라. 그 여자들한테 금일봉이라도 주고 싶었다네.」 그는 난롯불과 자신의 과거를 응시했다. 「〈나는 버림을 받았다. 하지만 꼭 복수하고 말겠다.〉」

「박사님은 그 여자를 마치 악마처럼 말씀하시는군요. 하지만 그 여잔 그렇지 않아요.」 그는 강한 말투로 말하고는 재빨리 얼굴을 딴 데로 돌렸다. 「저는 그녀가 그렇다고는 도저히 믿을 수가 없습니다.」

「아버지뻘이나 되는 이 늙은이가 이런 말을 해도 괜찮다면, 그건 자네가 그 처녀를 사랑하고 있기 때문일세.」

찰스는 고개를 돌려 의사의 다정한 얼굴을 바라보았다. 「어떻게 그런 말씀을……」 의사는 허리를 굽혀 사과했다. 침묵 속에서 찰스가 덧붙였다. 「그건 프리먼 양에 대한 모독입니다.」

「맞는 말일세. 하지만 그 모독은 과연 누가 하고 있을까?」

찰스는 화를 억눌렀다. 그는 의사의 짓궂은 시선을 견딜 수가 없어서 금방이라도 나가 버릴 것처럼 좁고 긴 방을 걸어가기 시작했다. 그러나 문에 미처 이르기도 전에 그로건 박사가 그의 팔을 잡아 돌려세우고는 또 다른 팔을 붙잡았다. 그는 찰스의 위엄을 향해 덤벼드는 사나운 사냥개 같았다.

「자, 자, 우린 둘 다 과학을 믿고 있지 않나? 진리만이 유일하고 위대한 원칙이라는 것을 믿고 있지 않나? 소크라테스는 무엇을 위해서 죽었지? 사회적인 체면을 지키기 위해서? 아니면 예의범절에 경의를 표하기 위해서? 40년 동안 의사 노릇을 해오면서 근심에 빠진 사람에게 무슨 말을 해야 하는지도 배우지 못한 줄 아나? 자신을 좀 알게, 스미스선. 너 자신을 알라!」

그로건 박사의 영혼 속에 뒤섞여 있는 고대 그리스와 아일랜드의 불길이 찰스를 불태웠다. 그는 의사를 내려다보며 서 있다가, 눈길을 돌리고는 다시 난롯불 곁으로 돌아갔다. 긴 침묵이 흘렀다. 그로건은 찰스를 깊은 시선으로 지켜보고 있었다.

이윽고 찰스가 입을 열었다.

「저는 결혼에 어울리지 않아요. 이런 사실을 너무 늦게야 깨달은 게 제 불운이지요.」

「맬서스를 읽어 본 적이 있나?」찰스는 머리를 흔들었다. 「그에 따르면, 〈호모 사피엔스〉의 비극은 생존에 가장 부적합한 자들이 가장 많은 자식을 낳는 것이라네. 그러니까 자네는 결혼에 부적합하다고 말할 수 없어. 그리고 그 처녀한테 마음이 끌렸다고 해서 자책하지 말게나. 난 그 프랑스 선원이 왜 달아나 버렸는 알 것 같아. 그는 틀림없이 그녀의 눈에 한번 빠지면 영영 헤어날 수 없다는 것을 알아차렸던 거야.」

찰스는 괴로운 표정으로 고개를 돌렸다. 「저의 가장 신성한 명예를 걸고, 우리 사이엔 아무 일도 없었다는 것을 맹세합니다. 그건 믿어 주셔야 돼요.」

「물론 믿고말고. 하지만 고리타분한 교리 문답을 해보고 싶군. 그녀의 목소리를 듣고 싶은가? 그녀가 보고 싶은가?

그녀를 만지고 싶은가?」

찰스는 다시 고개를 돌리고 얼굴을 손에 묻으며 의자에 깊숙이 파묻혔다. 그것은 대답이 아니었지만 모든 것을 말해주고 있었다. 잠시 후 그는 얼굴을 들고 불꽃을 바라보았다.

「저의 인생이 얼마나 혼돈 속에 빠져 있는가를 박사님이 아신다면…… 그 낭비와…… 덧없음…… 저는 이제 어떤 도덕적 목적도 없고, 그 어떤 것에 대해서도 진정한 의무감을 느끼지 못합니다. 희망으로 가득 차 있던 스무 살 젊은 시절이 불과 몇 달 전인 것 같은데…… 지금은 모든 게 사라지고, 이렇게 괴로운 사건에 말려들어……」

그로건은 찰스 곁으로 다가와 어깨를 잡았다. 「자기가 선택한 신부에게 회의를 느끼는 사람이 자네만은 아닐세.」

「티나는 저의 참모습을 거의 이해하지 못합니다.」

「그 아가씨는 자네보다 열두 살이나 어리잖나. 그리고 자네를 만난 지 여섯 달도 채 안 됐어. 그러니 어떻게 자네를 이해할 수 있단 말인가. 그녀는 지금 학교 교실도 미처 다 벗어나지 못했어.」

찰스는 우울하게 고개를 끄덕였다. 그는 어니스티나에 대한 자신의 솔직한 생각 ── 그녀는 앞으로도 결코 자기를 이해하지 못하리라는 확신 ── 을 의사에게 털어놓을 수가 없었다. 그는 자신의 지성이 이제야 바로 서고 있음을 느꼈다. 그 지성은 인생의 반려자를 선택하는 일에서 그의 기대를 저버렸다. 빅토리아 시대의 많은 남성들과 마찬가지로, 그리고 어쩌면 좀 더 후세의 남성들과 마찬가지로, 찰스는 이상(理想)의 영향을 받으며 일생을 살아갈 터였다. 아내보다 못난 여자들도 있다는 생각에 위안을 얻는 남자가 있는가 하면, 아내보다 잘난 여자들도 있다는 생각에 짓눌려 괴로워하는 남자도 있다. 찰스는 이제 자기가 어느 쪽에 속한 남자인지를 유감스럽게도 너무나 잘 알게 되었다.

그가 중얼거렸다. 「그건 티나의 잘못이 아니에요. 그녀의 잘못일 수가 없죠.」

「그건 그래. 얼마나 예쁘고 젊고 순결한 아가씨인데.」

「저는 티나한테 서약한 것을 지킬 겁니다.」

「물론 그래야지.」

침묵이 흘렀다.

「어떻게 해야 할지 말씀해 주세요.」

「다른 아가씨에 대한 진정한 감정이 어떤 것인지, 그것부터 말해 보게.」

찰스는 절망에 빠져 의사를 올려다보았다. 그러고는 다시 시선을 내려 난롯불을 바라보다가 마침내 진실을 털어놓기 시작했다.

「말씀드릴 수가 없습니다, 박사님. 그녀와 관련된 일에서는 저도 저 자신을 알 수가 없습니다. 저한테도 제가 수수께끼예요. 그녀를 사랑하지는 않습니다. 어떻게 사랑할 수가 있겠어요? 그렇게 자신의 명예마저 지키지 못한 여자를, 박사님이 말했듯이 정신적으로 병든 여자를. 하지만…… 저는 마치…… 제 의지와는 반대로, 인격 속에 있는 보다 훌륭한 것들과는 어긋나게, 무언가에 홀려 버린 듯한 기분입니다. 지금도 박사님이 말씀하시는 것을 모두 부인하면서도, 제 눈앞에는 그녀의 얼굴이 떠오릅니다. 그 여자한테는 무언가가 있어요. 지혜…… 사악함이나 광기와 공존할 수 있는 것보다 훨씬 고귀한 것을 이해하는 능력 말입니다. 겉은 보잘것없지만 그 속에는…… 잘 설명할 수가 없군요.」

「난 그 처녀가 사악하다고는 말하지 않았네. 하지만 절망에 빠져 있는 건 확실해.」

의사가 걸어다닐 때 마룻바닥이 삐걱거리는 소리 말고는

아무 소리도 들리지 않았다. 이윽고 찰스가 다시 입을 열었다.

「저한테 어떤 충고를 주시겠습니까?」

「모든 문제를 전적으로 나한테 맡겨 달라는 충고를 하고 싶네.」

「만나러 가실 건가요?」

「산책용 장화를 신어야겠군. 그 처녀한테는 자네가 예기치 않은 부름을 받고 떠났다고 말하겠네. 그리고 자네는 떠나야만 해, 스미스선.」

「마침 런던에 급한 볼일이 있습니다.」

「그렇다면 잘됐군. 그리고 떠나기 전에 모든 일을 프리먼 양에게 털어놓는 게 좋을 것 같네.」

「그 문제에 대해서는 이미 결정을 내렸습니다.」 찰스는 자리에서 일어났다. 그러나 아직도 사라의 얼굴은 그의 눈앞에서 떠나지 않았다. 「그런데 박사님은 그녀를 어떻게 하실 건가요?」

「그건 주로 그녀의 마음 상태에 달렸지. 지금 이 고비에서 그녀를 제정신으로 유지시킬 수 있는 것은 자네에 대한 그녀의 믿음뿐이네. 자네가 자기한테 동정이나 호감을 품고 있을 거라는 믿음 말일세. 그러니까 자네가 나타나지 않으면, 그 충격으로 우울증이 더욱 심해질지도 몰라. 그 점에 대해서도 우린 대비를 해야 할 거야.」 찰스는 시선을 떨구었다. 「그걸 자네 탓으로 돌릴 건 없네. 자네가 없었다면 사태가 좀 다르게 전개되었을지 모르지만, 어떤 면에서는 이런 상태가 일을 더 쉽게 만들 수도 있어. 나는 이 문제를 어떻게 처리해야 좋을지 알 것 같네.」

찰스는 바닥에 깔린 양탄자를 내려다보았다. 「정신 병원에 보내실 건가요?」

「내가 전에 말한 의사 말인데, 그는 이런 경우에 대한 치료

법에서 나와 의견을 같이하고 있다네. 우린 최선을 다하겠네. 그 비용을 어느 정도 부담할 각오는 되어 있겠지?」

「그녀한테서 벗어날 수만 있다면 ─ 그녀한테 아무런 피해도 가지 않는다면.」

「엑서터에 있는 개인 정신 병원을 알고 있는데, 스펜서라는 친구가 거기서 환자들을 돌보고 있지. 그곳은 지적이고 개화된 방식으로 운영되고 있다네. 이런 단계에서는 공공 시설을 추천하고 싶지 않군.」

「맙소사, 그런 곳은 지독하다는 얘기를 들었는데요.」

「안심하게. 내가 말하는 곳은 정신 병원의 모델이 될 만한 곳이니까.」

「설마 그 여자를 쇠창살이 쳐진 방에 가두어 두는 건 아니겠죠?」

왜냐하면 그때 찰스의 뇌리에 배신이라는 망령이 떠올랐기 때문이다. 그녀에 관해 임상학적으로 토론하고, 작은 방에 그녀를 가두어 둘 생각을 하고 있다니…….

「전혀 그렇지 않아. 그곳은 그녀의 정신적 상처가 치료될 수 있는 곳, 그녀가 친절한 대우를 받을 수 있는 곳, 계속 머물러 있으면서 스펜서의 탁월한 치료와 보호의 혜택을 받을 수 있는 곳이라네. 스펜서는 비슷한 환자를 많이 다뤄 보았으니까, 어떻게 해야 할지 잘 알고 있을 걸세.」

찰스는 망설이다가 일어나서 손을 내밀었다. 지금 상황에서는 남의 지시와 처방이 필요했다. 그리고 그것을 얻자마자 그는 기분이 좀 나아지는 것을 느꼈다.

「박사님은 제 생명을 구해 주셨습니다.」

「천만에.」

「아닙니다. 저는 남은 인생을 박사님께 빚지고 있는 겁니다.」

「그렇다면 차용 증서에 자네 신부의 이름을 적어 두겠네.」

「그 빚은 꼭 갚겠습니다.」

「그리고 그 참한 아가씨한테 시간을 좀 더 많이 주도록 하게. 포도주는 오래 익을수록 맛이 나는 법이니까. 안 그런가?」

「제 경우에는 오히려 역효과가 나지 않을까 염려되는군요.」

「하, 무슨 당치도 않은 말을.」 의사는 그의 어깨를 손으로 가볍게 쳤다. 「그건 그렇고, 자네는 프랑스 어를 읽을 줄 알겠지?」

찰스는 그렇다고 대답하면서도 의아한 표정을 지었다. 그로건은 책장을 훑어보더니 책 한 권을 꺼냈다. 그러고는 책 속의 어떤 구절을 연필로 표시한 다음, 찰스에게 건네주었다.

「그 재판 기록을 전부 다 읽을 필요는 없네. 하지만 피고 측에서 제시한 의학적 증거만은 읽어 보는 게 좋을 걸세.」

찰스는 표지를 보았다. 「정화?」

키 작은 의사는 의미 있는 미소를 지었다.

「그와 비슷한 걸세.」

28

성급하고, 조잡하고, 근거 없는 가정들,
과학은 항상 그것을 이용할 것이다.
풋내기는 오늘 코르크나무를 켜고,
헤엄치는 사람은 이제 곧 그것을 내던질 것이다.
— 아서 H. 클러프, 제목 없는 시(1840)

나는 다시 선택하려고 뛰쳐나갔다.
그러나 분노에 찬
신의 목소리가 다시 들려왔다.
「조언을 받아라! 그리고 물러가라!」
— 매튜 아널드, 「호수」(1853)

  1835년에 프랑스에서 있었던 〈에밀 드 라 롱시에르 중위
재판〉은 정신 의학적으로 19세기 초반의 가장 흥미로운 소송
사건으로 꼽혔다. 라 롱시에르 백작의 아들인 에밀은 다소
경박하긴 하지만 — 정부(情婦) 때문에 늘 빚에 쪼들렸다
— 그의 나라나 시대, 직업으로 보아 그리 유별난 젊은이는
아니었다. 대대로 군인을 배출한 집안 출신답게, 그는 1834
년에 루아르 계곡에 있는 유명한 소뮈르 기병 학교에 배속되
었다. 그의 직속상관인 모렐 남작에게는 열여섯 살 난 마리
라는 딸이 있었는데, 그녀는 몹시 신경질적인 소녀였다.
  당시에 지휘관의 집은 부하 장교들에게 식사를 제공하는
일종의 급식소로 이용되기도 했다. 어느 날 저녁이었다. 에
밀의 부친만큼이나 완고한, 그러나 영향력은 훨씬 큰 모렐
남작이 에밀 중위를 소리쳐 부르더니, 동료 장교들과 몇몇
숙녀들이 보는 앞에서 버럭 화를 내며 당장 집에서 나가라고
명령했다. 다음날 에밀 중위 앞에는 여러 통의 편지가 제시

되었는데, 이 편지에는 모렐 집안을 협박하고 중상하는 내용이 담겨 있었을 뿐 아니라, 모렐 가족의 은밀한 사생활까지 자세히 묘사되어 있었고, 끝에 에밀의 이름 머리글자가 서명되어 있었다.

그보다 더 나쁜 일이 일어났다. 1834년 9월 24일 밤, 마리의 가정교사인 앨런 양은 제자가 흔드는 바람에 잠에서 깨어났다. 소녀의 말인즉, 군복 차림의 에밀이 창문을 통해 침실로 들어와 문에 빗장을 지르고는, 가슴을 때리고 손을 물어뜯으며 온갖 음탕한 위협을 가하고 나서, 억지로 잠옷을 들춰 허벅지에 상처까지 입힌 다음, 들어왔던 통로로 다시 달아났다는 것이다.

이튿날 아침, 평소에 마리 드 모렐 양의 호의적인 눈길을 받고 있던 중위 하나가 분명 에밀이 보낸 것으로 보이는 대단히 모욕적인 편지를 받았다. 결투가 이루어졌다. 승리는 에밀 쪽으로 돌아갔지만, 중상을 입은 상대와 그 입회인은 에밀에게 거짓으로 중상모략의 혐의를 씌운 것을 인정하려 들지 않았다. 또한 그들은 에밀이 자백서에 서명하지 않으면 부친에게 모든 사실을 알리겠다고 협박했다. 서명만 하면 문제를 덮어둘 수도 있다는 식으로 회유하기까지 했다. 결정을 보류한 채 고통의 하룻밤을 지샌 뒤, 에밀은 어리석게도 서명하는 쪽을 택했다.

그는 그곳을 떠나 있으면 사건이 잠잠해지리라 믿고, 휴가를 얻어 파리로 갔다. 그러나 그의 서명이 적힌 편지들은 계속해서 모렐 집안에 나타났다. 마리가 임신했다는 둥, 마리의 부모가 곧 살해당할 것이라는 둥, 온갖 중상과 협박이 담겨 있었다. 모렐 남작은 마침내 인내를 포기했다. 에밀 중위는 구속되었다.

피고 측에 유리한 정황이 너무 많아서, 오늘날 우리가 보기에는 그가 유죄 선고를 받은 것은 물론이거니와 재판에 회부되었다는 사실조차 믿기 힘들다. 첫째, 모렐 남작 부인 — 딸이 시샘을 낼 만큼 아주 미인이었다 — 한테 에밀이 인사를 보내기만 해도 마리가 화를 냈다는 것은 소뮈르에서 누구나 알고 있는 사실이었다. 둘째, 마리에 대한 강간 미수가 있었던 날 밤, 모렐 남작네 저택은 보초들이 지키고 있었는데, 아무도 수상한 사람을 보지 못했다. 셋째, 마리의 침실은 꼭대기 층에 있기 때문에 사다리를 사용하지 않고는 올라갈 수 없을뿐더러, 사다리를 옮기고 또 그것을 타고 올라가려면 적어도 세 사람이 필요할 터였다. 그렇다면 창문 아래의 부드러운 땅바닥에 흔적이라도 남아 있어야 할 터인데, 피고 측에서는 그런 자국이 하나도 없었다는 것을 입증했다. 넷째, 사건 바로 다음날 유리창을 수리하기 위해 불려온 유리 가게 주인은 침입자가 부순 유리 조각이 죄다 집 바깥쪽에만 떨어져 있었고, 깨진 유리창 틈으로는 어떤 방법으로도 창문 손잡이를 열 수 없다고 증언했다. 또한 피고 측 변호인은 다음과 같은 의문을 제기했다. 폭행을 당하는 동안 마리는 왜 한 번도 도움을 청하는 소리를 지르지 않았는가. 마리의 침실에서 다툼이 있었다면 잠귀가 밝은 앨린 양은 그 소리를 충분히 들을 수 있었을 터인데, 제자가 와서 흔들어 깨울 때까지 왜 잠자고 있었는가. 그런 일이 있었다면 당연히 아래층으로 달려 내려가 모렐 부인을 깨워야 했을 텐데, 가정교사와 마리는 왜 그런 조치도 없이 그냥 잠자리에 들었는가. 허벅지에 난 상처는 왜 사건이 일어난 뒤 몇 달이 지나도록 치료를 받지 않았는가(사건 당시에는 그저 가볍게 할퀸 상처라고 말했다). 마리는 사건이 일어난 지 불과 이틀 뒤에 무도회에 나가는 등 정상적인 생활을 해오다가, 범인이 구속되자마자 갑자기 신경 쇠약에 걸렸는데(마리가 신경 쇠약에 걸린 것은 그녀의 짧은 생애에 처음 있는 일이 아니라는 것을 변호인은 자료를 통해 제시했다), 이는 어찌 된 까닭인가. 돈이 없어 보석금을 내지 못한 에밀 드 라 롱시에르는 재판을 기다리며 감옥에 갇혀 있었는데, 어떻게 그의 편지가 계속해서 그 집에 나타날 수 있겠는가. 제정신을 가진 사람이라면 남을 중상하는 편지를 펜글씨로 쓰면서 어떻게 필적도 위장(필적은 위장하기도 쉽지만, 흉내 내기도 쉽다는 점이 지적되었다)하지 않고, 게다가 자기 이름을 버젓이 서명할 수 있단 말인가. 비교를 위해 제시된 에밀의 진짜 편지에는 철자와 문법이 틀린 부분이 많은데(라 롱시에르 중위가 과거 분사를 일치시키는 것을 매번 잊어버렸다는 사실을 알면, 프랑스 학생들은 즐거워할 것이다), 모렐 남작 댁에 나타난 편지에는 틀린 철자와 문법이 하나도 없이 정확한 이유는 무엇인가. 그가 제 이름의 철자를 두 번이나 틀리게 쓴 이유는 무엇인가. 고발의 증거가 된 그 편지들이 마리의 책상에서 발견된 종이와 동일한 종이 — 당시의 최고 권위자는 두 가지 종이가 같은 종이라고 증언했다 — 에 쓰인 것은 무슨 까닭인가. 마지막 의문 사항으로, 그와 비슷한 일련의 편지가 모렐 남작의 파리 저택에서도 발견된 적이 있었으며, 그때 에밀 드 라 롱시에르가 지구 반대편에 있는 카엔[94]에서 복무하고 있었다는 사실이 지적되었다.

그러나 재판은 근본적으로 불공정했다(방청객들 중에는 위고, 발자크, 조르주 상드를 비롯한 당대의 유명 인사들도 끼여 있었다). 특히 법정은 검찰 측 주요 증인인 마리 드 모렐 양에 대한 반대 신문조차 허용하지 않았다. 그녀는 냉정하고 차분한 태도로 증거를 제시했다. 그러나 재판장은 남작의 총구 같은 눈과 유명짜한 친척들의 위용에 압도된 나머

---

94 남아프리카의 프랑스령 기아나에 있는 도시.

지, 증인의 〈정숙함〉과 〈신경 쇠약〉을 고려하여 그녀에 대한 신문을 금지하겠다는 결정을 내렸다.

에밀 드 라 롱시에르는 10년 징역형을 선고받았다. 유럽의 이름난 판사들이 들고 일어나 반대했지만, 소용이 없었다. 그러나 우리는 그가 왜 유죄 선고를 받았는지, 아니, 무엇이 그에게 유죄 선고를 내렸는지 알 수 있다. 사회적 특권, 순결한 처녀에 대한 신화, 심리학적 무지, 프랑스 혁명이 퍼뜨린 자유에 대해 뒤틀린 편견을 가진 사회 집단의 반발 — 이런 것들에 의해 희생양이 된 것이다.

그러나 이제 나는 그로건 박사가 표시한 페이지를 번역해 보기로 하겠다. 그것은 당대에 이름을 날린 카를 마테이 박사라는 독일인 의사의 『의학 심리학적 관찰』이라는 책에서 뽑은 것인데, 그는 〈에밀 드 라 롱시에르 재판〉에 대한 반대 운동을 지지하는 뜻으로 이 책을 썼다. 그때 이미 마테이 박사는 편지들 가운데 좀 더 음란한 내용이 나타난 날짜와 강간 미수 사건이 일어난 날짜에 주목할 만한 지성을 갖고 있었다. 그것은 정확하게 한 달 간격으로 일정한 주기, 즉 생리 주기를 이루고 있다. 법정에 제출된 여러 증거들을 면밀히 분석한 뒤, 의사 선생은 약간 교훈적인 어투로 우리가 오늘날 히스테리라고 부르는 정신 질환에 관해 설명하고 있다. 남의 동정이나 관심을 끌기 위해 병이나 무력감의 증세를 가장하는 행위가 그것인데, 우리가 알고 있다시피, 신경증이나 정신 질환은 거의 대부분 성적 억압 때문에 생겨난다.

의사로 일해 온 나의 오랜 경력을 되돌아보면, 소녀들이 주인공이 된 사건을 적잖이 떠올릴 수 있다. 어린 소녀가 사건에 연루된다는 것은 오랫동안 거의 불가능한 일로 여겨져 왔다. 그러나……

40년쯤 전, 내 환자들 가운데 기병대 중장의 일가가 있었다. 그는 주둔지가 있는 읍내에서 10킬로미터쯤 떨어진 곳에 작은 영지를 소유하고 있었고, 거기에 살면서 군무가 있을 때면 읍내로 말을 타고 오곤 했다. 그에게는 열여섯 살 난 예쁜 딸이 하나 있었는데, 이 소녀는 식구가 모두 읍내로 옮겨 가 살기를 원했다. 정확한 이유는 밝혀지지 않았지만, 소녀는 분명 읍내에서 장교들과 어울리며 사교 생활의 즐거움을 맛보고 싶었을 것이다. 이 목적을 이루기 위해 소녀는 범죄적인 방법을 택했다. 시골집에 불을 질렀던 것이다. 한쪽 채가 몽땅 타버렸다. 그러나 다시 세워졌고, 소녀는 다시 방화를 시도했다. 적어도 서른 번이 넘는 방화가 되풀이되었다. 많은 사람이 체포되어 조사를 받았지만, 방화범의 정체는 밝혀지지 않았다. 한 번도 의심을 받아 보지 않은 사람은 바로 그 예쁘고 순결한 딸 하나뿐이었다. 여러 해가 지난 뒤, 그녀는 마침내 현행범으로 붙잡혔다. 그리고 감화원에 종신 수용한다는 선고를 받았다.

독일에 있는 어느 도시의 유서 깊은 집안에 매력적인 처녀가 있었다. 그녀는 결혼을 앞둔 집에다, 혼사를 망칠 목적으로 익명의 음란한 편지를 보내는 일에서 즐거움을 느꼈다. 그녀는 또한 재능이 뛰어나 널리 존경받는 — 그래서 그녀의 질투의 대상이 된 — 다른 처녀들에 대해 악의에 찬 소문을 퍼뜨렸다. 이런 편지들은 여러 해 동안 계속되었다. 많은 사람이 기소되었지만, 정작 그 소문을 퍼뜨린 그녀에게는 희미한 의심의 그림자도 드리워지지 않았다. 마침내 그녀가 정체를 드러냈고, 그녀는 결국 자신의 사악함 때문에 감옥에서 오랜 세월을 보내야 했다.

또 내가 이 글을 쓰고 있는 곳에서도 비슷한 사건이 일어나 경찰이 조사하고 있는데…….

마리 드 모렐 양이 자신의 목적을 달성하기 위해 스스로 어떤 고통을 가한다는 것은 있을 수 없다는 견해에 대해서도 이의를 제기할 수 있다. 그녀의 고통은 의학 연감에서 뽑은 다른 사례와 비교해 보면 아무것도 아니다. 여기에 그 뚜렷한 예들이 있다.

　코펜하겐 대학의 헤르홀트 교수는 유복한 가정에서 태어나 훌륭한 교육을 받은 매력적인 젊은 처녀를 알고 있었다. 그는 많은 동료 의사들과 마찬가지로 그녀한테 완전히 속아 넘어갔다. 그녀는 여러 해 동안 뛰어난 솜씨와 불굴의 인내심을 발휘하여 의사들을 속였다. 그녀는 지독한 방법으로 자신을 고문하기까지 했다. 자기 몸에다 수십 개의 바늘을 찔러 넣은 것이다. 염증이 생기자, 자기가 직접 환부를 절개하여 고름을 짜냈다. 오줌누는 것을 거부하는 바람에, 의사들이 도뇨관을 이용해서 아침마다 오줌을 빼내야 했다. 그러자 그녀는 스스로 방광에 공기를 집어넣어, 도뇨관이 삽입되면 공기가 배출되도록 했다. 1년 반 동안이나 한마디 말도 없이 꼼짝 않고 누워 있었고, 음식을 거부했으며, 발작과 졸도는 물론 그 밖의 다른 짓들도 거짓으로 연출했다. 이런 속임수가 들통나기 전까지, 몇몇 저명한 의사들 — 외국에서 초빙한 의사들까지 — 은 그녀를 진찰하고 공포에 질렸을 뿐이다. 그녀의 불행한 이야기는 모든 신문에 실렸고, 어느 누구도 그녀를 의심하지 않았다. 1826년, 마침내 진상이 밝혀졌다. 이 교활한 처녀의 동기는 단 하나, 남자들에게 찬탄과 경악을 자아내는 여주인공이 되는 것, 그리고 남자들 가운데 가장 유식하고 이름난 의사들을 바보로 만드는 것이었다. 심리학적 관점에서 볼 때 아주 중요한 이 사례는 헤르홀트의 『1807년에서 1826년에 걸친 라켈 헤르츠의 질환에 관한 보고서』에서 찾아볼 수 있다.

뤼네부르크에 사는 모녀는 남의 동정을 사서 돈벌이를 할 계획을 세웠다. 그리고 이 계획을 소름 끼칠 만큼 단호한 결단력으로 끝까지 추진했다. 딸은 한쪽 젖가슴이 참을 수 없을 만큼 아프다고 호소하며, 울면서 한탄하고, 전문가의 도움을 청하고, 그들의 처방을 모두 따랐다. 그런데도 통증은 사라지지 않았다. 의사들은 암이 아닐까 생각했다. 그러자 그녀는 조금도 주저하지 않고 유방을 잘라 내기로 결정했다. 잘라 낸 유방은 지극히 건강했다. 몇 년 뒤, 그녀에 대한 동정이 줄어들자 그녀는 다시 옛날의 역할을 되풀이했다. 남은 젖가슴마저 제거되었지만, 그 젖가슴도 첫번째와 마찬가지로 지극히 건강했다. 또다시 사람들의 동정이 바닥나기 시작하자, 그녀는 이번에는 손이 아프다고 호소하면서 그 손도 잘라 내고 싶어했다. 그러나 의혹이 일어났다. 그녀는 병원에 보내져 꾀병이라는 진단을 받았고, 결국 감옥에 갇혔다.

렌틴은 『의학에 관한 실제적 지식』(하노버, 1798)에서 자신이 직접 목격한 경우를 이야기하고 있다. 한 소녀가 걸핏하면 방광 속에다 돌멩이를 집어넣곤 하여, 처음에는 집게로 돌멩이를 끄집어 내다가(열 달 동안 무려 104개의 돌멩이를 꺼냈다), 나중에는 방광을 절개할 수밖에 없었다. 이 수술로 그녀는 엄청난 피를 흘리고 지독한 고통을 겪었는데도, 방광 속에 돌멩이를 집어넣는 짓을 멈추지 않았다. 이런 짓을 하기 전에는 토하거나 경기를 일으키는 등 갖가지 난폭한 증세를 보였다. 그녀는 남을 속이는 데 보기 드문 솜씨를 발휘했다.

이런 사례를 알고 나면, 어린 소녀가 자신의 목적을 달성하기 위해 스스로 고통을 가하는 일이 불가능하다고 어느 누가 말할 수 있겠는가.[95]

95 1867년 봄에 그로건 박사가 찰스에게 빌려 준 책에 언급된 1835년의

특히 마지막 부분은 찰스에게 상당한 충격으로 다가왔다. 그런 도착 증세가 존재하는 줄은 전혀 몰랐기 때문이다. 남자라면 또 모르지만, 순수하고 성스러운 여성이 그런 성도착 증세를 보이다니. 물론 그는 신경성 질환에 속하는 정신병 — 사랑과 인권을 얻으려는 측은한 노력 — 이 무엇 때문에 생기는지도 알지 못했다. 그는 재판의 개요를 설명한 첫 부분으로 돌아가서, 그 자신이 운명적으로 비슷한 상황에 빠져들고 있다는 것을 느꼈다. 그 비참한 에밀 드 라 롱시에르에게서 자신의 모습을 보는 듯한 느낌을 받았던 것이다. 그리고 재판의 끝 부분에서 어떤 날짜를 우연히 보고, 그는 등골이 오싹해지는 것을 느꼈다. 그 프랑스 기병대 중위가 유죄

〈에밀 드 라 롱시에르 재판〉 이야기는 거기서 끝나지 않는다. 그러므로 나도 그 후일담을 덧붙이지 않고는 이 이야기를 끝낼 수 없다.

에밀 드 라 롱시에르 중위가 형기를 마친 뒤 몇 해가 지난 1848년, 그를 기소했던 검찰 위원회의 한 사람이 뒤늦게나마 그 불공정한 판결에 대한 정직성을 보여 주었다. 그때쯤 그는 이 사건의 재심을 청구할 수 있는 자리에 앉아 있었다. 재심 결과, 에밀은 완전히 무죄로 판명되어 원대 복귀되었다. 찰스가 그의 인생의 어두운 고비를 읽고 있던 바로 그 시각에, 그는 어쩌면 타히티의 군사 총독으로서 유쾌한 생활을 즐기고 있었는지도 모른다. 그러나 그의 이야기는 막판에 이르러 엄청난 방향 전환을 맞게 된다. 그가 적어도 부분적으로는 그 신경질적인 마리 드 모렐 양의 앙갚음을 받을 만했다는 사실이 최근에 와서 밝혀진 것이다.

1834년 9월 어느 날, 그는 실제로 마리의 침실에 들어갔다. 그러나 창문을 통해서가 아니었다. 가정교사 앨런 양을 먼저 유혹해 두었기 때문에, 그녀의 침실을 통해 마리의 침실로 훨씬 쉽게 들어갈 수 있었다. 두 방은 이웃해 있었기 때문이다. 그가 찾아간 목적은 색정적인 것과는 거리가 멀었다. 그것은 동료 장교들과의 내기를 완수하기 위해서였다. 그는 동료들에게 장난삼아 마리와 같이 잤다고 허풍을 떨었다. 그러자 동료들은 마리의 거웃을 한 줌 가져와서 그 증거를 보이라고 다그쳤다. 마저 밝히건대, 그때 마리의 허벅지에 난 상처는 가위에 찔려 생긴 것이었다. 이로써 그녀가 정신적으로 입은 상처는 훨씬 쉽게 설명할 수 있었다. 이 기이한 사건에 대한 기록은 르네 프롤리오의 『잘못된 판결들』(파리, 1968)에서 찾아볼 수 있다 — 원주.

선고를 받은 날은 바로 찰스가 이 세상에 태어난 날이었다. 한순간, 그 조용한 밤에, 이성과 과학이 녹아 버렸다. 인생은 난해한 기계, 불길한 점성술, 태어났을 때 내려져 항소조차 할 수 없는 판결, 모든 것을 압도하는 무(無)였다.

그는 이때만큼 온몸에 굴레가 씌워진 듯한 느낌을 받아 본 적이 없었다.

그리고 이때만큼 머릿속이 맑아진 느낌을 받아 본 적도 없었다. 그는 시계를 보았다. 네시에서 10분이 모자랐다. 지금 바깥은 평화 그 자체였다. 폭풍우는 지나갔다. 찰스는 창문을 열고, 차가우면서도 신선한 봄의 대기를 들이마셨다. 하늘에는 희미한 별들이, 길흉의 어떤 영향력도 포기한 채, 순수하게 깜박거리고 있었다. 그런데 그녀는 어디에 있을까? 그녀도 지금 깨어 있으리라, 2~3킬로미터 떨어진, 어느 캄캄한 숲속에.

그로건 박사의 집에서 마신 브랜디의 술기운은 이제 찰스에게 심한 죄의식만 남겨 놓고 벌써 사라졌다. 그는 아일랜드 출신 의사의 눈 속에서 본 악의를 생각해 냈다. 그 눈에 새겨진 어리석은 런던 신사의 곤경은 이제 곧 라임 전역에 귀엣말로 퍼져 나갈 터였다. 아일랜드 인의 입이 가볍다는 것은 악명 높지 않은가?

그의 행동은 그 얼마나 유치하고 천박했던가! 전날 그는 윈즈야트만이 아니라 자존심도 모두 잃어버렸다. 자존심이라는 말도 쓸데없는 동어 반복이었다. 그는 자신에 대한 존경심만이 아니라 자기가 알고 있는 모든 것에 대한 존경심을 잃어버렸기 때문이다. 베들럼[96]의 생활은 지옥이었다. 가장 순결한 얼굴 뒤에는 가장 사악한 적의가 숨어 있었다. 그는

---

96 런던에 있었던 정신병자 수용소.

창녀가 된 귀네비어[97]를 목격한 갤러해드[98]였다.

쓸데없는 생각을 그만두려고 ── 행동에 나설 수 있다면 오죽 좋을까 ── 그는 그 숙명의 책을 집어 들고 마테이 박사가 히스테리에 관해 논한 구절을 다시 읽기 시작했다. 그러나 이번에는 사라의 행동과 비슷한 점을 거의 찾을 수 없었다. 그의 죄의식은 거기에 어울리는 대상을 찾아 달라붙기 시작했다. 그는 그녀의 얼굴과 그녀가 한 이야기, 그 이야기를 털어놓을 때 눈 속에 어리던 표정을 떠올리려고 애썼지만, 그녀를 도무지 이해할 수 없었다. 하지만 그녀를 자기보다 더 잘 알고 있는 사람은 없다는 생각이 들었다. 그들의 만남에 대해 그로건 박사한테 털어놓은 말들…… 그것을 그는 한마디도 빼놓지 않고 정확하게 기억할 수 있었다. 자신의 속마음을 숨기려는 욕심 때문에, 그로건 박사가 오해하게 만든 것은 아닐까? 사라의 이상한 면을 과장했던 것은 아닐까? 사라가 실제로 했던 말을 정확히 그대로 전달했을까?

〈나는 나에게 비난이 쏟아지는 것을 피하려고 그녀를 비난했던 것은 아닐까?〉

그는 자신의 영혼과 상처받은 자존심을 찾으며 끝없이 거실을 오락가락했다. 그녀를 그녀 자신이 표현한 대로 〈죄인〉이라 치자. 그러나 그녀는 자신의 죄로부터 달아나기를 거부한, 보기 드문 용기를 가진 여자이기도 하지 않은가? 그리고 이제는 과거와의 격렬한 싸움으로 마침내 힘이 빠져 도움을 청하고 있는 여자가 아닌가?

〈나는 왜 그로건 박사한테 나에게 유리한 쪽으로 사라를 판단하게 했을까?〉

97 〈아서 왕 전설〉에 나오는 왕비.
98 순결했기 때문에 성배를 찾을 수 있었던 원탁의 기사.

그것은 그가 자신의 영혼을 구제하기보다 체면을 지키는 데 더 관심이 많았기 때문이다. 암모나이트 화석보다 나을 게 없는 자유 의지를 가지고 있었기 때문이다. 그가 본디오 빌라도와 같은 자였기 때문이다. 아니, 더 나빴다. 그는 십자가형을 묵인했을 뿐만 아니라 선동했으며, 이제 처형을 앞두고 있는 그 사건의 원인이 되기까지 했다. 두 번째 만남에서, 그는 떠나려 하는 그녀를 붙잡고 그녀에게 강요된 상황에 대해 토론하지 않았던가.

그는 다시 창문을 열었다. 창문을 처음 열었던 때부터 두 시간이 지났다. 희미한 햇살이 동쪽 하늘에서 번져 오고 있었다. 그는 사그라지는 별빛을 바라보았다.

운명.

그녀의 두 눈.

그가 갑자기 돌아섰다.

그로건을 만난 건 만난 것이다. 그의 양심이 그의 불복종을 설명해 줄 것이다. 그는 침실로 들어갔다. 그러고는 그 방에서, 그가 마침내 도달한 내면 — 자외감(自畏感)과 결단 — 을 반영하듯 음산할 만큼 엄숙한 표정을 지으며 옷을 갈아입기 시작했다.

29

아침의 산들바람이 불어오면,
사랑의 행성은 저 높이 올라가고……
— 앨프레드 테니슨, 『모드』(1855)

아무 일도 하지 않는 것은 특별한 분별을 보여 준다. 왜냐하
면 사람은 무언가를 하고자 하는 경향을 갖고 있지만, 또한
그것은 사람의 의무이거나 인간의 도리에 맞는 것이기 때문
이다.
— 매튜 아널드, 『노트북』(1868)

찰스가 옷도 제대로 입지 않고, 장의사에 고용된 상여꾼
같은 표정으로 화이트 라이언 호텔의 현관문을 나섰을 때,
태양은 막 체실 방죽 너머의 텅 빈 잿빛 언덕 위로 붉게 떠오
르고 있었다. 하늘은 간밤의 폭풍우에 말끔히 씻겨 구름 한
점 없이 푸르렀고, 대기는 레몬 주스처럼 시리면서도 맑고
싱그러웠다. 여러분이 오늘날 라임에서 이 시각에 일어났다
면, 마을 전체를 당신 것으로 가질 수 있었으리라. 그러나 사
람들이 일찍 일어나는 시대에 살았던 찰스는 그런 행운을 누
리지 못했다. 거리에는 벌써 사람들이 돌아다니며, 사회적
겉치레와 계급 의식을 벗어던진 원시적 상태를 만끽하고 있
었다. 그들은 하루 일을 막 시작하려는 순박한 사람들이었
다. 한두 명이 찰스에게 쾌활한 아침 인사를 보냈다. 그 답례
로 찰스는 건방지게 고개를 까딱하고 물푸레나무 지팡이를
무뚝뚝하게 들어 보였다. 그는 밝은 얼굴보다 오히려 거리에
널려 있는 몇 개의 상징적인 시체들을 보았을 것이다. 그래

서 그는 읍내를 뒤로하고 언더클리프로 통하는 좁은 길에 들어선 것이 기뻤다.

그러나 그의 우울함(나는 지금까지 감추고 있었지만, 그는 자신의 결심이 실제로는 고결한 양심의 움직임이 아니라, 새끼양을 훔치고 교수형을 당할 바에는 차라리 어미양을 훔치고 교수형을 당하는 게 낫다는 양도둑의 격언, 즉 위험한 절망에 바탕을 두고 있는 게 아닐까 하는 자기 의혹에 빠져 있었다)은 더욱 심해졌다. 빠른 걸음 덕분에 그의 몸 안에 온기가 살아났다. 햇빛으로 공기가 따뜻해지고 그 따뜻한 공기 덕분에 더욱 따뜻해진 내면에서 따스함이 번져 나와 온몸에 퍼졌다. 순결한 새벽의 태양은 이상할 정도로 뚜렷했다. 태양은 따뜻한 돌의 내음, 공간을 통하여 흘러내리는 빛살 입자의 내음을 품고 있는 것만 같았다. 풀잎마다 이슬이 진주처럼 맺혀 있었다. 길가 비탈에는 물푸레나무와 단풍나무들이 비스듬한 햇살을 받으며 파릇파릇 새로 돋아난 잎새들을 떠받치고 서 있었다. 거기에는 종교적인 느낌을 자아내는 무엇이 있었다. 아니, 그것은 종교 이전의 종교였다. 드루이드교[99]에서 썼던 향연(香煙)처럼 연녹색에서 암녹색에 이르는 초록의 물결…… 저 멀리 깊숙한 곳에 있는 잎새들은 거의 검은 빛을 띠고 있었다. 여우 한 마리가 찰스 앞을 가로지르더니, 이 낯선 침입자를 잠시 수상쩍다는 듯이 노려보았다. 그리고 조금 뒤에는, 여우와 마찬가지로 소유권에 대해 진정한 자부심을 가진 노루 한 마리가 풀을 뜯다 말고 그를 쳐다보았다. 그러고는 조용히 돌아서서 덤불 속으로 미끄러지듯 사라지기 전에 그 조그만 위엄을 가지고 그를 가만히 응시했다. 국립 미술관에는 정확히 그와 똑같은 순간을 포착한 피

---

99 고대 켈트 족이 기독교로 개종하기 이전에 믿었던 종교.

사넬로의 그림이 있다. 초기 르네상스 시대에 어느 숲 속에서 성 휴버트가 짐승들과 마주치는 장면이다. 그 성자는 짓궂은 장난의 희생물이라도 된 듯한 충격을 받았고, 그의 오만함은 자연의 가장 심오한 비밀, 즉 존재의 만유 평등성을 갑자기 쏟아진 소나기처럼 뒤집어썼다.

의미로 충만한 듯이 보이는 것은 비단 그 두 마리 동물만이 아니었다. 나무들은 지저귀는 새들로 가득했다. 검은머리꾀꼬리, 휘파람새, 개똥지빠귀, 찌르레기, 숲비둘기의 울음소리가 청정한 새벽을 가득 채우고 있었다. 그러나 슬프거나 애닯은 느낌은 전혀 없었다. 찰스는 동물 우화집의 책장 속을 걸어가고 있는 듯한 느낌을 받았다. 그 아름다움, 그 섬세한 색채, 그 색채 속에 깃들여 있는 낱낱의 잎새들, 작은 새들, 그 새들의 지저귐 — 이 모두가 하나의 완벽한 세계에서 온 것들이며, 이 우주에는 그 하나하나가 저마다 유일한 존재로서 미리 정해져 있다는 생각에 압도되어, 그는 잠시 걸음을 멈추었다. 굴뚝새 한 마리가 3미터도 안 떨어진 가시덤불 꼭대기에 앉아서 격정적인 노래를 지저귀고 있었다. 그는 그 작은 새의 반짝이는 검은 눈과 빨갛고 노란 목청을 보았다. 그것은 이제 막 진화를 알리는 예고 천사가 된 새들의 작은 무도회였다. 〈넌 내 존재를 무시하고 그냥 지나갈 수는 없어.〉 그것은 이렇게 경고하고 있었다. 그는 피사넬로의 성자가 걸음을 멈춘 것처럼 그 자리에 멈춰 섰다. 이런 세계가 이토록 가까이에, 숨 막힐 듯 진부한 일상에서 손만 뻗으면 닿을 수 있는 곳에 존재하고 있다니! 그 거만한 노래를 듣고 있던 몇 분 동안, 일상적인 시간이나 장소 — 그러므로 찰스가 이전에 존재했던 시간과 장소까지도 — 는 천박하고 조잡한 것처럼 보였고, 비천해졌다. 인간 현실의 소름 끼치는 권태는 철두철미하게 파괴되었다. 그리고 모든 생명의 심장은 거기, 굴뚝새의 의기양양한 목청 속에서 고동치고 있었다.

그것은 며칠 전 아침에 해변을 보면서 느꼈던 린네적 현실
보다 훨씬 더 심오하고 야릇한 현실을 말해 주고 있는 듯했
다. 죽음에 대한 삶의 우월성, 종족에 대한 개인의 우월성, 분
류학에 대한 생태학의 우월성보다 더 원초적인 것은 없다는
현실을. 오늘날 우리는 이런 우월성들을 당연한 것으로 여긴
다. 그리고 우리는 그 굴뚝새가 전달하고 있는 모호한 메시
지가 찰스에게 적대적인 의미로 받아들여진 것을 상상할 수
없다. 그는 거기에서 더 심오한 현실보다는 오히려 인간 질
서의 허약한 구조 뒤에 어렴풋이 드러나는 우주의 카오스를
보는 것 같았기 때문이다.

자연이 베푸는 이 성찬식은 그에게 좀 더 당면한 쓰라림을
안겨 주었다. 찰스는 모든 면에서 추방당한 기분을 느꼈기
때문이다. 그는 내쫓겼고, 모든 낙원을 잃어버렸다. 이 점에
서 그는 사라와 같았다. 그는 여기 낙원에 서 있을 수는 있어
도, 그것을 즐기지 못한 채, 그 황홀한 기쁨을 시기할 수 있을
뿐이었다.

그는 전에 사라가 이용했던 오솔길로 들어섰다. 이 길은
낙농장에서 보이지 않기 때문에, 그렇게 한 것은 잘한 일이
었다. 달그락거리는 물통 소리가 낙농장 주인이나 그의 아내
가 가까이에 있다는 것을 알려 주었기 때문이다. 그래서 그
는 숲속으로 들어가, 그 상황에 알맞은 진지한 태도로 계속
걸어갔다. 편집광적인 죄의식 때문에, 그는 이제 나무와 꽃,
심지어 주위에 있는 무생물까지도 자신을 지켜보고 있는 듯
한 기분을 느꼈다. 꽃들은 눈이 되고, 돌들은 저마다 귀를 가
지고 있고, 나무들은 무수한 그리스 합창단이었다.

그는 오솔길이 갈라지는 곳까지 와서 왼쪽 길로 들어섰다.

그 길은 빽빽한 덤불 사이로 내려간 다음, 침식 작용으로 부서져 내리기 시작한 지대 위로 뻗어 있었다. 바다가 좀 더 가까이 다가왔다. 불투명한 푸른 바다는 끝없이 잔잔하기만 했다. 그러나 땅은 조금 높이 솟아 있어서, 거기에는 작은 풀밭이 황무지로부터 뻗어 나와 있었다. 이 풀밭이 끝나는 어름에서 서쪽으로 약 1백 미터 떨어져 있는 작은 골짜기 — 그 끝은 벼랑 가장자리로 떨어져 내리고 있었다 — 에서 찰스는 헛간 하나를 보았다. 이엉을 인 지붕은 이끼가 긴 채 방치되어 있었고, 그 때문에 그 작은 돌집은 헛간보다 움막에 가깝다는 느낌을 더해 주고 있었다. 그 집은 원래 어느 목축업자의 여름 별장이었으나, 지금은 낙농장 주인이 건초를 넣어 두는 곳으로 쓰이고 있었다. 그 후 1백여 년이 지나는 동안 돌보는 이가 없어서, 오늘날에는 흔적도 없이 사라져 버렸다.

찰스는 걸음을 멈추고, 그 오두막을 가만히 내려다보았다. 이곳에 오면 한 여인의 모습을 보게 될 것으로 기대했었다. 그곳이 너무나 황량했기 때문에 그는 더욱 신경이 날카로워졌다. 그는 호랑이가 많다고 소문난 밀림 속을 뚫고 가는 사람처럼 조심스럽게 그곳을 향해 내려갔다. 언제 어디서 호랑이가 뛰쳐나와 공격할지 모르는 일이었다. 게다가 그는 자신의 총 솜씨를 거의 믿고 있지 않았다.

낡은 문이 하나 있었으나, 그 문은 닫혀 있었다. 찰스는 그 작은 건물을 빙 둘러 갔다. 동쪽으로 조그맣게 네모난 창이 하나 나 있었다. 그는 창문을 통해 안쪽의 어둠 속을 들여다보았다. 곰팡내 나는 건초의 달짝지근한 냄새가 콧구멍으로 스며들었다. 문 반대쪽의 헛간 끝에 건초 더미가 쌓여 있었다. 그는 다른 쪽 벽으로 돌아갔다. 그러나 그녀는 거기에도 없었다. 길이 엇갈린 게 아닐까. 그는 온 길을 뒤돌아보았다. 그러나 거친 땅은 이른 아침의 평화 속에 조용히 누워 있었다. 그는 시계를 꺼내 보고, 돌아가야 할 것인지 말 것인지 망설이며 2~3분 더 기다렸다. 마침내 그는 헛간문을 밀어서 열었다.

그는 거친 돌바닥 건너 저쪽에 마구간이 있는 것을 보았다. 그 마구간은 지금도 사용되고 있는 듯 건초가 잔뜩 깔려 있었다. 그러나 작은 창문을 통해 비쳐 드는 햇살이 너무 눈부셔서, 저쪽 끝은 보기 어려웠다. 찰스는 비스듬히 비쳐 드는 햇살 쪽으로 나아가다가 깜짝 놀라 그 자리에 멈춰 섰다. 햇살 너머로 낡은 마구간 말뚝에 무언가가 걸려 있는 것이 보였다. 검은 보닛이었다. 배부른 흡혈 박쥐처럼 불길하게 축 늘어져 있는 그 검은 보닛 너머에 무엇이 있는지는 아직 보이지 않았지만, 그 너머의 벌레 먹은 널빤지 칸막이 밑에 무언가 무시무시한 광경이 있으리라는 섬뜩한 예감이 든 것은 아마 어젯밤에 읽은 책 때문이었을 것이다. 그는 과연 무엇을 기대했던 것일까. 끔찍하게 토막난 시체……? 그는 하마터면 돌아서서 헛간에서 달려나와 라임으로 돌아갈 뻔했다. 그러나 망령의 신음과도 같은 소리가 그를 앞으로 잡아끌었다. 그는 두려움을 억누르며 칸막이 위로 목을 빼고 그 안쪽을 들여다보았다.

30

 사라는 물론 페얼리 부인보다 먼저 집 — 그런 상황에서 〈집〉이라고 말하는 것은 비꼬는 표현이겠지만 — 에 도착했다. 그녀는 풀트니 부인의 저녁 예배에서 자기가 맡고 있는 역할을 여느 때처럼 수행했다. 그런 다음 잠시 자기 방으로 물러갔다. 페얼리 부인은 이 기회를 놓치지 않았다. 몇 분이면 충분했다. 그녀는 몸소 사라의 침실로 가서 문을 두드렸다. 사라가 문을 열었다. 그녀는 평소와 마찬가지로 고분고분한 슬픔의 가면을 쓰고 있었지만, 페얼리 부인은 의기양양한 기분으로 가득 차 있었다.

 「마님께서 기다리셔. 지금 당장 가봐.」

 사라는 아래를 내려다보며 힘없이 고개를 끄덕였다. 그 온순한 얼굴에다 페얼리 부인은 신랄하게 비웃는 시선을 꽂았다. 그러고는 살랑살랑 옷 스치는 소리를 내며 가버렸다. 그러나 아래층으로 내려가지 않고, 풀트니 부인의 거실문이 열리고 비서의 등 뒤로 문 닫히는 소리가 들릴 때까지 구석에

서서 기다렸다. 그런 다음 도둑 걸음으로 살금살금 다가가서 문에다 귀를 댔다.

풀트니 부인은 옥좌에 올라앉는 대신, 등을 돌린 채 창가에 서 있었다. 하고 싶은 말을 등으로 나타내겠다는 듯이.

「하실 말씀이 있으신가요?」

그러나 풀트니 부인은 말하고 싶지 않은 게 분명했다. 말은커녕 움직이지도 않았기 때문이다. 부인이 침묵하고 있는 것은 어쩌면 사라가 〈마님〉이라는 관례적인 호칭을 생략해 버렸기 때문인지도 모른다. 사라의 말투에는 그 생략이 고의적이라는 것을 더욱 분명히 해주는 무언가가 숨어 있었다. 사라는 부인의 검은 어깨에서 시선을 거두어, 둘 사이에 놓여 있는 탁자로 옮겼다. 봉투 하나가 눈에 뜨이도록 거기에 놓여 있었다. 입술을 약간 딱딱하게 긴장시킨 것 — 결심의 표현인지 분노의 표현인지, 어느 쪽이라고 확실히 말하기는 어렵다 — 이 이 냉담한 마님에 대한 사라의 유일한 반응이었다. 마님은 그토록 애처롭게 여겨 가슴에 품어 주었던 이 독사를 어떻게 하면 가장 멋지게 박살 낼 수 있을까를 생각하며 잠시 망설이고 있었다. 풀트니 부인은 마침내 도끼 한 방으로 끝장내기로 결정했다.

「한 달 봉급이 거기 봉투 속에 있다. 그것으로 해고 통지를 대신할 테니, 그리 알고 내일 아침에 될 수 있는 대로 일찍 이 집에서 나가거라.」

이번에는 사라가 풀트니 부인의 무기를 사용했다. 그녀는 움직이지도 대꾸하지도 않았다. 화가 치민 부인이 황송하게도 몸소 노구를 돌려 그녀의 창백한 얼굴을 바라볼 때까지. 부인의 얼굴에는 감정을 억누르고 있는 두 개의 붉은 반점이 불타고 있었다.

「내 말 못 들었어?」

「이유는 듣지 못했습니다.」

「감히 그렇게 건방지게 나오다니!」

「감히 말씀드립니다만, 제가 무엇 때문에 해고되었는지, 그 이유를 알려 주시기 바랍니다.」

「포사이드 목사한테 편지를 써야겠다. 널 정신 병원에 가 둬야 한다는 걸 이젠 알겠어. 넌 공공연한 추문거리야.」

격하게 내뱉은 이 말이 어떤 효과를 가져왔다. 사라의 뺨에서도 풀트니 부인과 마찬가지로 두 개의 반점이 붉게 타오르기 시작했다. 두 사람 사이에 침묵이 흘렀다. 그러잖아도 부풀어 있는 풀트니 부인의 가슴이 눈에 보이게 부풀어 올랐다.

「이 방에서 당장 나갈 것을 〈명령〉한다!」

「좋습니다. 이제까지 이 집에서 경험한 건 모두 위선뿐이었으니까, 아주 기꺼운 마음으로 그 명령에 따르겠어요.」

이 마지막 화살을 쏘아 보낸 다음, 사라는 방에서 나가려고 돌아섰다. 그러나 풀트니 부인은 연극의 마지막 대사를 자신이 읽지 않으면 직성이 풀리지 않는 여배우였다. 아니, 어쩌면 마지막 자비를 베풀려고 했는지도 모른다. 말투만 들으면 전혀 그렇게 여겨지지 않았지만.

「봉급을 가져가거라!」

사라는 부인을 돌아보며 고개를 저었다. 「당신이나 가지세요. 그렇게 적은 액수로도 가능하다면, 고문 도구나 몇 개 구입하시죠. 사용법은 페얼리 부인이 가르쳐 드릴 거예요.」

어리벙벙해 있는 동안, 풀트니 부인은 꼭 샘처럼 보였다. 엄하게 다물고 있던 입이 헤벌어져 있었던 것이다.

「넌…… 거기에…… 대해서…… 책임을…… 져야 해.」

「누구한테요? 신에게 말인가요? 저승에 가면 신이 당신 말에 귀를 기울여 주리라고 확신하시나요?」

그들이 관계를 맺은 후 처음으로 사라는 풀트니 부인에게 미소를 보냈다. 아주 희미한 미소였지만, 빈틈없고 뚜렷한 미소였다. 여주인은 믿을 수 없다는 표정으로 잠시 사라를 바라보았다. 마치 사라가 권리를 요구하기 위해 지옥에서 올라온 악마라도 되는 것처럼. 그러고는 가구를 움켜잡으면서 게걸음으로 엉금엉금 의자로 걸어가, 그 안에 무너지듯 앉으면서, 전혀 가장만은 아닌 실신 상태에 빠졌다. 사라는 잠시 그녀를 바라보다가, 너무나 불공정하게 — 페얼리[100]라는 이름의 사람에게는 그야말로 불공정했다 — 문 쪽으로 재빨리 서너 걸음 달려가서 문을 발칵 열었다. 서둘러 몸을 일으킨 가정부는 사라가 자기한테 덤벼들지도 모른다고 생각한 듯 깜짝 놀라 그 자리에 멍청히 서 있었다. 그러나 사라는 옆으로 비켜서면서, 목을 움켜잡은 채 헐떡거리고 있는 풀트니 부인을 가리켰다. 그래서 페얼리 부인은 마님을 도와주러 갈 기회를 잡았다.

「이 못된 이세벨,[101] 네가 마님을 죽였구나.」

사라는 대꾸하지 않았다. 그녀는 페얼리 부인이 여주인에게 탄산암모늄[102]을 처방하는 것을 잠깐 바라보고 있다가, 돌아서서 자기 방으로 갔다. 거울 앞으로 갔지만, 자신을 바라보지는 않았다. 그녀는 천천히 두 손으로 얼굴을 가렸다가, 아주 천천히 눈을 들었다. 거울에 비친 모습을 그녀는 참을 수가 없었다. 잠시 후 그녀는 침대 옆에 무릎을 꿇고, 다 해진 침대보에 얼굴을 묻고 조용히 흐느끼기 시작했다.

그녀는 차라리 기도를 올려야 했을까? 그러나 그녀는 자기가 기도하고 있는 거라고 믿었다.

〈하권에 계속〉

100 *fairly*는 〈공정하게〉라는 뜻.
101 이스라엘의 왕 아합의 사악한 아내. 요부, 독부를 의미한다.
102 탄산을 알코올이나 암모니아수에 녹인 방향제 용액으로, 옛날에 두통이나 빈혈이 일어났을 때 이 냄새를 맡았다.

열린책들 세계문학 032 프랑스 중위의 여자 상

옮긴이 김석희 서울대학교 인문대 불어불문학과를 졸업하고 대학원 국문학과를 중퇴
했으며, 1988년 한국일보 신춘문예에 소설이 당선되어 작가로 데뷔했다. 영어·프랑
스어·일본어를 넘나들면서 데스먼드 모리스의 『털 없는 원숭이』, 존 러스킨의 『나중에
온 이 사람에게도』, 폴 오스터의 『빵 굽는 타자기』, 짐 크레이스의 『그리고 죽음』, 로라
잉걸스 와일더의 『초원의 집』 시리즈, 쥘 베른 걸작 선집, 시오노 나나미의 『로마인 이
야기』 시리즈, 홋타 요시에의 『고야』 등 200여 권을 번역했고, 역자 후기 모음집 『번역
가의 서재』 등을 펴냈으며, 제1회 한국 번역상 대상을 수상했다.

지은이 존 파울즈 **옮긴이** 김석희 **발행인** 홍지웅·홍예빈
발행처 주식회사 열린책들 **주소** 경기도 파주시 문발로 253 파주출판도시
전화 031-955-4000 **팩스** 031-955-4004 **홈페이지** www.openbooks.co.kr
Copyright (C) 주식회사 열린책들, 2004, 2009, *Printed in Korea.*
ISBN 978-89-329-0945-5 04840 **ISBN** 978-89-329-1499-2 (세트)
발행일 2004년 5월 30일 초판 1쇄 2008년 8월 20일 초판 6쇄 2006년 2월 25일 보
급판 1쇄 2008년 7월 30일 보급판 6쇄 2009년 12월 20일 세계문학판 1쇄 2020년
11월 10일 세계문학판 10쇄

이 도서의 국립중앙도서관 출판예정도서목록(CIP)은 서지정보유통지원시스템 홈페이지(http://seoji.nl.go.kr)와
국가자료공동목록시스템(http://www.nl.go.kr/kolisnet)에서 이용하실 수 있습니다.(CIP제어번호:CIP2009003484)